Cuentos completos

Juan Marsé

Cuentos completos

Edición de Enrique Turpin con apéndice didáctico

ESPASA

Diseño de la cubierta: Juan Pablo Rada

Primera edición en esta presentación: septiembre, 2003

Depósito legal: M. 29.789-2003
I.S.B.N.: 84-670-1242-0

Espasa, en su deseo de mejorar sus publicaciones, agradecerá cualquier sugerencia que los lectores hagan al departamento editorial por correo electrónico: sugerencias@espasa.es

Impreso en España/Printed in Spain
Impresión: Unigraf, S. L.

Editorial Espasa Calpe, S. A.
Complejo Ática - Edificio 4
Vía de las Dos Castillas, 33
28224 Pozuelo de Alarcón, Madrid

ÍNDICE

TENIENTE BRAVO

NOTA A LA EDICIÓN DE 1997

He releído los tres relatos que componen este volumen con la intención de podar algunos flecos del lenguaje, eliminar meandros innecesarios del estilo y sobre todo proyectar claridad y poner orden allí donde he creído que hacía falta. Pero la prosa es un cuerpo vivo, si presionas en la planta del pie, los efectos pueden repercutir en un párpado o en una oreja: ecos y resonancias —que tal vez sólo capto yo— y ciertas consideraciones de tono y de ritmo me han obligado a dilatar o comprimir algunas situaciones, y reforzar o suavizar otras. Un trabajo para mí muy estimulante y muy grato. Siempre me gustó corregir; en realidad, me pasaría la vida corrigiendo.

Cierta ensoñación juvenil abocada a la derrota, la misma soterrada y amarga vena humorística que recorre estructura y lenguaje, y un recurrente paisaje urbano y moral, es decir, razones de unidad temática y formal, me han decidido a suprimir de la presente edición el cuento «Noches de Bocaccio» que figuraba en la edición original.

Por todo ello, considero la presente edición de los tres relatos que el lector tiene en sus manos como la mejor y definitiva.

J. M.

Octubre de 1997.

HISTORIA DE DETECTIVES

> Con pequeños malentendidos con la realidad construimos las creencias y las esperanzas, y vivimos de las cortezas a las que llamamos panes, como los niños pobres que juegan a ser felices.
>
> FERNANDO PESSOA,
> *Libro del desasosiego.*

1

En los días luminosos y en la zona alta de la ciudad, desde esta calle que se encabrita en la colina como si quisiera mirarse en el Mediterráneo, la vista alcanza muy lejos mar adentro y el corazón se engaña: el barrio dormita al sol y es una atalaya sobre un sueño que no acaba de discurrir. A veces, sin embargo, más allá del puerto y su rompeolas, más allá de la blanca espuma de los balandros que festonea el litoral, en la popa de los buques de carga que parecen anclados en el horizonte y en el herrumbroso castillo de proa de los grandes petroleros que navegan hacia el sur, hemos visto centellear aros de plata en las orejas de los marineros acodados a la borda, sirenas tatuadas en sus pechos de bronce y corazones traspasados por la flecha bajo un nombre de mujer; si te fijas mucho, claro, si de verdad quieres ver lo que miras y no te dejas deslumbrar por el sol.

Pero en los días grises, la mirada se enreda en el zarzal de neblinas y humos rasantes que atufan el laberinto de Horta y La Salud, y no consigue ir más allá. La ciudad se aplasta remota y gris, como una charca enfangada, un agua muerta.

Fue un día malo de éstos, lloviznando y con ráfagas de viento helado, cuando nos juntamos en el automóvil para un trabajito especial. Por la ventanilla vimos una gaviota que planeaba extraviada en medio de la ventisca. A ratos el viento arreciaba y entonces la lluvia parecía suspendida en el aire, silenciosa y oblicua. Después, la gaviota se dejó caer en picado sobre nosotros, rozó con su ala cenicienta el parabrisas astillado del Lincoln y antes de remontar el vuelo nos miró de soslayo con su ojo de plomo.

—Un día de mil demonios —dijo Marés sentado al volante, y convidó a fumar—. Abrid bien los ojos.

Habló con su voz de ventrílocuo, sin mover los labios. Y como en sueños, a través del humo más azul y más transparente que jamás haya soltado un apestoso cigarrillo elaborado en años apestosos, vimos cruzar el descampado, viniendo hacia nosotros, a una mujer con boina gris y gabardina clara, muy pálida y muy guapa y llorosa. Era un sábado por la tarde de un mes de abril que parecía noviembre.

Juanito Marés escrutó a David y a Jaime, en los asientos de atrás, y después a mí. Al clavarme el codo en las costillas, comprendí que me había elegido:

—Bonitas piernas —dijo mirando a la mujer.

—Sí, jefe.

—¿Te gustan?

—Ya lo creo, jefe.

—Pues no las pierdas de vista.

Entornó los ojos de gato y puso cara de viejo astuto Barry Fitzgerald ordenando al poli sabueso seguir a la chica en *La ciudad desnuda,* añadiendo con la voz ronca:

—Andando, es toda tuya.

Ella pasó por nuestro lado dejando en el aire un acre perfume a cebollas y lágrimas, tal vez a vinagre. Bajo los faldones de la gabardina, muy ceñida en la cintura, la plenitud de las corvas sugería unos muslos que por fuerza tenían que rozarse al andar. Sin embargo, era una mujer delgada, de pechos pequeños y fina de caderas. No la conocíamos de nada, nunca la habíamos visto, pero el jefe sabía algunas cosas: que era nueva en el barrio, que vivía en la pensión Ynés con un niño pequeño y que su marido la había abandonado. Se hacía llamar señora Yordi, pero al parecer su verdadero nombre no era ése.

—Es todo lo que sabemos —concluyó Marés dándome otra vez con el codo—. En marcha.

Tiré el cigarrillo, me calé el sombrero hasta la nariz y bajé del automóvil sin poder apartar los ojos de aquellas piernas largas, enlutadas por las medias y la lluvia, mientras cruzaban un mar de fango negro.

Una trepidante aventura iba a comenzar, y algo me decía que esta vez acabaría mal. Me quedé parado unos segundos bajo la lluvia fina, junto al morro del Lincoln. Ante mí se abría el Campo de la Calva, una explanada negruzca y encharcada al final de la calle, sobre la falda de la colina festoneada de ginesta. Un barrio tan alto, tan cerca de las nubes, que aquí la lluvia todavía está parada antes de caer, solía decir Marés. Esta plataforma sobre la colina había sido proyectada como plaza pero aún no era nada, un barrizal; a un lado había una hilera de casas bajas con la taberna de Fermín y la papelería-librería, y al otro lado nada, el declive del monte y los pinos y castaños con Vallcarca al fondo. Lo llamaban Campo de la Calva porque los moros de Regulares jugaron aquí un partido de fútbol con la cabeza cortada y rapada de una puta, y dicen que de tanto patearla y hacerla rodar, la cabeza se quedó lisa y pulida como una bola de billar, sin nariz ni ojos ni orejas, y que la mandíbula se soltó y que al final del partido la enterraron con la boca abierta. Tiempo después, nosotros excavamos el Campo y lo único que encontramos fue la calavera de un perro.

Estaba pensando en todo eso mientras veía alejarse a la señora Yordi.

—¡¿Qué demonios estás esperando?! —bramó el jefe asomándose a la ventanilla del Lincoln—. ¡Vamos, síguela!

—Creo que esta mujer nos traerá problemas.

—No te pases de listo, Roca. Quiero un informe completo, así que espabila.

—Es muy difícil «marcar» a una mujer tan bonita sin llamar la atención, jefe.

—¡Pues a ver cómo te las apañas! ¡Andando!

—Está bien, ya voy.

Pero seguía allí clavado sin poder moverme, como si la boca abierta de la furcia calva, debajo de la tierra, se hubiese cerrado como un cepo en mis tobillos. Soplaba un viento racheado y cabrón que arrastraba papeles y hojas de laurel por la Bajada de la Gloria. Hacia Los Penitentes, al otro lado de la colina de las Tres Cruces, del cielo gris se descolgaban nubes borrascosas como peñascos de piedra pómez.

Marés soltó una maldición y finalmente me puse en marcha tras la señora Yordi. La suerte estaba echada.

Cuando la señora ya había dejado atrás la papelería de Susana y se disponía a torcer en la esquina, el viento cambió bruscamente de dirección y la embistió por la espalda, y entonces ella se dobló un poco hacia atrás y pareció que se reclinaba confortablemente en el mismo viento, dejándose llevar un trecho por él: los faldones de la gabardina pegados a las nalgas, la corta melena negra partida en dos sobre la nuca, sujetándose la boina con la mano. Me perturbó un zureo de palomas, el olor afrutado de su axila.

Al verla desaparecer en la esquina, me subí el cuello de la cazadora y aceleré el paso.

2

Dos horas después estaba de vuelta y Marés seguía sentado al volante. Abrió la puerta del coche con el pie y me senté a su lado. Por el retrovisor vi a David y a Jaime derrumbados en los asientos de atrás con el pelo mojado y los ojos de fiebre. Salieron a cumplir su misión después que yo, pero habían terminado antes. Ahora llovía un poco más.

—Al volver he pasado por casa —dije a modo de disculpa—. Bien. La he seguido durante tres cuartos de hora. Cogió la Bajada y Nuestra Señora del Coll y luego siguió por Avenida Hospital Militar, siempre en dirección Lesseps. Ya no lloraba.

Encendí un cigarrillo y reflexioné, cerrando los ojos en medio de las espirales de humo para ver mejor, otra vez, el movimiento de sus caderas. La señora camina todo el rato con la barbilla enhiesta y los ojos bajos, sin prisas, sin sentir la lluvia. No la sentiríamos en la cara si no la encrespara el viento, recuerdo que pensé, es un calabobos muy fino. No llora, pero dirías que la acosan amargos pensamientos. Va sin paraguas y la gabardina le queda corta, tres dedos por encima de la rodilla, y la falda del vestido aún debe ser más corta, pues ni siquiera asoma; el bolso colgado al hombro, medias color ceniza y zapatos de tacón alto con dos tiras negras cruzándose enroscadas por encima del tobillo.

Tendrá unos treinta años y los pómulos altos y pulidos como de marfil. Cada vez que vuelve la cabeza, tras la tenue cortina de lluvia vislumbro unos ojos oscuros almendrados y el párpado dulce y parsimonioso, oriental. Durante algún trecho la sigo tan de cerca que puedo oler la lluvia en su pelo y oír el roce de las medias de seda en los muslos.

—Cuando quiera detalles sobre su persona, ya te los pediré —dijo secamente Marés—. Prosigue.

Pasamos frente al bar Las Cañas, el cine Mahón, la charcutería de la plaza, la tintorería, la Delegación de Falange. A su paso, hombres tambaleantes y mal afeitados la miran hurgándose los bolsillos del pantalón, mascullando roncas obscenidades. Quizá para ahuyentar su tristeza, ella se para ante un escaparate y mirándose en el cristal atusa con los dedos su airosa melena, corrige la posición de su boina, saca del bolso una barra de carmín que restriega con fuerza por sus labios y finalmente se frota los párpados de cera, tan estáticos y misteriosos, con la yema del dedo anular. Se parece asombrosamente a Fu-Lo-Suee, la hija de Fu-Manchú: los mismos ojos de china perversa y venérea, caliente y oriental.

—Quise verla mejor y me paré cerca y me agaché simulando atarme el cordón del zapato —añadí con la voz nasal, detectivesca, y capté de reojo el desdeñoso bufido del jefe—. Pero entonces ella se vuelve inesperadamente y me mira, quieta, con sus ojos de hielo. El corazón me da un vuelco. ¡Hostia, qué mirada! Me hago el distraído guipando a un lado, al vagabundo que empuja renqueante un cochecito de niño cargado de botellas y trapos viejos, y que tropieza en el bordillo y a punto está de caerse, pobre diablo.

Interrumpí el informe para darle al cigarrillo un par de chupadas, y a mi espalda David soltó una tos pedregosa y espesa como una mermelada barata hecha de algarrobas o Dios sabe qué. Medité en la continuación de mi relato viendo rebotar la lluvia sobre el morro del automóvil, un Lincoln Continental 1941 de líneas aerodinámicas y radiador cromado venido de quién sabe dónde a morir aquí como chatarra. De su pasado esplendor quedaba algún destello en medio de la herrumbre, algún cristal, pero todo él parecía más bien una gran cucaracha calcinada y sin patas, sin ruedas ni motor, y nadie en el barrio recordaba cómo y cuándo había llegado hasta aquí arriba, quién lo abandonó sobre esta pequeña loma al noroeste de la ciudad, y por qué. El Lincoln estaba varado en el mar de fango negro y cercado por un montón de cosas muertas: pedazos de estufas de hierro, una butaca desventrada, pilas de neumáticos, somieres oxidados y colchonetas mugrientas y desgarradas.

—Un poco más abajo, delante del cine Roxy, el manco que vende tabaco y cerillas debajo de un paraguas me la empieza a piropear guarramente. Ella se pasa a la otra acera, calle Salmerón abajo. Y no volvió la vista atrás ni una sola vez. Entonces vi algo que me puso los pelos de punta: un tranvía casi la atropella.

Le estaba contando solamente lo que había pasado, pero lo bueno era lo que me habría gustado a mí que pasara, las cosas que llegué a imaginar mientras la seguía de cerca embebido en el olor a musgo de su pelo. Por ejemplo, que el tranvía la atropella y su cabeza golpea contra el empedrado y pierde el sentido. Está allí caída de espaldas en el suelo con una bata de raso blanco y chinelas con borlas rosadas, se interrumpe la circulación, se forma un corro de gente a su alrededor y alguien pide un médico y una voz dice que se le haga el boca a boca, rápido, quién sabe hacer el boca a boca. La misma accidentada, en medio de su inconsciencia, me señala con el dedo suplicando que sea yo quien le haga el boca a boca.

—Vaya. Te tocó la china —dijo David.

Así que me decido y le hago el boca a boca a la señora con el beneplácito de todos los presentes. Tiene los labios fríos como gusanos de seda y éste es el beso más extraño e inolvidable de mi vida. La boca se abre y transmite oleadas de calor, sabor a carmín y reiterados pliegues de carnoso cariño abriéndose como una vulva o como una flor. Hacia el final, ella abre un instante sus ojos de china maligna y caliente, y me mira fijo. En sus pupilas luminosas la lluvia se refleja combada, fruncida por el viento, como una miniatura.

3

La luz fugitiva de la tarde, ahora, aquí, planea como un pájaro de oro sobre el mar de fango.

—No pasó nada más hasta llegar casi a la Rambla del Prat —proseguí—. Delante del bar Estado se encontró con alguien que no esperaba. Charles Lagartón, el panadero, que está parado al borde de la acera esperando para cruzar, se vuelve y sonríe a la señora Yordi descolgando morro y papada como un asqueroso sapo chafardero que es. Vaya, ¿usted por aquí?, un poco lejos de nuestro barrio, ¿verdad?, y con este tiempo tan malo. Y ella disimulando su contrariedad y su fastidio, algo nerviosa, pero amable. Pues mire, precisamente iba a comprar un paraguas... Mentira, como veremos enseguida.

Me paro y me agacho detrás del buzón de correos, pero el gordo Lagartón me ve, y también ella, otra vez. Inevitable, si quiero mantenerme cerca y enterarme de lo que hablan. A través de la llovizna ahora peinada por el viento, afilada y gris como pelajos de rata, mis ojos no se apartan de la boca de la señora Yordi, que dice:

—Mire ese niño. Me viene siguiendo desde lo alto de la calle Verdi.

Charles Lagartón entorna los ojitos de cerdo y me guipa un rato, las manos enlazadas a la espalda y las piernas cortas separadas como si estuviera de pie en la cubierta de la Bounty poniendo cara bestial de capitán Bligh con su asquerosa verruga en la mejilla.

—Hum —gruñe—. Juraría que es el chico de Berta, maldito sea. El domingo pasado él y su pandilla de *trinxas* desarrapados estuvieron siguiéndome mientras paseaba cerca de la estación de Sants.

—¿Os dais cuenta? Lo llama pasear, a estraperlear con sacos de harina, el cabrón. Pero ella, tan discreta y paciente, tan oriental y misteriosa bajo la llovizna, se desentiende de esas patrañas. Dice:

—¿Ah, sí? ¿También le seguían a usted? ¿Y por qué?

—Por nada. Juegan.

—¿Y a qué juegan?

—A detectives, a espías —gruñe el panadero—. Escogen a una persona cualquiera que pasa por la calle y la siguen durante horas.

—Vaya —recelando ella pero no de mí, sino del gordo malcarado que sonríe burlón con su boca de besugo y la mira fijo como intentando adivinar sus pensamientos—. Qué divertido, ¿no?

Como ya sabéis, añadí, a esta distancia yo entiendo lo que hablan dos personas porque de pequeño aprendí a leer el movimiento de los labios.

—Que sí, que ya lo sabemos —impaciente David.

Observé al jefe Marés. Me escuchaba con aire pensativo y severo, los brazos sobre el volante y la mirada al frente, más allá del ciego parabrisas. Había encendido otro de sus famosos cigarrillos de anís Players de Virginia, que llevaba en una caja de metal azul pálido, y David volvió a toser su mermelada pedregosa. Jaime palmeó su espalda doblada y protestó:

—¡Rayos y centellas! ¿Cómo puedes fumar esta porquería?

—Huele a anís.

—Huele a alpargatas quemadas. Apesta.

—El coche es lo que apesta —le dije.

—Es pura mierda —insistió Jaime—. ¿Por qué no compras aunque sea Ideales, de vez en cuando?

—Silencio —ordenó el jefe sin levantar la voz—. Termina con tu maldito informe, Roca. Y procura ir al grano.

—Sí, jefe.

Con su cara de enterado, el gordo panadero insiste en sus explicaciones reteniendo a la señora Yordi:

—Bueno, eso dicen estos sinvergüenzas. Que es un juego de espías y de agentes secretos. O de atracadores y facinerosos, vaya usted a saber.

—¡No me diga!

—Fíjese en el sombrero que lleva éste. Era de su padre, que está en la cárcel por atracador y por rojo separatista.

Ella lo mira con verdadero odio durante una fracción de segundo. Es muy difícil percibir eso en unos ojos achinados que siempre miran todo con una dulzura perversa y como sifilítica, una especie de pus en la pupila, seguramente porque han visto muchas miserias en esta vida; pero me di cuenta. Y me llegó también la frialdad de su voz al responderle:

—Cómo puede decir eso, señor Oms.

—Es mala gente, todo el barrio lo sabe.

La señora Yordi iba a replicar, pero se contuvo. Finalmente, más relajada, dijo:

—En fin. Cosas de críos.

—De todos modos es una falta de educación, que la sigan, y más tratándose de una señora como usted. Si este niño la molesta, llame a un guardia...

—No, de ningún modo.

Enfurruñada, haciendo por irse. Qué gusto seguir el borroso movimiento rosado de sus labios mientras se despide una y otra vez del pesado Lagartón, sin conseguir librarse de él. Porque este fati con ojos de rana venenosa no para de hablar: que son unos golfos y no valen para nada, que se pasan el santo día en los billares y en la calle y en el cine, o acurrucados como polluelos en el interior de este automóvil podrido y lleno de piojos varado en medio del fango y las basuras, nido de pordioseros, fumando y planeando seguimientos y pesquisas por la ciudad misteriosa y corrompida, husmeando el delito entre la niebla y «marcando» de cerca a los sospechosos bajo la lluvia, mientras se oye a lo lejos la sirena de un buque pidiendo entrada en el puerto.

Las sirenas de los buques, en días borrascosos como éste, nos hacían pensar en putas francesas apoyadas en farolas, de noche, con faldas de satín negro abiertas en el costado.

—Déjelos, no son más que niños que juegan a películas —decía ella—. Y adiós, se me hace tarde.

—Que no, que ya son muy ganapias, señora —excitándose el panadero estraperlista y mamón—. ¡Que ni crecen ni reverdecen de la maldad que se los come!

—Bueno, no se ponga usted así.

—Se empieza con pistolas de juguete y atracos de película. Balas de saliva, muertos de mentira. Pero un día serán balas y muertos de verdad, señora, como el sombrero de éste. Habrá que verlos de mayores. Peor que la peste.

—Maldito capitán Bligh —masculló David—. ¡Maldito seas!

—Sí, ¿por qué no se lo tragaría el mar?

—Es un bocazas —dijo Marés—. Un soplón y nada más, no hay que hacerle caso.

—Pero anda por ahí diciendo que el padre de éste está en la Modelo y además criticando su sombrero —dijo Jaime—, y eso es tener muy mala leche.

—Ni caso —insistió el jefe—. El Lagartón es un mal bicho, de acuerdo, y algún día nos ocuparemos de él. Ahora sigue, Roca.

Cuando le dijo a la señora Yordi lo de mi padre en la cárcel, yo agaché la cabeza, me quité el sombrero y lo escondí entre el pecho y la camisa; no porque sintiera vergüenza, sino de la rabia que me dio. Es un sombrero flexible, de los buenos, un Stetson auténtico, especial para seguir de cerca a rubias peligrosas en días de lluvia. Lo escondí momentáneamente por mi padre, por respeto a su memoria de pistolero republicano y rojo separatista con sombrero de ala flexible sobre los ojos...

—Bien hecho —dijo David—. Padre no hay más que uno, aunque esté en la trena.

—O en la tasca y mamado todo el puto día, como el que yo me sé —se lamentó Jaime.

—¿Habéis terminado, cotorras? —Marés impaciente, limpiando el cristal del parabrisas con el puño furioso—. Entonces continúa, Roca. ¿Qué más has podido leer en sus labios? ¡Qué más, qué más!

Pues que ella entonces empieza por fin a caminar de espaldas, empieza a irse, dejando al chismoso panadero con la palabra en la boca. ¿Qué, no ha vuelto a saber nada de su marido?, susurra todavía el Lagartón mirándole las caderas: Ay, estos niños fisgones que nos siguen en nuestras escapaditas y espían nuestras intimidades por el ojo de la cerradura, qué malos son, ¿verdad, señora?, qué situación más comprometida a veces para una mujer casada, ¿no le parece...?

—¿Todo eso decía? —preguntó el jefe.

—Más o menos. A ratos la lluvia no me dejaba leer en sus labios. Lo que importa es el sentido de lo que dijo. Pero ella no le hace caso y se aleja Salmerón abajo por la acera de la derecha.

Había tallos de clavel pisoteados y gladiolos tronchados sobre el asfalto húmedo en el cruce con Travesera, y un ciego enfurecido golpeando el bordillo con su bastón, esperando que alguien lo pase al otro lado, escupiendo a las nubes. Y el olor a pan calentito en la esquina de Luis Antúnez, y un poco más abajo mi otro olor preferido, a bacalao seco y aceitunas aliñadas en barricas sobre la acera. Suelto la zarpa al pasar y pesco un puñado de aceitunas, sigo calle abajo y delante de mí un vagabundo arrastra un cesto de mimbres con una cuerda y en el cesto va un niño sobre botellas vacías de champán y envuelto en harapos. El crío me mira con sus ojitos legañosos mientras vamos caminando y me saca la lengua sonriendo, y yo le voy tirando aceitunas y él las pilla una tras otra abriendo la boca como un cazo.

Pasamos el cine Mundial y, delante del bar Monumental, la señora se para. Antes de entrar, mira a un lado y a otro, recelosa. Espero un par de minutos y entro tras ella.

La señora Yordi está sentada con un hombre fuerte y moreno en una mesa del rincón, al fondo del grandioso bar, detrás de los billares. En una de las mesas de billar juegan dos chicos muy serios y bien peinados, con pantalones de golf, con tacadas estudiadísimas y mucho cuento. Me acerco simulando asombro ante su estilo finolis y desde allí controlo de reojo a la pareja, quietos y susurrantes en la penumbra. El hombre es mayor, de unos cuarenta, gafas negras, nariz de cuervo, bigotillo recortado y un palillo entre los dientes. La cabeza gacha, las manos en los bolsillos de la gabardina, ella se mira las rodillas muy juntas y calla todo el rato. El tipo le habla al oído, el brazo en el respaldo de la silla y sin tocarla a ella, pero como si estuviera muriéndose de ganas de hacerlo. La luz es tan mala que no distingo sus labios, apenas el movimiento del palillo que la lengua del tío desplaza de un lado a otro.

Luego afino la vista y capto que le dice: «Haré lo que pueda, señora, se lo prometo...». Sólo se oye el toc-toc de las bolas de billar. Ella sigue callada y él añade: «Confíe en mí, señora, no se deje llevar por la desesperación, todo se arreglará, tengo amigos influyentes...», más o menos.

—He tenido mucho cuidado de que ella no me viera —dije—. Ha sido fácil, no levantaba la vista del suelo, estaba como avergonzada.

Diez minutos después salieron juntos del bar y pararon un taxi. Se fueron deprisa y lo último que vi de ella fue su mano abierta aplastada contra el cristal de la ventanilla, debatiéndose como si la estuvieran besando a la fuerza o estrangulando.

4

Juanito Marés repiqueteó los dedos sobre el volante del coche y miró afuera. El viento había cesado pero en el cielo sombrío las nubes corrían veloces, apelotonándose, y la tarde se encendía como una luz roja arcillosa, como si fuera a llover barro.

—¿Qué dirección tomó el taxi?

—Para arriba —dije—. Plaza Lesseps.

—Está bien. —Marés buscó la cara de David en el retrovisor—. Ahora tú, David. Cuenta.

David carraspeó antes de decidirse a hablar. Me miró fijamente. Su informe empezaba con una afirmación sorprendente:

—El hombre que yo he seguido, te estaba siguiendo a ti mientras tú seguías a la señora. —Excitado e intrigado, añadió—: Pasó por aquí cuando acababas de salir tras ella, y el jefe me ordenó: sigue a este hombre. El tío te «marcó» hasta el bar Monumental. Se paró cuando tú te paraste, te esperó cuando el encuentro con Charles Lagartón, cambió de acera cuando tú lo hiciste. Todo.

—¡Cáspita!

—Y mantuvo siempre la misma distancia, unos veinte metros.

—¡Fantástico! Pero te lo estás inventando, David.

—Jaime también lo ha visto. Que diga si miento.

—Por mi madre que es verdad —dijo Jaime.

El jefe no abrió la boca. Lo miramos esperando su veredicto. Sólo dijo:

—Descríbelo.

Un hombre delgado y un poco cabezón, de estatura mediana tirando a bajo, de unos treinta y cinco años, pelo negro planchado con raya en medio y la cara blanca como el papel, relamida, anticuada y galante y como si llevara colorete en las mejillas y usara fijapelo, como si alguna vez hubiese sido muy fino y educado y rico, o muy amado y feliz, lejos de aquí, en otra barriada y en otra época. De cerca te das cuenta que la palidez de la cara es una mascarilla de polvos de arroz, y que los labios afilados y prietos parecen labios de madera pintados. Lleva un paraguas de señora con mango de marfil y adornos de plata y pedrería, pero con una varilla rota, y abrigo negro sobre el pijama a rayas y zapatillas de felpa de estar por casa, como si hubiese salido del escenario de un teatro a comprar el periódico en la esquina.

—Al meterte tú en el bar Monumental —continuó David—, se plantó en la acera, cerró el paraguas y pensé que también iba a entrar. Pero no. Se quedó allí como una estatua, mirando la puerta.

Al lado, en la boca del callejón, un joven perdulario con gafas de aviador o de motorista en la frente y una astrosa manta militar sobre los hombros resbala despacio apoyando la espalda en un farol y se desploma indiferente con las manos en los bolsillos, sonriendo a los que pasan. Lo arriman contra la pared y le dan cachetes, pero él no reacciona; mantiene los ojos abiertos y las manos en los bolsillos del pantalón, como si nada, tan campante, pero no reacciona.

—El hombre maquillado y con su pijama debajo del abrigo no veía nada a su alrededor, sólo la puerta del bar —dijo David—. De pronto se acercó a la puerta y se dio de morros contra el cristal.

Mantuvo la nariz pegada al cristal un rato, sin moverse, y cuando se apartó era otro hombre. Como si le hubiesen caído veinte años encima de golpe. Como si hubiera visto un fantasma. Cruzó muy abatido la calle y alcanzó la otra acera de verdadero milagro, pues casi lo pilla un tranvía. Y girando sobre los talones, se quedó allí en el bordillo mirando fijamente la puerta del bar con el paraguas cerrado bajo el sobaco, calándose hasta los huesos como un tonto, los afeites de pálido galán enamorado chorreándole por las mejillas de muerto. Sus pies chapoteaban en las zapatillas, bajo los bordes enfangados del pantalón del pijama. Luego retrocedió hasta un portal, pero no lo hizo pensando en la lluvia, no por no mojarse, sino porque no le vieran llorar como un niño abandonado al borde del arroyo. La gente pasaba por su lado sin hacerle caso.

—Entonces, con mano temblorosa, saca el pañuelo del bolsillo y se le cae al suelo un billetero. No se da cuenta, o no le importa. Parece un hombre sonado, tocado del ala.

Desde hacía rato, a David no le divertía nada contar esta jodida historia y se notaba. Abrevió el final: el hombre triste con colorete en las mejillas se cansó de lloriquear bajo la lluvia y se fue. Vagó sin rumbo por los sucios callejones de Gracia como un viejo chiflado y desmemoriado, recaló en el vestíbulo del cine Delicias y allí encendió un cigarrillo, pero lo tiró enseguida y subió a la cabina de proyección y habló un rato con el operador, dejó la puerta abierta y se oían sus voces y las de la película y alguien lloraba allí, no sé si en la cabina o en la película, luego volvió a bajar, aún más abatido, siguió su camino y acabó sentado con cara de lelo en el portal de una torre de la calle Legalidad.

—Entonces lo dejé y me vine —dijo David, controlando a duras penas un nuevo brote de su tos bronquítica en conserva—. Y se acabó. Fin.

—¿Y el billetero?

—Aquí está.

Era de piel falsa de cocodrilo, pequeño y tan plano que no parecía contener nada. Pero dentro había cinco billetes de a duro y una amarillenta y sobada fotografía de retratista ambulante en la que se veían palomas y un soldado y una muchacha muy borrosos cogidos de la mano en una plaza. La foto se caía a trozos y olía a polvo. El impacto de un sol antiguo y congelado en los jóvenes rostros de la pareja borraba sus facciones y persistía solamente una palpitación de la sonrisa, un parpadeo espectral, una antigualla de felicidad.

5

David volvió a toser y miró al jefe esperando su aprobación. Todavía era un novato, pero con este trabajo podía ganarse definitivamente las credenciales.

Marés reflexionaba. Chasqueó la lengua y dijo:

—Está bien. Toma.

Sacó del bolsillo la cartulina y se la dio. Llevaba escrito con tinta invisible:

David Bartra. Agencia de Detectives «Donald Lam/Berta Cool». Pesquisas, seguimientos, misiones secretas, sabotajes. c/. Verdi, Campo de la Calva, s./n.

—Pero no te lo has ganado, que conste —añadió Marés—. Tu informe está mal desde el principio, porque se basa en una deducción equivocada.

—¿Equivocada?

—Sí.

Marés encendió otro cigarrillo perfumado de los suyos y miró aviesamente a David a través del espejito retrovisor. Dijo:

—Piensa un poco con el cerebelo, chaval.

—Ya lo hago, jefe...

—Veamos. Basándote en todos los datos que tenemos, no sólo en los tuyos, sino también en los de Roca sobre la señora Yordi, ¿cómo lo enfocarías?

David alzó la mano y miraba la punta enrojecida de los dedos y bizqueaba, confuso.

—Hum. No lo sé.

El jefe volvió la cara hacia él y arrugó la nariz. Los asientos de atrás soltaban un agrio pestucio. De noche los vagabundos solían dormir en el Lincoln abrazados a sus pringosas botellas de vino.

—¿Qué dices tú, Jaime?

—Es un asunto enrevesado, jefe.

Marés esperó un poco, por si Jaime quería exponer alguna teoría, y luego me miró a mí.

—¿Y tú, tienes alguna idea?

—Tengo una, pero no me convence.

—Adelante, chico.

—No sé —dije encogiéndome de hombros—. No quiero aburrirte, jefe.

—Abúrreme. Es una orden.

Carraspeé, y con la voz fría, sin inflexiones, aventuré:

—Esta señora tiene un fulano porque necesita comida para su niño pequeño, y porque está sola, sin marido. Se cita con su amante en el bar. Ese taxi iba al meublé La Casita Blanca. Y ese hombre pintado y con pijama y zapatillas me seguía a mí porque es un marica.

Marés ronroneó como un gato ensayando su voz impostada y tardó unos segundos en contestar:

—Casi aciertas —el humo del cigarrillo le hizo entornar los ojos, y también su natural malicia y puñetería. Ahora habló otra vez sin mover los labios y su voz fría y artificiosa parecía venir de lejos, de otros ámbitos del sentimiento, como la voz de los ventrílocuos—. Sí, todo coincide para hacernos creer que el tío del pijama te seguía a ti, Roca. Sin embargo, a quien seguía es a ella. Tú lo que hiciste fue interponerte entre los dos, y en realidad él ni siquiera te vio. La seguía a ella igual que tú, pero de lejos, siempre por detrás de ti. —Miró a David por el retrovisor—. Cualquiera se habría dado cuenta menos un novato como tú, David. Piénsalo: ¿por qué razón este señor, que pasó por aquí como un sonámbulo, había de ponerse a seguir a Mingo Roca, un *xava* del barrio al que seguramente no había visto en su vida? ¿Eh?

David bajó los ojos y en tono de excusa murmuró:

—Pues a mí una vez un desconocido me siguió desde las Atracciones Apolo hasta el Monte Carmelo.

—Sería un bujarrón.

—¿Y cómo sabes que éste no lo es?

—Porque los conozco. —Guardó silencio unos segundos y añadió—: ¿Se os ocurre alguna otra explicación?

Se replegó sobre sí mismo ondulando como una oruga y puso los pies sobre el volante, se quitó un zapato y un calcetín y se rascó las junturas de los dedos. Después, alzando la maloliente pezuña hasta tocarse la nariz, pinzó con el dedo gordo y el otro el cigarrillo colgado en las comisuras infectadas de la boca y siguió fumando tranquilamente con el pie, las manos cruzadas en la nuca. Era medio contorsionista, además de medio ventrílocuo, habilidades que le habían enseñado antiguos compañeros de trabajo de su madre, artistas de variedades derrotados y sin trabajo.

—Bien. Recapitulemos.

Siempre decía lo mismo y se comportaba del mismo modo, retrasando cuanto podía la solución del enigma. Oídos nuestros informes, Marés se convertía en la Araña-Que-Fuma y se quedaba reflexionando envuelto en el humo azul del pitillo que manejaba diestramente con la pata. Analizaba todos los datos, los confrontaba, requería ciertos detalles en apariencia banales, y, finalmente, después de rechazar nuestras sugerencias, imponía su criterio mediante deducciones generalmente convincentes sobre causa y efecto, otorgando al comportamiento de los sospechosos, por enigmático que fuese, una motivación que nosotros no habíamos previsto, casi siempre amarga y desoladora. Desde muy chico había dado muestras de esa extraña y terrible facultad: diríase que adivinaba el secreto infortunio y la amargura que por aquellos días casi todo el mundo soportaba en lo más íntimo resignadamente, diríase que percibía en las personas la memoria reciente de alguna humillación con sólo verles la cara, o por su manera de andar o de pararse en la calle con la mirada caída sobre alguna cosa, por un detalle de nada. Un día que vimos al señor Elías llorando en la taberna, solo, sentado en un rincón y escuchando en la radio una marcha militar, Marés dijo que el hombre lloraba porque la radio le estaba recordando una hija suya que hacía de puta en Zaragoza, detrás de un cuartel de Infantería donde un brigada criaba mil cerdos con las sobras del rancho. ¡Y era verdad, lo supimos cuando el hermano mayor de Jaime volvió de la mili y nos habló de la Puri! ¡Y los mil cochinos cebados con las sobras de la cocina del cuartel, también era verdad!

A fin de cuentas, Juanito Marés era algo mayor que nosotros, se había criado aquí y era catalán, además de un poco contorsionista y ventrílocuo: más serio, con más lenguas, más preparado. Por eso era el jefe.

6

Cuando Marés empezó a hablar, yo miraba a través de la ventanilla del Lincoln una gigantesca nube de plomo en forma de puño alzándose iracundo contra el cielo desde el horizonte borroso del mar, muy lejos del puerto, allá en los confines del Oriente. Pensé en el destino incierto de la señora de ojos de china bajo la lluvia, y pensé en el destino cumplido y atroz de la furcia cuya cabeza cercenada y calva yacía enterrada debajo de nosotros: vida y muerte extrañamente juntas, fundidas en la misma soledad y en la misma fiebre adolescente, en una sola carne de mujer soñada, sojuzgada y al fin destruida. Y pensando confusamente en todo eso sentí un vértigo y me quedé de pronto como sordo o como atontado de las bombas. Me asusté e interrumpí a Marés:

—¿Y qué hacemos con el billetero, la foto y el dinero, jefe?

—De momento que lo guarde David. —Juanito Marés me observó unos segundos y luego prosiguió—: Decía que el hombre del paraguas roto y polvos de arroz en la cara, tiene que ser un actor de teatro. Y que, además, se trata del marido de ella, del propio señor Yordi, que dicen que abandonó a su mujer hace algún tiempo. Y no me preguntéis nada por el momento, es una corazonada... Ante todo aclaremos que Yordi no puede ser un apellido: Yordi es la manera que vosotros los charnegos pronunciáis Jordi, que es el verdadero nombre catalán del marido, no su apellido, que juraría que es Jardí. Jordi Jardí, actor secundario y fracasado. Los conozco y los huelo de lejos, por mi casa han pasado muchos. Así que ella sería la señora Jardí, no Yordi. ¿Está claro, analfabetos, kabileños sin escuela, jodidos murcianos?

Acurrucados al fondo del Lincoln, David y Jaime parpadearon desconcertados y Marés continuó: porque este infeliz que se pone a hacer pucheros en la calle, delante del bar donde ella se ha citado con un fulano, está bien claro que es su marido. Y como es actor, y los sábados y domingos tiene función en algún teatro de aficionados de los muchos que hay en el barrio, en L'Artesà o en Els Teixidors o en el Orfeó Gracienc, donde seguramente hace pequeños papeles de galán maduro y refinado a lo Charles Boyer, con las sienes plateadas y botines y guantes, pues a veces ya sale de casa maquillado y vestido para la función, muchos lo hacen; quizá él lo haga porque en la calle prefiere el anonimato, ir disfrazado de otro, ser otro, añadió Marés pensativo, muchos actores sin fortuna sueñan con ser otro... Todo concuerda: se dice en el vecindario que dejó plantada a su mujer, pero en realidad se fue para esconderse en otra casa porque hay una denuncia contra él y la bofia lo está buscando. Así, locamente enamorado de su mujer, y sospechando que ella va a verse con un hombre, esta tarde los celos lo han desviado de su trayecto habitual hacia el teatro encaminándolo a la pensión Ynés, ha esperado hasta verla salir y la ha seguido.

—Todo concuerda —repitió, rascándose la oreja con el dedo gordo del pie—. ¿Qué decís, sí o no?

Asentimos con la cabeza.

—Ahora bien, el infeliz se equivoca —prosiguió Marés—. Ella no le está engañando por gusto, porque él sea un pobre diablo y un fracasado. El fulano que la espera en los billares del Monumental, no es propiamente ningún querido o macarra consentido de la señora. ¿Quién es entonces? ¿Por qué se ven a escondidas?

—Hombre, tú qué crees —sonreí burlón—. Al tío le gustaban sus piernas una cosa mala, se le iba la mano. En este momento se la está follando, jefe.

—Tal vez. Pero no es su querido ni su amante. ¿Desde cuándo una mujer enamorada acude tan triste, tan desganada de todo y llorando a una cita con su amante? Os digo que es otra cosa. ¿No habéis visto sus medias zurcidas, su gabardina tan corta y con el cinturón tan apretado bajo los pechos, y esos zapatos de mujer fatal que no le van a una señora tan fina, que la hacen tambalearse un poco? ¿No os parece que quiere gustar como sea a alguien, gustar mucho y deprisa y con vicio, y después vestirse de otra manera? Hay que verla como yo la estoy viendo, chicos, hacedme el puñetero favor de imaginarla de otra manera, si de verdad queréis destacar en este oficio de detectives. Espabilad, venga, esforzaos un poco más en atar cabos sueltos y en aventurar audaces conclusiones, aprended a ser más perspicaces y mal pensados, o nunca llegaréis a nada...

Veamos ahora al tío ese con el que se entiende la señora, añadió bajando la voz, a este fulano del palillo entre los dientes y la nariz ganchuda sentado en lo más oscuro del bar, detrás de los billares, como un buitre esperando alguna carroña. Ahí está, echado sobre los hombros lleva un chaquetón de cuero negro con solapas de terciopelo y en su mano enguantada abultan las sortijas como sabañones cuando levanta la panzuda copa de Fundador. ¿Quién es, un estraperlista, un funcionario rumboso de la Comisaría de Abastos, un poli, un chulo putas? ¿Cómo lo has descrito, Roca, ya no te acuerdas? Yo sí: unos aires de tío pistonudo y pavero, camisa azul, bigotito negro, fijapelo y brillantina en la cabeza de zepelín y gafas negras. ¿Y no le viste la araña negra en la solapa? Porque es un falangio, claro está, un enchufado de los luceros, un Flecha de esos que tienen cogida la vaca por la mamella y no la sueltan. ¿Y ella qué busca en este camarada imperial, qué puede querer de un hombre así una mujer tan bonita casada con un actor de tres al cuarto que sólo ha conocido teatrillos de barriada? Pues un gran favor, un aval, precisamente para su marido. Porque un falangista bien relacionado y dispuesto a hacer favores, sobre todo favores a una mujer sola y desesperada, ya se sabe, tiene influencias, puede conseguir un certificado de buena conducta, una recomendación, lo que ella le pida.

—Confíe en mi discreción, señora, haré lo que pueda, dices que le dijo con la zarpa en la rodilla. O sea, todo concuerda.

Pero nosotros no lo veíamos tan claro.

—¿El qué? —dije sacudiéndome el lío de la cabeza. De pronto todo aquello me parecía un camelo, una tomadura de pelo—. Anda ya, jefe. Es demasiado.

Miré a través de la llovizna y me puse a pensar no sé por qué en la ciudad aterida y promiscua que se extendía a nuestros pies bajo un manto de neblina, en las largas colas del sábado frente a los cines con calefacción, en los tranvías repletos bajando por las Ramblas, en los vestíbulos de las casas de putas abarrotados de hombres, en las alegres muchachas con chubasqueros de colores entrando cogidas del brazo en las salas de baile. Y nosotros aquí arriba rumiando musarañas.

Permanecimos en silencio, mareados por la historia y el tufo a perdulario que anidaba en el auto, y, por segunda vez en poco tiempo, en total desacuerdo con el jefe. Aun sin haberlo comentado, los tres pensábamos lo mismo: esta vez sus famosas deducciones le habían llevado demasiado lejos.

—Todo es muy raro y complicado —murmuró Jaime—. Y no puede ser tan complicado...

—No lo es. Es muy sencillo.

—Hum —hizo David—. ¿Y por qué tiene que ser su marido precisamente ese payaso llorón y lelo?

—Sí —dije—. ¿Por qué? Yo creo que este hombre no es más que un borracho que se ha escapado de casa en pijama, que no tiene un céntimo y que llora por eso, porque no puede entrar en el bar a tomarse un vaso de vino.

Marés nos dedicó una sonrisa burlona:

—¿Con cinco duros en la cartera?

—Una cosa es segura —reflexionó David—. No vive con ella y con el niño en la pensión. Tal vez sólo venía a visitarlos, pero ¿en pijama? ¿De dónde ha venido? Dice Roca que después de deambular por ahí le vio meterse en una torre de la calle Legalidad. Eso está bastante lejos.

—En esa torre vive escondido de la poli —dedujo Marés fulminantemente—. Está clarísimo.

—No dispares a ciegas, Coyote —le dije.

—Eso —intervino Jaime—. ¿Cómo sabes que vive allí?

No contestó. Cerró el puño y mordisqueaba los nudillos.

—Pruebas, jefe —entonó David palmeándole la espalda—. No tenemos pruebas.

Marés reflexionaba. Con la mano en forma de trompetilla delante de la boca, tarareó una melodía extraña y sombría. Esa melodía lo acechaba siempre como una tristeza de atardecer, como una pena muy sentida, una fatiga rara o una enfermedad. Su madre, que era adivina y médium y que había actuado en cafés cantantes y nidos de arte cuando era joven, los sábados por la noche recibía en casa a dos desastrados matrimonios de vicetiples y tenores retirados y juntos cantaban zarzuelas y se emborrachaban de vino, llorando de emoción lírica alrededor de un viejo piano hasta la madrugada, a veces acompañados de otros curiosos desechos de la farándula que a nosotros nos fascinaban: viejos rapsodas, vedettes gordas, joteros famélicos y magos sin trabajo que hacían juegos de mano. El mago Fu-Ching ya no tenía dientes y estaba tísico y alcoholizado, pero aún nos maravillaba con sus elegantes trucos, su precisión gestual, su fría autoridad.

El fulgor de un relámpago alumbró fugazmente una cueva de nubes crapulosas en el cielo, y seguidamente la ronca voz impostada de Marés se confundió con el trueno:

—Perseguir a una mujer bajo la lluvia de esta manera, llorando, en pijama y zapatillas y maquillado como una figura de museo de cera —dijo muy despacio—, seguirla por las calles como si le empujara una fiebre, una calentura mala, sólo puede hacerlo un hombre locamente enamorado —y en un susurro insistió—: Enamorado de una mujer hasta más allá de la muerte.

Durante un rato su voz remota de ventrílocuo siguió construyendo la historia con los oscuros materiales de la tormenta. Escrutó el parabrisas ciego del Lincoln, ahora impoluto —ya no llovía— como si contemplara una película en la pantalla, y finalmente se calló.

David se removió inquieto en su asiento.

—Bueno, vamos a suponer que sí, jefe, que ése es el intríngulis del caso...

—Yo no lo creo —cortó Jaime—. Que ya empezamos a ser mayorcitos, tú.

—Pero, aunque fuera verdad —insistió David—, no tenemos pruebas.

—¡Silencio! —ordenó Marés—. ¿Quién dirige aquí las pesquisas? —Todos permanecimos mudos, y él añadió—: Pues entonces, las cosas son como yo digo. El caso está resuelto. Fuera. Se acabó.

Se dejó resbalar un poco en el asiento y se ovilló cruzando los pies en su cogote, y yo noté sus amodorrados ojos de gato en mi perfil, como esperando de mí una señal de complicidad. Se había replegado en alguna de sus intrépidas aventis interiores, y por un momento me pareció que su furiosa cabeza rapada olía a pólvora. David y Jaime abandonaron el automóvil en silencio, como un reproche. Yo también me apeé, y, cerrando la maltrecha puerta de golpe, dije:

—Mañana veremos qué pasa, jefe.

Le dejamos solo dentro del Lincoln, engatillado tras la cortina de humo de sus perfumados cigarrillos de mentira. Por debajo de su pie tranquilamente asomado a la ventanilla, la puerta abollada y herrumbrosa lucía un trozo de plancha milagrosamente bruñida y en ella se reflejó fugazmente el perfil de la ciudad lejana y andrajosa, dormida bajo un cielo desplomado.

7

Al día siguiente, domingo, a primeras horas de la mañana, algunos vecinos de la calle Legalidad se congregaron en la esquina con Escorial alertados por los gritos histéricos de dos muchachas que iban a misa y vieron algo que les heló la sangre. Marés nos mandó aviso con un chico y fuimos corriendo, pero al llegar ya había tanta gente en la calle que al principio no dimos con él.

Se podía ver perfectamente mirando hacia arriba desde la acera frontal, al otro lado de la calle: al borde de la azotea de una vieja torre de dos pisos, debajo de una pequeña glorieta de madera, un hombre ahorcado giraba muy despacio en el aire, la cabeza recostada en el hombro y la lengua afuera, grande y negra como un zapato. Bastó que yo me mirara un segundo en los ojos asombrados de David, que ayer había visto al muerto tan de cerca bajo la lluvia, para reafirmarme en la horrible sospecha. Jaime también lo identificó en el acto. Temblando un poco, muy juntos los tres y cogidos de la mano, como si temiéramos perdernos en medio de la gente, nos abrimos paso hasta situarnos en primera fila para desde allí mirar, larga y obsesivamente, entre maravillados e incrédulos, las zapatillas de felpa en los pies rígidos que aún se balanceaban, los bordes enfangados y desgarrados del pantalón del pijama, los cabellos negros y lisos impecablemente peinados con la raya en medio y las sienes plateadas. Pulcro y anticuado suicida, todavía con restos de colorete en las mejillas y churretones negros bajo los ojos, parecía ciertamente haber sido otra persona en otra vida, en otra historia y en otra época, un verdadero señor escapado de otra función y de otro escenario. Quién sabe cuántas horas llevaría allí colgado, muerto y bien muerto, y, sin embargo, de pronto, soltó un eructo que todo el mundo congregado allí pudo oír perfectamente.

Primero llegaron las autoridades y después una camioneta negra. El ahorcado giraba en la cuerda y se le desprendió la zapatilla del pie izquierdo, rebotó en la baranda de piedra y cayó a la calle. Un vecino la recogió cuidadosamente con las yemas del índice y el pulgar, como si temiera infectarse, la trasladó al portal de la torre y la dejó apoyada contra la verja de hierro, como puesta a secar al sol.

De pronto todos estos sencillos pormenores de la tragedia nos parecían incomprensibles, y encontramos a faltar a Juanito Marés. Sólo después que descolgaron el cadáver y los curiosos empezaron a desfilar, lo vimos apoyado tranquilamente en un costado de la fúnebre camioneta, mirándonos con sonrisa burlona. La camioneta se fue y Marés se sentó en la acera, contorsionándose. Cuando llegamos a su lado se había convertido en un escorpión.

8

Una semana después, en el Campo de la Calva, nos armamos de valor y paramos a la señora de la gabardina corta para hacerle entrega del billetero. El jefe nos obligó, empeñado en que el billetero del ahorcado pertenecía ahora a su viuda, y que nadie le discutiera eso porque se liaba a hostias con él. Fue su última orden, y fue obedecida con nuestros bolsillos repletos de garbanzos cocidos y todavía calientes, acabados de birlar en una tienda de la calle Sostres.

—Señora, esto es suyo —dijo David, ofreciéndole el billetero de piel de cocodrilo con los ojos en el suelo y la voz de pito más estrangulada que jamás le habíamos oído—. Él lo perdió en la calle.

Llevaba la misma boina gris, los mismos zapatos negros y el mismo bolso de correa, pero no iba pintada en absoluto y parecía más alta. Abrió el billetero, vio los cinco duros y después miró detenidamente la fotografía del soldado y la muchacha bajo el mustio sol antiguo que los manchaba como un ácido. Ni negó ni admitió que aquellas cosas le pertenecieran, no dijo nada, apenas nos miró, apenas nos sonrió. Su delicada nariz captó fugazmente el aroma a garbanzos cocidos que salía de nuestros bolsillos, y sus ojos rasgados se demoraron un breve instante en la contemplación de la vieja fotografía, vimos su lento y dulce parpadeo, luego cerró el billetero, lo guardó en su bolso, murmuró «gracias» y continuó su camino.

Aquellos fantásticos días de peligro y maldad quedaron lejos al fin, y ya nadie se acuerda de su olor a pólvora y a carroña ni de nuestra intrépida vocación de detectives. Yo he vuelto a pensar a veces en el ahorcado con zapatillas y fijapelo, en su girar lento y rígido colgado de la cuerda, como si quisiera enroscarse en el aire y desaparecer, he vuelto a pensar en su zapatilla hogareña rebotando en la calle, y también en la señora con ojos de china caliente y perversa mirando todavía aquel dinero que debió caerle como llovido del cielo... A fin de cuentas, en aquellos tiempos, cinco duros eran cinco duros. Pero sobre todo pienso en Juanito Marés agazapado en la oxidada carrocería del Lincoln Continental, solo, los pies en el cogote y envuelto en el humo azul purísimo de sus aromáticos cigarrillos de regaliz, intoxicado de crímenes y de viudas peligrosas, de enrevesadas intrigas y de amores desdichados.

EL FANTASMA DEL CINE ROXY

... mis sueños son muy razonables. En uno de ellos me encontraba en Sunset Boulevard, a la sombra de unos árboles, esperando un taxi amarillo para ir a almorzar. No aparecía ningún taxi amarillo, todos los coches que pasaban por allí eran de 1916. Y entonces me dije: «Es inútil que esté aquí de plantón esperando un taxi amarillo, puesto que estoy teniendo un sueño de 1916». Después de esta reflexión, me fui andando hasta el restaurante.

ALFRED HITCHCOCK
El cine según Hitchcock, por François Truffaut.

És quan dormo que hi veig clar.

J. V. FOIX

—Y a partir de esta escena —dijo el escritor—, en el preciso instante en que el enano cabezudo vestido de boy-scout parpadea nervioso e inicia su escalada político-montserratina hacia las cumbres de la patria con la mochila a la espalda, aclamado por el gentío que le arroja flores y calderilla, entonces es cuando aparece la pierna desnuda y luminosa de Ivy/Miriam Hopkins balanceándose al borde del lecho en sostenida sobreimpresión, a lo largo y ancho de toda la secuencia y en todos los planos siguientes, el muslo inmortal de la puta Ivy pendulando en la pantalla y en el subconsciente reprimido del pobre doctor Jekyll como una dulce amenaza venérea o como una romántica pesadilla de felicidad con su liga negra y sus chancros purulentos, perturbando así la clamorosa ascensión patriotera y floral de nuestro honorable enano parpadeante, hasta que aparece la palabra fin.

—Estás loco —dijo el director—. Olvídalo, no pienso rodar ninguna de tus calenturas infantiles.

—¿Calenturas? Te estoy hablando de la historia contemporánea de este país.

—¿Con el doctor Jekyll y el muslo de una puta? No me hagas reír.

—Tranquilo. Nunca haré nada que pueda darte el menor gusto.

—Háblame del vagabundo bajo la lluvia, en la posguerra.

—Entonces concédeme un respiro y bebamos algo.

Empuñando sendos bolígrafos de punta fina, las caras tapadas con pañuelos negros como si fueran a atracar un banco o asaltar un tren (en realidad no pueden verse el uno al otro) colaboran por última vez el escritor de ficciones y el director de cine en el guión original de una película que no debería rodarse jamás, cuando, en una pausa moderadamente alcohólica, solicitada por el novelista, éste evoca la época feliz de sus aventuras infantiles con la pandilla en los espesos y ardientes cines de barrio. Programa doble, No-Do y paja, recuerda:

Aquel tronante gallinero con bancos de madera y el palco lateral izquierdo cuya pringosa barandilla yo cabalgaba y espoleaba en la penumbra plateada, galopando disparando dentro y fuera de la pantalla al mismo tiempo estoy en Arizona con Destry/James Stewart y la guapa Frenchie/Marlene Dietrich con su peca junto a la boca y suntuosos párpados de seda advierte el peligro en el Saloon y le salva la vida a *Destry rides again* interponiéndose entre él y la bala, muriendo en sus brazos vestida de puta del Oeste.

—Maldito literato —gruñó el director—. Maldito mirón de cine malo.

—En ese palco fantástico que olía a meados y a serrín —prosiguió el literato sin inmutarse— he visto yo el mejor cine malo del mundo y además nos hacíamos pajas durante la proyección. Una tarde, Juanito Marés, que siempre veía la película enfundado en su viejo chubasquero con capucha, se la estuvo meneando cada vez que en aquella pantalla aparecía Ella Raines, una artista de ojos verdes venéreos que hacía películas malas de esas que a ti no te gustan y a mí sí.

El director asintió, impaciente.

—Bueno, vamos a seguir trabajando.

—La Dama Desconocida. Cuando la preciosa Ella cruzaba las rodillas enfundadas en medias color de humo, veíamos la mano verdinegra de Juanito deslizarse por debajo del chubasquero como una serpiente.

—¿No me has oído? Por favor.

—Como quieras.

—Así no acabaremos nunca.

—Me proponía simplemente estimular tu escasa imaginación visual, *regista.*

—Bien. ¿Dónde estábamos? Ah, sí...

—Por ejemplo, había pensado la emocionante escena del tórrido casibeso entre Susana y el vagabundo en el cine, justo en el momento en que empieza a nevar silenciosamente sobre la platea.

—¿Casibeso? ¿Empieza a nevar dónde...?

—En la platea del Roxy y en la sesión de tarde, hace muchos años. O mejor, no empieza: ellos en la butaca se casibesan, plano picado y entonces desde arriba, entre remolinos de copos blancos, vemos en torno a ellos toda la platea ya nevada, silenciosa y fantasmal, bellísima.

El director dio un puñetazo sobre la mesa.

—El inconveniente, mi querido y reputado narrador —dijo irritado y confuso— es que el Roxy ya no existe. Lo derribaron.

Se desploma en la plaza de Lesseps la fachada del cine en medio de una roja polvareda, el techo se abate sobre el patio de butacas, el escenario permanece erguido un instante, se rasgan y desprenden y caen las viejas cortinas azules, los apliques de metal y de yeso, y la pantalla se agita y se repliega cayendo sobre sí misma como una vela desinflada todavía con la piel estremecida por otras imágenes de otro desastre, otras voces, otra memoria: sobre las calles de *San Francisco* se desploman las casas entre nubes de polvo, la gente huye despavorida muriendo aplastada o cayendo en las profundas grietas que se abren en el asfalto. Entre las ruinas de la cabina de proyección asoman trozos de película como rizos decapitados, la mano yerta de Jack Holt aplastado bajo los escombros, Blackie deambula por las calles con la cara ensangrentada buscando a Mary. Una hora antes, en su poco recomendable Salón de variedades «El Paraíso», Blackie Norton/Gable esboza su cínica sonrisa ladeada frente a Mary/Jeanette MacDonald cursi remilgada que le pide trabajo: «Soy cantante». Blackie el simpático rufián: «A ver las piernas».

—Pero no fue un terremoto lo que acabó con el Roxy —argumentó el director.

—Lo sé —dijo el escritor—. Fueron tus aburridas películas.

SECUENCIA 37. CINE.
Interior/Exterior Noche Blanco y Negro.

Cine Selecto en la barriada de Gracia, verano de 1941, público dicharachero picantón, en la platea un rancio olor a jabón barato de fabricación casera y a tortilla de cebolla y en el foso de los músicos una catipén a sobaco estofado.

En el escenario selectas variedades: conjunto de señoritas vicetiples de caderas como armarios y musculosas pantorrillas vistiendo el uniforme azul de la Sección Femenina de Falange y brincando cogidas de las manos al son de una dulce sardana frente a la montaña de Montserrat pintada de purpurina plateada en el bamboleante telón de fondo. La orquestina del foso se esmera en la interpretación de la sardana autorizada, y las maduras y poco entusiastas vicetiples brincan con sus falditas negras plisadas y sus camisitas azules y sus boinas rojas, y ahora el público tocado en su fibra más íntima y vernácula por los méritos artístico-patrióticos del cuadro enmudece respetuoso y lírico con los ojos empañados por un sentimiento de nostalgia, lo que de todos modos no le impide escudriñar el robusto muslamen y las saltarinas pechugas de las artistas. En medio de un gran estrépito sobre las tablas polvorientas, la Montaña purpurada se tambalea peligrosamente desprendiendo una brillante constelación de luceros de plata, y resbala sobre las rollizas sardanistas la nerviosa luz de las diablas, azul y rojo y amarillo y verde y otra vez azul. En el apoteosis final aparecen en escena monaguillos montserratinos saltimbanquis, coro de graves payeses cantores entonando el Virolai vestidos de falangistas y cabezudos bailando vestidos de boy-scouts. Y mediante un golpe teatral sorprendente, un revolcón futurista diabólicamente concebido por el anónimo director escénico, uno de los traviesos enanos cabezudos que pasea su ancha faz de cartón con la mochila a la espalda y atuendo excursionista, y que simula escalar la Montaña Santa entre el clamor popular, se parece asombrosamente a Jordi Pujol, futuro presidente de la Generalitat.

El público simple y vulgar de barriada trabajadora silba y se emociona y aplaude el bonito pastel patriòtic-sardanístic-joseantoniano sin sospechar, por supuesto, el devenir siniestro de la Historia.

—De la coreografía no opino —dijo el director—. Pero ni el cine Rovira ni el cine Selecto me sirven. Escogeré el local en su momento.

—No los has conocido, eres demasiado joven.

—Ni ganas. Yo veo vídeo.

Dijo esto último sin inmutarse y sin que se le trabara la lengua. Se hizo el longuis, sonriendo al vacío. Su sonrisa era la de Margaret Dumont simulando no ver la pierna de Groucho Marx en su regazo.

—Que alguien haya puesto en tus manos 300 millones de pesetas para que hagas una película —dijo lentamente el escritor— constituye para mí un enigma indescifrable. Viendo vídeo, según tu deplorable expresión, has aprendido el oficio, sin necesidad de sumergirte en aquellos cines de barriada de programa doble. Te felicito.

Eres un señorito de celuloide, un degustador de zooms y travellings enlatados. ¡Pero si supieras lo que te has perdido en los gallineros!

El espacio mágico del Roxy lo ocupan hoy las glaciales dependencias de un Banco. Desde la calle, al anochecer, cuando el reflejo neurótico de los faros de los automóviles se desliza a lo largo de la fachada de cristal, en su amplio vestíbulo cifrado en mármol y felpudo se ha visto en ocasiones navegar silencioso y esbelto entre la niebla a un transatlántico en ruta hacia Nueva York y a Charles Boyer acodado a la borda con su abrigo negro y su fular de seda, elegante pasajero transcontinental de achampañada sonrisa parisina contemplando, más allá del mar apacible y plateado y del punzante recuerdo de un amor contrariado, el tráfico ruidoso y enloquecido de la plaza de Lesseps.

Hacia el mediodía de una pesada jornada laboral, desde su pequeña mesa escritorio, cautivada y mecida por el hilo musical y por el parloteo pajaril del dinero entre los dedos, la solterona y romántica señorita Carmela, empleada en la sección de Créditos, ve a Clark Gable apoyado en un extremo del mostrador. A la señorita Carmela le tiemblan las rodillas. Con la americana desabrochada, Gable luce un chaleco de fantasía y la famosa sonrisa ladeada y socarrona. No parece un cliente del Banco, sino Rhett Butler en persona disponiéndose a entrar en un salón lleno de hermosas damas y petulantes caballeros del Sur. Gable, mientras se ajusta los guantes, obsequia a su fiel admiradora con un seductor y taimado fruncido de la frente y luego le guiña el ojo.

—El único fantasma que hay en ese Banco —repuso el director muy serio— es el de un crédito que me negaron...

—Habla con la señorita Carmela y te convencerás. Hace un par de meses vio a James Cagney abofeteando frenéticamente a una rubia platino en el despacho del director, y la semana pasada pilló a Tyrone Power y a Gene Tierney besándose apasionadamente en los lavabos...

—Vale, tú ganas —masculló el realizador—. Será el Roxy.

SECUENCIA 37. CINE ROXY.
Interior/Exterior Noche.

La luz plateada del proyector como un blanco parpadeo de alas de mariposa atravesando las tinieblas del local entre suaves copos de nieve que flotan sobre la gran platea blanca, inmaculada y fantasmal.

Y casi desierta. Cinco espectadores distantes solitarios con guantes y bufandas de lana y embutidos en gruesos ceñidos abrigos años 40, dos con sombrero tres con boina hasta las cejas y todos con nieve hasta las rodillas y en los hombros. No se mueven, encogidos y ateridos de frío, sus ojos tristes muy abiertos absorben espectros y quimeras, luces y sombras de otra vida más intensa, más hermosa. A su alrededor se perfilan bajo la nieve las filas de butacas —aunque ya sólo se ven los respaldos—, el pasillo central y los laterales con las herrumbrosas estufas de leña apagadas y frías, y enfrente el escenario donde cuelga la frágil pantalla a cuyos pies la nieve se arremolina ovillándose sucia como un perro callejero que se echa a dormir, creciendo rápidamente su espesor ya cubre las botas destrozadas del joven vagabundo despeinado macilento de pie inmóvil macuto a la espalda, mirando extenderse ante él un mar de fango negro y nieve pura.

Encadena a Simone Simon carita de gata enfurruñada juntando las manos ante la boca como si rezara con los ojos al techo diciendo: «Chico, Diana, cielo».

Estallan los obuses en las enfangadas trincheras de la Primera Guerra Mundial y el gas de la muerte se expande silenciosamente por la platea del Roxy desde finales de enero de 1939.

Encadena a escalinata parque Güell con su Dragón de cerámica brillante batido por una lluvia encendida, un chaparrón abrileño traspasado de sol. Recibiendo esta lluvia florecida, tres niños harapientos descalzos cabalgan el Dragón espoleándose empapados y blandiendo espadas de madera.

Encadena a papelería-librería Estevet y tres caras sucias de niños aplastadas contra el cristal del escaparate (mirando desde dentro afuera) en medio de carpetas y libros y lápices de colores y el vagabundo que avanza, lejos todavía, sin rostro (un reflejo borroso en el cristal) al otro lado de la explanada interminable como un mar de fango.

Los niños que aplastan los morros contra el cristal son los mismos que hemos visto cabalgar el Dragón bajo la lluvia dorada.

NIÑO 1.º: «Ya viene».
NIÑO 2.º: «Este vagabundo no es como los otros».
NIÑO 3.º: «¿Avisamos a Susana? Parece peligroso».

En primavera, al azar de nuestras correrías por el barrio, aguaceros sorpresivos y luminosos nos retenían ocasionalmente en las miserables encrucijadas del hambre y la indigencia, portales oscuros y solares ruinosos, nidos de pedigüeños. Un día nos refugiamos en el Salón de las Cien Columnas del parque Güell, donde se hallaban acampados aquellos férreos vagabundos de la posguerra. Y allí, sentados en corro igual que ellos alrededor de un cacharro con brasas, bajo la gran plaza sostenida por las altas columnas, muy cerca del Dragón, mientras veíamos caer la lluvia soleada nos contábamos aventis furiosas.

Hoy he olvidado el furor de las aventis, pero sigo viendo caer esa lluvia clara erizada de luz y oigo todavía sobre la ciudad su convencional rumor de lejanías, que hace soñar a niños y a vagabundos: una sosegada respiración de la tierra, el majestuoso pulso de la libertad.

Invierno 1941. Rambla de Cataluña en panorámica tarjeta-postal, el paseo poco transitado y la doble hilera de tilos deshojados, oscuros, raquíticas ramas arañando un cielo gris de plomo. Frente al cine Kursaal serpentea de frío una cola de cien personas, se oyen gritos, la compulsiva cola se rompe, la gente huye despavorida.

Aguerridos falangistas intelectuales peinados con fijapelo y envarados de furor estético asaltan el cine Kursaal, invaden la platea nevada y silenciosa y avanzan por el pasillo central alborotando los copos de nieve que la luz del proyector rescata de las tinieblas. Se paran los escuadristas ante la pantalla y arrojan huevos y pintura negra contra Noel Coward y sus patriotas amigos náufragos en el océano en torno a un bote salvavidas después de ser torpedeados por un submarino alemán en la película inglesa *Sangre, sudor y lágrimas.*

—Un momento —rugió el director—. Que ya no sé dónde estoy. ¿En qué historia me has metido?

—Estás en casa, muchacho —dijo el escritor—. En la triste historia de siempre, en la idea y en la rabia de siempre.

—Puede ser. Pero recapitulemos.

—Muy bien.

—¿Qué estamos contando, pluma ilustre?

—Una historia de amor... si te atreves.

—Bien. ¿Y qué tenemos por ahora, además de mucha nieve?

Pulcro, tieso y elegante con su camisa de cuello de cartón a rayas y sus sólidas gafas de ejecutivo adicto a la hamburguesa y al agua tónica, el director de cine esperaba de su guionista una respuesta hollywoodense y brillante, pero no obtuvo más que esto:

—Tenemos a un joven charnego paria-desertor-quincallero o como quieras que en 1941 llega medio muerto de hambre a un barrio alto de Barcelona y el destino le convierte en defensor de una joven viuda catalana y de su hija pequeña, enfrentándose a unos «Flechas» chulitos y matones de la vecindad, y trabajando para ellas, la madre y la hija, el resto de su vida.

—¿Andaluz?

—Por su acento, dirías que sí. Y analfabeto.

—¿Y por qué hace eso, literato? ¿Por qué se pone del lado de la viuda y su hija?

—Digamos que necesita calor de hogar.

—¡Por el amor de Dios! ¡Estas cosas ya no se dicen!

SECUENCIA 1. ESCALINATA PARQUE GÜELL.
Exterior Atardecer.

En la primera escena aparece el vagabundo cabalgando el Dragón de cerámica en medio de la escalinata, al caer la noche, bajo una fuerte ventisca de aguanieve. Nimbado por la neblina, le vemos rendir la cabeza sobre el pecho y llevar lentamente su mano derecha a la cadera.

—¿Como si fuera a disparar?

—Tal vez. Dejémoslo en tal vez.

Sucio, sin afeitar, el ala del viejo sombrero ocultando sus ojos, parece dormido borracho desesperado a ratos muertos. Travelling lento y envolvente, aproximándose. Tonos grises y negros desleídos por el torbellino helado, como en sueños.

Inicia música cuando ya la cámara, por su proximidad al personaje, revela algunos detalles: bajo la mugrienta americana gris de solapas alzadas, no lleva camisa, sino hojas de periódico con fotos (el Führer y el Caudillo gordito-feminoide-sonrisa-ratonil de pleitesía y vergonzante vasallaje al teutón en la estación ferroviaria de Hendaya). El ancho cinturón, las botas destrozadas y el macuto a la espalda son de soldado.

Con su cabeza rapada y sus pómulos furiosos dejándose llevar a lomos del Dragón, yendo/viniendo de quién sabe dónde, oscuro, solitario y terrible, el vagabundo cruza inanimado y espectral un espacio mítico fundido en una sobreimpresión o una doble transparencia de la niñez: crepúsculo en la pradera/jinete solitario.

El aguanieve funde el papel de periódico en el pecho del jinete, destiñe los ojos y la sonrisa rastrera del Caudillo, deshace la trama del horror, emborrona la primera plana de la Historia.

—¿Y por qué aguanieve? —receloso el director.

—No lo sé. Me gusta.

—Palabras, palabras, palabras.

—Es una imagen.

—Las imágenes deben tener un sentido, hombre de letras.

—Estamos en la posguerra, no lo olvides.

—Y qué. ¿Qué tiene que ver la nieve?

—Yo de aquellos años recuerdo sobre todo el frío y el hambre. La nieve y el hambre. El viento y el hambre.

El director de películas lo miraba de reojo.

—Esta nieve es falsa —insistió, realista y miope—. Esta nieve se ha deslizado en tu vida desde alguna película.

Estaban en la terraza del escritor sentados bajo el toldo naranja, una tarde gris y bochornosa de octubre, respirando mierda a través de los pañuelos atados a la nuca como bandoleros: el día más contaminado del año, según la radio.

Con dos dedos alzó el escritor el borde del pañuelo y bebió un sorbo de whisky muy aguado. Por la mañana temprano había llovido auténtico barro y sobre la mesa de mármol la botella y los vasos chapoteaban en una charca rojiza. El director cinematográfico se levantó y fue a sentarse en la baranda, de espaldas al vacío y a unos setenta metros sobre la calle. Al acomodarse, se agarró al esquelético laurel plantado en la tinaja, roído de polución y parásitos. En los tiestos sobre la baranda agonizaban claveles y geranios purulentos.

—No te sujetes a las hojas muertas del geranio —lo previno el escritor—. Te necesito aquí arriba.

—¿Cómo se llama el pistolero?

—No he dicho que sea un pistolero.

—Bueno, tu charnego, ¿cómo se llama?

—Vargas.

—¿Qué más?

—Nada más. Y repito: no te agarres a las flores, que te irás al infierno con ellas.

SECUENCIA 7. PAPELERÍA-LIBRERÍA ESTEVET.
Exterior Día.

El pequeño y fascinante escaparate de la papelería de Susana cuando por la mañana le da el sol, caras sucias de niños aplastadas contra el cristal, ojos con orzuelos mirando hipnotizados: mágicas cajitas de lápices de colores, acuarelas, calcomanías, estilográficas que parecen de verdad, plumiers, compases, la bola del mundo, láminas recortables de soldados, de aviones Spitfire y Messerschmitt, de barcos, de la jungla misteriosa, cuadernos de espiral, papel de seda, bolitas de vidrio. Y dos libros en catalán, uno de ellos sobre flores y pájaros.

Una voz de mando sobresalta a los chicos, que se apartan del escaparate.

VOZ OFF: «¡Quitaos de en medio, trinchas!».

Cuatro jóvenes falangistas frente al escaparate retroceden de espaldas, remolones y fardones con sus negros machetes al cinto y sus boinas rojas plegadas y sujetas al hombro, uno de ellos se agacha, coge puñados de fango y los arroja contra el cristal, otro lanza una piedra.

Salta el cristal del escaparate con afilado estrépito como una risa.

Fragmento curvo puntiagudo del cristal, como una daga, sobre la cubierta del libro catalán ilustrada con flores y pájaros ahora salpicados de fango.

Corte al chasis oxidado de un automóvil sin ruedas ni motor ni cristales varado entre la alta hierba, en un descampado. Dentro del auto duerme el vagabundo con los pies sobre el volante y el sombrero sobre la cara. Tras él, al fondo del plano, a unos trescientos metros, un decorado artificioso: la suave colina salpicada de amarilla ginesta y el final de la calle Verdi con las últimas casas despintadas y bajas, entre ellas la papelería.

Cuando se oculta el sol, el vagabundo se despierta.

Por aquellos años, las calles del barrio no estaban asfaltadas y se podía escribir en la tierra con una navaja.

Vargas llegó un atardecer de invierno. Cruzó el descampado y al final de la calle se paró, pisando con sus botas enfangadas y rotas la tierra acuchillada, las cicatrices de nuestros juegos. Hoy se le recuerda alto, no sé por qué, pero no lo era. Enjuto y envarado, eso sí, con un aura felina en hombros y nuca y esa parsimonia en las manos y en la mirada que un niño que ha crecido en el Roxy relaciona oscuramente con puntería infalible y sangre fría pasmosa.

Traía Vargas el pelo negro revuelto, la boca dura y enferma y una pelambre joven en las mejillas. Sus ojos fríos y grises miraban a través de una escarcha, una vidriosa ausencia. Tras él, la tarde moría con fulgores de vinagre y oro. Los chavales le ven venir desde la puerta de la papelería. Ya saben que se ha pasado el día durmiendo en el auto varado en medio del fango...

—Fango y nieve —gruñó el director—. Vamos a hacer una película de fango y nieve, ¡mira por dónde!

—Se trata de un Lincoln Continental, un cascarón herrumbroso y calcinado —prosiguió inmutable el escritor— que los chavales utilizan para jugar y los vagabundos para dormir. En la película, ese Lincoln Continental es emblemático: el fantasma de la aventura, si quieres.

—¡Una especie de *western* de barrio con mucho fango y mucha nieve rodado en el parque Güell con ese Dragón de cerámica como protagonista! ¡¿Es eso lo que quieres?!

Los aburridos domingos nos pateábamos solares y descampados con las manos hundidas en los bolsillos y los ojos en el suelo. A veces, entre los hierbajos y el polvo, encontrábamos formas deshechas de felicidad: una cajetilla de Lucky Strike arrugada con un cigarrillo dentro, un condón usado, varillas de paraguas para hacer flechas, una vaina de bala con el fulminante intacto.

En febrero de 1941, una mañana fría y luminosa, encontramos a un joven perdulario durmiendo dentro de nuestro Lincoln Continental. Tenía pupas en los labios y la cabeza rapada. Calzaba botas militares, pero no calcetines, y debajo de la americana harapienta no llevaba camisa, sino hojas de periódico amarillentas de sol y con las fotos podridas por la lluvia.

SECUENCIA 2. CALLE/FACHADA PAPELERÍA-LIBRERÍA.
Exterior Anochecer.

Frente a la papelería-librería Estevet, tres niños de pie inmóviles miran sin un parpadeo al desconocido que se acerca caminando despacio.

Chaval rubio cabezón con flequillo y dulce mirada bizca coloca ante su ojo derecho un cuaderno escolar enrollado a modo de catalejo.

Corte a Vargas que avanza todavía lejos visto en el teleobjetivo-catalejo (con mucho cielo azul sobre su cabeza) el ala del sombrero sobre los ojos y los pulgares engarfiados en la hebilla plateada del cinturón, aunque sus manos no se ven porque estamos en plano medio, por lo que parece un jinete insomne y fatigado viniendo al trote.

(El plano-catalejo es más que convencional, es pura mentira, artificioso y falaz, pero honesto en un detalle: la falsa impresión que produce Vargas de llegar desde muy lejos montado a caballo se debe a una leve cojera del propio Vargas, según veremos enseguida.)

El director sonrió burlón bajo el pañuelo de bandolero que le tapaba la cara.

—No hace falta que planifiques, riguroso prosista, no se te paga por eso —dijo—. Plano medio o primer plano, es asunto mío.

El novelista puso cara de nazi canallesco pero refinado y gentil con la policía y con las mujeres, tipo Claude Rains-Alex Sebastian en *Notorius.*

—Termina de leer la secuencia y luego lo discutimos, peliculero.

Encadena con el vagabundo parado entre los niños, que ahora pueden verle de cerca. El chaval de la libreta-catalejo sentado a la puerta de la papelería (caras sucias de tres niños pegadas al cristal) esconde su artilugio a la espalda y rinde la cabeza, avergonzado, cuando la mano grande y oscura de Vargas revuelve sus cabellos rubios a modo de saludo y caricia.

SHANE: *«Hola, muchacho. Me vigilabas mientras venía por el camino, ¿verdad?».*
JOEY: *«Sí, señor».*
SHANE: *«Así me gusta. El hombre que se acostumbra a ser buen observador llegará siempre a donde se proponga».*

El director gruñó:

—Este diálogo me suena.

—Está hecho para que suene.

—Y de la planificación, vuelvo a repetírtelo, me ocupo yo. Y todos esos niños viéndole llegar, fuera.

—Entonces ya puedes tirar toda la secuencia a la papelera —dijo el escritor indignado—. ¿No te das cuenta de que estas imágenes y su ritmo nacen de la mirada de un niño, y que sin ese niño no expresan nada?

El director se desplazó arrastrando el trasero sobre la baranda y se agarró al laurel alegremente, una vez más. Dijo:

—Déjame a mí el sentido de las imágenes, literato. Sigamos.

Mirándose en los espejos del suntuoso y confortable lavabo del Banco Central, la señorita Carmela se pinta los labios con la barra de carmín rojo frambuesa dejándose mecer por el hilo musical (una selección de viejos éxitos de la Columbia Pictures con muchos, muchos violines) cuando, repentinamente, un cruce de cables en su ensueño la sintoniza con la melodía de fondo de *Un lugar en el sol* y en un ángulo del espejo se refleja la trémula imagen de George Eastman/Montgomery Clift con su vulgar y raído traje gris abriendo tímidamente la puerta y entrando pasmado en el lavabo como si entrara en un rutilante baile de sociedad, en la gran fiesta que los aristocráticos y adinerados Vickers dan en honor a su hija Ángela/Liz Taylor hermosa y mal criada muchacha de ojos verdes y hombros desnudos con su precioso vestido blanco tobillero rodeada de jóvenes admiradores. Pasa, muchacho solitario y soñador, ¡oh, sí, pasa y diviértete, Monty, saca las manos de los bolsillos del pantalón, sacúdete ese aire de timidez y desvalimiento y pasa, Monty!

Retrato de familia en blanco y negro: Susana, su marido Jan Estevet y su hijita Neus de pocos meses (en brazos de su padre) quietos sonrientes en una luminosa fotografía junto al dragón de cerámica del parque Güell.

El marido serio pulcro dominguero, ella muy joven y rubia ojos claros golosos de luz y boca dorada como la de Madeleine Carroll, una actriz tan guapa que, aunque la filmaran en blanco y negro, daba siempre technicolor.

—Maldito Dragón —dijo el director—. No entiendo qué puñeta pretendes con ese Dragón.

—Se trata del mundialmente famoso Dragón de Gaudí —dijo el escritor deseando impresionarle con la escenografía—. De cerámica troceada, ya sabes...

—Ya sé, hombre, ya sé.

SECUENCIA 22. PAPELERÍA-LIBRERÍA.
Interior/Exterior Día.

La foto del matrimonio y la niña en un portarretratos de cuero marrón y cantos dorados sobre el pequeño escritorio en un ángulo de la papelería-librería Estevet, un local estrecho y largo, un poco oscuro, polvoriento.

Susana con grueso jersey negro y bufanda roja está subida a un taburete ordenando los estantes. En el suelo junto a la estufa la niña de cuatro años está jugando con una muñeca de trapo y un tranvía de hojalata.

A través del cristal roto del escaparate, parcialmente sujeto con anchas tiras de esparadrapo o de papel engomado, panorámica del barrio alto y a lo lejos la ciudad gris y aplastada y al fondo el puerto, entre la neblina.

En primer término, el vagabundo se yergue como surgido de la tierra y avanza por la calle enfangada cojeando levemente, rodeado de un enjambre de niños, empuja la puerta de la papelería y entra.

—Ya está. El retorno de un pandillero a su antiguo barrio —dijo el director desalentado—. ¿No es ése el tema?

—No.

—Pero ese tipo viene huyendo de algo. ¿De qué?

El escritor se encogió de hombros.

—Del hambre, de la guerra, de la Ley, de su propio infortunio, de sí mismo.

—Entonces es un paria y nada más.

—Cálmate, cineasta.

Furioso, el realizador se arrancó el pañuelo de la cara. Rodeado ahora de laurel y jazmín sin aroma, cogió su rodilla derecha con ambas manos y se balanceaba temerariamente de espaldas al vacío.

—Explícate, maldito *writer*.

—Sencillamente, es un charnego procedente del sur que recala en Barcelona —dijo el escritor—. Uno de tantos. La resaca de la guerra. O de la cárcel.

—Pero es un delincuente. Un tipo duro, peligroso.

—Eso lo decidirá el espectador, ¿no crees?

Ofreció al quisquilloso cineasta una tónica bien fría y vio aterrado, por encima del borde del pañuelo, que su mano derecha soltaba la rodilla y se agarraba, inclinándose hacia atrás, al tallo esmirriado del reseco laurel. Añadió:

—Y si quieres vivir para contarlo, te aconsejo que sueltes el laurel y vengas a sentarte aquí a mi lado.

Vació el botellín de agua tónica en su vaso, encendió un cigarrillo rubio con grave riesgo para su salud (no hacía ni dos meses que había dejado de fumar) y se lo ofreció, pero el director seguía aferrado a su laurel. Su horrible fin despanzurrado en la calle era inminente.

—Anda, ven —dijo el escritor angustiado—. Mira, tengo una idea tan genial para la secuencia diecisiete que te va a enfurecer.

SECUENCIA 17. TÚNEL SUBTERRÁNEO.
Interior/Exterior Noche.

En la profunda y húmeda tiniebla del túnel crece el silencio y un sostenido rumor de brisa en el bosque. Los muros tiznados dejan oír filtraciones de agua ensimismada, espectrales goteras, estertores metálicos. Un doble destello alejándose paralelo y simétrico sobre los raíles, igual que dos alacranes de plata, se distingue al fondo del túnel cuando, inesperadamente, en medio del silencio, empieza a nevar.

Muy lentamente al principio, espaciados y leves copos blancos flotando en medio de la tiniebla subterránea, luego con más intensidad e imponiendo paradójicamente un silencio más hondo en el túnel, cayendo la nieve grávida y esponjosa, abundante y pertinaz.

Está nevando copiosamente dentro del túnel (en blanco y negro, a ser posible).

—¡¿Qué diablos te propones con tanta nieve?!

—Debe ser —dijo el falaz escritor, tragando la basura atmosférica a través del pañuelo— que añoro la naturaleza, el aire puro de la ficción.

—A ver si te aclaras.

—Comprendo que pedirte que hagas verosímil al espectador una copiosa nevada dentro de un túnel, cuando habitualmente en tus películas ni siquiera has sido capaz de hacerme creer en personajes corrientes haciendo cosas tan simples y cotidianas como conducir un coche o encender un pitillo o abrir una puerta, comprendo que pedirte esa nieve, repito, son ganas de perder el tiempo. El don de crear vida se tiene o no se tiene. Los simples fotógrafos como tú deberíais empezar por el principio, por las «vistas animadas»: salida de los obreros de la fábrica de papá. Y ante todo, deberíais devolver a Hollywood aquel risible Oscar, los inmerecidos aplausos y el esmoquin prestado.

—Pues anda que tú. En el fondo, no eres más que un redactor.

—No lo considero un insulto. Recuerdo que de niño, en la escuela del pueblo, un día el maestro me mandó hacer una redacción sobre el almendro en flor. No podía haberme pedido nada que me resultara más grato y más fácil: ese árbol nevado alumbraba mi infancia como una antorcha mágica. Lo que me salió en la redacción, sin embargo, fue una especie de cuento sobre las nieves perennes en la cumbre de no sé qué montaña lejana... Nada que ver, aparentemente. —Reflexionó unos segundos y concluyó, bajando el tono—: Pero en el fondo yo estaba hablando del almendro.

—Naturalmente, el maestro te puso un cero.

El llamado redactor se encogió de hombros:

—Tú no lo entenderías. No eres más que un fotógrafo.

—Y a mucha honra. Me revienta el cine de ideas.

—Eso está bien. Sin embargo, no deberías rodar un solo plano que no contenga una idea.

El director sonrió burlón.

—¿En qué quedamos, celebrado prosista?

—Una idea que haga avanzar la acción, quiero decir —aclaró con la voz meliflua el escritor.

—Pero ¿qué historia es la que debe avanzar? ¿Qué película queremos hacer? Porque tú no te aclaras.

De nuevo el moderno realizador, que no creía en la necesidad de hacer avanzar la historia —modernamente hablando, importa poco que la historia se mueva, y menos aún que vaya a ningún lado, solía decir en las entrevistas: «En mis películas, es el espectador el que debe moverse» (y en efecto, éste se movía, generalmente en dirección a la salida y antes de concluir el flim)—, se balanceaba entre las flores muertas colgado sobre el abismo.

El fatuo escritor en mala hora contratado como guionista cerró los ojos y dijo:

—Antes de esparcir tu masa encefálica sobre la acera y poner perdido mi viejo Lincoln Continental 1941, termina de leer la secuencia y luego discutimos los diálogos.

—Te he hecho una pregunta.

—Está bien —suspiró el escritor—. Veamos, ¿qué tenemos por ahora? Tenemos a un fugitivo de su propio destino que la marea migratoria de la posguerra arroja a Barcelona, y del que sólo sabemos que se hace llamar Vargas; que no entiende una palabra de catalán, lengua abolida por el Imperio; que se acoge a la hospitalidad de una joven viuda con una hija y que él las protege del miedo y la soledad y los turbios manejos de un vecino, un jefecillo de Falange que gallea en el barrio. Ésa es, digamos, la armazón argumental, pero...

—No me gusta, no me gusta.

—... pero lo que vamos a contar no es eso, no es eso, don Pepote.

—Llámame Josef von Sternberg y olvídame.

—Nunca olvido una cara, y menos si me he sentado en ella. Decía que lo que vamos a contar en realidad es una historia de amor-no-correspondido, muy frecuente en Cataluña: el amor callado del charnego desarraigado y analfabeto hacia una tierra-mujer-cultura oprimida, simbolizada en Susana y en su humilde librería-papelería, un reducto de libros prohibidos.

—De ningún modo pienso contar una estúpida historia de contrariados amores transidos de sociología política... y de mitología del Oeste camuflada.

—Te hablo de un sueño —susurró el introvertido escritor—. En fin, termina de leer la escena y luego ya puedes desparramar tus aburridos sesos por la calle, pero sin salpicar mi coche, por favor.

Sentada en el otro extremo de la baranda, alzando la rodilla con las manos entrelazadas y mostrando el rotundo muslo inmarcesible, Marlene los mira cantando *Falling in Love Again.*

Banda sonora con imagen de Marlene Dietrich en cartón recortable tamaño natural su sombrero de copa ladeado y ella sentada, no sobre el famoso barril, sino al borde del escenario del Roxy y de cara a la platea. Travelling lento hacia Marlene cartón mientras oímos un alegre tintineo de bisutería barata, in crescendo: brazaletes de vidrio y de latón, pulseritas de hueso y de carey y nomeolvides y cadenitas de baratija entrechocando musicalmente en las compulsivas muñecas de las pajilleras del cine en plena labor, sus manos calientes y suaves como la seda trabajando en la sombra bajo el abrigo o la gabardina púdicamente doblada sobre el regazo.

—¿Sabes cuál es tu mayor defecto, jodido literato consagrado? —dijo el director manoteando el aire, agarrándose in extremis al clavel—. Que no sabes resistirte a la tentación decimonónica de crear personajes inolvidables.

Corte a escenas retrospectivas (días antes de la llegada de Vargas al barrio) de Susana en su modesta vivienda-altillo de madera, al fondo de la papelería. Susana en camisón cabellera suelta gato negro lustroso restregándose contra sus tobillos. Susana sentada a la mesa del pequeño comedor bajo la turbia luz del Petromax enseña a su hija Neus, acurrucada en su regazo, a leer en catalán un cuento infantil.

Susana (el dedo en el libro abierto): «La llu-na la pru-na ves-ti-da de dol».

Corte al día siguiente en la papelería los niños pandilleros ayudan a Susana despachando lápices tinteros gomas de borrar mientras ella en el altillo prepara la comida o hace la limpieza o acuesta a la niña. Pelo recogido, falda negra y jersey negro.

Corte a Susana con gabardina clara cinturón ceñido y boina gris saliendo de la papelería con un capacho de palma va a la compra dejando el negocio y la niña al cuidado de los chicos. En el centro de la papelería hay una mesa abarrotada de sobadas novelas baratas y maltrechos tebeos y encima un letrero escrito a mano que ofrece 8 novelas por 5 Cts.

Los niños guardianes se pasan el día leyendo sentados en el suelo y vigilando a la pequeña Neus, o recostados en la escalera del altillo, o en el portal de la calle si hace sol.

Tres de estos chavales, ahora sentados en el portal, ven venir al vagabundo cojeando levemente.

—Oye, ¿Neus no es Nieves en catalán?

—Sí.

—Me lo temía.

El director alzó los ojos del papel que estaba leyendo y añadió con ensalivada parsimonia:

—Bien. Antes de que él entre en esa papelería, los sufridos espectadores de la película y un servidor quisiéramos, si no hay inconveniente, saber algo más sobre el difunto marido de Susana. Si no hay inconveniente.

El guionista le contó lo que sabía: Jan Estevet había sido un hombre justo, amante de la libertad, luchador catalán cabal y formal, bastante mayor que Susana y muy atractivo, como hemos tenido ocasión de ver en la foto del matrimonio con la niña. A mediados de 1939, hace dos años, una noche lluviosa la policía lo fue a buscar a la papelería-librería y se lo llevó en un coche. Lo acusaron de falsificar salvoconductos y pasaportes y de imprimir octavillas clandestinas en catalán. Pasó un año en la Modelo, después fue trasladado al penal de Burgos y Susana no volvió a saber de él hasta que alguien que lo trató durante su cautiverio, y por mediación de un compañero de lucha clandestina que volvía de Francia —una historia confusa—, le hizo saber que Jan había muerto en Toulouse a finales de 1940 a causa de una pulmonía.

—La noche que van a buscarle a su casa, llueve —insiste el escritor—. Se lo llevan preso en un Balilla marrón con cortinitas negras en las ventanillas. El coche se lanza cuesta abajo desde lo alto de la calle Verdi, estrecha y vertiginosa en su parte alta, como un tobogán colgado sobre la ciudad...

—Para, para. ¿Es que vamos a rodar eso? ¿La escena está en el guión?

—No.

—Entonces, ¿para qué quieres cortinitas en el coche? ¿Por qué pierdes el tiempo describiendo lo que no veremos?

—Bueno, tú querías saber qué le pasaba a este hombre. Y te conviene saberlo, aunque no lo ruedes.

—Si no ha de verse, no existe —gruñó el realizador—. En cine, yo sólo creo en lo que veo, como santo Tomás.

—Y así te luce el pelo, *directed by*.

—Pásame la secuencia 17, esa diarrea felliniana.

SECUENCIA 17-B. TÚNEL NEGRO.
Interior/Exterior Noche.

Sigue nevando en las entrañas subterráneas de la ciudad (en blanco y negro otra vez, si no le molesta, *signore regista)* cuando, apoyado por la música, inicia un lento travelling en retroceso desde la boca del túnel hasta descubrir que estamos en:

Un apeadero del Metro de Barcelona. Estación Fontana. Noche de bombardeos, febrero de 1938. En el muro de losetas blancas, a lo largo del andén, el rótulo-rombo repetido de la estación Fontana y en el suelo la gente, familias enteras que han huido de sus casas y duermen envueltas en frazadas y abrigos.

Los ojos dorados asustados de Susana se asoman al borde de la frazada, su corta melena rizada y rubia, su niña muy pequeña dormida en brazos, en su hombro una mano masculina robusta manchada de tinta de impresor, la sombra protectora de su marido. Susana durmiéndose mira caer la nieve silenciosa en la boca del túnel. Rumor lejano de bombardeo, un eco siniestro que regurgita la boca del subterráneo, un eructo interminable repetido en las profundas encrucijadas de túneles, muy en lo hondo, donde misteriosamente sigue nevando —aunque nadie pueda verlo, señor director, aunque su cámara no la filme, debajo de la ciudad bombardeada sigue nevando en toda la red de túneles del Metro. Que sí.

Encadena nieve del túnel con platea nevada del Roxy en las últimas filas jadeantes pajilleras con las faldas arremangadas y ligas calientes pringadas de regaliz y caramelo por ansiosos dedos infantiles en medio de un tufo a coliflor y a miseria de ropas agrias y siempre el alegre tintineo de pulseritas baratas y los copos blancos de otra vida otro país otros amores y aventuras arremolinándose al pie de la pantalla donde Charles Boyer elegante gabán solapas de terciopelo se quita el sombrero Stetson en la esquina nevada de la Quinta Avenida neoyorquina y se inclina besando gentil mundano seductor de ojos negros y pestañas apasionadas la mano de ¿Irene Dunne? ¿Margaret Sullivan? ¿Olivia de Havilland? ¿Bette Davis?

—Y bien, intertextual guionista —dijo el director—. Eso del túnel nevado no se lo va a creer nadie.

—¿Por qué no, Cecil B. De Cent?

—¡Porque en febrero del treinta y ocho en Barcelona no nevó! ¡Todo el mundo lo sabe!

La acción del film transcurre en aquella época en que hacía mucho viento, o la gente caminaba como si hiciera mucho viento y a veces se caía por las calles. Las trenzas de las niñas olían a castañas asadas, las manos de la taquillera del cine tenían rojos sabañones, a Toni/Annabella se la lleva un huracán de arena en el desierto de *Suez* después de salvar a Ty Power/Fernando de Lesseps (¡el tipo cuyo nombre lleva la plaza donde precisamente estaba el Roxy!) atándolo a un poste. En las aceras, en las escaleras del Metro, en las puertas de los cafés y de las iglesias, la gente se desplomaba de debilidad, de miedo, de tristeza. Al caído lo rodeaba enseguida un corro de mirones ociosos que indagaban indiferentes, con las manos en los bolsillos, la palidez de su rostro, la espuma verde que florecía en sus labios, las gastadas suelas de sus zapatos y el estado de su ropa interior.

—¿Te refieres a si llevaba la camiseta limpia o sucia?
—Exactamente, director.
—¿Y por qué tenía la gente esa curiosidad?
—Lo ignoro.
—¿Y qué piensas hacer con semejante y portentosa imagen cinematográfica, literato?
—No lo sé. Todavía no lo sé.
—Vaya, vaya.
El realizador sonrió con expresión de perdonavidas. En torno a su cabeza enhiesta y sensible como un cactus, en los desérticos alrededores de su persona, la chispa del ingenio podía producir catástrofes. El escritor intuyó esa atroz posibilidad al verle raspar una cerilla para encender el cigarrillo: algo se inflamó fugazmente en la terraza, con una crepitación siniestra, como si el aire de la tarde fuese de celuloide y hubiese empezado a arder.

SECUENCIA 23. PAPELERÍA-LIBRERÍA.
Interior Día.

Vargas empuja la puerta y entra, se quita el sombrero y cojeando levemente se dirige hacia la mesa del centro llena de libros de saldo. Sin mirar a nadie, coge un libro y empieza a hojearlo con aire distraído.

Susana subida al taburete, ordenando carpetas en el estante, se vuelve y lo mira con recelo.

SUSANA: «Ya iba a cerrar, es muy tarde...».

En el suelo, su hija Neus juega con una muñeca y un tranvía amarillo de hojalata.

Los chavales, que han entrado detrás del vagabundo, permanecen junto a la puerta y no le quitan ojo. ¿Qué va a hacer?, se preguntan. ¿Sacará la navaja y le quitará a Susana el poco dinero que tiene? ¿Robará comida, ropa de abrigo, los trajes del difunto señor Estevet...?

Vargas se tambalea imperceptiblemente, la novela resbala de sus manos, sus párpados parecen de plomo, se agacha para frotarse la rodilla dolorida, recoge la novela del suelo y la devuelve a la mesa. Entonces mira a Susana, duda, parpadea y le pregunta si tiene lápices de colores.

Anticipándose a Susana, los niños responden que sí y se apresuran a mostrarle al vagabundo algunas cajas de lápices. Vargas las examina como dormido y pregunta si tienen plumillas, y uno de los chicos dice de qué clase: ¿para letra normal o para redondilla?, añadiendo, como si quisiera aclararle las dudas al cliente: es más bonita la redondilla, señor, sobre todo para escribir artísticas felicitaciones de Navidad y Año Nuevo.

Vargas no contesta, su mano tantea la mesa buscando apoyo. Susana ha bajado del taburete y se acuclilla junto a su hija, como si quisiera jugar con ella o protegerla.

Pero el vagabundo no hace nada. Parece no saber muy bien lo que quiere.

Ahora examina una regla negra lacada, se golpea con ella la palma de la mano, fuerte, hasta hacerse daño.

Jugando, la niña empuja el tranvía que rueda hasta chocar contra el tobillo de Vargas, el cual da un respingo y se revuelve como un felino, la mano en la cadera.

Al encaminarse hacia el despacho del jefe de negociado, la señorita Carmela es consciente del vuelo airoso de su falda acampanada. Recorre animosa y diligente un pasillo interior del Banco, una franja de penumbra azul por donde hace muchos años corría precisamente la fila tercera de butacas, cuando, de pronto, su sensible naricilla percibe un hedor corrupto, una insoportable vaharada de huevos podridos.

Se para y oye risas de niños.

Aquí, en este punto del pasillo, donde ella se ha parado tapándose la nariz, Juanito Marés arrojó hace cuarenta años una bomba fétida en protesta porque, debido a un fallo en la cabina de proyección, la película se había parado congelando a Ginger Rogers y a Fred Astaire en elegantes estatuas: él con las negras alas del frac volando abiertas y un pie adelantado como si pisara una moneda para ocultársela a Ginger; ella con el vuelo de su falda y el de su corta melena rubia detenidos en el aire, los desnudos hombros encogidos, la cadera un poco arqueada. La imagen parpadeó un instante y se apagó.

La señorita Carmela huye del mal olor y en el pasillo quedan vibrando algunas notas del Continental y la luz de la linterna del furioso acomodador persiguiendo todavía por entre las butacas al malvado niño-fétido.

Corte a taberna del barrio atmósfera espesa olor a azufre y a vinazo sobre el manchado mostrador de zinc abollado parpadea el reflejo de turbios neones del otro lado de la calle encharcada mientras la radio emite un bolero pastoso entrechocar de bolas de billar y palabras herrumbrosas de borracho al fondo del local.

(La escena merece una iluminación brillante, de convencional sordidez y al mismo tiempo vivificante resplandor, con balanceos sensuales de la cámara y una ternura artificiosa y felina y descaradamente vulgar de barrio canalla apoyada en diálogos enfáticos y coloristas. Que sí, peliculero insulso. Hazme caso siquiera una vez.)

Junto al mostrador, un perro viejo perdiguero y tres muchachos de unos dieciocho veinte años con camisa azul falangista escuchan atentamente a un hombre grueso canoso pelo de cepillo, luego salen los tres Flechas a la calle (sin el perro) alzando las barbillas belicosas y el perfil altanero, una jeta dura y unos andares suaves, algo entre matones de barrio y atildados petimetres del Liceo Francés.

La intrépida y madura puta Purita (que no trabaja aquí en el barrio, por supuesto) está sentada recostada contra la pared leprosa de la taberna comiendo pan negro que moja en una lata de sardinas, y llama cariñosamente al perro, y le tira un trozo de pan y lo acaricia, y luego mira con desprecio descolgado de su boca aceitosa y brillante de carmín corrido al tabernero de pelo de cepillo y mandil azul.

PURITA: «Eres un miserable, Fermín. ¿Qué te ha hecho esa pobre chica? ¿Por qué la has tomado con ella?».

FERMÍN: «Come y calla, furcia».

PURITA: «Flecha cabrón. ¿Y qué te hizo su marido, para que lo denunciaras?».

FERMÍN: «Yo no denuncié a nadie. Pero esta papelería era un nido de rojos separatistas, y lo sigue siendo».

PURITA: «Sé lo que estás tramando, maricón de los Luceros, facha».

FERMÍN: «Esta papelería debe ser cerrada y precintada, la viuda vende libros catalanes».

PURITA: «¡Tú andas tras ese local hace tiempo! ¡Quieres reventarle el negocio a Susanita, asustarla con tus niñatos escuadristas para que se vaya de aquí! Eres una mala persona, Fermín. Cruzado de mierda, chorizo del Imperio, mamón de la Vieja Guardia».

FERMÍN: «Cállate, meuca, más te vale. Sabemos lo que eres».

Y diciendo esto el tabernero suelta una patada al perro metido entre sus piernas, y el animal escapa aullando y se esconde debajo de una mesa.

—Es dudoso que el hombre sea el mejor amigo del perro —dijo el guionista con aire pensativo.

—¿Quién habla así? —inquirió incrédulo el director—. ¿Purita?

—No, pobre chica.

—La frasecita se las trae. Scott Fitzgerald fue desterrado de Hollywood por mucho menos que eso.

—Debería decirla el propio perro, claro está, pero tú no te atreverías a hacer hablar a un perro. Además, no sabes dirigir a los perros.

—Tú nunca has creído en mi trabajo, ¿verdad que no?

—No se me paga para eso.

—Si no crees en mi trabajo, ¿por qué has aceptado escribir esta película?

—Lo hago por estar cerca de las *estrellas.*

El director lo miró severamente y dijo:

—Entonces no hables de mí a la ligera. He leído tus declaraciones a la prensa y me han molestado bastante.

—¿Hablar yo de ti a la ligera? ¿A qué te refieres?

—Me ha parecido que ponías en duda mi competencia como director de cine.

El escritor a sueldo sonrió ampliamente, saboreando por anticipado la respuesta que iba a dar. En este momento le habría gustado tener dientes como fichas de dominó/ Fernandel.

—Te equivocas —dijo—. Jamás he tenido la menor duda sobre eso: tú eres el más incompetente de cuantos he conocido.

Corte a los tres jóvenes Flechas avanzando en línea por la calle oscura inflamados de espíritu nacionalsindicalista y con expresión de soplagaitas abanderados, uno de ellos recitando en alta voz engolada:

FLECHA 1.º: «¿Dónde estará aquella novia que en los senos ocultaba mi pistola de escuadrista...?».

Corte a papelería-librería donde Vargas, rodeado de chavales que le miran fascinados sin pestañear, empuja suavemente y ya relajado el tranvía de hojalata con el pie, devolviéndolo a la pequeña Neus.

La niña sonríe confiada al desconocido y después a su madre.

Vargas de pronto muy cansado busca con los ojos dónde sentarse y lo hace en la escalera de madera del altillo al fondo del local, en los primeros peldaños. ¿Permite que descanse aquí cinco minutos, señora?, pregunta con los ojos y sonríe. En realidad no puedo comprarle nada, señora, no tengo ni un céntimo.

SUSANA: «¿Se encuentra mal?».

VARGAS: «No, no. ¿Podría darme un vaso de agua...?».

SUSANA: «¿Quiere un vaso de leche?».

Vargas sonríe agradecido, mientras hace esfuerzos por quitarse las botas destrozadas y enfangadas. El enjambre de niños pandilleros se precipita para ayudarle, inútilmente: el cuero de las botas parece estar pegado a la piel. Susana se dispone a subir al altillo cuando suena violentamente la campanilla de la puerta.

Los tres falangistas irrumpen en la papelería.

—Y bien, pluma consagrada —gruñó el director balanceándose sobre el abismo urbano con los dedos entrelazados sujetando su rodilla—. Me temo que no llegaremos a ninguna parte con todo eso.

—Como quieras.

—Una vulgar historia de perdedores en un arrabal enfangado. —En su balanceo insensato se fue hacia atrás un poco más de la cuenta, y su mano, como una centella, agarró el tallo del clavel—. La película parece un homenaje a los charnegos que aterrizan en Barcelona buscándose la vida... Estos claveles no huelen a nada.

—Te aconsejo que los sueltes.

—Son artificiales, de plástico, como el clima austero y estático, de *western* enfangado, de tu historia. Por cierto, todo lo que escribes para el cine es artificioso y convencional.

—Hubo hace mucho tiempo un tipo de cine artificioso con grandes estrellas convencionales, que me gustó con locura. Pero esos claveles a los que ahora tú te agarras para no precipitarte al abismo, no son artificiales, no son de brillante plástico con duros alambres por dentro. Son de verdad, maestro, es decir: frágiles, enfermos e indefensos, y se partirán en tus manos porque la atmósfera de la ciudad los ha podrido.

—Sigamos con la secuencia 23.

—Pero no te agarres al clavel español.

RAIKER: *«¿Quién eres, forastero?»*.

SHANE: *«Un amigo de los Starret»*.

Corte a la papelería-librería de Susana cuando se abre la puerta y entran los tres Flechas de la Centuria de Fermín Palacios. Las mismas camisas azules, los mismos correajes negros, los mismos cabellos planchados y los mismos himnos idiotas y canciones ratoneras que se traen habitualmente de sus mítines y asambleas —pero sonando sólo en sus propios oídos sordos, en sus huecas cabezas-sonajero y en sus mentes taradas, es decir: banda sonora subjetiva españoleando castiza y cutre, estúpidamente patriotera, autojaleándose.

Cierran la puerta tras ellos y, sin mediar palabra, empiezan a revolver los libros de saldo de la mesa, a manosearlos, a hojearlos desdeñosamente y a tirarlos al suelo.

Susana con su hija en brazos retrocede unos pasos. La pandilla de chavales se apiña en un rincón.

FLECHA 1.º: *(A Susana)* «¿Cuándo te vas a enterar, bruja? Los libros en lengua vernácula están prohibidos en todo el Imperio».

FLECHA 2.º: «Si no te denunciamos es porque a mi tío Fermín le das lástima, que conste. Roja. Masona. ¿Quieres ir a la cárcel?».

FLECHA 3.º: «¡Fuera toda esa mierda intelectual!».

Su mano enguantada y torva, como una negra manopla, barre el contenido de un estante, la mesa del centro y el pequeño mostrador. Un lápiz rueda hasta los pies de Vargas sentado en la sombra, y al que los escuadristas azules no han prestado atención o todavía no han visto. Es un grueso lápiz que escribe por ambos extremos, las puntas muy afiladas, la una roja y la otra azul.

Vargas, con extraña parsimonia, se inclina a recoger el lápiz y lo cuelga en su oreja. Se queda mirando al Flecha 1.º entornando los ojos.

La pequeña Neus asustada se agarra al cuello de su madre mientras los libros rebotan malamente en el suelo, descosidos, inermes. Rabia y lágrimas asoman a los ojos de Susana:

SUSANA: «¡Basta! No tenéis derecho a hacer eso. Los compro a peso, no me fijo en el título ni en el autor...».

FLECHA 3.º: «¿Ah no? ¿De veras? Pues entérate de la basura que tienes escondida aquí, escucha: *(Leyendo la cubierta de los libros que va tirando)* Carner, Sagarra, Riba, Salvat-Papasseit, Foix, Maragall, López-Picó...».

FLECHA 2.º: «Bueno, éste por lo menos es mitad español: López».

FLECHA 3.º: «Tienes razón, camarada».

Y devuelve el libro al estante.

FLECHA 1.º: «¡Vamos a hacer un buen fuego, con todos estos bolcheviques del Ampurdán!».

Patea los libros tirados al suelo y uno de ellos rueda desencuadernándose como un pájaro herido llega a los pies del vagabundo.

Vargas mira el libro sin tocarlo y habla en tono seco:

VARGAS: «Este libro es mío. Acabo de comprarlo».

Permanece sentado en la escalera del altillo, en penumbra, y los escuadristas lo miran como si acabaran de advertir su presencia.

FLECHA 1.º: «¿Y tú quién eres, perdulario?».

VARGAS: «Un amigo de los Estévet».

(Nota importante: el charnego Vargas pronuncia mal el apellido —que conoce por haberlo leído en el rótulo sobre la puerta de la calle— cargando el acento en la penúltima sílaba en vez de hacerlo en la última. Así, al decir Estévet, casi le oímos decir Starret. Un personal homenaje a Alan Ladd.)

Vargas se incorpora despacio.

FLECHA 2.º: «No te metas en eso y sigue tu camino».

FLECHA 3.º: «Sí, será mejor que te largues, vagabundo. No te busques líos».

No le prestan más atención, pero Vargas sigue mirando fijamente al falangista 1.º y sus ojos brillan en la sombra delgados y fríos como el filo de la navaja. Y cuando vuelve a hablar, en su voz calmosa anida una ronquera abyecta, súbitamente despiadada:

VARGAS: «Tú, muchacho. Recoge mi libro y ponlo sobre la mesa».

El aludido lo mira con asombro, sonriendo por un lado de la boca:

FLECHA 1.º: «¿Habéis oído?».

FLECHA 2.º: «¿Qué ha dicho este piojoso? Pídele la documentación, Gonzalo».

FLECHA 1.º: *(Burlón, a Vargas)* «¿Y para qué quieres tú un libro, charnego asqueroso? ¿Acaso sabes leer?».

VARGAS: *(Avanzando dos pasos)* «Cógelo, mamón. Que eres un mamón y un hijo de perra».

Con ademanes fulgurantes y a la vez suaves, apenas entrevistos por los niños, Vargas se ha quitado el lápiz rojo/azul de la oreja al tiempo que en su otra mano aparece súbitamente una navaja de tamaño regular, más bien pequeña. Sacándole punta al lápiz, se acerca cabizbajo y pensativo al Flecha primero, se para a un palmo de su cara y lo mira a los ojos.

Susana y la pandilla contemplan la escena expectantes y asustados. Todo ocurre muy rápido.

Las volutas del lápiz que hace saltar el filo de la navaja salpican una tras otra el pálido y crispado rostro del escuadrista azul, que al fin ha comprendido. Todavía intenta una salida airosa, irguiéndose, cuando ya sus camaradas retroceden hacia la puerta:

FLECHA 1.º: «Está bien, luego veremos su documentación...».

VARGAS: *(Tirándole volutas a la cara)* «Luego no verás nada, capullo. Tú no eres quién para pedirme la documentación. Recoge el libro».

Finalmente el joven Flecha obedece, se agacha, coge el libro y lo pone sobre la mesa. Da media vuelta, el rostro encendido y el gallardo pecho sembrado de volutas rojas y azules, se junta con sus camaradas y los tres salen de la papelería cerrando la puerta violentamente.

Fundido y encadenado.

Y esa misma noche, después de cerrar la tienda, explicó el guionista, mientras los chavales recogen los libros del suelo y ordenan los estantes y el escaparate ayudados por Vargas, Susana en camisón, el pelo suelto y un largo abrigo de su marido echado sobre los hombros, desciende la escalera del altillo —acaba de acostar a la niña— con un vaso de leche que ofrece sonriente al vagabundo.

Calló el escritor a sueldo, y el realizador parpadeó confuso:

—Y qué más.

—Nada más. Te basta con esa imagen. No se puede expresar más con menos elementos. La Susana hogareña, nocturna y cálida, sonriendo al forastero y con un vaso de leche en las manos. —Sonrió irónico, añadiendo—: Podrías tal vez iluminar la leche por dentro, a la manera de Hitchcock. El forastero debe percibir esa luz en sus manos, y el espectador también.

—Tal vez. Pero no veo la necesidad de expresar ningún calor de hogar en la escena, con esa nocturnidad que dices, ese camisón y esa leche.

—Cuando yo propongo una imagen —dijo el fatuo guionista, en tono algo despectivo—, esa imagen, si la ruedas, debe expresar exactamente lo que yo he decidido que exprese. Ni más ni menos.

—El asunto es —dijo el director incompetente y zafio— si a mí me interesa que esa imagen exprese esto o aquello o lo de más allá.

—El asunto es —replicó el escritor con la voz impertinente y meliflua de Humpty Dumpty— quién es el maestro aquí. Eso es todo.

SECUENCIA 24. LIBRERÍA-PAPELERÍA.
Interior Noche.

Arriba en un rincón del altillo mal iluminado Susana y Vargas de pie, a su lado se amontonan algunos muebles viejos, papel de embalaje y una colchoneta enrollada. Vargas con el rostro en la sombra, el macuto a la espalda y el sombrero en la mano. Susana con el abrigo negro de su marido echado sobre los hombros, las mejillas sonrosadas y el vaso de leche (vacío) en las manos.

SUSANA: *(Indica la colchoneta)* «Puede dormir aquí, por una noche... Desde esa ventanita se ve el parque Güell. *(Sonríe tímida)* Bueno, hasta mañana, que descanse».

VARGAS: «Buenas noches, señora. Y gracias».

Corte a Susana de pie en el altillo alumbrado por relámpagos con su hija llorando en brazos, en camisón y con el largo y pesado abrigo de hombre echado sobre los hombros desnudos. Paso del tiempo: noche de tormenta. Vargas tumbado en su colchoneta, fulgores amarillos y el eco del trueno retumbando ampliando a lo lejos ámbitos de soledad y desventura y terror que hacen llorar sin saber por qué a la pequeña Neus en brazos de su madre.

Vargas se incorpora y mira a Susana. (Inicia música entre el lejano retumbar de los truenos.)

SUSANA: «Los truenos le dan miedo».

VARGAS: «Encenderé una vela».

Encadena a sucursal bancaria ex cine Roxy bajo una gran tormenta la animosa y eficiente señorita Carmela se afana en los inhóspitos y solitarios archivos del sótano buscando unos documentos cuando, súbitamente, se va la luz dejándola completamente a oscuras. Asustada enciende su linterna de pilas y nota en las medias una carrera subiéndole por el muslo como una maligna y diminuta araña de hielo. Todo su cuerpo se estremece. Oye el suave aleteo alrededor de su cabeza y percibe en la frente el roce frío y viscoso de una telaraña o unas alas que no son para volar en este mundo.

Retrocediendo aterrada la señorita Carmela deja caer la linterna y la carpeta con los papeles y se dispone a gritar. A su lado el fru-fru de la seda agitándose anuncia la inminente transmutación del murciélago en Drácula/Bela Lugosi ya su capa negra y su negro pelo engomado transpira el perfume del musgo y de la neblinosa noche Universal Pictures cuando, ceremonioso y cortés, el pálido conde se inclina, recoge del suelo la linterna y los documentos y los entrega a la señorita Carmela.

DRÁCULA: «Le ruego disculpe este recibimiento. Mi criado tiene la noche libre».

Advierte el conde los ardientes deseos de la empleada bancaria por regresar a su oficina y le indica una salida de emergencia al parking. Ameno conversador, mientras la acompaña guiándola a través de la oscuridad comenta en tono desenfadado algunos pormenores de su famoso y tórrido romance con la pizpireta Clara Bow, pero la señorita Carmela cree percibir en su voz un deje de melancolía y una vibración maníaco-depresiva.

Corte a Vargas en su rincón-dormitorio la espalda recostada contra la almohada y un libro abierto en las manos, el pitillo humeante en sus labios resecos cuarteados a la luz de la vela que arde sobre un taburete a su lado.

Mira directamente a la cámara y sonríe con timidez.

VARGAS: *(Por el libro)* «A ver si aprendo...».

Susana descalza en camisón y con el abrigo echado sobre los hombros pasea de un lado a otro del altillo para tranquilizar a Neus y que se duerma. La manita de la niña, moviéndose entre el sueño y el sobresalto, hurga en el cálido escote de su madre. Una pátina de sudor, una púrpura plateada cabrillea entre los pechos de Susana como una brillante cola de pez. Ella mira la boca dura del vagabundo y luego aparta los ojos.

Vargas deja también de mirarla, se inclina a un lado de la colchoneta para apagar el cigarrillo en una lata y ve en el suelo, entre los trastos, un rótulo de madera despintado escrito en catalán:

PAPERERIA I LLIBRERIA «ROSA D'ABRIL»

SUSANA: «Me obligaron a quitarlo».

VARGAS: «¿Y eso por qué? *(Intenta leer el rótulo, se esfuerza por deletrearlo)* ¿Qué dice? No sé leer, señora. Abro este libro todas las noches y miro y remiro las letras, a ver si aprendo, pero nada, soy un borrico...».

Susana sonríe y señala el rótulo:

SUSANA: «Está en catalán».

VARGAS: «Algún día lo aprenderé».

Un relámpago y el trueno inmediato sobresaltan a la niña. Susana la mece, pensativa, mirando el rótulo en el suelo. Sonríe al ver a Vargas coger el rótulo y ponerlo detrás de su espalda a modo de cabezal.

SUSANA: «Algún día volveremos a colgarlo en la calle, encima de la puerta, y todo será otra vez como antes. ¿Me ayudará a ponerlo?».

VARGAS: «Sí, la ayudaré».

Encadena paso de tiempo explosión de luz primaveral en la papelería-librería Vargas el pelo limpio negro bien peinado hacia atrás camisa blanca jersey amarillo despachando detrás del mostrador papel rosa de cartas y sobres rosas a dos muchachas que se ríen sonrojadas, y papel carbón para copias a un señor serio larguirucho con perfil de pájaro.

SEÑOR: *(Carraspeando, tímido)* «Y también quería una lámina recortable con aviones Spitfire y otra con submarinos...».

Hacia el mediodía acude la pandilla y lo ayudan a despachar y sobre todo a sumar.

Susana prepara la comida arriba en el altillo y se oye una canción en la radio y luego noticias del descalabro alemán en el norte de África. Al atardecer, la pandilla prefiere charlar con Vargas sentados en el portal antes que leer tebeos o contar aventis de la guerra de Birmania.

Siempre que se le pregunta por la guerra, Vargas habla de la lluvia.

Vargas (Primer Plano) con los tensos labios marcados de cicatrices imita el ruido del viento en el bosque y el de la lluvia sobre los tejados y los campos y el desierto y también la furia de los ríos cuando se desbordan e inundan los valles y los pueblos ahogando a personas y animales. Vargas habla siempre de la guerra nuestra como de una terrible inundación y con el dedo se señala la frente:

VARGAS: «Hasta aquí llegó el agua. *(Agachándose en medio de los chicos cierra los ojos y con la boca hace:)* Glu-glu-glu».

Susana y la pequeña Neus se ríen.

Dentro de su desgracia, este charnego analfabeto deja entrever formas seductoras.

Encadena a mesa camilla en el comedor con Susana de noche enseñando a leer y escribir a Vargas a la luz del petromax. La mano de Susana guía la mano del alumno torpe sonámbula agarrotada con el lápiz traza en un cuaderno de hojas pautadas letras-palabras-oraciones en progresión caligráfica: primero garabatos y luego la caligrafía se estiliza, la pluma sustituye al lápiz.

Paso de tiempo: en sobreimpresión páginas y páginas del cuaderno escolar escritas por la mano de Vargas. Cerca, la mano de Susana, quieta, expectante. Vargas se traba en una palabra con la pluma hace un borrón. La mano de Susana se posa en la suya y la guía de nuevo trazando la oración: *Señora maestra, soy un comediante.*

Encadena a ropa mojada tendida en alambres en azotea gris barrida por el viento que hace restallar la colada como un látigo en la cara de Vargas, de pie al borde del terrado y contemplando lejos la ciudad crepuscular con las manos en los bolsillos del pantalón y el viento en los cabellos.

Atardecer de verano, el barrio bullicioso a los pies de Vargas, un resplandor de oro y grana sobre su cabeza y un intenso olor a jazmín en el aire traspasado por alegres chillidos de voces infantiles y pájaros como flechas, en el cielo un cohete de verbena como una palmera de luz cobija a una pobre pesada cometa hecha con papel de periódico y cola de trapos.

Corte al Roxy sesión de tarde y chavales que fuman furtivamente un cigarrillo compartido agachándose entre las butacas, lanzando al aire rosquillas de humo que flotan en el haz luminoso plateado del proyector y se reflejan en la pantalla —sombras deshilachadas de un sueño mezclándose con las sombras de otro sueño, con el otro humo del cigarrillo que fuma el sonriente villano Rupert de Hentzau/Fairbanks Jr. Sombras siniestras que se deslizan en la poderosa frente arrebatada de pasión de Heathcliff/Olivier, en sus ojos arrasados por el amor y la locura y la venganza, Heathcliff el huérfano de pie en un gótico tenebroso ventanal de su mansión habitada por la soledad y el infortunio, las manos en los bolsillos, los cabellos al viento.

HEATHCLIFF: *(Desesperado)* «Cathy. Cathy».

—Maldito novelasta —gruñó el director inventando quizá sin saberlo un insulto de doble filo: contra el novelista y contra el cineasta—. Maldito seas, tú y tus pajilleras sesiones de tarde de sábado.

—Sugiero que en esta escena emblemática del terrado con viento romántico en los cabellos y mirada soñadora y desafiante —dijo el escritor—, a Vargas lo filmes con una camisa negra, amplia de mangas y abierta en el cuello, donde debe llevar atado un pañuelo verde con un arpa dorada.

—Vete al cuerno.

Bastantes años después de la guerra, cuando fueron autorizadas por el Gobierno Civil las primeras audiciones de sardanas los domingos por la mañana en el parque Güell y acudían jóvenes falangistas provocadores a burlarse y armar follón y reventar la fiesta, Vargas acompañaba a Susana y a su hija al *aplec* y se esforzaba cómicamente en aprender a bailar (nunca lo conseguiría) aunque, al cabo de un rato, después de matar de risa a Neus y a Susana y a la pandilla, se retiraba del corro.

Sentado en el banco ondulante de la plaza, los codos en las rodillas y entretenido en cortar una ramita de abeto con la navaja, Vargas permanece cerca de Susana y Neus y al mismo tiempo observa las evoluciones de los Flechas alrededor de los sardanistas. Tres de ellos llevan un bote de pintura negra y una brocha y repintan el borroso emblema, la araña negra, en las esferas de piedra del paseo con palmeras, sobre la plaza, y luego en el mismo banco ondulante de cerámica troceada, acercándose al sitio donde se sienta Vargas.

Vargas simplemente se incorpora, y los Flechas tal vez no se han fijado en él. Pero pasan de largo.

De vuelta a casa, en la colina cenicienta al final de la calle Verdi, la pequeña Neus corre alegremente hacia su madre con una brazada de ginesta que le tapa la cara. Susana y Vargas la esperan un poco más arriba. Cuando la niña está a punto de llegar a ellos —Susana rodilla en tierra abriendo los brazos— un golpe de viento le arrebata algunas flores arrojándolas al aire: tallos de ginesta cuelgan de los cables del tendido eléctrico como notas musicales en un pentagrama.

El viento silbando allá arriba en los cables y una mota de polvo en el ojo de Susana, Vargas intenta quitársela soplando suavemente, los dos arrodillados frente a frente en la colina. Corriendo y palmeando alrededor, la pandilla canta:

PANDILLA: «Tiene Susana / la cara / de manzana...».

Corte a Gary Cooper y George Raft camisas blancas y gorras de marino mercante fin de siglo cantando «tiene Susana cara de manzana» borrachos de ron y moviendo como marionetas sus dedos pulgares vendados. Raft lleva un aro de plata en la oreja, según observa la pequeña Neus sentada muy tiesa y maravillada entre su madre y Vargas en la séptima fila, los tres comiendo cacahuetes. La niña sostiene el cucurucho y de vez en cuando las manos sonámbulas ardorosas de Vargas y Susana —aparentemente absortos en la película— coinciden en el cucurucho y se rozan al coger cacahuetes.

Ya hemos hablado del peculiar encanto de Raft con su aro de plata en la oreja, pero ¿cuál era el de Cooper en este film? Probablemente su alegría de trabajar con Frances Dee, la hermosa mujer de su amigo Joel McCrea, y el estar por vez primera a las órdenes de Henry Hathaway, un director que sería muy importante en su carrera. Cooper se salva en el único bote mientras el barco naufraga y Susana tantea en la sombra del cine la manita de su hija y piensa, no sabe por qué, de pronto, en su marido que tal vez se podía haber salvado.

George Raft yace para siempre junto a su amada francesita en el camarote sumergido bajo el océano en medio de algas cimbreantes y un banco de pececillos acerados que da bandazos compulsivos recorriendo las entrañas espectrales del barco de vela hundido en el fondo del mar, sobre una roca y ligeramente escorado a estribor. (Plano desechado del guión y al parecer no rodado por Hathaway ni por nadie, pero que un servidor, por si te interesa, *regista* de secano, guarda en su anegada filmoteca mental.)

El 8 de enero de 1950 Jan Estevet Mas sale de la cárcel en libertad vigilada y escapa al sur de Francia acompañado por dos camaradas. El activista volverá a Barcelona en diversas ocasiones, pero siempre clandestinamente y sin avisar a Susana.

Dos años después, Susana recibe una carta de una amiga exiliada en Toulouse, en la que le dice que su marido vive con otra mujer.

SECUENCIA 57. ALTILLO/PAPELERÍA.
Interior Noche.

Después de cerrar la tienda y apagar las luces, Susana sube fatigada la maltrecha escalera del altillo y Vargas sube tras ella, al llegar arriba sus hombros se rozan en la penumbra, ella viste un pijama de hombre y ha llorado, tropieza y se tuerce el tobillo. Se dobla hacia un lado cayendo y Vargas la sujeta por la cintura. Susana rinde la cabeza, los rubios cabellos se derraman sobre su cara y la carta de Toulouse resbala de su mano y

Corte a labios de Susana entreabiertos húmedos sin color, la cabeza recostada en el brazo de Vargas, el brazo de Vargas en el respaldo de la butaca del cine, sábado sesión de noche invierno del 52: Susana dormida en la butaca entre su hija y Vargas, muy abrigados los tres y cerca de la estufa lateral. Neus (14 años, espigada, rubia como su madre) fascinada con la película *Cumbres borrascosas* y Vargas inclinándose hacia Susana como si fuera a oler sus cabellos o a besarla. Suavemente con la mano aparta un mechón sobre sus ojos y

Corte a Vargas subiendo por la escalera del altillo llevando en brazos a Susana con su pijama de hombre y la carta en la mano y el tobillo dolorido. Él la deposita en la cama, le quita la zapatilla del pie, masajea con suavidad su tobillo y hasta lo sopla. Ella tiene cosquillas y se ríe entre las lágrimas.

Vargas se incorpora y busca los ojos dorados en la penumbra. Espera, de pie, inmóvil, respetuoso, fiel, encendido. Su magro rostro cubierto de cicatrices retrocede un poco más en la penumbra, y el telón de sombras cae sobre él.

Susana desde el lecho lo mira con tristeza y temor, esboza una débil sonrisa y bruscamente vuelve la cara sobre la almohada. Con su voz sin inflexiones Vargas le da las buenas noches, da media vuelta y sale del cuarto.

—Para una sola secuencia, dos escenarios —gruñó el director olisqueando su vaso de agua tónica, que se estaba volviendo misteriosamente de un color verdoso negruzco—. Caprichos de guionista derrochador y romántico. ¿Tú crees que nos concederán los millones suficientes para rodar tus depravadas virguerías escenográficas, literato, y no hablo de las submarinas...?

—Respecto a esta escena —prosiguió el eventual guionista sin hacerle caso—, me preocupa tu famosa incompetencia para iluminar los rostros y los cuerpos que se desean y tu notoria incapacidad para representar el amor auténtico y profundo, el amor más allá de los tópicos visuales de la pornografía blanda. Tiemblo al pensar la cantidad de posibilidades calenturientas que habrás visto en Susanita en ese holgado pijama de hombre, tal vez sin botones...

—Intelectual depravado —cortó el director—. Eso es lo que eres.

—Depravado, quizá. Lo de intelectual lo considero un insulto.

SECUENCIA 58. FACHADA PAPELERÍA-LIBRERÍA.
Exterior Día.

El escaparate luce un cristal nuevo que al atardecer refleja el paso ensimismado y perezoso de nubes blancas gordas algodonosas teñidas de rosa, pacíficas nubes viajando hacia el sur.

Súbitamente la imagen se hace literalmente añicos: una pedrada rompe de nuevo el cristal.

Encadena a Vargas en la calle barriendo con una escoba los diminutos cristales astillados en medio de una gran polvareda obliga a apartarse a dos chiquillos descalzos. Es verano, los fangos del descampado se han convertido en polvo rojo y la misma calle parece un incendio. Uno de la pandilla ayuda a Vargas con una pala y una caja de cartón. Enseguida ven acercarse a Fermín Palacios flanqueado por dos fieles escuadristas con cara de tango y ojeras.

FERMÍN: *(A Vargas)* «Quiero hablar con la viuda Estevet».

VARGAS: «Ella no quiere hablar con usted».

FERMÍN: «Tú, chaval *(Al de la pandilla),* entra y dile que estoy aquí. Rápido, tengo que ir al banco». *(Con la mano tantea el billetero sobre el corazón).*

Vargas retiene al niño con la mirada. Deja de barrer, apoya indolentemente las manos y la barbilla en el palo de la escoba y, mientras a su alrededor se aquieta el polvo rojo, entorna los ojos escrutando al tabernero y a su escolta azul.

VARGAS: «No está, camarada imperial. ¿Quiere saber adónde ha ido?».

FERMÍN: «No tengo nada contra ti, muchacho. No te hagas mala sangre».

VARGAS: «Pues ha ido a encargar otro cristal para el escaparate. Doscientas pelas del ala, una auténtica fortuna en estos tiempos, ¿no cree usted, aguerrido azote de bolcheviques y de herejes?».

Fermín Palacios lo mira en silencio. Uno de sus jóvenes centuriones da un paso al frente y su jefe lo contiene con un gesto. Luego sonríe vagamente al charnego:

FERMÍN: «Me caes bien, Vargas, así que voy a explicarte algo».

El tabernero ha venido a parlamentar acicalado y endomingado (americana gris a rayas y cruzada, pantalón crema, zapatos de dos colores y muchos emblemas en las solapas) seguramente para impresionar a Susana. Amigablemente ahora le explica a Vargas que él nunca ha querido perjudicar a la viuda Estevet y que es mentira lo que dicen de él en el barrio, aunque, en efecto, le gustaría alquilar este local para instalar un Salón de Juegos para la juventud, futbolines y billares y demás, nuestra juventud merece un esfuerzo. Está dispuesto a ofrecerle a la viuda una cantidad razonable por el traspaso, y a él, a Vargas, un buen empleo en el nuevo negocio. Y concluye con la voz ensalivada:

FERMÍN: «Me gustan tus maneras, muchacho. Piénsalo, y mira de convencer a tu ama. Vendiendo libros nunca te harás rico, tanto si los libros son en catalán como si son en castellano. ¡Para morirse de hambre!».

VARGAS: «Estoy acostumbrado a morirme de hambre. ¿Ve esa ventana? Ahí, mire».

Ahora la pandilla, expectante desde el inicio de la escena, va a ser testigo de algo asombroso. Cuando Fermín Palacios había empezado a exponer sus planes acerca del Salón de Juegos, ellos vieron que Vargas, aparentemente interesado en la propuesta, había soltado la escoba acercándose al tabernero con toda confianza, mirándole como hipnotizado y con la cara casi pegada a la suya.

Y ahora, al indicarle la ventana ciega sobre la puerta de la papelería, y hacia la cual ya levantan los ojos Fermín y los dos Flechas, ven, o mejor sólo llegan a entrever el movimiento fulgurante de sus dedos al deslizarse entre las solapas de la americana del tabernero y extraer limpiamente, visto y no visto, un billetero plano de piel color salmón que oculta rápidamente a la espalda.

VARGAS: «Pues en una ventana igual, pero no tapiada, una que está detrás del altillo, este muerto de hambre, un servidor, se pasa las horas leyendo libros...».

Vargas retiene la atención de los tres falangios el tiempo justo para que sus veloces manos hagan un trabajito en la espalda: articulándose con endiablada precisión y rapidez, los dedos abren el billetero y extraen doscientas pesetas —que adivina por tamaño y textura—, el precio exacto del cristal nuevo. Y con la misma maravillosa limpieza y habilidad, visto y no visto, las manos de Vargas deslizan otra vez el billetero entre la americana y el arrogante pecho de Fermín Palacios, y luego, engatillando el dedo índice, sacude unas motas de polvo en su solapa y añade:

VARGAS: «Así que no perdamos el tiempo. Tengo trabajo».

Vargas le vuelve la espalda.

FERMÍN: «Eres un chulo y acabarás mal, muchacho. Te conviene pensar en mi propuesta...».

VARGAS: «Lárguese. Y si el mamón de su sobrino o alguno de sus valientes señoritos azules vuelve por aquí a romper el cristal... *(Sonríe)* usted volverá a pagarlo, jefe».

Los niños pandilleros se sonríen por debajo de las narices mocosas.

SHANE: *«He de marcharme».*
JOEY: *«¿Por qué, Shane?».*
SHANE: *«No puede uno dejar de ser lo que es. Yo lo he intentado inútilmente».*

—Pero no se irá.

—No.

Así pues, añadió el escritor, la línea argumental se tensa como un arco ensartando cinco fechas clave en la historia: 1941, la llegada al barrio del joven delincuente, su protección a la viuda (supuesta) y a su hija, su trabajo en la papelería, su alfabetización, su veneración por Susana. 1950-1952, Vargas arraigado en Cataluña, fiel servidor y guardaespaldas de Susana, enamorado de ella y viviendo en secreto su mal de amores. El punto de flexión más tenso del arco está ahí: los planos del charnego aplicándose en la lectura de libros catalanes, echado en su colchoneta y a la luz de una vela, la llegada de la carta de Toulouse que hace llorar a Susana, el cine de barrio en invierno, la noche de la torcedura del tobillo, etc. 1960, el inesperado regreso al hogar de Jan Estevet con su prestigio de héroe, aclarando malentendidos y suscitando el perdón, la alegría de Susana, la soledad de Vargas. Y la curva ya en descenso: 1975, Vargas es un viejo *murciano* afable y pintoresco, cojo y servicial, algo borrachín y pendenciero, del que hacen mofa los chiquillos y que aún trabaja en la PAPERERIA I LLIBRERIA «ROSA D'ABRIL», ampliada y con nueva fachada. Un buen hombre al que el barrio aprecia, pero que ha empezado a olvidar. Y fin.

SECUENCIA 80. FACHADA (REMOZADA)
PAPELERÍA-LIBRERÍA.
Exterior Día.

Vargas embutido en un mono azul está terminando de pintar la puerta de la papelería cuya fachada luce ahora un flamante color marfil.

La joven Neus (22 años) hermosa y rubia como su madre (la misma actriz interpreta los dos papeles) avanza desde la puerta hacia nosotros sonriendo con las manos a la espalda y una rebeca naranja echada sobre los hombros, hasta ocupar totalmente con su cara la pantalla en primer plano.

NEUS: *(A la cámara)* «Nunca se fue del barrio, nunca se casó, nunca aprendió *(Sonríe como avergonzada)* a hablar correctamente el catalán, aunque tal vez la culpa fue mía y de mi madre, que no supimos enseñarle... Nunca dejó de trabajar en la papelería ni de ayudarnos en la casa, y siguió haciéndolo cuando papá volvió de Francia. Durante años ha sido el criado de mamá y mío, nuestro amigo más fiel, nuestro ángel custodio. Nunca he conocido a un hombre como Vargas. Nunca».

Encadena mismo escenario quince años después, en 1975. Vemos a Vargas (60 años) subido a lo alto de una escalera de mano apoyada contra la fachada de la papelería, terminando de colgar sobre la puerta el viejo rótulo que, en su rincón-dormitorio del altillo, le sirvió de cabezal durante más de treinta y cinco años.

Luego baja de la escalera, retrocede de espaldas y observa el rótulo a distancia. De la tienda salen corriendo tres niños, golpean la escalera y casi la tiran. Restregando las encallecidas manos en los pantalones, refunfuñando, el martillo y los alicates colgando del cinto como revólveres, cansado, achacoso, hablando solo, el viejo Vargas carga la escalera al hombro y se retira de escena.

—En este largo plano crepuscular —se le ocurrió al escritor— podríamos volver a escuchar parte de aquel diálogo entre la hermosa viuda y el charnego la primera noche que él durmió en el altillo, cuando descubre apoyado en la pared el rótulo represaliado porque está escrito en catalán y ella dice:

SUSANA: «Algún día, volveremos a colgarlo sobre la puerta de la calle».

VARGAS: «Algún día, sí».

SUSANA: «¿Me ayudará usted cuando llegue ese día?».

VARGAS: *(Sonriendo animoso)* «La ayudaré, señora. Cuente conmigo».

—No decían exactamente eso —masculló el director.

—Bueno, ¿pero te vale o no?

El escritor obtuvo una mueca desdeñosa por respuesta. Observó el confiado balanceo del cineasta sobre el abismo y súbitamente recordó una película mala de Joan Fontaine haciendo de mujer mala llamada Ivy *(Abismos)* en la que se mataba malamente cayendo por el hueco del ascensor.

Y entonces vio al director de cine caer hacia atrás muy despacio, su mano crispada aferrándose inútilmente al tallo del putrefacto y rojo clavel español; vio las suelas cremosas de sus flamantes puntiagudos zapatos italianos en el instante de voltearse y los ojos desorbitados de terror en su entrepierna, girando todo él en el vacío como quien improvisa una voltereta hacia atrás en el césped del jardín para hacer reír a su hijo pequeño... Finalmente vio los titulares de los periódicos del día siguiente:

HORRIBLE MUERTE
DE UN DIRECTOR DE CINE

Y en caracteres más pequeños: «En el momento de la tragedia estaba escribiendo una película en colaboración con un novelista que en diversas ocasiones, siempre que la prensa le pidió su opinión —y cuando no se la pidió, también—, declaró que el ahora difunto cineasta era tonto de solemnidad».

—Ya veremos —contestó por fin el director—. Las mejores ideas se me ocurren durante el rodaje.

—Ya.

—De veras. Me gusta arriesgar, con los personajes sobre todo. Yo soy partidario de lo que Truffaut llamaba una situación caliente con personajes congelados.

—¿Seguro que decía eso? —el escritor sonrió—: Me recuerda a la pobre señorita Carmela.

—¡Maldición! ¿Qué hacemos con ella?

Hitchcock con su barriga de violoncelo sube al tren en Metcalft portando un violoncelo. Poco después, casi a la hora de cerrar el Banco, la señorita Carmela lo ve cruzar impertérrito el vestíbulo, siempre acarreando el voluminoso celo, y pararse a hablar con el vigilante armado de la entrada. Entonces, mientras ella recoge sus objetos personales y los mete en el bolso, ya para irse, Hitchcock y el guardia vuelven la cara al mismo tiempo y miran a la señorita Carmela de soslayo, como si sospecharan de ella.

El simpático asesino psicópata Bruno/Robert Walker con sus hombros delicados encogidos como si tuviera escalofríos se dirige a la estación Pensilvania a coger un tren que le llevará a Metcalft en cuyo Parque de Atracciones, junto al lago y sobre la hierba de Isla Mágica, debe dejar un encendedor que lleva las iniciales G. H. grabadas y un pequeño relieve como adorno representando dos raquetas de tenis con los mangos cruzados.

El reloj del Banco Central señala la 1.30 horas y la señorita Carmela recoge su bolso y sale a la plaza Lesseps. Aunque tal vez demasiado tarde, ha comprendido al fin: dos violoncelos, dos pies que se topan, dos raíles de tren, dos raquetas cruzadas, dos chicas que se parecen y las dos con idénticas gafas de miope (¡tres, contándose ella también!) y dos elegantes y guapos asesinos, aunque sólo uno de ellos cometa asesinato. Vuelve la cabeza atrás y comprueba que no la sigue nadie. Conforme se aleja de ese Banco que fue cine populoso, de esos ámbitos embrujados llenos de sombras y de voces muertas, la señorita Carmela se tranquiliza.

Bajo el alegre sol de mayo, esperando frente a un paso de peatones con el semáforo en rojo, saca un cigarrillo del bolso y entonces a su lado un hombre con sombrero, atento y elegante y de hombros como frioleros, le ofrece lumbre de su mechero.

—¿Me permite? —sonríe el desconocido.

Buena suerte, señorita Carmela.

Encadena imagen última de Vargas: un anciano cojo y abstraído que está limpiando con un paño el cristal del escaparate de la PAPERERIA I LLIBRERIA «ROSA D'ABRIL», y que tiene un sobresalto cuando unos chicos pasan alborotando con cohetes y petardos y arrojan un *trueno* entre sus pies.

Sobre la cabeza encanecida del viejo charnego, en el cielo rojo del atardecer, estallan cohetes de fiesta y una música vulgar y chillona se derrama por la colina. Verbena de San Juan, verano de 1985.

—Bueno, ¿y qué diablos hacemos con esta cursi que ve visiones? —insistió el director.

—¿La señorita Carmela?

—Ésa.

—En mi opinión, la pobre señorita Carmela merece una oportunidad. —El escritor reflexionó—. Bastaría un ligero retoque en la secuencia 82. El encendedor en la mano del hombre (no vemos su rostro) que le ofrece lumbre, lleva grabada la letra V. Es Vargas, ya en sus años de madurez.

El cineasta bramó:

—¡¿Estás sugiriendo que Vargas tiene una aventura con esa loca solterona?!

—Querido *directed by,* deberías mostrarte más respetuoso y más comprensivo con tus personajes, sobre todo si son perdedores. La señorita Carmela es una mujer solitaria, sensible y cultivada. No ha tenido mucha suerte en la vida, pero ella suple esa carencia con imaginación y ternura. Y tiene una bonita figura y un trasero más que notable.

El director asintió, resignado:

—Ciertamente, Vargas es un perdedor.

JOEY: *«Shane, sabía que ganarías. Estaba completamente seguro. ¿Ése era él? ¿Era Wilson el pistolero?».*

SHANE: *«En efecto, era Wilson. Rápido, muy rápido en disparar...* (Sin poder contenerse) *¡Pero yo soy aún más rápido!».*

—¡Corten! —ordena George Stevens saltando de su silla de director y encaminándose hacia Alan Ladd, que interpreta la escena final montado a caballo—. Alan, creo que esta última frase no está en el guión.

—Pues debería estar, George.

—No es necesaria, y por eso no está.

—Cosecha propia —dice Ladd con su encantadora sonrisa rubia—. ¿No te gusta? Se me acaba de ocurrir.

—Pero ¿por qué, Alan?

—Porque es verdad, George. ¡Yo soy el más rápido de la película!

—Cierto, muchacho, lo acabamos de ver. Has liquidado a los hermanos Raiker y a Wilson. Precisamente por eso no es necesaria la frase.

Alan Ladd tenía una gran disciplina profesional, además de una puntería infalible. Con su mano enguantada aparta un rubio mechón caído sobre su frente y reflexiona unos segundos. Las muchachas del plató admiran su sonrisa triste de pistolero solitario, su espalda recta y desdeñosa de la muerte y los flecos de su elegante cazadora de gamuza blanca bien ceñida por el ancho cinturón.

—De acuerdo, George. No diré la frase.

—Bien, Alan, así me gusta.

—Era muy pretenciosa. Estoy listo para rodar. Cuando quieras.

Stevens mira a su actor con afecto y le guiña el ojo:

—Vamos allá. La humildad es importante en este oficio, hijo.

Vuelve el director a su silla de lona al tiempo que la potente voz de su ayudante ordena:

—¡Silencio! ¡Rodamos!

Y con voz todavía más autoritaria y poderosa resonando en el silencioso plato, Stevens reclama:

—¡Motor! ¡Acción!

Plano general de Barcelona y en sobreimpresión los protagonistas Susana, Vargas, Neus y los niños pandilleros todos en línea cogidos del brazo y sonrientes caminan hacia nosotros surgiendo de las ruinas del cine Roxy, cubiertos de polvo y con las ropas desgarradas, mientras sobre sus cabezas nimbadas de luz y desde el fondo de la pantalla se acerca agrandándose la palabra

FIN

TENIENTE BRAVO

Ni por ley ni por deber combato,
ni por los hombres públicos, ni por los [vítores
del gentío.
Un solitario impulso de placer
me atrajo a este tumulto en las nubes.

W. B. YEATS,
Un aviador irlandés prevé su muerte.

El ansiado potro de saltos que el teniente Bravo hizo traer una noche al campamento en una camioneta desvencijada, conducida por un musculoso ex legionario de andares felinos, albergaba un ratón en su barriga de paja. El potro era una antigualla, zanquilargo y pesado y con tantos costurones que bien podía haber vivido el desastre de Annual y hasta la guerra de Cuba. El mismo ratón que lo habitaba parecía de otra época, bigotudo y altanero y un poco rubiales, un poco decimonónico y colonial. Cuando el aparato de gimnasia era descargado de la camioneta, el sargento Lecha vio fugazmente en el hocico impertinente al roedor asomado a una raja del cuero y frotándose las patitas delanteras, y golpeó repetidas veces el lomo del potro con la mano para obligarle a salir de su escondrijo. Como era noche cerrada, no vio si el ratón escapaba o no. La camioneta emprendió el regreso a Ceuta, el sargento se encaminó hacia los sombríos barracones del campamento y el potro quedó plantado en medio de un páramo de tierra bermeja, acogotado y sordo al fragor de la resaca que el viento traía desde la playa. Una de sus patas de madera había sido sustituida por una rama de cerezo delgada y torcida. Viejísimo y quebrantado, con la piel raída y mugrienta, bajo la furiosa noche sin estrellas parecía un animal manso y estúpido abrevando en el polvo.

Poco después del toque de diana, el ratón salió a pasear cautelosamente a lo largo de la pata postiza, recorriéndola un par de veces antes de esconderse de nuevo en la tripa perforada. La madera de cerezo de la pata tenía grabada a punta de navaja, de arriba abajo, una vieja inscripción casi ilegible e interminable: «No somos los novios de la muerte y que le den por culo a Abd-el-Krim. Luisito y Fermín». Las gaviotas empezaron a chillar y a volar bajo, y de pronto la niebla retrocedió sobre las oscuras aguas del Estrecho como si un viento la chupara rápidamente desde la bahía de Algeciras. Iba a romper el día, pero arriba en el cielo los nubarrones color vino, entre los que a ratos emergía el Peñón como una máscara de hierro suspendida en el aire, seguían acumulándose, formando negras covachas y ensombreciendo el amanecer. Si el viento era del Estrecho traía olor a pescado, si del Sahara, a rebaños escuálidos y mugrientos conducidos por niños marroquíes de ojos vivísimos.

Un pelotón de reclutas soñolientos y atolondrados corría a formar delante del potro, restallando en la oscuridad la voz carrasposa del sargento Lecha y los trallazos de su correa. Apenas se veía nada a una distancia de tres metros, salvo el tenue rubor del alba en las azulinas cabezas rapadas de los reclutas.

A primeros de marzo de 1955, el campamento de instrucción militar de la Agrupación de Transmisiones de la Comandancia General de Ceuta, zona occidental del Ejército de Marruecos, ocupaba un breve y escarpado territorio entre las yermas colinas al oeste del istmo. El desolado páramo donde los reclutas formaban a trompicones en línea de a dos era un balcón corrido sobre el Estrecho y a menudo, según los vientos, exhalaba una repentina efusión de polvo rubio y sanguíneo que podía distinguirse desde alta mar. Debido a la proximidad de las porquerizas, unas cercas de cañas y uralita donde el brigada Gómez criaba cerdos con las sobras del rancho, frecuentaban la explanada —además de algún solitario recluta gallego que, en horas de asueto, paseaba su morriña frente al mar— tres gallinas viejas, dos patos resabiados y una cabra negra y esbelta que los veteranos llamaban «Carmencita».

—¡A cubrirse! ¡Rápido, si no queréis que os meta un paso ligero de buena mañana! —La tez colorada, el pelo rizado y entrecano, grueso y paticorto pero sorprendentemente ágil, el sargento Lecha corría en pos de los remolones esgrimiendo el cinto—. ¡Estáis dormidos, coño! ¡Los cuatro últimos, imaginaria!

Extendían el brazo y se cogían la distancia a empellones sintiendo silbar la correa sobre sus cabezas pelonas, erizadas de frío. «¡Atentos! ¡Fiiiiirrr... mes! ¡Izquierda! ¡Ar!» El sargento pasó revista y consultó su reloj. Los reclutas vestían calzón de deporte de un sucio color marfileño, jersey caqui y botas viejas, algunos sin calcetines.

El sargento ordenó descanso.

—Hoy no haremos gimnasia sueca —dijo, provocando un murmullo de entusiasmo que atajó en el acto—: ¡Pero si creéis que en vez de gimnasia habrá partido de fútbol, o alguna carrerita de esas para mariquitas esprintadores, estáis muy equivocados! ¡A más de uno se le van a caer los cojones por los suelos cuando sepa lo que le espera!

Ellos ya habían reparado en la borrosa silueta que se alzaba a unos treinta metros, en la punta de una franja de tierra esponjosa y gris que, en su extremo opuesto, alcanzaba a las porquerizas. Más de uno pensó que era *Carmencita* madrugadora que mordisqueaba alguna raíz con la cabeza escondida entre las patas, rumiando su triste destino de cabra cuartelera. Para muchos, era el primer potro de gimnasia que veían en su vida, y todos sabían que su presencia aquí se debía a una gestión personal del teniente Bravo, su animoso instructor. Después de cursar diversas solicitudes a la Comandancia reclamando un aparato de gimnasia, cansado de esperar, el teniente había decidido adquirir este potro de segunda o tercera mano en un modesto gimnasio de Ceuta, pagándolo con su dinero y con la complicidad del sargento Lecha; aunque el sargento, que intervino en la compra como mediador, declararía más adelante, una vez consumada la tragedia, que el potro le pareció peligroso y traicionero desde el primer momento, y que él intentó disuadir al teniente de su compra. El viejo potro se había pasado diez años tirado en una leñera del Monte Hacho, cojo y cubierto de polvo y telarañas, hasta que en 1949, de forma casual, dos legionarios que cumplían condena en la fortaleza por haber sido pillados en una garita besándose en la boca durante un relevo de guardia, en Larache, lo rescataron y le cambiaron la pata rota y empezaron a ejercitarse con él, convirtiéndose en consumados gimnastas, de tal modo que tres años después, al obtener la libertad y la licencia y habiendo decidido instalar un gimnasio en Ceuta, se llevaron el potro con ellos.

—¡Tú y tú! —El sargento apuntaba con el dedo a dos reclutas adormilados de la segunda fila—. Traedlo aquí, más cerca. ¡Rápido!

—A la orden, mi sargento.

Cargaron con el potro y lo trasladaron jadeando, depositándolo delante del pelotón, según les indicó el sargento: a unos cinco metros. Visto de cerca, con las gallinas revoloteando entre sus patas, su compostura defraudó a los reclutas, que consideraron respetable solamente su altura. Al recluta Folch le resultaba particularmente familiar aquella disposición mansurrona y asnal del artilugio. De pronto, mientras lo miraba aprensivamente con el rabillo del ojo, Folch vio las lustrosas gallinas de su abuela picoteando maíz entre los apacibles cascos de su viejo burro plagado de moscas, parado tontamente bajo un sol rabioso en una era del Berguedà. «A casa tenemos un burro que es paresido», dijo en voz baja y trasegando mucha saliva y mucha añoranza. «¡Qué dices, si éste es para gimnasia de alta competición, macho!», respondió a su lado el madrileño Amores deletreando muy relamido, mano sobre mano los dos en primera fila de la formación. El potro podía medir más de metro y medio, pero aparentaba menos debido a una engañosa mansedumbre de las patas, una cualidad servil y rastrera. «¿Y tendremos de saltarlo cada día, tú?», se lamentó Folch, y Amores sonrió burlón: «Está chupado, pardillo. ¡Que eres un pardillo, catalán cagá, que t'han fotú y no t'han pagá!».

Suspirando con tristeza, el recluta Folch desvió los ojos hacia la cresta del Peñón que asomaba a lo lejos entre la niebla. La imponente Roca lo fascinaba, veía en su cumbre borrascosa e inaccesible un símbolo de la vastedad del mundo. Folch era un payés añoradizo que nunca había salido de su masía perdida en el valle del Berguedà, salvo para venir a la mili. Miró luego las nubes turbulentas sobre el Estrecho y el difuso resplandor agazapado en los confines del Oriente. «Y pensar que estoy tan lejos de casa, aquí, en el África remota y misteriosa», se decía a menudo, sintiendo confusamente a su espalda la presencia y el olor animal del continente negro, el borroso ensueño del desierto y la quimera esmeralda de la selva... «Amores, Amores», dijo en voz baja, viendo al sargento alejarse un tanto de la formación, «Amores, ¿es verdad que hay monos en lo alto del Peñón, y un puñal inglés clavado?». El madrileño sonrió con sus ojitos de ratón: «¿Serás cateto? Los monos los tenemos aquí y llevan estrellas y galones en la bocamanga, je je». Folch no le rió la gracia; no porque pensara que hay algunas cosas sagradas en este mundo, y que una de ellas era el Ejército —que a veces sí que lo pensaba—, sino porque vio acercarse de nuevo al sargento, impaciente por la espera.

Oyeron relinchar un caballo y el sargento miró el sendero gris que bajaba desde la trasera del pabellón de oficiales, y después miró su reloj. El teniente se retrasaba. Además de las tres gallinas, la pareja de patos ya andaba también curioseando alrededor del potro, y la cabra se había acercado a los reclutas y olisqueaba sus botas y sus ropas agrias, confiada y sumisa, habituada a los piropos o los insultos que le dedicaba la tropa:

«*Carmencita,* reina, que te folle un mono», dijo una voz ronca de ventrílocuo en medio del pelotón. Súbitamente se abrieron las nubes y, por un instante casi mágico, Folch vio que el mar se transfiguraba centelleando, como si millares de espejitos se deslizaran sobre el agua hacia España. Al este empezaba a dibujarse la ciudad de Ceuta y el Monte Hacho con su fortaleza-presidio recostada contra un tumulto de pesadas nubes purpúreas y un cielo teñido de rosa y malva, irreal. Mucho más cerca, pero no menos irreal, una descolorida bandera española ondeaba furiosa sobre las porquerizas con un engañoso efecto óptico —de hecho, la bandera ondeaba bastante más lejos, exactamente en la punta de una estaca en la entrada del campamento—, flanqueada por una batería de gallardetes podridos y andrajosas camisas caqui crucificadas en espantapájaros para ahuyentar a las gaviotas de la comida de los cerdos.

—¡Compañía, a cubrirse! —ordenó de nuevo el sargento, dirigiéndose a grandes zancadas hacia la cabeza del pelotón. El frío de la mañana juntaba a los reclutas hombro con hombro y los zarandeaba en bloque. La voz cavernosa del aprendiz de ventrílocuo dedicó a la cabra otra especie de eructo-reclamo cuando, por fin, el teniente Bravo apareció detrás del pabellón de oficiales y se detuvo un instante en la falda del cerro contemplando la explanada roja, el pelotón comandado por el sargento y el potro. Ajustándose los guantes negros, la fusta sujeta al sobaco, el teniente bajó a la carrera por el sendero pedregoso y retorcido.

Era un hombre pequeño y envarado, joven, bigote fino y hermoso mentón moreno, algo levantisco, hombros caídos y apariencia frágil, pero fibroso y pechugón. Llevaba el gorro ladeado sobre la ceja tupida y negra, la sahariana color caqui clarito de corte muy personal —que algunos oficiales le recriminaban y otros le envidiaban secretamente—, botas altas y calzones de canutillo, flamante correaje con la pistola enfundada al cinto y el tirante en diagonal muy ceñido sobre el pecho. Aún no se había quitado las espuelas y sus botas estaban cubiertas de polvo; venía de galopar entre matorrales secos y algarrobos silvestres, como cada mañana, más allá de las dunas al sur del campamento, en dirección a Xauen: entusiasta y madrugador, envarado y pulcro sobre el fogoso caballo blanco, el viento le traía una lejana calentura del desierto, la miseria de las kabilas y los malolientes rebaños de la indigencia, y él galopaba de perfil hasta el toque de diana.

—¡Firrr... mes! —gritó el sargento al pelotón, yendo al encuentro del oficial y saludando—. A sus órdenes.

—Buenos días, sargento.

El teniente ordenó descanso y se plantó delante del potro con los brazos en jarras. Los reclutas retomaron su posición de descanso, mano sobre mano y con esa mirada vidriosa y bovina de los servidores de la patria en reposo, y el oficial instructor se paseó alrededor del potro golpeándose suavemente las hombreras de la sahariana con la fusta. El tintineo de sus espuelas evocaba la camaradería nocturna de jóvenes oficiales reunidos en la Sala de Banderas, risas viriles, taconazos y rumor de sables saliendo de las vainas.

—Por fin —dijo—. ¿Cuándo lo han traído, sargento?

—Anoche, mi teniente.

—Bien, bien, bien. —En sus ojos fijos en el potro de gimnasia bailaba un destello alegre—. Entonces, ¿todo arreglado?

—Bueno —el sargento bajó la voz—, ya era muy tarde, pero convencí al socio de Fermín para traerlo en su camioneta desde Hadú... Y pensé que debíamos tener una atención con él, mi teniente. Así que lo invité a un coñá. No, fueron dos...

—Hizo muy bien. ¿Algo más, sargento?

—... dos o tres copitas, sí.

—Luego me lo recuerda, cuando pasemos cuentas.

—No lo decía por eso, mi teniente, qué va —se apresuró a sonreír el sargento—. Si yo todavía le debo a usted por lo menos una docena...

—Luego, sargento —lo interrumpió con sequedad el teniente, dedicando su atención al potro.

Ya había tenido ocasión de examinarlo detenidamente en el gimnasio, pero ahora lo miraba a la luz del amanecer como si lo viera por primera vez.

Dio una vuelta a su alrededor y, con la mano enguantada, acarició suavemente el lomo como si fuera un animal. A pesar del cuero deslucido y la raja en el costado, su serena fortaleza imponía respeto. El teniente examinó la raja y hurgó en ella con la fusta. Lo menos satisfactorio era la pata postiza; aunque parecía sólida y bien encolada, esa pata retorcida le daba al potro un aire funesto de alimaña, una dislocación perversa. El teniente retrocedió dos pasos ajustándose los guantes y, encarándose con el pelotón, entrelazó los dedos con tanta energía que se oyó claramente el crujido de los huesos.

—Tal como os había prometido, muchachos, hoy vamos a saltar el potro —dijo con la voz suave—. Hay dos maneras de hacerlo; una, con las piernas abiertas, como si jugáramos a saltar y parar, y la otra con los pies juntos, pasándolos por encima del aparato. Este salto presenta una mayor dificultad, así que —sonrió por un lado de la boca, divertido—, como todos sois unos valientes, no hay más que veros, empezaremos por él. Lo más importante, en esta disciplina atlética, son las manos y los pies. Poned atención: cuando yo lo diga, os vais situando de uno en uno allí, a unos veinte metros; cogéis carrerilla y, a un metro del aparato, más o menos, saltáis con los pies juntos y las manos por delante, apoyándolas un poco separadas sobre el potro, así, para que entre ellas puedan pasar los pies con las rodillas encogidas. ¿Me explico? Se cae del otro lado juntando los tacones, tieso y con las manos pegadas a los costados, así, fíjate —ahora miraba al recluta que tenía enfrente—. ¿Entendido?

—Sí, señor.

—No me llames señor, recluta. Yo no soy señor de nadie.

—A sus órdenes, mi teniente.

—Eso es. —Arqueó la fusta con las manos y dio un par de vueltas más alrededor del potro escrutando su aparente mansedumbre y calculando su edad, recelando su impostura: como si el potro le ocultara algún secreto—. Bien, creo que eso es todo.

Movió bruscamente la cabeza, buscó con los ojos risueños a los gallegos, siempre juntos y ateridos en la cola del pelotón, y sonrió con aire de chunga:

—Me parece que ya tenemos a más de uno acojonado —ajustándose de nuevo los guantes, miró al catalán—. ¿Verdad, Folch, que nos vamos a reír?

El recluta bajó la vista.

—Si usted lo dise, mi teniente...

—¿Te gustaría ser el primero, Folch?

—¿De saltar esto?

—Es muy fácil, hombre.

—Me parece que no, mi teniente.

Se oyeron risas en la formación. El sargento ahuyentó la cabra con el pie. Cerca del potro, los patos picoteaban un reguero de agua pútrida que venía de las porquerizas.

—¿Conque no, eh? —dijo el teniente—. Está bien, yo saltaré primero. Pero sólo una vez, así que fijaos bien porque no habrá repetición. ¿Has comprendido, Folch? Después saltarás tú, y después tú —con la fusta apuntó a un muchacho taciturno con cabeza de pájaro y sedosas pestañas, Marcelino Pita Vega, el gallego que siempre se lamentaba de no haberse alistado en la Marina—. Si me lo saltas a la primera, Pita, mira lo que te digo: te pago un polvo con la puta más cara de Hadú. ¿Qué te parece? Pero has de prometerme que no se lo dirás al páter...

En medio de la rechifla general, que ya el sargento se aprestaba a reprimir, el recluta Pita esbozó una mansa y taimada sonrisa, y bajó los ojos al suelo y volvió a ver el cafetín moruno del barrio de Hadú, el té con yerbabuena en los vasos pringosos, los pinchitos calientes, los pajaritos fritos alineados en el mostrador y al propio teniente Bravo acodado en él, vestido de paisano con sombrero de ala flexible sobre los ojos y camelando a una mora de labios púrpura y ojos glaucos, la popular Aixa, que según los veteranos hacía maravillas en la cama, era un domingo lluvioso al anochecer y Pita y varios paisanos suyos habían decidido por fin, venciendo la timidez, requerir los servicios de la furcia exótica... pero ese día el teniente se cruzó en su camino, y se les anticipó.

Ahora el teniente se alejaba con paso elástico hacia *Carmencita,* que trasquilaba hierbajos a medio camino de las porquerizas. Se paró y se volvió, encarándose al potro. Lo tenía a unos treinta metros y marcó la distancia trazando una raya en la tierra con la fusta. Mientras se quitaba las espuelas le hizo una señal al sargento, que acudió presuroso. «Déjelas por ahí, sargento», dijo al darle las espuelas. El sargento permaneció a su lado en espera de lo demás, pero el teniente no se desprendió de las botas ni de la pistola ni de la fusta, ni siquiera se aflojó el correaje, así que los reclutas pensaron: debe de ser un salto muy fácil. Algo asustó a la cabra, dio un brinco y se alejó.

—Usted también, sargento, puede retirarse —dijo el teniente. Y mirando a los reclutas—: Fijaos bien.

Los brazos en jarras, la barbilla enhiesta, miró al potro con desafiante apostura, calculando la velocidad y el ímpetu del salto. No se lo pensó mucho. Doblando un poco la cintura, dio un imperceptible saltito a modo de estímulo y emprendió la carrera, espoleándose el muslo con la fusta. Corría con buen estilo, pero no daba la impresión de velocidad ni de empuje —le ocurría exactamente lo mismo cuando jugaba al fútbol con los reclutas: mareaba al adversario con endiablados quiebros y fintas, pero nunca daba la sensación de poder llevarse el balón hasta la portería contraria, a no ser que ellos se lo permitieran, lo cual ocurría a menudo.

Mucho antes de llegar al potro, el teniente se dio cuenta de que andaba lento. Cuando le faltaban un par de metros sujetó la fusta con los dientes y dejó las manos libres, juntó los pies y saltó. Se elevó poco, y además no soltó a tiempo las manos del potro y la bota izquierda tropezó con la muñeca. Llevaba tan poco impulso, que casi no fue una caída; se abrazó al potro y se dejó resbalar suavemente del otro lado hasta apoyar la mano en el suelo. Todo ocurrió tan rápido que nadie tuvo tiempo de reaccionar, y cuando el sargento inició un ademán de ayuda, el teniente ya se había incorporado.

—No pasa nada —dijo recuperando la fusta y el gorro, que se encasquetó jovialmente sobre los ojos echando la cabeza hacia atrás, dedicándole muecas al sol y a sí mismo. Sonriendo, flexionó las piernas un par de veces y hubo risitas en el pelotón, pero no exactamente de burla; risas solidarias con el teniente, con su estilo acrobático y volatinero, con su deportiva manera de encajar un revés.

Se quedó un rato observando el potro de cerca, mientras se ajustaba los guantes, y luego se encaminó otra vez hasta más allá de la línea que él mismo había trazado. Dos gallinas le siguieron un trecho, luego se desviaron picoteando la tierra con saña. Al darse el teniente la vuelta en la orilla de la explanada, cerca de las porquerizas, los cerdos empezaron a chillar todos a una como obedeciendo a una orden, una lenta ráfaga de viento levantó un ala de polvo bermellón y el recluta Folch vio a su abuela sentada en una silla baja en los lindes de la era soleada y desplumando una gallina en su regazo, a miles de kilómetros de allí.

Cuando el recluta volvió a abrir los ojos en medio del polvo, el teniente Bravo estaba inmóvil en la línea de salida, la mirada fija en el potro. Se concentró unos segundos, bajó la vista, se gritó a sí mismo «¡Ya!» y emprendió una carrera más reflexiva y voluntariosa, más estratégica; balanceaba ligeramente los hombros, parecía ir más confiado, sobrado de facultades. Sin embargo, no llevaba más velocidad ni más fuerza que la vez anterior, era solamente una especial confianza en sí mismo que le proporcionaba la bondad de su estilo, sus buenas maneras y su entereza y serenidad ante cualquier riesgo. En eso era muy exigente consigo mismo y con la tropa: «¡Folch, destripaterrones, manejas el fusil como si fuera un azadón!», solía gritarle en las prácticas de tiro: «¡La bala hay que mimarla! ¡No basta con tener puntería, manazas, payés del carajo, hay que tener estilo! ¡Modales de soldado, coño!», y sus duros ojos negros, mientras se paseaba a lo largo de la línea de fusileros cuerpo a tierra, espiaba por encima del hombro la furtiva relación personal que cada recluta establecía con su fusil: la mano golpeando rabiosamente el cerrojo, metiendo la bala en la recámara, restregando suavemente la mejilla en la culata, acariciando el gatillo con el dedo.

A mitad de carrera el teniente vio la cabra que se le iba a cruzar, masculló «*Carmencita,* cabrona» dulcemente y parpadeó confuso como si despertara de un sueño. La cabeza enhiesta, una gallina trotaba en el reguero de agua negra y hedionda que provenía de las porquerizas, salpicando a la cabra. El teniente cambió el paso y afrontó el potro alegremente, el cuello muy estirado y el elegante torso envarado en el aire como si volara sentado con la espalda muy recta. Pero el pesado lastre de las piernas impuso su ley, mientras todavía se elevaba, el teniente recibió la certeza del descalabro como una bofetada en la frente y echó la cabeza para atrás igual que un caballo frenado en plena carrera. Con la punta de las botas —las dos, esta vez— rozó el lomo del potro y cayó escorado sobre el costado, de manera fulminante, como si la tierra quisiera tragárselo.

Esta segunda caída lo hundió en la perplejidad y permaneció sentado en el suelo durante unos segundos, meditando su mala suerte. Tenía una raspadura en la barbilla, difusa, como si sudara sangre, y desgarrado el guante de la mano derecha. El sargento ya había recogido el gorro y la fusta y estaba indeciso a su lado, mirándole con sus pequeños ojos amarillos incrustados en morcilla que reflejaban preocupación y alarma, cuando, en el pelotón, se escuchó la voz ronca y estomacal: «Se va a caer, mi teniente».

El sargento dio un respingo como si le hubiese picado una avispa.

—¡¿Quién ha sido el gracioso?! —bramó—. ¡Que salga de la formación ahora mismo o de lo contrario os mando a todos a la cocina a pelar patatas hasta que os licencien! ¡Pero ya, rápido!

—Tranquilo, sargento. —El teniente se incorporó elásticamente, de un brinco, y esta vez apenas sacudió el polvo de la sahariana ni recompuso el correaje—. Luego nos ocuparemos de eso.

—Por lo visto tenemos aquí a un listillo —dijo el sargento—. ¡Da la cara, payaso! ¡Con el fusil y el macuto y una emisora de veinte kilos en la espalda les obligaría yo a saltar, mi teniente, a ver si les quedaban ganas de cachondeo!

—Saltarán cuando yo diga.

Jadeando un poco, el teniente se paseaba de nuevo alrededor del potro con los brazos en jarras. El sargento, furioso, en tres zancadas se situó detrás de la formación farfullando amenazas y escrutando los cogotes pelados de los reclutas como si quisiera taladrarlos con los ojos: «¡Os voy a meter otro pelado a navaja que se os verán los sesos!». El teniente le reclamó la fusta y se golpeó con ella los tacones altos y bruñidos de las botas, examinándolos a la patacoja, pensativo. Son las botas, se dijo a regañadientes, lamentando no habérselas quitado.

El sargento carraspeó a su lado:

—Son las botas, mi teniente. Pesan lo suyo. Debió quitárselas antes de venir.

—Sé muy bien lo que pesan mis botas, sargento.

—Con su permiso, yo que usted me las quitaría —dijo el suboficial con la voz neutra, rasposa—. Seguro que el problema está ahí...

—No hay ningún problema con las botas, sargento. Estoy calculando mal la distancia, eso es todo.

—Ah, si es eso —concedió el sargento—. De todos modos, mi teniente, con esos tacones, y además con el correaje y la pistola...

—Vamos a dejarlo, sargento —cortó el teniente.

—A sus órdenes.

—Eso es. Muy bien.

Una bandada de frenéticas gaviotas sobrevoló las porquerizas y los cerdos arreciaron en sus chillidos.

El sargento Lecha no se daba por vencido:

—Con su permiso, mi teniente —añadió con talante reflexivo—, se me acaba de ocurrir una cosa... ¿Y si ponemos el potro más lejos?

El teniente lo miró en silencio y, mientras se frotaba vigorosamente la barbilla dolorida, esbozó una mueca de fastidio. «Soy yo el que debe situarse más lejos», murmuró lanzando un guiño de complicidad al pelotón: «Siempre más lejos, ¿verdad, muchachos?». Algunos reclutas asintieron sonriendo, en especial el grupito de sabihondos pelotillas barceloneses —Malet, Marés, Molist, Munné—, y el teniente añadió: «Me está bien empleado, por confiarme. Bien, a la tercera va la vencida».

Respiró hondo llenándose los pulmones de brisa marina. El sol empezaba a calentar. Sintió una dolorosa punzada en la cadera y la súbita impresión de tener una pierna más corta que otra. Se echó el gorro sobre la ceja, saludó jovialmente a la formación y, dando media vuelta, regresó con el paso largo y resuelto al punto de salida. Delgadas y melodiosas voces de ánimo se elevaron desde la cola del pelotón, y el sargento tronó: «¡Al primero que vuelva a chistar le corto los huevos!». El sol se había desmarcado del cárdeno horizonte. Rayos sonrosados atravesaban las juntas de las cañas en las porquerizas y encendían el morro de los cerdos. Se hacía más sordo el rumor de las olas abajo en la playa invisible, un pedregal tiznado de alquitrán y de irisados pellejos de medusa como pompas de jabón.

Parado en el extremo del campo, el teniente Bravo avanzó el pie derecho inclinando el cuerpo hacia adelante, como los corredores de medio fondo, y escrutó la sumisa quietud del potro entornando los párpados. Tenso, con la cólera aplazada, se balanceó ligeramente, presto a dispararse. En cuanto logre el primer salto, pensó, los demás vendrán rodados. La cosa no tenía la menor pega, simplemente había que elevar los pies un poco más y evitar cualquier roce: saltaré con las bolas y el correaje, o no saltaré. En realidad, se decía el teniente, es una simple cuestión de centímetros...

En el pelotón se había hecho el silencio. Folch, Amores y los gallegos contenían la respiración mano sobre mano. El sargento ahuyentó a las gallinas con el pie y después se quedó inmóvil y como agarrotado mirando de soslayo al teniente —quería y no quería verle saltar—, que por fin arrancó a correr espoleándose con la fusta. Una mueca horrible y resolutiva torcía su boca y parecía ir más fuerte y más rápido, espoleándose con saña. Viéndole correr así, congestionado y con ojos de loco, el sargento y el pelotón presintieron esta vez no sólo el batacazo inmediato, sino también la magnitud del desastre que se avecinaba. Las botas del teniente parecían de plomo, y pasarlas por encima del potro de gimnasia, una tarea imposible. El salto fue, en efecto, peor que los anteriores, por cuanto toda la fuerza generada durante la carrera para obtener un mayor impulso sirvió precisamente para remachar aún más la escalofriante caída. El descalabro se produjo de forma tan rápida y contundente que dejó a todos estupefactos: visto y no visto, el teniente ya estaba en el suelo, peleándose consigo mismo en medio de una nube roja de polvo. ¿Cómo se podía encajar semejante morrazo sin decir ni pío?, se preguntaban los reclutas.

Con dolor intensísimo en el hombro, hematomas en la frente y en el pómulo, y un roto en el pantalón a la altura de la rodilla, que asomaba sangrando, el teniente permaneció unos segundos sentado en el suelo, jadeando, y luego rebrincó como un torero revolcado alejando a los subalternos.

—¡Quietos, coño! ¡Me cago en la leche puta, quietos!

A decir verdad, nadie en la formación se había movido. Los gallegos especialmente, y el propio Folch, estaban paralizados por un vago sentimiento de frustración y de pena. Otros reclutas, más próximos al potro —Farias, Fisas, Faneca, Falcón—, dieron por fin un paso al frente precipitándose en ayuda del teniente, y lo mismo hizo el sargento Lecha. Pero el teniente los frenó a todos aullando:

—¡Que nadie se mueva o le meto un paquete! —El revolcón le había girado el pantalón de montar y lucía la bragueta casi en la cadera—. ¡Quieto ahí, sargento, no le necesito para nada!

El sargento se mantuvo apartado a prudente distancia durante unos segundos, y luego, las manos a la espalda, mirando de reojo al potro, se acercó con paso gallináceo:

—Con su permiso, mi teniente, me parece a mí que este bicho tiene una pata torcida y que, al saltar, se mueve.

—¡¿El qué, sargento?! ¡¿Qué es lo que se mueve?!

—La pata esa. ¿Se ha fijado?

—¡No, sargento, no me he fijado!

Los patos también se habían acercado, culeando, a picotear entre las pezuñas del potro.

—Y tiene una inscripción, ¿no la ha visto? —dijo el sargento—. Mire, mi teniente, aquí. Se lee muy mal.

—No me interesa, sargento.

—Lo han hecho con una navaja, mire.

Los reclutas miraban al sargento con una mezcla de curiosidad y de miedo. ¿Qué se proponía con tanta charla, hacer estallar al teniente? Éste terminó de sacudirse el polvo y de enderezar nuevamente su correaje, y no parecía hacerle caso. Entonces, con la voz compungida y susurrante, renunciando a hacerse oír, el sargento añadió:

—Y además hay un ratón.

El teniente se disponía a agacharse para recoger la fusta y suspendió el gesto.

—¿Qué anda usted murmurando, sargento?

—Decía que hay un ratón escondido en el potro. Anoche lo vi, mi teniente. No es que el ratoncillo tenga nada que ver con saltar bien o mal, no digo eso, de ningún modo. Lo digo solamente para que usted lo sepa, con su permiso.

Se había acercado al teniente, que ahora lo miraba erguido y algo confuso, sin un parpadeo, reprimiendo la cólera.

—Está bien, sargento. Haga el favor de permanecer donde le he dicho. Y sin comentarios.

—A sus órdenes.

El sargento se apresuró a coger del suelo el gorro y la fusta, pero, intentando ganar tiempo, lo mismo que la vez anterior, antes de entregar ambas cosas al teniente esperó un poco, examinando su cara con respetuosa atención.

—Tiene usted sangre, mi teniente.

—¿Dónde cojones ve usted sangre, sargento?

—Aquí, mi teniente, con su permiso —indicó la frente rasguñada y el pómulo, y añadió—: Con su permiso, es sangre. Convendría...

—Narices. ¿Dónde está la sangre, eh? —tanteándose la frente el teniente—. ¡¿Dónde ve usted sangre, joder, dónde?!

Le arrebató de las manos el gorro y la fusta. Llegaba un débil cante moruno del otro lado de los barracones, el sonido de una armónica y luego voces de mando, y un repentino silencio; el viento intermitente traía el fragor y el olor a sal del oleaje, los cerdos afilaron sus gruñidos súbitamente y entonces los reclutas más analfabetos y torpes del pelotón, los más ineptos y asustadizos y negados para la milicia —los dulces gallegos, pero también Folch— tensaron los nervios y alzaron el mentón y adoptaron instintivamente la posición de firmes, sin que nadie hubiese dado la orden; algo en el ambiente lo aconsejaba, cierta distensión que la sangre había captado antes que la mente, una merma sutil en la autoridad del teniente. Y en esa espontánea posición de firmes, miraban en torno esperando alguna ayuda, que llegara un superior y mandara parar aquello, romper filas y todos a desayunar el cazo de agua sucia que le decían café... Pero no era probable que se acercara ningún otro oficial del campamento, cada cual andaría en lo suyo. En lo alto del sendero, dos moros viejos que ocasionalmente hacían de pinches de cocina acarreaban una gran perola, y a un lado, asomado a la ventana del barracón-dormitorio, el gordo cabo furriel sacudía su manta seguramente plagada de chinches; ninguno de ellos prestó atención a lo que ocurría aquí en la explanada.

Esgrimiendo la fusta, con talante maniático y la respiración quebrantada, el teniente Bravo se paseaba alrededor de su enemigo. «Me cago en tus muertos», dijo entre dientes serenamente, reflexivamente. El sargento lo miraba sin saber qué hacer, su preocupación iba en aumento.

—¿Qué, mi teniente, probamos ya a ver qué tal saltan estos renacuajos...?

—¡Probamos una leche! —rugió el teniente, y se plantó frente al potro con los brazos en jarras y resoplando—. ¡Eso es lo que vamos a probar, la leche que mamé!

—Suai-suai, mi teniente. Tómeselo con calma, por el amor de Dios...

—¡Eso es lo que hago, sargento!

Y escrutaba el potro con mirada taciturna, como si recelara de sus medidas reglamentarias o de la bondad de los materiales con que había sido fabricado, mientras enrollaba un pañuelo blanco y ceñía con él su maltrecha frente, anudándolo en la nuca: inmediatamente florecieron en la tela diminutas rositas de sangre. El pelotón se removía inquieto, fatigado por la misma postura. El teniente inclinó la cabeza vendada y cerró los ojos un instante, mordiéndose los labios. Bruscamente volvió la espalda y se encaminó hacia su línea de salida; iba cabizbajo, maldiciendo su suerte, abrumado por una adversidad cuya porfía y contundencia inesperadas le desconcertaban. Al llegar a la línea de salida la borró con el pie, trazándola cinco metros más lejos. El hedor de la pocilga le envolvía ahora por completo, deprimiéndole. No le pareció una distancia suficiente y se alejó aún más, pisando precavido un terreno blando y resbaladizo. Se paró y giró en redondo. De espaldas al griterío de los cochinos, mientras se quitaba los guantes a tirones, respiró en el aire caliente la bazofia encharcada y nauseabunda y también el tufillo zorruno de su propia impotencia, la enfurecida sangre que le taponaba la nariz y le golpeaba las sienes. Esta vez se tomó su tiempo: prendió los guantes del cinto, revisó los tacones de las botas golpeándolos con la fusta, se ajustó el correaje y flexionó las rodillas un par de veces. «Las botas, bueno, seguramente es eso», pensó otra vez, «pero no me verán quitármelas».

En el pelotón, todas las caras estaban vueltas hacia él, como en un desfile, y no se oía una mosca. El sargento se había situado junto al potro, quizá en previsión de otra caída y esperando poder atenuarla de algún modo. El recluta Pita prefirió mirar hacia el lado contrario, a lo lejos, al Peñón que parecía elevarse espectralmente de la tierra con un anillo de neblina azul en su base, y su imaginación asustada voló sobre el Estrecho como una gaviota planeando libre y feliz, y de pronto, con los ojos lelos muy abiertos —los de la gaviota que él imaginaba ser ahora— vio desde el aire la sombra imponente de un acorazado hundido bajo las aguas con la quilla apuntando al sol...

—¡Fuera de ahí, sargento, hágase a un lado! —El teniente Bravo hizo silbar la fusta en el aire. Clavó los ojos en su odiado enemigo, escupió en la tierra apestada y pisó suavemente la imaginaria línea de salida. Se balanceó dos veces sobre el pie y se lanzó impetuosamente a la carrera, espoleándose con la fusta y sin poder reprimir una punta de histerismo en el codo y en los giros furiosos de la muñeca. Ahora braceaba menos y sacrificaba el estilo en beneficio de la fuerza, consiguiendo una zancada más larga y poderosa. Afrontó el salto con los pies impecablemente juntos, pero pesados y tardones, como si calzara botas de plomo soldadas entre sí. Por contra, la cabeza se le fue para atrás, pareció que se desnucaba en el aire. Tropezó, esta vez, no ya con los pies, sino con las piernas, casi con las rodillas; de hecho, antes de apoyar las manos en el potro tensando la espalda, el resto del cuerpo ya se había entregado a la derrota y abortaba el vuelo, aceptando la costalada. El teniente cayó malamente, rápido y de morros, sin tiempo de atenuar el choque interponiendo los brazos. Un hilo de sangre brotó de su nariz y súbitamente se le infló el labio.

El sargento y dos reclutas se precipitaron en su ayuda. «Se ha pegado un hostión del carajo», murmuró Pita, abandonando momentáneamente el acorazado hundido en el fondo del mar junto con sus frustradas ansias marineras.

—Por Cristo, mi teniente, ya está bien —dijo el sargento—. Se va a hacer daño.

Desde el suelo, el teniente lo contuvo con una maldición:

—¡Cago en la puta madre, sargento, ¿no le he dicho que no se mueva?! ¡Cago el copón divino y la madre que parió a Abd-el-Krim en el desierto! —Hizo una pausa, y, pensativo, se miraba las rasguñadas palmas de las manos—. ¡Fuera todo el mundo! ¡No ha pasado nada!

—Pero mi teniente, hágame usted caso...

Se calló el sargento esperando una cascada de insultos, pero el teniente se limitó a jadear. Recostado en un codo, el rostro manchado de sangre y polvo mezclados, con el rabillo del ojo atisbaba la puñetera quietud del potro erguido a su lado, incólume y vetusto, ensimismado y maligno sobre sus escuálidas cuatro patas; lo miraba el teniente con los dientes apretados y el corazón en un puño, resoplando, mientras los patos se acercaban de nuevo meneando el trasero, husmeando en las suelas de sus botas la plasta de mierda que se había traído de las proximidades de la pocilga.

Tardó un poco en levantarse, pero lo hizo ágilmente, lamiéndose el labio y estirando los faldones de la maltrecha sahariana.

—Si le parece, mi teniente —carraspeó el sargento—, mando romper filas y lo dejamos para mañana...

—¡¿De qué me está hablando, sargento?! ¡¿De qué cojones me está hablando?!

Se había quitado el pañuelo liado a la frente para limpiarse la sangre de la nariz. Después de un minuto de silencio, el sargento se plantó delante del potro e hizo el siguiente comentario:

—Pues no señor, que no, que no veo yo bien plantado a este potro de gimnasia. Juraría que se asienta mal, que está torcido, el cabrón.

—No diga tonterías, sargento.

—Tiene una pata postiza, mi teniente, ¿se ha fijado? —insistió.

—¡Sí, me he fijado!

—Me parece a mí que su altura no es la reglamentaria.

—¡Ah, muy bien! —estalló el teniente—. ¡Y ahora el sargento nos va a decir cuál es la altura reglamentaria de un potro de saltos! ¡Naturalmente!

Su mirada hastiada tropezó a lo lejos con la silueta fantasmal del Peñón y automáticamente pensó: 425 metros de roca calcárea, la espina clavada en el corazón de todos los españoles, el sargento es un cretino pero buena persona... Con la fusta se golpeaba nerviosamente las botas y se paseaba otra vez alrededor del potro mirándolo como si quisiera arrancarle su maldito secreto, parecía un hombre acosado y sus compulsivas maneras impresionaban a los reclutas, sobre todo su creciente deterioro físico: la sangre que ahora fluía de su ceja y le tapaba el ojo, el labio partido, las erosiones en la barbilla y en la frente, las manos atropelladas y el roto del pantalón. La cabra taciturna se acercó y miró al teniente con el rabillo de su ojo de charol, grande y limpio, y luego se dirigió a la cabeza del pelotón a husmear las piernas peludas. «*Carmencita,* chúpamela», se escuchó ronca pero dulcemente, casi en tono de verdadero cariño, al recluta ventrílocuo amparado en el anonimato.

El viento firme del Estrecho traía rumor de olas estrellándose en la rompiente y chillidos de gaviotas, cuando el sargento Lecha ahuyentó a *Carmencita* de un puntapié y volvió hacia el teniente su roja faz muy compungida, procurando sonreír; lo único que podía hacer era ganar tiempo, intentar retrasar el próximo salto con cualquier pretexto:

—Con su permiso —empezó en tono risueño— yo diría que se ha ganado usted un coñá, mi teniente...

Antes de contestar, el teniente observó, muy interesado, una repentina efusión de polvo rojo alrededor del potro.

—¿De qué demonios me está hablando ahora, sargento?

—Del coñá que todavía le debo a usted, mi teniente.

—Usted no me debe nada, sargento. —Volvió a ceñirse en la frente el ensangrentado pañuelo, mientras se lamía el labio partido.

—Un coñacito, ande, uno solo. Es bueno para los nervios —insistió el sargento, pero ya sin convicción, extraviado en su propio discurrir—, aunque sea de garrafa, eso dicen, que el brigada Mir rellena la botella cada noche... Y nos tomamos un descansito. Ande ya, mi teniente, que aquí los muchachos se están durmiendo de pie.

—¿Qué se propone, sargento? —inquirió el teniente, receloso—. ¿Y quién le ha dicho a usted que esta bazofia que sirven en la cantina es buena para los nervios? ¡¿Por qué tenemos que tomarnos ningún descanso?! ¡¿Por qué me induce usted a discutir bobadas delante de la tropa, sargento?!

El viejo chusquero bajó la cabeza y se rascó el cogote. Vio a una de las gallinas picoteando en el polvo y consideró seriamente la posibilidad de arrearle una patada en el culo capaz de hacerla volar hasta la cima del Peñón, cuando, al levantar la vista, advirtió que el teniente Bravo, escurridizo, imparable, estaba ya una vez más asomado a su abismo particular, allá en su línea de salida. Por Cristo, se dijo el sargento, ¿no habrá nada capaz de frenar a este hombre?

En el momento en que echaba a correr, *Carmencita* levantó la cabeza y lo miró desde la orilla del campo, Folch cerró los ojos y el gallego Pita volvió la cara ensimismado y prefirió contemplar un viejo petrolero que navegaba lento y silencioso por el Estrecho, un trémulo espejismo de herrumbre y soledad deslizándose sobre el alegre cabrilleo del sol en el agua.

La carrera del teniente fue corta y compulsiva, y el salto un garabato ansioso que se fijó en el aire un brevísimo instante. Apenas se hubo elevado, el teniente quiso suplir con su buen estilo lo que las fuerzas le negaban, pero los brazos se le doblaron y cayó pesadamente del otro lado como un saco de patatas. La boca todavía abierta, golpeó con la barbilla contra el suelo y la formación entera oyó el estrépito de dientes entrechocando y hasta el crujido de los huesos de la mollera. Revolotearon asustadas las gallinas y quedó flotando en el aire un plumón irisado que se meció unos segundos sobre el potro.

«Una castaña de puta madre», susurró un recluta en la segunda fila del pelotón.

—¡Quieto todo el mundo! —ordenó el teniente arrodillado, las manos apoyadas en tierra—. ¡Va también por usted, sargento! ¡Me cago en la leche que mamó el potro, que nadie se mueva!

El sargento Lecha, perplejo, miraba la faz contraída del teniente, la sangre espesa que manaba de su nariz, e intuyó súbitamente que su perplejidad ante esta sangre derramada no era tal vez lo que mejor se correspondía con un militar. Así que meneó la cabeza y pensó en otra cosa.

—Mi teniente, usted dirá lo que quiera, pero este aparato no está en condiciones. —Con las manos apaciblemente cruzadas en la espalda, el sargento se acercó a examinar el potro—. Hum.

Tranquila, remolona, las fláccidas odres pendulando entre las piernas, *Carmencita* merodeaba detrás del pelotón, y se paró a olisquear las pantorrillas blancas y muelles, casi femeninas, de los gallegos. El teniente se incorporó con una resabiada parsimonia, mirándose las manos despellejadas con extrañeza, como si fuesen las manos de otra persona. El sargento observó a dos hormigas rojas y grandes, articuladas como artefactos mecánicos, paseándose alrededor de la estrella bordada en el pecho del teniente. Con los oídos silbándole, magullado, terco, irreductible, el teniente se tragó la sangre de la nariz y miraba el potro con talante reflexivo.

—Hum —repitió el sargento, inclinándose sobre la pata postiza para examinarla más de cerca—. Algo tiene esa pata, mi teniente. No sabría decirle si es más larga o más corta que las otras —se emperró el sargento en la idea, cabeceando, ceñudo—, pero yo diría que no se asienta bien...

—Retírese, sargento.

—Si da usted su permiso, yo creo que los muchachos ya se han hecho cargo de cómo hay que saltar...

—¿Cómo van a hacerse cargo si todavía no me han visto saltar? ¿Quiere usted explicarme eso, sargento?

—Ya, pero de todos modos es como si hubiera usted saltado, mi teniente.

—Pero aún no he saltado...

—Sí, pero ya tienen una idea...

—¡Sin embargo, sargento, lo que resulta evidente incluso para esta cabra es que yo aún no he saltado el potro! Será porque no le tengo tomada la distancia, o porque no es mi día, o por las botas o por mil pollas en vinagre, ¡pero por la leche que me dieron que lo saltaré, así tengamos que pasarnos aquí todo el santo día! ¡¿Me explico, sargento?!

—A sus órdenes.

El sargento se cuadró, dio media vuelta y consultó su reloj. Luego miró hacia la trasera del barracón verde, en la ladera de las basuras: nadie a la vista, aún faltaba más de una hora para ver allí algún soldado pelando patatas o abriendo pescados y sacándoles las tripas. Que llegue alguien, pensó, que alguien interrumpa este disparate. Decidido a ganar tiempo al precio que fuera, el sargento aventuró una nueva hipótesis:

—Mi teniente, ¿y si ponemos un apoyo aquí delante del potro, como un pedestal para facilitar el salto?

—¡¿De qué pedestal de los cojones me está hablando, sargento?!

—Una piedra, unos ladrillos...

—¡Ladrillos! ¿A qué demonios cree usted que estamos jugando?

Y le volvió la espalda y se fue cojeando un poco, limpiándose la sangre de la cara con desdeñosos fregoteos de la bocamanga. Al pasar frente a la cola del pelotón miró al recluta largirucho y sombrío que iba para cabo de gastadores —Fermín Freire Albariño, de Albarín, provincia de Lugo— y le guiñó el ojo amoratado, y el recluta sonrió confuso. De un fuerte tirón el teniente desprendió los guantes del cinto y se los enfundó nuevamente, quizá para ocultar las manos despellejadas; o era simplemente un ritual de gestos para aplacar los nervios, para darse ánimos.

Se fue mucho más lejos, se paró y se dio la vuelta, y, mientras terminaba de ajustarse los guantes, lanzó al potro —clavado siempre en el mismo sitio, pero ahora con una apariencia trémula de araña dormida, emborronada por las vibraciones de la luz al ras de la tierra ya recalentada por el sol— una mirada torva y venenosa con su ojo circundado de sangre. El teniente sabía que era su última oportunidad. Sobreponiéndose al dolor y a la rabia, rebosante de amor propio, dirigió también una mirada a sus reclutas, pero desde muy lejos, desde una región íntima, despiadada y violenta a donde ellos no podían seguirle, más allá de su propia aceptación del error y la impotencia y la sangre, más allá del polvo y la derrota. Por su parte, los reclutas respondieron afirmándose en su medrosa pero solidaria posición de firmes, asombrados, mirando la nada con resolución. Y a su lado, ya sin capacidad de reacción, el sargento Lecha aguardaba el fin de la insensata aventura con las manos cruzadas en la espalda y la cabeza gacha, observando entre sus pies los furiosos picotazos que la gallina daba a una lombriz.

Agazapado en la línea de salida, el teniente se congeló en una estatua, en suspenso el primer paso, la rodilla casi en tierra y empuñando la fusta paralela a la pierna avanzada. Sentía un intenso dolor en la cadera. Su rostro parecía ya el de un loco, duro y desesperado, fijo siempre en su enemigo con una crispación maniática, como esperando captar en él un falso movimiento, como queriendo sorprenderle en un descuido, desenmascarar su impostura. Se apoyó en un pie, luego en el otro, balanceando suavemente la elegante espalda. Tras él, los cochinos del brigada redoblaron su desdichada sinfonía de cuchillos afilándose, y entonces, al bajar los ojos al suelo para concentrarse mejor en la carrera, el teniente vio delante de su pie una estrella de mar reseca moviéndose, girando en sentido rotatorio, transportada por un ejército de hormigas. Quiso concentrarse en el salto, pero su mirada se sentía atraída por la estrella muerta y las asombrosas hormigas (¿cómo había llegado la estrella de mar a este páramo encendido de sol y de banderas sobre la escarpada falda de una colina?) hasta que, finalmente, el teniente cerró los ojos y apretó los puños y arrancó a correr espoleándose maniáticamente, cojeando y con una breve efusión de polvo rojo en los talones. Corría manteniendo el torso envarado y muy adelantado con relación a las piernas, como si la mitad inferior del cuerpo no pudiera ya seguir el gallardo mandato de su voluntad inquebrantable, belicosa, y con la fusta hostigaba su cadera y sus botas sin parar, hablándose a sí mismo entre dientes, mascullando maldiciones. Bruscamente, como si quisiera sorprender al potro empleando una estrategia inesperada, se inclinó y corrió agazapado el resto de la carrera. Algunos reclutas cerraron los ojos para no verlo, y en medio del pelotón, de nuevo la voz de hojalata arrugada, intestinal e inmisericorde del recluta ventrílocuo anunció: «¡A mí la Legión, que me hostio!», pero esta vez nadie se rió. Pita apartó la vista, Amores parpadeó incrédulo y Folch giró lentamente la cabeza a un lado. El teniente Bravo estaba lanzado a una carrera furtiva, de animal acosado y corcovo.

Bastante antes de llegar a su objetivo, el teniente se irguió, arrojó la fusta al aire, clavó la barbilla en el pecho y pegó los brazos a los costados; corrió el último trecho como si cumpliera una penitencia. La funda con la pistola rebotaba en su ingle y él recibía los golpes como una forma más de hostigamiento. En el tramo final que precedía al salto, por su mente desfilaron vertiginosamente todos los saltos fallidos que había dado en su vida y entonces se acordó de la cosa más tonta e incongruente: «Anoche me olvidé de engrasar la pistola». Al margen de una imprevista sensación de vacío —en el interior del potro, en su mala entraña, al apoyarse en el lomo, el teniente notó algo vivo que pataleaba y que transmitió un hormigueo a sus manos— el salto fue un prodigio de bravura y estilo, pero iba tan mermado de fuerzas y tan sobrecargado de gallardía y de pasión y de cojones que, antes de darle tiempo a retirar las manos, las muñecas se le doblaron como si fuesen de trapo, las rodillas golpearon el canto del potro y su cuerpo se volteó vertiginosamente cabeza abajo como esos muñecos del futbolín que giran ensartados en la barra. El teniente se fue de morros contra el suelo y sin protegerse con los brazos, renunciando a cualquier atenuante o acomodo, y quedó tendido boca abajo, inmóvil, sangrando profusamente por la nariz y la boca.

El sargento Lecha corrió hacia él y se arrodilló advirtiendo enseguida la magnitud de la costalada. El teniente se quiso incorporar y volvió a caer de bruces, extenuado. La sangre manaba de su nariz como de un grifo. Con la ayuda de cuatro reclutas, el sargento intentó organizar el traslado del herido, que ofreció alguna resistencia. Ordenó el teniente que le dejaran tranquilo, que se apartaran todos, quería levantarse sin ayuda. Recostado en un codo, rendida la cabeza, jadeaba apaciblemente, en una postura incómoda y sumido en una especie de autoconmiseración abyecta. Tenía los ojos en blanco y en su boca torcida florecía una espuma rosada. Lo intentó, pero no pudo. Las hormigas se afanaban alrededor de la estrella de su bocamanga, se encaramaban por sus botas entre el polvo y escalaban la funda de su pistola, y a manotazos se libró de ellas. Lo último que hizo, antes de entregarse, fue arrancar el pañuelo de su frente y arrojarlo lejos. El sargento bramaba órdenes, se acercaron más reclutas a ayudar y se estorbaban entre sí, todos querían sostener al caído por los brazos y las piernas y por fin lo alzaron y giraban con él en sentido rotatorio, obedeciendo órdenes confusas y contradictorias, rectificando el giro ora a la derecha, ora a la izquierda, y vuelta a empezar, sin enfilar la dirección correcta. Sentían en sus manos atolondradas el peso liviano del pelele, y de algún modo, a través de las contracciones y el terco pataleo que no se daba por vencido, percibían también aquel otro peso preceptivo y beligerante, hondo y nacional, el peso misterioso y prestigioso de los huevos y las agallas y el ardor guerrero; y sería probablemente ese precario sentimiento de lo irracional y lo sanguíneo el único de provecho que algunos reclutas se llevarían a casa al licenciarse, si es que después de dieciocho meses presentando armas podían aún recordar esa fugaz percepción.

Mareado por tantas vueltas, debatiéndose en la semiinconsciencia, el teniente levantó la mano enguantada en medio de una nube de polvo y dijo: «¡Dejadme, cabrones!», y sufrió un acceso de tos.

Cuando por fin cinco reclutas se lo llevaron, inerme, con la fusta y el gorro cruzados sobre el pecho, aún tuvo fuerzas para volver la cabeza y, parpadeando, cegado por el sol y la sangre, lanzar a su invicto enemigo, el potro desventrado y cojo, una última mirada que pretendía fulminar una vez más su apariencia inofensiva y bovina, su engañosa sumisión.

El pelotón permaneció clavado en su sitio, viendo cómo se llevaban en volandas al teniente Bravo; lo último que vieron de él ese día fueron sus formidables botas desapareciendo rápidamente detrás del barracón verde, camino de la enfermería. Gritando órdenes detrás de la comitiva, el sargento Lecha volvió la cabeza y sólo entonces advirtió que la formación seguía allí en el páramo en posición de firmes, bajo un sol ya rabioso, todos absolutamente disciplinados y estupefactos. Llegaba apaciguado y remoto el eco de la resaca marina, que ahora babeaba una espuma negra a lo largo de la costa. El viento se había encalmado. El sargento bramó:

—¡Rompan filas!

[Teniente Bravo, Seix Barral, Barcelona, 1987. Contenía cuatro relatos: «Historia de detectives», «El fantasma del cine Roxy» (aparecido como cuento independiente en Almarabu, Madrid, 1985, con ilustraciones de Bonifacio), «Teniente Bravo» y «Noches de Bocaccio». Edición definitiva aparecida en Plaza & Janés bolsillo, Barcelona, 1997 y Lumen, Barcelona, 2000 (en ellas desaparece el relato «Noches de Bocaccio»).]

CUENTOS DISPERSOS

LA MAYOR PARTE DEL DÍA

—¿Has terminado, Conchi?

Apoyaba el hombro en el quicio de la puerta. El cuarto de pulir era pequeño y olía a sudor agrio. El taller estaba vacío y silencioso. La muchacha, de espaldas a él, soltó un mecachis entre dientes y siguió contando las medallas de oro que había terminado de pulir. Las medallas lanzaban destellos, alineadas sobre un papel de periódico, en la mesa. Ella, con el dedo extendido, las iba señalando una a una.

—... Veintidós, veintitrés, veinticuatro...

Estaba sentada en el taburete frente al motor de pulir y tenía abierta la ventana que daba al patio interior. De pronto paró de contar y se volvió a mirarle a él.

—Juan —dijo como si despertara, manteniendo el dedo índice extendido sobre una medalla—, ¿se han ido todos?

—Todos menos el abuelo y Pedro.

—Ahora termino.

Tenía unos ojos incoloros, vacíos, según le diera la luz, y él sentía un golpe en el corazón cada vez que los veía clavados en su rostro. Sus cabellos eran rojizos y sueltos, algo sucios. Iba siempre con los brazos embadurnados hasta los codos de la pasta «rouge», así como las mejillas y la frente. Llevaba una vieja camisa de su padre, cuyas mangas había arrancado por los sobacos, manchada de «rouge» en los pechos y en el vientre, y una falda negra abolsada en las nalgas a causa de permanecer sentada en el taburete durante horas. Calzaba unos trozos de sandalias. Sonrió, dejó de mirar a Juan, inclinó de nuevo la cabeza sobre las medallas y siguió contando. Él entró y la besó en la nuca. Conchi encogió la cabeza.

—Deja... No seas loco. Ahora mismo termino. Ya puedes traer la comida.

—No quiero comer. No quiero nada.

—Pues yo debo terminar estas medallas. Sé bueno, mi vida, ¡Fíjate, esta mañana no he hecho casi nada! ¿Y sabes qué ocurrirá si para el sábado no he llegado a pulir las mil seiscientas medallas? Pues que en vez de cobrar la prima a diez céntimos será a cinco, ¿comprendes? Es la vida.

—Es una faena que te hacen. Eso es lo que es.

—Bueno, trae tu comida.

Terminó de contar las medallas, cogió un lápiz, cuya punta mojó en la lengua, y anotó una cifra en el bloc con trazo fuerte y muy despacio. Abrió luego un cajón, sacó una hoja de papel de seda, la extendió sobre la mesa y encima puso las medallas en hileras de a diez. Eran Purísimas de varios tamaños, con el bisel y la anilla relucientes.

Juan se apartó un poco y la miraba a ella en silencio, balanceándose perezosamente sobre sus largas piernas. Llevaba ropas de trabajo, unos pantalones azules y rotos, ennegrecidos sobre los muslos, y una camiseta de verano sucia de grasa y agujereada por el vitriolo. Su piel oscura estaba bañada en sudor.

—Esto es un horno, niña, no sé cómo puedes trabajar aquí.

Era un muchacho alto, de narices anchas y mandíbula firme. Tenía los cabellos negros y largos, caídos sobre las orejas.

—Te digo que esto es un jodido horno. ¿Dónde está tu comida?

Vio el cestillo de mimbres en el suelo, tras la pequeña pila, metió la mano dentro y extrajo una pera verde y apretada. Se la llevó a la boca y la mordió.

—¡Eh! —gritó ella volviéndose—. ¡Que es mi merienda, ricura!

Se levantó de un salto y se le echó encima riendo, pero él dio media vuelta y se alejó contoneándose hacia su banco de trabajo.

El taller olía a gas y a bórax disuelto en agua. Las poleas de las máquinas de estampar estaban quietas, con los olorosos cueros recalentados. El sol entraba por las ventanas abiertas y los treinta puestos de trabajo en los bancos estaban vacíos. Todo el mundo comía en sus casas. Sólo dos hombres, adormilados ahora de bruces sobre las herramientas, se quedaban a comer allí, como Juan y Conchi. Vivían muy lejos, más allá del barrio de la Trinidad, y no les daba tiempo a ir y volver. Uno de ellos era viejo y llevaba unos lentes de gruesa armadura sujeta en sucio esparadrapo.

—¡Eh, abuelo! —dijo Juan sacudiéndole la espalda—. Que la siesta es para luego de comer.

Abrió un cajón y sacó la bolsa de la comida. El otro alzó la cabeza.

—¡Anda, vete a magrear a la pulidora y a nosotros déjanos tranquilos!

Juan rió.

—No se meta en lo que no le importa, abuelo.

—Si fueras hijo mío ya te daría yo. ¡Ya te daría yo calentura a la hora de comer!

—Seguro, abuelo.

El otro se levantó también y cogió una vieja y mugrienta cartera escolar en la que llevaba la comida. Era pequeño y oscuro, con grandes párpados agrietados y torcidos sobre una mirada indecisa.

—Sois un par de salvajes —dijo con una voz lenta e indiferente—. Esa niña no escarmienta. El día menos pensado bajará el jefe y os pillará…

—¡Bah! —dijo Juan—. Está muy pancho en su mesa llena de platos, con su buen vino y luego su café y luego su cama echando la siesta. O follando con su mujer.

—¿Sabes que eres un descarado, muchacho? —dijo muy serio el viejo.

—¡Hombre! —dijo el otro—. Ya lo creo que lo sabe.

—¡Y qué! ¡Dejadme en paz! —bramó él—. Comed y dormid, es para lo único que servís. O si no, iros a casa a comer con la parienta. Ah, no hay tiempo, ¿eh? ¡Nada como las familias obreras reunidas en la santa paz del hogar...!

Regresó al cuarto de pulir, balanceando la bolsa con aire indolente. Ellos se tumbaron en el suelo, donde hacía fresco, y recostaron la espalda en la pared. Abrieron las piernas, extendieron periódicos en medio y empezaron a partir grandes tomates blandos y a echarles una sal húmeda que pellizcaban de una cajita de pastillas para la tos con sus dedos sucios de grasa. El aceite lo traía siempre el viejo en una botella de gaseosa. Sacaron abolladas fiambreras con arroz hervido, carne rebozada y tortillas. Una botella de vino y naranjas.

El hombrecillo oscuro se levantó.

—¿Quieres que te caliente algo, Anselmo?

—Gracias. —Le tendió una fiambrera—. Un minuto sólo.

Mientras uno calentaba la fiambrera con el soplete del gas, de pie, la mirada perdida en el vacío, el otro se desplazó un metro hacia la derecha, arrastrando los papeles de periódico cogidos por las puntas. Quedó frente a las máquinas de laminar, y de troquelar. Al otro lado estaba el cuarto de la muchacha y se la podía ver por entre los dos grandes brazos de acero de la máquina de estampar.

—¿No tienes hambre? —decía Conchi.

Juan estaba sentado en el taburete, a su lado, apoyando los antebrazos en las rodillas. Ella se levantó, abrió el grifo de la pila y se enjabonó las manos. El grifo estaba lleno de herrumbre y la cañería carraspeaba en lo alto de la pared. Conchi se echó agua a la cara y, finalmente, puso la nuca debajo del chorro.

—¿Me oyes?

Él mascullo algo sin despegar los labios. La veía de espaldas, inclinada sobre la pila, la falda alzada dejando ver las corvas de sus piernas fuertes y algo separadas. Conchi se secó con una toalla manchada de «rouge». Todo en el cuarto tenía ese tono rojinegro de la pasta para pulir.

—¡Dios mío, mira que llega a ser sucio el oficio éste!

Se frotaba el pecho y el cuello con fuerza, mirándole a él. Se sonrió ligeramente. Tenía los brazos redondos y blancos y las caderas anchas. Luego se sentó junto a Juan, frente a la mesa, con las fiambreras abiertas. Se miraron a los ojos. Sus muslos se rozaban.

—Pues yo tengo hambre —dijo ella.

—Esto es un horno, hostia.

—Abre más la ventana, si puedes.

La ventana daba al patio y recogía todos los ruidos y voces del piso superior, donde ahora comían el dueño del taller con su mujer y sus hijos. Ellos podían oír el tintineo de cubiertos contra platos de loza y vasos de verdad y el griterío de los chiquillos.

—Come, Juan.

—Déjame en paz.

—¿Quieres un poco de arroz hervido? Está bueno.

Él empezó a mordisquear otra pera. Sacó la botella de vino de la bolsa y Conchi acercó dos vasos de plástico velado y sucio. Bebieron.

—¡Huf!, está caliente —dijo ella.

—Dile al jefe que te regale una nevera.

—Bueno, ¿qué te pasa? Todos los días igual. Acércate.

—Esos nos miran otra vez —dijo él.

—Y qué importa. Algún día nos casaremos. Somos novios, ¿no? Algún día nos casaremos y ya está.

—¿Cómo diablos quieres que nos casemos?

—Trabaja horas extras, como ellos.

—No me da la gana.

Bebió otro vaso de vino de un tirón. El viejo y su compañero, sin apartar los ojos de ellos, masticaban lentamente sus tortillas duras y frías.

—¿Quieres hacerme el favor de comer? ¡Me voy a enfadar de verdad, Juan! ¿Lo oyes? Hala, pues quita las manos.

—No tengo hambre.

—Se lo diré a tu madre.

—Díselo a quien te dé la gana. Vamos a ver, ¿tú crees que se puede comer esto, que está cocido quién sabe cuándo? Mira esta salsa de tomate y esta salchicha. Mira.

Ella se levantó bruscamente.

—Lo calentaremos un poco. —Salió al umbral—. Pedro, guapo, ¿quieres calentarme esto con el soplete? Sólo para que se deshaga un poco la grasa.

El hombre bajito y oscuro se levantó despacio y cogió la fiambrera de mala gana.

—Porque eres tú —dijo, y mantenía los ojos bajos.

Ella volvió a sentarse junto a Juan, poniéndole una mano en los cabellos y ofreciéndole de nuevo la cadera y el pecho izquierdos con la misma tranquila indiferencia de todos los días. Tenía los carrillos hinchados de arroz.

—Conchi —dijo él.

—Qué.

—¿Es verdad que si no llegas a las mil seiscientas medallas a la semana pierdes la prima de diez céntimos?

—Ya sabes que sí.

—Entonces, es una cosa como para decírsela a todo el mundo...

—¿Para qué? Si no llego, las cobro a cinco. A veces he llegado a las mil quinientas y me las ha pagado igualmente a cinco, y eso ya me da más rabia.

—Son unos hijos de puta. Todos.

Ella sonrió. Le besó en el mentón duro y sudoroso.

—No hables así. No está bien.

—Y son familia tuya. Hay que ver.

—Parientes lejanos. No había que pensar que harían una excepción conmigo, ¿verdad?

—No sé. Pronto te bajarán el plátano y la naranja con el dichoso cestillo de los niños.

—Los niños son muy guapos y los quiero mucho. No me gusta que hables mal de ellos, ¿me oyes? Además, a Ricardito le divierte eso de dejar caer el cestillo todos los días.

—Podría divertirse con su abuela y no con los pobres…

Pedro entró con la fiambrera cogida con unos alicates. La dejó sobre la mesa y se quedó un instante mirándoles a ellos, los brazos caídos a lo largo del cuerpo, inmóvil, con su mono azul colgándole como si no hubiese nada dentro.

—Bueno, ¿qué? —dijo Juan.

El otro se dio media vuelta y salió.

—Gracias, Pedrito —dijo ella—. Y tú cómete eso o me enfado.

Sacó una revista gráfica del cajón, se la puso sobre la falda y empezó a hojearla.

—Mira, Soraya.

—Porras.

Arriba se oía un tintineo de cucharillas de café y tacitas.

La cuchara de Conchi raspaba el fondo de la fiambrera.

—¿Les oyes? Están tomando ya el café. Y tú sin haber probado apenas nada.

—Te he dicho que me dejes en paz.

—Bueno, vete a la porra. Mira éste. A mí qué. Estás como un fideo. ¡Tozudo!

Frente a ellos, en la ventana que daba al patio, descendía muy despacio una cestilla de juguete sostenida con un cordel. Dentro había un plátano y una naranja. Se oyó arriba una voz de niño:

—¡Conchi! ¡Conchi!...

—Ya está —dijo Juan—. Como cada día.

—Cállate... ¡Hola, guapo! —exclamó ella sin sacar la cabeza, sin sonreír, sin dejar de masticar siquiera; simplemente alzando más la voz—. ¡Gracias, Ricardito, ya lo he cogido! ¡Tira para arriba! ¡Ya! ¡Y dale las gracias a mamá!

—¡Bueno! ¡Adiós, Conchi!

—¡Adiós, cariño!

—Caray con el regalito —masculló Juan—. Un buen sueldo es lo que nos hace falta y no regalitos.

De pronto cogió el plátano y lo aplastó contra la pared. La masa amarilla se pegó a sus dedos.

—¡Juan! ¡Basta! —dijo ella—. Has bebido demasiado vino...

Él dejó caer el puño sobre la naranja y la reventó. De un salto se puso en el rincón, junto a la pila.

Detrás de la máquina de estampar, los dos hombres habían terminado de comer y dormitaban con las cabezas apoyadas en la pared y los brazos caídos.

—Ven.

—Juan, no hagas locuras.

Te he dicho que vengas.

—No.

—¿Me quieres, Conchi? ¡Di, maldita sea! ¿Me quieres?

Estaba tenso, con una mano crispada en el quicio de la puerta. Tendía la otra hacia ella, con la palma vuelta hacia arriba.

—Sabes que sí —dijo ella dócil y resignada.

—Entonces, ven.

La cogió de la mano y ella se levantó al tiempo que la revista ilustrada resbalaba de su regazo y caía al suelo...

El hombrecillo oscuro y el viejo dormían con las cabezas echadas hacia atrás y las bocas abiertas. Eran las tres menos cuarto de la tarde. Les quedaba un cuarto de hora de sueño.

[*Triunfo,* 58 (13 de julio de 1963). Ilustraciones de Enrique Navarro. Revisado para esta edición.]

PLATAFORMA POSTERIOR

El joven estudiante de francés sostenía los libros con la mano izquierda, pegado el brazo a lo largo del cuerpo. Pasaba el otro brazo por debajo de la axila de un señor alto y se cogía a la barra de hierro del centro de la plataforma. No había espacio para más. Cada vez que el tranvía frenaba sentía crujir el paquete de tabaco rubio en el bolsillo de la chaqueta.

«Si me chafan los cigarrillos, no podré invitar a madame Berthe esta noche. Estaría bueno después que me los reservo... Vamos peor que sardinas, ¡maldita sea! Esa de ahí delante debe ser fea, lo adivino por los cabellos, son cabellos de mujer fea. Madame Berthe los lleva recogidos y no es fea ni guapa, ¡qué cosas! La nuca de madame Berthe es como muy francesa, ahora que lo pienso…

»Madame Berthe —je prends, je ne prends pas, il prend, il ne prend pas. (Debería abrir el libro y repasar esto, es complicado.)

»Alguien huele a pescado. Y esa chica siempre se queda en la plataforma; debe ser tonta o algo buscona... Tengo mala suerte. Rodeado de tíos por todas partes. No puedo ni girarme, y quisiera abrir el libro para ver —je prends, je ne... Esa chica, condenada, me ha visto, me conoce, sabe que estoy aquí...»

Dos hombres más habían quedado frente a frente, apretados, y jugaban a no mirarse: se conocían un poco de verse allí todos los días. Los dos llevaban manchas de yeso en la ropa, idénticas gotitas de cemento seco en las pestañas y en los cabellos, el mismo polvillo gris metido en el fondo de las arrugas de la frente…

Con la espalda pegada al cristal, Beatriz se ladeó un poco haciendo un esfuerzo. Llevaba un pañuelo de colores en la cabeza, y sostenía entre los muslos una bolsa de cuero con la madeja de lana dentro, las agujas y el trozo de jersey. Tenía la mirada caída y fija, estaba inmóvil y pensativa, porque era en el tranvía —igual que en la cama— donde Beatriz disponía de más tiempo para pensar en sus cosas.

«Juraría que ese de la boina... Lo malo es que no puedo saberlo, no veo nada. No hay que fiarse... Los niños estarán ya en casa, si es que a la Manuela no le ha dado por ver dos veces la película. Le gusta tanto ese artista... —¿cuánto tiempo hará que yo no he ido al cine?—. Debía haber cogido el dinero, la Manuela. No me gusta eso de que pague siempre ella, aunque sea para los niños. Y también hay otras distracciones además del cine: puede llevarlos a pasear, a ver el puerto, yo qué sé... Aquel cine es una pocilga, ¡hay una atmósfera! Pronto los mandaré al colegio y entonces ya no la necesitaré. Ya sé que a ella le gusta, pobre Manuela, no tiene a nadie. Los hijos casados —desde luego ése intenta algo, se mueve demasiado—, que ya no sabe dónde paran... ¡Vaya hijos!

»¡Hay que ver, ni que fuera un chiquillo! Y no puedo decirle nada; ya se sabe, me diría que si quiero estar cómoda que coja un taxi. Esa rubia ya me fastidia con el dichoso bolso, podría apartarlo... Es peligrosa, una rubia peligrosa, se ve en el pelo y en la cara.

»Luisito ha crecido. A lo mejor ya no le servirá el jersey cuando esté acabado. Le encontré con las manos sucias de la pringue de la barandilla de la escalera...»

*

Con la mano libre se colocó mejor la boina sobre la cabeza —la boina, que llevaba adheridas pequeñas partículas de acero, que olía a aceite y a polvo viejísimo de taller mecánico—, el otro brazo lo mantenía rígido frente a las piernas y apretaba entre los dedos un trozo de cigarrillo de picadura apagado que no había tenido tiempo de fumárselo en la parada.

«Lo encenderé al bajar y fumaré hasta llegar a casa; tendré que tirarlo en el portal, porque el chico me estará esperando en la calle, jugando (la carpeta de colegio sobre la acera, apoyada en la pared), y querrá que lo suba hasta el piso en hombros. Claro, y Rosa me reñirá otra vez por permitirle al chico jugar en la calle... Y en casa ¿dónde va a jugar, en la cocina? Puede que Rosa tenga razón, no sé. Pero él no es como los otros, es... diferente, más bueno, más tímido. ¿Qué cosas había pensado yo para él antes de que naciera? ¡Qué tontería!, incluso una noche hice una lista de juguetes... Rosa se acordará, se lo preguntaré en la cama. Haré que se burle de mí, y esta noche reiremos un poco.

»Al fin y al cabo, si no fuera porque me gusta subirle en hombros —me aprieta la frente con las manos y me golpea los costados con los pies, como habría hecho con aquel caballo de cartón que nunca tuvo—, me metería en el bar, todos los días, y no subiría a casa hasta la noche, seguramente mamado. Eso no lo sabe Rosa...

»Esta mujer —el pañuelo, debería comprarle uno igual a Rosa, nunca me acuerdo— creerá que pretendo algo con la mano ahí abajo. No me gusta eso —y el tabaco está cayendo, se me queda el papel vacío entre los dedos—, parece una buena mujer... Es como Rosa. Pero con pañuelo.»

*

Era el más alto de todos, llevaba sombrero y abrigo oscuros. Había una rigidez, un asco cristalizado en su rostro largo y lleno de arrugas, una dimensión indefinida en la mirada; parecía hallarse allí desde siempre, inconsciente de todo, con sus altas espaldas despectivas y su mirar frío.

«... y el sinvergüenza de Forga, que vendió los Explosivos que tenía de suscripción y los ha liquidado a quinientos. ¡Una “mamellada”! ¿Y el Dr. Lasa...? El Dr. Lasa, que presume de honrado y comprensivo, y luego falsea la declaración de la Renta...?»

*

Los dos hombres frente a frente, con los cabellos y las pestañas sucias de yeso y de cemento, con la piel quemada por el sol —el mismo sol, el que también brillaba los domingos, y en las playas—, se miraron. Se miraron adivinándose, sabiéndose iguales, avergonzándose casi de su aspecto, como un joven lechugino todavía inseguro de sí mismo que se mira de reojo al pasar frente a un espejo. No se desconocían del todo. Tomaban desde hacía tiempo el mismo tranvía, y tenían idénticas manos anchas y rugosas extrañamente limpias, como de panadero, y desprendían el mismo olor a cemento y a ladrillo mojado.

Luego no quisieron mirarse más, ensayaron inútiles expresiones de ausencia, ridículas, atentas y reflexivas miradas al techo; no había nada en el techo, no había nada en qué reflexionar ahora, como no fuera en ellos mismos y en su propio, inevitable, cotidiano encuentro.

*

Pilita suspiró resignada. Apretaba sobre el pecho la novelita y el pequeño portamonedas lleno de billetes de cuatro viajes, caducos ya, pero entre los que había algún capicúa que guardaba para su hermano. Pilita trabajaba en un taller que hacían medallas, y por eso tenía los dedos y las uñas de las manos llenas de raspaduras y cortes de sierra.

Notaba el canto de los libros del estudiante clavados en la parte de atrás del muslo izquierdo.

«Ya está, me lo figuraba; dentro de poco lo tendré pegado a la espalda como una lapa. Y cualquiera se libra con estas apreturas. Me gustaría que Encarna lo viera, ella, que nunca quiere creerme —yo no invento nada, si estuviera aquí lo vería, siempre son ellos los que la buscan a una—, que imagina que nunca he tenido un conflicto serio en el tranvía... ¡Como ella vive cerca del taller y no tiene que tomarlo! ¡Qué sabe lo que es organizar un escándalo, defenderse!

»Y es el mismo de siempre, el pollito ese. Bien mirado no es feo —hoy está un poco separado de mí, no sé cómo se las apañará—, hasta parece un hijo de ricos, tiene un algo... Ese señor sí que está quieto —¡tan alto!—, ya es algo viejo; dicen que hay viejos que sólo suben a los tranvías para eso... El gordo de ahí delante debe ser el que apesta a sardinas de lata.»

*

Un instante quedó el tranvía parado junto a otro que iba en dirección contraria. Se oyeron carraspeos, algunas voces apagadas, el rumor de cuerpos apretados. Los hombres y las mujeres de uno y otro vehículo se miraron; tenían las cabezas a un lado, resignados y ceñudos, como si algo no hubiera salido bien, como si les hubieran engañado. Como si regresaran de esperar a alguien que no había llegado.

Bajaron dos hombres. Todos quedaron algo más anchos; no tanto como creyeron en un principio, que se movieron demasiado confiadamente. Un poquitín más anchos, Pilita tuvo que torcerse levemente para no perder el contacto.

*

«Mme. Berthe —plafons, soulier, chambre— creo que no es francesa, sino alemana. Pero eso no podré averiguarlo nunca. Esa chica es fea, en serio. Si me vieran Luis y los otros se burlarían y ya no iban a creer nada de lo que les cuento... Ahora deben estar en el Siroco, tan tranquilos, charlando... —pero yo necesito saber el francés a la perfección. Voluntad, todo es cuestión de voluntad —“labor omnia vincit!". Está muy quieta, como si no se diera cuenta de que estoy detrás de ella; no vale nada, mira que llego a ser imbécil...»

El tranvía frenó despacio, rechinaron sus entrañas en una curva lánguida, y quedó parado frente a un estruendo musical, una antigualla trompetera, la música que ya nadie recordaba y que habían creído que nunca necesitarían. Estaban frente a una tienda de radios, un escaparate iluminado —una explosión de vida y de luz sorprendentes.

Todos volvieron el rostro —la piel inmóvil, seca de tedio o de aburrimiento— y escucharon pensando en el trozo de día que aún les quedaba. El chico colgado en el estribo —siempre era el mismo (quizá no, pero todos se parecían), despeinado y sosteniendo en el aire, haciendo equilibrios, un traje colgado de una percha y recién salido del tinte—, ayudaba ahora a subir a una vieja. Las miradas cansadas de los hombres cansados y las miradas sosegadas de las mujeres convergieron en la vieja.

—Gracias, hijo —y llevaba una cesta con caramelos y cerillas, y una silla plegable en el brazo.

Todos al mismo tiempo, como si un viento brusco les empujara, le hicieron sitio, se apretaron un poco más; el bolso de la rubia se clavó en el costado de Beatriz, las nalgas de Pilita se hundieron en la ingle del estudiante y los dos hombres que no se conocían comulgaron en el mismo olor a cemento y a ladrillo mojado.

Y la vieja pasó, lenta, diminuta, en un silencio profundo de alientos contenidos.

La rubia sentía todo el peso de la cabeza en el cuello.

«Igual que en el teatro, en la escena de la modelo. Sino que allí estoy más ancha y todo el mundo me mira —en esta escena estoy bien, me gustaría que la revista aguantara un año. Pero no vale nada, demasiado folclore, ya se lo he dicho a Pedro... Debería dejarme invitar alguna noche por Pedro, es el que manda allí, debería tenerlo en cuenta... Quizá en el fondo no pretende más que salir, interesarse —una chica que aún no se haya echado a perder del todo... Bueno, hay cosas que nunca sabrá. Parece inteligente, es joven y nos trata muy bien, esa es la verdad. Creo que pronto le perderemos, la gente que vale se larga a sitios mejores.

»Ese tipo alto podría muy bien ir en taxi, no entiendo por qué prefiere... A lo mejor no prefiere. En la parada estaba detrás de mí, si me hubiera mirado pensaría que quiere seguirme...

»Me echaría a llorar —creo que hace tiempo que no he llorado—. Pedro me dice siempre que procure engordar, ¿y yo qué voy a hacer? Siempre estaré algo delgada, es de naturaleza. Él cree que engordar es fácil, y a lo peor se me pone la carne bajo la barbilla y una poquita en las caderas. ¡Él qué sabe!

»Ahora parece que se interesa éste, esconderé un poco el labio de arriba, que lo tengo muy salido.»

*

El hombre alto parecía hallarse más cómodo que los demás. Tenía los párpados dignamente plegados sobre los ojos. Pero en las sacudidas meneaba la cabeza como todos, en la misma dirección que todos.

«... y cancelar el depósito de la Gómez; la que tiene más acciones, y de qué le sirven, soltera ella... No hay que creer todo lo que se dice de la Gómez, sería un tonto si lo creyera, pero ya se sabe que no es ninguna santa. Luego iré a la Trasatlántica para arreglar el traspaso de esas acciones —veré los tipos enrejados, ocho horas—, cobraré los cupones del Dr. Lasa, ¡vaya renta!, así cualquiera tiene un chiste verde a mano como él. Y el otro, el dueño, muy sencillo, muy ordenado, muy poca cosa él, y que abre los ojos como platos cuando le hablan de la ampliación de Petróleos. No sé cómo pueden creer que todo es tan sencillo, claro que con una bicoca de más de un millón al año...

»La rubita no está mal.

»¡Alguien apesta a sudor de qué manera! Cuando tenga la Derbi, allá se las den todas a los tranvías.»

El gordo lanzó un bufido y miró el techo del tranvía para no cruzarse con la mirada de nadie. Sintió agitarse a Pilita a su espalda.

«¡Diablo!, al final estos dos mocosos me echarán a la calle. Ahora que lo pienso, hace tiempo que no me he encontrado con un plan en el tranvía. Pero lo que se dice un plan, no una cría como ésta, que además es un monstruo… La experiencia, claro. La rubia parece algo, ¡pero tiene cara de pasar más hambre...! A mí que no me digan, en este mundo sólo cuentan dos cosas: dinero y mujeres. ¡Qué!, ¿para qué negar que todos vamos a lo mismo…? Nadie se salva.»

*

El niño alzó los ojos —las quietas, hondas lagunas anegadas de dulce incomprensión— y vio el techo de pequeños listones paralelos, la pálida bombilla, y más abajo el rostro de mamá colgado sobre el pecho.

—¿Estás bien, Enriquito, hijo?

—Sí, mamá.

Volvió a apoyar la mejilla en el vientre de mamá; el calor, el latido, el perfume tan conocido.

El viejo vio por encima del hombro cómo el tranvía se le venía encima. Sus mandíbulas se desencajaron grotescamente, y abrió la boca, enseñó las encías peladas, y quedó quieto en mitad de la vía con los ojos atónitos.

La diminuta chispa bajo las ruedas brilló un instante entre el chirrido de hierros y murió en el aire. El conductor asomó el busto y un brazo y se puso a gritarle al viejo, que, una vez pasado el tranvía, siguió su camino con las mandíbulas desencajadas. Todos se vieron lanzados hacia adelante a la vez —el estudiante más apretado a Pilita, la cabeza del niño entre el vientre de su madre y el señor alto, Beatriz sintió de nuevo el bolso hundirse en su costado—, todos al unísono, como si se pusieran en marcha a una voz de mando.

Luego quedaron otra vez en su sitio con un brillo nuevo en los ojos.

—¡Ese bestia de conductor!

—Perdone.

—El niño, ¿sabe? Es por él —le tenía la cabeza cogida con las manos—. ¿Estás bien, Enriquito?

—No ha sido nada, señora, afortunadamente...

—¡Mi bolso! ¡Mire cómo ha quedado!

El chico del estribo gritó:

—Un viejo loco. ¡No le hemos pillado por un pelo!

*

Lento, avergonzado, como dispuesto a regresar a su rincón igual que un animal al que han reñido, el tranvía elevó otra vez sus ronquidos y lamentos herrumbrosos a la categoría de rumores ciudadanos.

Un perro se le puso detrás y le ladró larga y tristemente, como si le hubiera arrollado a él.

El mecánico tornero se llevó la mano al cuello y notó los golpes acompasados de una vena. Se dio cuenta, de pronto, de que ya no tenía la colilla entre los dedos.

«Con el frenazo, seguro... ¡Qué mala hostia!»

Lo había liado a la salida del taller y encendido en la esquina de siempre, y entonces había visto pasar a la muchacha con el bote de leche, y aquella mujer que llevaba puesta una chaqueta de hombre y arrastraba a un niño de la mano, y aquel viejo en bicicleta —demasiado viejo para ir en bicicleta. A veces, cuando el viento le apagaba la primera cerilla —lo esperaba, lo consentía, casi lo deseaba—, se quedaba parado allí un rato más y tenía tiempo de ver cómo, en la otra esquina un hombre cruzaba la calle corriendo. Y también a veces, ya en la parada, si el tranvía tardaba un poco en llegar le daba tiempo a fumarse el cigarrillo entero.

«Hoy no podré encenderlo al bajar; hoy será distinto, tal vez no encuentre al chico esperándome, quizá no podré subirle en hombros ni sentiré sus manos en la frente...»

*

Dobló la esquina a sacudidas, con breves chirridos, y enfiló calle abajo conscientemente grávido, condenado, lleno de luz y con los cristales temblorosos, los pequeños chasquidos de maderas desencajadas, sus ruidos incomprensibles bajo las ruedas. Bajaba junto a los árboles jóvenes —había unas hojas que siempre le tapaban los flancos y luego volvían a quedar quietas en sus ramas, esperando—, bajaba balanceándose adelante y atrás, como si pretendiera lanzarse a volar o bien hundirse en la tierra. Ciego, resignado, los pegotes de gente en los estribos como alforjas en los flancos de un animal.

[*Ínsula,* 127 (junio de 1957). Luego en *Rumbos,* 136 (junio de 1959), págs. 79-83, firmado con las iniciales S. F. Revisado para esta edición.]

NADA PARA MORIR

Apoyó la espalda en la pared, alzó los ojos a la noche y abrió la boca formando un arco irónico. La botella de ginebra resbaló de su mano y se hizo añicos sobre la acera. El otro, soltando la navaja, escapó corriendo.

«Ocurrirá dentro de poco —se dijo—. Seguramente inclinaré la cabeza y sentiré vaciarse mis venas, vaciarme todo...» Empezó a caminar, pegándose a las paredes, una mano apretada a su vientre y la otra agarrando los hierros fríos de las ventanas bajas. Sonreía, pensaba vagamente en la noche y el silencio de la calle, en la muerte que se le había sentado alegremente sobre las espaldas y le apretaba las sienes con sus manos frías, como un niño. Pero la descomunal borrachera no se le iba aún, ni con el dolor.

«Yo buscaba una mujer —pero no, yo buscaba unas manos de mujer. Uno se puede casar con una mujer sólo por sus cabellos, o su perfil, o por su modo de estar cerca. Conozco a un tipo que se casó con una mujer sólo por sus piernas. Por supuesto que él lo ignoraba, pero me consta que fue por eso. Se fijó en ella por sus bonitas piernas, y trabó amistad con ella y la invitó a salir sólo por sus piernas. Y acabó casándose con ella por lo mismo. Incluso hoy, cuando vienen algunas noches al Bar Club, él siempre la hace sentarse de frente y con las piernas cruzadas, para que todo el mundo se las vea: yo sé que él hace esto para justificarse, a ese extremo ha llegado, está perdido. Pero lo mío es distinto, yo no buscaba nada de eso para vivir, sino para morir. Buscaba unas manos que cerraran mis ojos después de muerto. Porque me aterra la posibilidad, al morir, de quedar con los ojos abiertos: podría ocurrir que se me quedara algo de este absurdo mundo fijado en las pupilas, se me podría quedar el rostro de él, con su expresión de enanito bonachón y listorro, o el de algún empleado mío de las fábricas, o los titulares de un periódico...»

Encorvado y cruzándose fuertemente el abrigo sobre la herida, el sombrero en la otra mano y sonriendo como un idiota, penetró en el Bar Club y saludó a los amigos alzando el brazo, sin mirarles. Sabía que estaban todos allí, tirados en muelles butacones y vaso en mano, aburridos y sin deseos, con su equilibrada expresión de éxito grabada en el rostro, con gestos y miradas amplias de hombres en vacaciones que han triunfado sobre la miseria y el tedio. En algunos, los menos maduros, aquel éxito estaba ingenuamente pintado, les desbordaba el rostro como una coloraina de párvulo en el primer dibujo. El mismo éxito estaba también en los dibujos de las paredes: corazones radiantes, labios rojos de mujer, ases de póker, dados con la cara del seis, una náusea abstracta de líneas y perspectivas lujosas. La luz se escondía tras las botellas y en los rincones, en los repujados del techo y de las columnas, con verdes y rojos sucios.

Se encaminó rectamente hacia la cabina telefónica procurando mantenerse erguido, con pasos lentos, sintiendo la sangre deslizarse cálida y como un ungüento a lo largo de sus piernas. Su pálido rostro de fauno, poderoso y bello, mantenía un rictus irónico bien conocido y temido en su estamento social. Cerró la cabina, descolgó y marcó un número. Luego, debatiéndose entre el dolor y el alcohol, habló:

—Estoy en el Club, Isabel. Ven...

«... las buscaba, y tenían que ser manos reposadas, lentas, bellas y cansadas. No me importaba que fuesen ajadas: las quería con vida, que emergiesen frente a mí con el gesto cargado de pasado y de misterio, como una subyugante áncora cubierta de moho surgiendo de las profundidades del mar. Isabel tiene esas manos...»

Isabel se levantó de la cama y se cubrió con la bata. La habitación era amplia y lujosa, la calefacción estaba a tope, la moqueta malva acariciaba sus pies descalzos. Ajustó las solapas de la bata sobre su pecho y hundió los pies en las zapatillas. Era una mujer alta de ojos dorados, con esa belleza insondable que uno cree ingenuamente poder descubrir después de poseída. El teléfono, en el pasillo, seguía sonando y ella miraba el reloj: la una de la madrugada. A través del hilo, la voz llegó lejana y extraña:

—Estoy en el Club, Isabel. Ven enseguida a buscarme, toma el otro coche. Me han clavado una navaja en el vientre. Ven, me estoy muriendo de veras, esta vez sí, y necesitaré tus manos para que cierren mis ojos...

Colgó en el momento en que ella iba a replicar. Ella hizo lo mismo, se encogió de hombros y sonrió levemente, del mismo modo que lo hacía al hacer frente a la soledad, a las mil noches de inútil espera, a todo lo irremediable. Esta vez incluso sintió deseos de echarse a reír, aunque sin mucha convicción, y juntó las manos sobre la boca abierta. Se quedó mirando el vacío y pensando en Sigfrido. Era otra broma de las suyas, sin duda. Sigfrido Vilar era un fabuloso embustero, un caso de excepción en materia de chanza, sorprendente, infatigable y mortífero, todavía le recordaba cuando destrozó a patadas un aparato de radio a las diez en punto de la noche, en casa de unos amigos y cuando, seguidamente, se colgó en la solapa la recién concedida medalla del Trabajo.

No obstante, esta vez, el hombre más brillante e indispensable en ciertas reuniones, el caballero «Hijodalguien» —como le llamaban despectivamente algunos estudiantes resentidos que frecuentaban el Bar Club—, había ido demasiado lejos. A estas horas de la madrugada ella no consentía bromas, por originales que fuesen, y menos si estaba borracho. Tenía sueño. De modo que se encaminó a su dormitorio y se acostó.

Pero a la media hora, sin haber conseguido conciliar el sueño, se levantó de nuevo y se vistió. No le parecía del todo absurdo que algún desconocido, algún borracho amargado, como él, le clavara una navaja en el vientre. Tomó el coche y se dirigió a toda prisa al Club. Pero él ya no estaba allí. Preguntó a los amigos.

—Estuvo aquí, en efecto —dijo uno de rostro suave y rosado, su blanca mano sosteniendo un largo vaso. Los otros le miraban las piernas, recordando escenas parecidas que luego comentarían, cuando ella se hubiese ido—. Le vimos llamar por teléfono. Después habló un rato con esos muchachos, los estudiantes, sobre todo con ése de la barba de cabrón, el intelectual, ése que mendiga dinero para hacer una revista —los otros rieron suavemente, perezosamente—. Luego se sentó con nosotros un buen rato, muy pálido, y, sinceramente, Isabelita, borracho por completo. No hacía más que repetir que le gustaría ser camello. Esta noche quisiera ser camello, decía. Ya sabes cómo es. Para qué contarte... —ahora tenía una insoportable y repugnante expresión paternal—. Deben irle mal los negocios. Hicimos por calmarle un poco, naturalmente, pero no quiso.

Ella notaba las miradas de los estudiantes, colgados en la barra y escuchando jazz en silencio. Sin duda aún no eran hombres, esperaban todavía demasiadas cosas, demasiadas respuestas —más adelante, sabrían que no hay respuesta ni soluciones para muchas cosas—, pero si habían de convertirse irremediablemente en tipos como Sigfrido o sus amigos, pensó, ya estaban bien como estaban. Isabel intuía el desprecio que sentían por Sigfrido y los de su estilo, y que seguramente también la alcanzaba a ella debido a su condición de amiguita, pero sentía la necesidad de hablar con ellos.

—Ya sabes cómo es, mujer —decía a su lado uno de los contertulios mayores—. Francamente, no comprendo cómo le soportas tantas barbaridades. ¿Sabías que un abuelo suyo murió en un manicomio? Hoy parecía realmente enfermo, ¿verdad, tú?

—En efecto. Yo en tu lugar no me preocuparía demasiado, Isabelita —se les llenaba la boca diciendo *Isabelita,* se les llenaba de algo que no era suyo pero que saboreaban como si lo fuese porque sabían que era patrimonio de una clase—. Es lo de siempre, ¿no? Anda, siéntate con nosotros un rato. Sigfrido sabe apañárselas solo.

—¿Ocurre algo malo? —dijo otro.

Ella no respondió. Permanecía de pie frente a ellos, las manos hundidas en los bolsillos de su abrigo de pieles, esbelta, deliciosamente indecisa, las piernas juntas y firmes sobre sus zapatos de tacón de aguja. Sin añadir nada, se dirigió al grupo de estudiantes. Eran cuatro muchachos y dos muchachas, silenciosos, de aspecto agradable y noble, conscientemente despeinados y tristes. Resistiéndose a caminar por la única senda señalada, abrumados de proyectos e ideas, sabían toda una verdad inconfesable aún, y de sus miradas sin miedo, insolentes, colgaba una rotunda ansia de gritar unas cuantas cosas, una fuerza reprimida, pero que iba hinchándose día tras día como una cámara de aire a punto de reventar y asomando por el desgarrón de un neumático. Noches y noches allí, jugando a los dados y escuchando música, amasando la misma impotencia que les fue entregada al nacer y maldiciendo los mismos nombres una y otra vez, sin esperanza, sin solución inmediata, frente a un camino que no conducía a ninguna parte, inhóspito, sin luz ni destino. El más abstraído fue el que habló. La barba y los cabellos lacios sobre la frente parecían obedecer a un frustrado deseo de camuflaje. Pero dentro se hacía el hombre. Ahora endulzaba su desesperanza con una atenta sonrisa, una gentil deferencia hacia ella:

—Se ha ido, señorita. Y la verdad es que hoy lo hemos sentido un poco. Hoy parecía otro. Nos ha hecho el regalo de este sobre cerrado y nos ha obligado a prometerle que no lo abriríamos hasta mañana. La esperó durante media hora, luego dijo adiós y se fue dejando eso para usted. En serio: hoy era otro hombre.

Entregó a Isabel un papel con una dirección escrita a lápiz, y añadió:

—Espero que no ocurra nada malo.

—Espero que no —dijo ella, y dándoles la espalda se encaminó hacia la calle.

Aquella muchacha, oscura de piel y encogida bajo la atmósfera enrarecida del techo muy bajo, se volvió lentamente alzando unas manos mustias e increíblemente largas. Tenía una frente abombada, tirante la piel sudorosa y blanca, como una enferma del pecho. Sus ojos eran redondos y mantenían las manos en alto y sonreía:

—Regístreme, señora. Regístreme. Yo no lo tengo. Se ha ido.

Isabel volvió a leer la dirección escrita en el papel. Era allí. Estaba cerca del muelle. Detrás de los cristales se veía la silueta de Montjuich y las luces escalonadas en su falda. Dejó vagar la mirada por las paredes del local. Aquello era algo parecido a una taberna. Olía mal, y ella, de pie y apretándose las solapas del abrigo sobre el pecho, sola entre aquella marea de hombres y mujeres soltando su fuerte olor a jornada dura y vertiginosa, clavaba los ojos en la boca inflada de la muchacha esperando sus palabras casi únicamente para justificar el haber entrado allí. Dijo:

—Sé que está aquí. O que ha estado.

—Se ha ido, señora. Y no me gusta jurar, pero lo juro que es la segunda vez que le veo. La segunda sólo. La primera fue hace meses, estaba borracho como hoy y se pasó las horas durmiendo con la cabeza en mi regazo, en aquella silla. Dijo que no me olvidaría nunca. Dijo que era un poeta. ¿Es un poeta?

—¿Le ha dado a usted algo?

La otra se puso a dar vueltas sobre sí misma, sonriendo y con una mirada oblicua, maliciosa y desconfiada:

—Un sobre cerrado —y añadió precipitadamente—: Pero no sé lo que contiene, no puedo abrirlo hasta mañana. Qué divertido. ¡Seguro que es un poeta!

Isabel se quedó mirándola en silencio. Sí, esa chica, con su frente cadavérica, el mirar enfermo y simple como la línea de su vida, era realmente la compañera ideal para ciertas noches de Sigfrido. Se podía jugar a engañarla incluso sin necesidad de mentir del todo, alegremente, diciendo verdades como templos, sin el dolor de esperar inútilmente una confirmación. Allí, entre aquellos hombres que hablaban alto y fuerte de cosas pequeñas, no existía ni un sí, ni un no rotundos. Isabel podía ver a Sigfrido soltando sus enormidades a pleno pulmón entre aquella gente, con su amplio abrigo abierto, el vaso en la mano y el sombrero echado hacia atrás. Podía verle sentado frente aquellos cristales sucios que daban a la calle, dejando pasar la tarde en completo silencio, dejándola pasar como si fuera un dolor de muelas o un entierro muy largo, esperando desesperadamente que llegara la noche sólo para ver surgir su imagen en el cristal, acaso para ver si era distinta su hermosa cabeza gris, de hombre importante y mimado, o quizá para comprobar si estaba realmente solo. Entonces lo más probable es que se levantara, aprovechando un optimismo que iba a morir pronto, y empezara de nuevo a beber. Y podía verle bebiendo y gritando aquellas cosas que no soportaba en la voz baja, quejumbrosa y miedosa de los estudiantes. Y podía verle finalmente durmiendo en el regazo de esta muchacha.

—Es muy alegre, su amigo —decía ahora. Pero se puso repentinamente seria al descubrir la seriedad de Isabel—. Bueno, a ratos. Porque, la verdad, un poco más y hoy me asusta. ¡Cómo entró! Bebe demasiado, tiene usted razón.

—¿Ha dejado algún recado para mí? ¿Sabe dónde está?

—Debe de estar en casa de Anselmo. Sé el número, pero la calle no tiene nombre. Anselmo es un peón de albañil que viene aquí todos las noches. Y también los días que llueve, aprovechando que no trabaja. ¿Va usted en coche? Le diré cómo puede llegar en un periquete...

Detuvo el coche detrás del de Sigfrido. Era una calle de las afueras de la ciudad. Amplia, sin asfaltar, muy inclinada, recibía la luz verdosa y enmarañada de una bombilla con pantalla plana que colgaba muy alto en el centro de la calle. El número correspondía a una pequeña puerta de madera por debajo de la cual se filtraba luz, e Isabel llamó con la mano. Apareció una mujer bajita, con un jersey rosa y escaso hasta el cuello, y apenas Isabel había abierto la boca, ella ya decía que sí con imperceptibles movimientos de cabeza. La hizo pasar hasta el comedor, donde la luz de una lámpara con flequillos rojos y aceitosos caía sin vigor sobre una mesa en la que tres hombres jugaban a las cartas. Isabel olía a gato y a verduras.

—Anselmo —dijo simplemente la mujer. Isabel les miró.

Eran hombres sosegados, crujientes, de mansas manos sin forma quemadas por el sol. En toda su vida ella no olvidaría aquella manera de incorporarse a medias y saludar, aquel olor a ladrillo mojado que desprendían sus ropas, la manera de sonreír, de quedarse de pie, de dejar los brazos colgando, como los monos.

—No quisiera molestar —empezó ella. La mujer entró en la cocina y a partir de entonces sólo salió a ratos, asomándose con un niño cogido de la mano—. Me han dicho...

—Ha venido Sigfrido —exclamó vivazmente el niño—. Me ha despertado, y salió por aquí. Yo lo he visto —y señalaba la puerta de cristales que daba a la parte trasera de la casa. Isabel veía a su través las luces del descampado y un terraplén de escombros en primer término, donde los niños debían deslizarse durante el día. Anselmo dijo:

—Habló de usted, pero... no le entendí bien. No se le entendía nada, ¿verdad, Paco? —Se volvió a su amigo—. A veces cuesta entender a su marido... Se fue enseguida, hace las cosas así, de repente... La verdad es que sólo estuvimos bebiendo una noche. Le aseguro a usted que fue solamente una noche. Ha venido muchas veces, eso sí, a ver al chico...

Ella soltó un suspiro de cansancio.

—¿Pero a dónde habrá ido ahora? —Estaba realmente harta. Observó el sobre cerrado encima del aparador. La mujer lo miraba también, pero al descubrir que Isabel hacía lo propio, bajó los ojos. Luego, a intervalos, la mujer fue alzando una mirada que no se atrevía a llegar hasta ella, ni siquiera a rozar su abrigo de pieles o sus cabellos dorados. El blanco de sus ojos estaba inyectado en sangre de tanto llorar u odiar, y cogía al niño de la mano con un gesto impersonal y ausente, como si aquel niño no fuese suyo o como si de pronto fuese a colgárselo a la espalda como un trapo.

—Fue en el bar de Mario —seguía diciendo el hombre—. Por casualidad, ¿sabe usted? Estaba muy... Bueno, llevaba lo suyo. Claro que en él eso es distinto. No molesta a nadie. Me pidió un cigarrillo de picadura y se empeñó en liarlo para mí. Estuvo porfiando en ello durante media hora; me gastó un librillo entero de papel —rió suavemente—. Pero lo consiguió, y cuando lo tuvo liado, en vez de dármelo —volvió a reír, moviendo la cabeza como si hiciera chanzas a un niño— ¿sabe usted lo que hizo? Lo rompió en mil pedazos y seguidamente me ofreció un puro que apareció en su mano de pronto, como hacen esos prestiditi... digi... Bueno, esos.

Soltó una risa tabacosa Isabel, caminó hasta los cristales, cansadamente, y miró en derredor buscando una pausa o un olvido. En la casa, a primera vista, todo parecía limpio y en orden, pero yacía una suciedad agazapada en los rincones, en la madera de las sillas y de la mesa, alrededor de los interruptores de la luz, de los pomos de las puertas y las asas de los cajones. Eran viejas sombras borrosas y débiles, ignoradas, alimentadas inconscientemente con los gestos y roces de todos los días. Al caminar Isabel, su fino taconeo arrojaba bruscamente allí en medio otro mundo, y todos lo percibían en su lejana armonía y sus luces.

—Es un loco —masculló Isabel como para sí misma—. Un pobre loco.

—Puede que no ande lejos —dijo el hombre—. Tenga paciencia...

—Sí —añadió Isabel, pensando en el coche parado en la esquina—. Voy a ver.

La mujer la acompañó hasta la calle. Cuando le dejaba paso, parada junto a la puerta, murmuró con los ojos bajos:

—No podemos abrirlo hasta mañana... El sobre.

—Lo sé —dijo ella—. Adiós, señora.

Su coche estaba donde lo había dejado, pero el de Sigfrido había desaparecido.

En medio del descampado, apretándose con ambas manos el vientre acuchillado, Sigfrido Vilar doblaba la cabeza y se tendía en tierra. El alcohol y el dolor pretendían aún jugar con él.

«Pronto llegará la muerte, seguramente con la pretensión de sorprenderme. La conozco. Muchas veces la he visto pasar y la he llamado, a mi muerte. Nunca me ha obedecido. Es olvidadiza y coqueta y pelma y atrabiliaria... Si viene vestida, vendrá de negro. Es idiota. Nunca me ha obedecido...»

Isabel miró a su izquierda, más allá de las casas todas pintadas todas de blanco y rosa. El descampado parecía más profundo y desolado que antes. Las vías del tren, a unos cien metros, relucían a trechos reflejando duramente la luz de los faros de los automóviles rodando en la carretera que ceñía la montaña. Descubrió el coche de Sigfrido a lo lejos, parado y con la puerta abierta, junto a la verja derrumbada de un huerto. Dejó la esquina mellada que formaban las casas y bajó por el terraplén de escombros, cruzó las vías del tren y luego siguió por un terreno desigual y encharcado. Sin dejar de correr, volvió los ojos a una casita de tablones carcomidos y techo cubierto de piedras y hierbas secándose, un poco más allá del coche parado, y entonces lo vio. Estaba debajo de un ventanuco que rezumaba agua, tumbado boca abajo, con el abrigo abierto como las alas de un pajarraco caído. Isabel se arrodilló a su lado y con esfuerzo lo volvió cara al cielo y luego cogió sus manos y se las llevó al cuello. Empezó a llorar silenciosamente. Él tenía los ojos abiertos con una luz tan viva y serena que hacía pensar si realmente miraba algo en la noche, en aquel cielo estrellado de sus delirios personales y sus ansias incurables. En su mano izquierda, estrujándolo con los dedos crispados, estaba el talonario de cheques. Ella no lo tocó. Posó dulcemente sus temblorosos dedos sobre los ojos de él y cerró sus párpados.

[*Destino,* 1.133 (25 de abril de 1959), págs. 34-35. Ilustraciones de Paco Cots. Recogido posteriormente en la antología *Premios Sésamo. Cuentos 1956-1959,* Ediciones Puerta del Sol, Madrid, 1960, págs. 251-266. Revisado para esta edición.]

LA CALLE DEL DRAGÓN DORMIDO

El mendigo se paró en mitad de la calle desierta y apretó los puños. Aún no se había dado cuenta de nada. El sol le caía vertical y con fuerza sobre la cabeza y los hombros y él movía los brazos frente a su vientre como si fuesen péndulos cruzándose. Pero seguía de plantón, un poco inclinado hacia adelante. Ocurría en domingo. El coche azul celeste, descapotado, descansaba a su espalda. Como si un extraño sentido le avisara, el viejo fue girando despacio la cabeza y lo miró descaradamente con sus ojillos apagados.

Lo que iba a ocurrir a partir de entonces entre el viejo y el coche, en aquella calle desierta de los suburbios, no tenía en apariencia nada de particular. Los mendigos y los borrachos no necesitan justificar sus actos en esa calle. En todo caso, a la vista de aquel absurdo duelo próximo a comenzar entre mendigo y automóvil, los vecinos de la mísera y olvidada calle del Dragón Dormido, polvorienta e inclinada hacia la playa, experimentaron por un instante la recóndita, apasionante certidumbre de saberse vivos y libres...

Después de contemplar el coche con expresión pensativa y una pizca asombrada —se diría que no había visto uno en su vida—, el viejo ladeó la cabeza y clavó los ojos en el suelo, entre sus pies. Se encontraba a unos cinco metros de la hermosa máquina, en su flanco derecho. De nuevo miró el coche y luego el suelo. Así un buen rato, hasta que, finalmente, echó a correr hacia él y empezó a darle patadas a un costado. Lo hacía furioso y cabizbajo, como en una rabieta infantil, tenso el cuerpo y rígida la expresión, sin aquella llorosa y suave delicuescencia del pataleo de los niños. Los rotos zapatos se reflejaban a cada golpe en la plancha reluciente y azul del coche, magnífico, largo y firme en la calle bañada por el sol del mediodía.

Hombres y mujeres observaban al viejo desde los portales de las casitas encaladas ingenuamente, rosadas, verdes, azules, desde los huecos de las ventanas diminutas y por encima de las tapias. Al principio todos se burlaban, e incluso alguien le gritó al viejo pensando que estaba borracho. Pero no estaba borracho; les miró un poco triste y como ofendido, y sin despegar la barbilla del pecho:

—¡Qué pasa! —dijo. Era un viejo harapiento con una camisa sin cuello y una barba desnutrida, lacia, color de fango y nieve mezclado—. Ah. Pensaba.

Y de nuevo arremetía contra el coche ruidosamente. Tenía los ojillos semicerrados como llagas mal curadas.

Desde el interior del pequeño patio se oían los golpes. La luz cegadora del sol estaba también allí, sobre latas vacías de conserva, de crema para los zapatos, sobre huesos partidos de aceitunas y restos de verduras y flores, sobre un disperso y total abandono de objetos ingenuamente exprimidos ya, cándidamente evitados ahora. Una niña se inclinó sobre una muñeca sin brazos ni piernas, un trozo de cartón machacado, pero muñeca hasta siempre: era muy fácil, allí, sobre aquella tierra dura y sucia.

—¡Carmela! —gritó su madre desde la cocina—. ¿Qué estás rompiendo?

—Nada, mamá.

—¿Y esos golpes?

La mujer salió al patio. Se quedó inmóvil mirando a su hija. Luego asomó la cabeza por encima del muro, se retiró enseguida y permaneció quieta y pensativa, la mirada colgando sobre los escombros y el sol caído. Su hija, que la observaba atentamente desde el suelo, la oyó murmurar: «Otra vez, otra vez».

Después de asomarse de nuevo, la mujer regresó a la cocina con las palmas de las manos pegadas al delantal. Caminando despacio y sin volverse, le hizo a la niña aquella pregunta impregnada de viejo sabor, el viejo e inconfundible sabor de noches durmiendo en estaciones del metro bajo ásperas mantas, y con el fragor de las bombas resonando en el túnel, el sabor de tantas comidas sin luz ni conversación, el sabor de la espera y de la muerte, o simplemente, el de una mañana de otoño sin el rayo de sol en el cristal. Era como un susurro—: «¿Dónde estará tu padre? ¿Por qué tardará tanto?».

Los dos jóvenes estaban en el rincón azul, sentados sobre el camastro. Un poco separados, se miran a los ojos y se besan. Más arriba de sus cabezas, en la pared de barro, destacan las fotos de los artistas de cine que ella ha ido clavando con algunas tachuelas y un poco de ilusión escondida. La bombilla envuelta en fino papel azul, colgando de un clavo, derrama una pálida luz que se deslizaba sobre el barro como en un paisaje lunar. La radio encendida, las manos juntas, las bocas como reventando de palabras siempre pobres, impotentes:

—¿De veras me quieres? —decía ella.

—Sí.

—¿Como cuánto...?

—Como... como... Yo no sé.

El padre y los hermanos de ella pasan una y otra vez en camiseta, broncos, mirándoles sin verles. Silban y se frotan los brazos y el cuello. Ellos dos siguen mirándose:

—Pasearemos bajo la lluvia cuando llegue el otoño...

—Sí. ¿Oyes esos golpes en la calle?

—... porque yo podré dejar la obra. Como aquella tarde que llovió, ¿recuerdas?

—¿No oyes los ruidos? ¿Qué ocurrirá?

Los hermanos fueron a ver. Se apoyaban entre sí en el umbral. Luego se acercó el padre, despacio, precavido: «Veamos, veamos...».

—Está loco —dijo el mayor de los hermanos mirando al viejo.

—Como una cabra.

—¿Es que no le conocéis? —gritaba alguien más abajo—. Pues yo sí le conozco, y afirmo que está más cuerdo que nosotros.

El padre carraspeó, todos se agruparon más, se miraron con ojos interrogantes y a un tiempo empezaron a sentir una extraña, sigilosa y diminuta alegría subiéndoles a la garganta de pronto. Y sonrieron bajo el fuerte sol, levantando orgullosamente las cabezas.

En el rincón azul ellos dos se besaban, todavía adormilados, ensimismados.

—¿De quién es el coche?

—No lo sé —y era una mujer joven, pequeña, morena, de grandes y alegres ojos. Escuchaba los ruidos que le llegaban desde el otro lado de la tela de saco colgada en el umbral de la barraca. Una sola habitación. El sol entraba sonriente por los descosidos de la tela, y ella, la espalda apoyada en el muro y las manos detrás, miraba a su marido sentado en la mesa, comiendo.

—Yo qué sé, querido —añadió, sonriendo extrañamente.

Él volvió la cabeza y la miró: «Está loca. Una pobre loca y un inútil como yo, ¿qué demonios esperamos de...?» —Anda, te dejo salir a verlo —dijo en voz alta. Era un hombrecillo seco y oscuro, con la frente huidiza y unos ojos penetrantes y duros.

Su mujer apartó el saco y asomó la cabeza a la calle. Se ladeó, levantó la rodilla y apoyó la planta del pie en la pared. El hombre apartó el plato y levantó los ojos a ella. Miró un instante sus piernas tan olvidadas, la sucia tela sobre unos muslos desolados en diaria monotonía, y luego siguió masticando, impenetrable y otra vez dormido su cerebro de águila torva.

—Está lo mismo —dijo ella—. Pegándole patadas a ese coche. Mira, ven.

Él se levantó, fue hasta ella y se apoyó en su hombro. Estuvieron los dos mirando al viejo, en silencio, y de pronto él empezó a sentirse fuerte —hinchaba el pecho y apretaba los dedos en los hombros de ella— y ella protegida, dulce y extrañamente protegida.

—¿De quién será ese coche, querido?

—Cualquiera sabe. Tú no te metas en eso —y entornó los ojos, tocados por el sol rabioso y la memoria de la violencia—. Da lo mismo, sea de quien sea. Me acercaré a ver qué pasa, pero tú no salgas de casa —la miró fijamente—. ¿Has comprendido, tontina? Esto no es para mujeres. —Y añadió, preocupado—: Tontina.

Más abajo, yendo hacia la playa, se veía una barraca un poco más alta que las demás, pintada de rosa y ennegrecida por ribetes de agua escurridiza. No podía decirse que aquello fuese realmente un bar, era más bien una tienda de hortalizas, o un repentino estanco, o simplemente un lugar donde se podían cambiar novelas del Oeste. En un rincón había una pequeña mesa de mármol con un juego de cartas y un periódico siempre abierto por las páginas de fútbol. Vino caliente y áspero y unos hombres adormilados. Todos salieron a ver al viejo loco arremetiendo contra el coche.

Y ninguno rió. El sol les obligaba a entornar los ojos y a mantener la mirada fija, quietas y pegadas al pantalón las manos, las yertas y limpias manos de los domingos. Como si de pronto se hubiesen puesto todos a pensar.

La chica, bajo la luz azul de sus sueños, se movió inquieta y buscó la mano de él. Observó las espaldas musculadas de sus hermanos en el umbral. Los golpes en metal duro llegaban limpios y poderosos hasta allí. No se oía nada más. De las espaldas de los hermanos surgían nuevos músculos bronceados al cambiar de postura.

—A veces pienso que me gustaría ser hombre para no tenerle miedo a nada —dijo ella—. Se pueden conseguir muchas cosas, muchas, en esta vida, siendo hombre... ¿Oyes? Ahora gritan.

Se incorporó con su pequeña boca abierta, los labios rosa mojados y brillantes como dos pececillos en círculo mordiéndose la cola. Su novio cogió su mano, tierna de agua de fregadero, con la suya, áspera de cal y cemento seco, y miró en la pared a un artista rubio, sonriente y remoto.

—Eres una tonta —susurra en su oreja—. Siempre serás una tonta.

Pero le aprieta más la mano, como si fuera un pájaro engañado.

Llegaron tres hombres junto al mendigo. Llevaban zapatos blancos y trajes de verano. Dos de ellos, mientras el otro se acomodaba en el coche, echaron al viejo de allí; le echaron por sorpresa, por la fuerza y la lógica de unas preguntas —«¿Qué está usted haciendo?» «¿Por qué?» «¿Para qué?» «¿Qué pretende?» —para las cuales el viejo no tenía respuesta, no la había tenido jamás.

Le echaron con sus miradas dignas y frías. Los vecinos observaban en silencio, sin moverse. Todos tenían la misma expresión tensa y contenida y los cuerpos un poco inclinados hacia adelante. El mendigo se alejó murmurando y jadeando, sin fuerzas, y desapareció. Entonces los dos hombres subieron al coche, el tercero lo puso en marcha y se fueron.

Se levantó polvo, volvió luego a posarse lentamente y la calle empezó a soltar su silencio largo del domingo.

Todos fueron entrando despacio en las pequeñas casitas blancas, rosadas, azules, y todo volvió a quedar dormido.

[*Ínsula,* 155 (octubre de 1959), pág. 12. Posteriormente recogido en *El Ciervo,* 89 (noviembre 1960), pág. 16. Revisado para esta edición.]

NOCHES DE BOCACCIO

> Más de la mitad de la cultura moderna depende de lo que no debía leerse.
>
> OSCAR WILDE

Hace ya bastantes años, en la época en que la noche barcelonesa era un *Titanic* navegando alegre y confiado, lejos todavía del iceberg asesino (nadie pensaba en el hielo salvo al solicitar un whisky o el trago habitual), estaba yo tomando copas en la barra aterciopelada de Bocaccio, cuando, inesperadamente, un joven dibujante de cómics y prestigioso ilustrador, al que sólo conocía de vista, recaló a mi lado aferrándose con ambas manos a una copa esbelta, extenuado y empapado, como un náufrago escupido por el oleaje promiscuo de la noche. A nuestra espalda, con las concurridas mesas de la *gauche divine,* chapoteaban las salutaciones, las conversaciones cruzadas y las risas.

—Tú eres el escritor, ¿verdad? —Tenía el náufrago una sonrisa inocente y delgada y una voz trasnochada, felpuda, llena de candor y de ginebra—. Me llamo Kim y vengo huyendo del *Ciclón* Benilde, ya la conoces… Ahí está, no te engaño. —Volví la cabeza y, en efecto, allí estaba la temible aventurera nocturna hablando por los codos, de pie, el vaso de vodka apoyado en uno de sus pechos mortíferos y acorralando contra la barra a un conocido cantautor catalán podrido de vanidad al que apenas le quedaban diez minutos de vida—. Ahora vendrá a por ti, me lo ha dicho.

—¡Maldición!

—Sólo tienes un modo de salvarte.

—¿Qué debo hacer?

—Como si no la vieras, y mostrarte muy interesado en lo que yo te voy a contar —dijo el exhausto dibujante—. Escucha. Estoy preparando una nueva colección, un supercómic para adultos con un protagonista inspirado en un personaje de tus novelas, un tipo que me fascina... ¿Qué tal si tú te encargaras de escribir los guiones y los diálogos? Ganarías una fortuna.

—¿Yo? —Sonreí—. Yo nunca he escrito tebeos. ¿Quieres una copa?

—Coca-Cola con whisky. Déjame contarte los detalles.

El *Ciclón* Benilde ya nos estaba mirando de soslayo como un pájaro de presa, de modo que simulé escuchar interesadísimo la propuesta del dibujante. Yo debía escribir un guión semanal que él ilustraría, y el tebeo iba a constituir, dijo, una renovación lúdica del género. Contaríamos las aventuras socio-económico-amorosas (fueron sus palabras) de un joven soñador, un hijo del barrio sin medios de fortuna, pero listo, simpático y guapo: sorprendentes hazañas románticas con gran despliegue de estrategia sentimental y progre, con profusión de niñas-pijo y de intelectuales de izquierda ricos, con apellidos de solera y en escenarios reales, en sus fincas de verano en l'Empordà y sus palcos del Liceu, desde las más rancias alcobas de San Gervasio y del Ensanche hasta las flamantes y soleadas terrazas con arboleda y piscina, pasando por los espesos *pubs* y tabernas de moda, las todavía clitóricas aulas de la Universidad, las míticas tascas del Barrio Chino, el Club de Polo y los apetitosos bailes de Debutantes.

Poco después, Kim me dejó solo unos segundos para reaparecer en seguida con una cartera de mano, de la cual extrajo unos bocetos a lápiz y a pluma para mostrarme «físicamente y en acción» al personaje. Los dibujos eran magistrales. Pude ver, entre las lágrimas mal disimuladas (de repente la idea de escribir tebeos me resultaba desternillante, impagable), a un apuesto charnego con ojos de gato en celo deambulando bien trajeado y algo envarado por la Terraza Martini, durante una distinguida recepción. Los negros cabellos planchados, el perfil encastillado, olisqueando disposiciones afectivas...

—Este muchacho llegará lejos —le dije—. Pero sin mí.

Expuse mis dudas sobre la viabilidad del proyecto, y entonces el joven dibujante me habló de un colaborador suyo, ex miembro de la *gauche divine* y actualmente exiliado en el Canadá, el cual, antes de irse, había reunido material de diversa procedencia con la idea de utilizarlo para escribir los primeros guiones, y que ahora podíamos aprovechar. Convencido de que yo aceptaría entrar en el proyecto, Kim prometió hacerme llegar este material al día siguiente. En este preciso momento se abría paso hasta nosotros el *Ciclón* Benilde, a codazos, sonriente y besucona, y me despedí apresuradamente. En la puerta del local un camarero me obsequió con el *Diario de Barcelona* recién impreso, y cuando minutos después, sentado en el taxi que me llevaba a casa, abrí el periódico para echarle una ojeada, ya me había olvidado de Kim y de su extraña propuesta.

Sin embargo, al día siguiente recibí un gran sobre amarillo que contenía una carpeta. Era una sobada carpeta azul, con los elásticos llenos de nudos, y dentro había recortes de la revista *Hola* y de notas de sociedad de la prensa diaria, fotos de puestas de largo y de bodas y guateques, y algunas cuartillas emborronadas. Entre esa enrevesada crónica de banalidades, encontré una libretita de negras cubiertas empastadas, un diario íntimo escrito durante el verano y el otoño de 1968. Las páginas comprendidas entre el 29 de septiembre y el 18 de octubre estaban recuadradas en lápiz rojo con la siguiente acotación en el margen superior de la primera pagina: *Para episodio n.º 2 titulado «En poder de la Gauche Divine».*

Los años de mayor esplendor de la llamada *gauche divine,* según los cronistas de la época, fueron los de la segunda mitad de los sesenta y los primeros setenta. Cuando este pequeño diario fue redactado, la G. D. poseía todo su poder aglutinante como grupo. Por supuesto, hoy sabemos que la naturaleza de ese poder no era más que una fantasmal y noctámbula inclinación al reencuentro, una manera de beber juntos y de prolongar la noche, un guiño de la inteligencia en horas de relajo. Dejando de lado a sus miembros más prestigiosos y cualificados, existía el amplio espectro de adictos y seguidores que en Bocaccio y otros puntos de reunión se formaba siempre a su alrededor a modo de esos pececillos-pilotos que acompañan al tiburón en sus correrías depredadoras: jóvenes meritorias vagamente conocidas y tenaces mirones y afiliados o simplemente simpatizantes, que no solían conocerse entre sí pero que imaginaban, emocionados, poder reconocerse pronto: la posibilidad del encuentro inesperado, cualquier noche, en cualquier lugar de los habitualmente frecuentados, era para ellos y ellas, en esa época, enormemente excitante.

Era tal su estado anímico de constante disponibilidad, su aportación personal a la pequeña y trasnochada mitología ciudadana, que la llama del equívoco, la chispa que surgió del común frotamiento de sensibilidades y del incesante intercambio de neuras y cariños, se convirtió rápidamente en una gigantesca hoguera. En realidad, lo que se alzó en medio de las nieblas otoñales de aquel legendario 68, fue una especie de malentendido, un simple rumor, una *serpiente de verano* —pero la serpiente esgrimía una sonrisa encantadora y ardientes ojos negros y se llamaba Roberto…

Al diario me remito, y, obtenido el permiso de su remoto autor (hoy tabernero feliz en Quebec) transcribo estas páginas sin quitar ni añadir una coma.

J. M.

29 septiembre

Días y días sin ver a nadie. Llueve melancólicamente tras los cristales. Depresión. Duermo fatal: pesadillas de subdesarrollo cultural pobladas de *Chorizos de las Letras* (en sueños, J. J. Armas Marcelo me regala un libro de Salvador Pániker dedicado a Baltasar Porcel con prólogo de Umbral ¡e ilustrado por Cuixart!). Exceso de optalidones, visiones terroríficas de librería-tumba ofreciendo cóctel en honor de escritor latinoamericano locuaz.

Toda la tarde corrigiendo pruebas en mi covacha de la editorial. Beatriz de Moura me llama a las siete para almorzar juntos mañana no puedo pasado sí, vale. ¿Asunto? Revista *La Mosca* y su zumbido agónico. No llegará a la séptima caquita, la pobre *Mosca.* Cal Juanito a las dos y media, conforme.

Qué hermoso lecho de hojarasca en la voz de la brasileña, qué vocación de manantial.

Vivo mis últimas horas con la intrépida C. C. Al final, pasa lo que tenía que pasar: después de cuatro meses de maternal solicitud hacia mí, esta noche C. C. se lanza a la calle decidida a olvidarme y enamorarse otra vez. Falta madurez, hosti. Dice que va a emborracharse, primero en la terraza del Pub y más tarde en Bocaccio. Puede suceder cualquier cosa.

Peligro. Huracán C. C. azota las costas de la *gauche divine.* Se ha puesto en manos de Vidal Teixidor, siquiatra de élite, pero nuestras relaciones han ido de mal en peor, de hecho están liquidadas.

No está bien que ella me encuentre en su cama al volver de madrugada, pero llueve y a dónde voy a estas horas, mejor me largo mañana. Dormiré en el diván del estudio. A ver este *Tele/eXprés,* qué dice del Barça.

Las cuatro y C. C. aún no ha vuelto. Apagaré la luz. Decididamente, el Barça es la llufa.

30 septiembre

Se avecina el huracán. Tal como me temía, anoche C. C. entabló fulgurante relación amorosa en la barra de Bocaccio con un joven desconocido y se lo trajo al apartamento. Desde el estudio oí sus voces en la terraza y luego en el dormitorio. Pensé en la conveniencia de irme, pero me dormí. Más tarde me despertó un rumor de pies desnudos en el estudio.

Era él.

Supuse que C. C., estirada en la cama como un lagarto insomne, colmada y feliz, habría estado proyectando una tras otras sus visiones afrodisíaco-literarias en la faz paciente y receptiva de su nuevo amor, hasta que el chico se había levantado con la excusa de hacer pis. Conozco estos atajos de la noche tan favorables para huir un rato de los amarillos ojos-tenaza de C. C. Si uno sabe entretenerse en algo antes de volver a su lado, ella se duerme.

El desconocido parece conocer tales artimañas. En el estudio, ha encendido la lámpara de flexo sobre la tabla de trabajo de C. C. Y observa cauteloso la máquina de escribir. Yazgo en la sombra y no me ha visto. Lo examino de espaldas, desnudo, grávido, un fluido de desgana muscular enroscado en sus flancos morenos y en su nuca felina. Desdeñoso y primario: un cuerpo capaz de detener el tiempo. Pone una placa en el tocadiscos, el volumen muy bajo. Viejo Sinatra: *My Funny Valentine.* Decididamente el chaval tiene gancho. Piel oscura y satinada y lacios cabellos negros al inclinarse sobre la moqueta color vino revolviendo discos, luciérnagas en una bahía musical. Este tipo puede hacerte daño, C. C., ten cuidado.

Incorporándose, se suena las narices limpiamente con los dedos, deja caer el material en el cenicero y se frota las manos en las nalgas. De nuevo se queda mirando la máquina de escribir, como hipnotizado. Enciende un cigarrillo, teclea un poco en la máquina, da unos pasos, no sabe qué hacer, se aburre, va a la estantería y saca un libro al azar, vuelve a la mesa. Pone un folio en la máquina, se sienta, abre el libro y empieza a teclear lenta y aplicadamente, con los dedos índice de cada mano, copiando del libro.

Anoto escrupulosamente estos pormenores porque son de suma importancia, como se verá más adelante. *(N. del t.)*

Probablemente es la primera vez que este chico se enfrenta a una máquina de escribir. El flexo abatido proyecta en su cara el polvo luminoso de un sueño trivial, un deslumbramiento enternecedor de analfabeto. Teclea por el gusto de hacerlo, torpemente, sin reparar en el sentido de lo que copia del libro: el volumen, poco usado, se resiste a permanecer abierto y las páginas van pasando solas, impulsadas por su propia tendencia a cerrarse —sin que el entusiasta mecanógrafo lo advierta— de modo que el texto transcrito al folio será forzosamente una mezcla de frases, o de fragmentos de frases, pilladas en distintas páginas y en capítulos diversos. Un poema del azar, probablemente.

El tipo escribe tres folios, ensimismado, con una paciencia digital de afilador. Luego se cansa y se pone en pie, vuelve a dejar el libro en la estantería y sale del estudio. Al poco rato regresa vestido, apaga el tocadiscos, se guarda unos cigarrillos en el bolsillo, apaga la luz y se marcha, esta vez a la calle: oigo la puerta del piso cerrándose despacio.

Una hora después también yo estoy en la calle. Amanece un día luminoso, nada hace pensar que habrá tormenta.

1 octubre

Almuerzo con Beatriz, Óscar y Jorge. *La Mosca,* sin alas, patitiesa, yace panza arriba en la mesa de Cal Juanito. ¿Qué podríamos hacer por ella?, dice Beatriz. Aroma de setas asadas, el ronco tumulto en la voz de Óscar, la piel color lluvia otoñal de Beatriz, la confortable, meliflua sonrisa de Jorge Herralde.

«¿Sabéis lo de C. C.?», fue la pregunta, un poco por cambiar de tema, pero no recuerdo quién la hizo.

Era el primer soplo del huracán y había llegado a través del teléfono, artefacto caro a la *gauche divine.*

—¿Qué ocurre?

—La noticia circula desde primeras horas de la mañana —gruñe Óscar—. Una collonada. Parece que C. C., excitadísima, ha llamado por teléfono a Gimferrer anunciándole que acaba de hacer un descubrimiento: un novísimo en novela, un novel inédito, al parecer amigo suyo.

—Hum —cavilo yo cabizbajo, y pido más *pa torrat amb tomàquet.* Mucho trasiego de tinto en la mesa. «Hummm», responde con un par de emes más que yo el todavía cauteloso editor Herralde, añadiendo que lo divertido del asunto es que la conversación telefónica de C. C. con Gimferrer ha durado tres horas, un récord que supera el de Terenci Moix hablando por teléfono desde Roma con Enric. Y que esta misma mañana, cuando Colita llamó a Román Gubern pidiéndole información sobre las propiedades de su *bolígrafo luminoso* —aunque Colita no lo quiere para tomar notas en la oscuridad de un cine, como hace Román, vete a saber para qué lo quiere ella—, éste le comentó que ya había hablado del desconocido novísimo con Joaquín Jordá a petición de C. C., y que Jordá a su vez ya había comunicado con José M.ª Castellet, al parecer en Sitges, el cual sólo dijo que algo sabía por la dulce Anna March, pero previniendo: *«Punyeta, no us esvereu!»*, y pidió calma ante todo: *«Em fot una por, aquesta quitxalle de la gauche divine, són uns enfollits...!»*.

Sugiero tímidamente no hacer caso, podría tratarse de un rumor incubado precisamente en la altísima entrepierna ensayística, semántica y estructuralista del *Sheriff.*

—No —dice Beatriz—. Habla con C. C.

—¡Vaya vaya! —brama Óscar—. ¡Por fin C. C. ha puesto el huevo!

2 octubre

Mañana loca de raudo corrector de pruebas mal pagado, el teléfono martilleando mis sesos todo el rato. Me llama todo el mundo. Ignorantes aún de mi ruptura con C. C., me preguntan si le conozco, cómo es el genio, su nombre, edad y antecedentes literarios, y yo: no sé nada de nada. «¿No has leído ese capítulo de su novela que le dejó a C. C.?» Y yo: «No veo a C. C. últimamente, hemos decidido afrontar la inminente agonía de la década feliz cada uno por su lado». «Ah.»

El huracán ya ruge. Llegan más detalles de las famosas tres horas de C. C. al teléfono: parece que el genio estuvo escribiendo en el estudio de la chica mientras ella dormía y al irse dejó en la mesa un principio de capítulo absolutamente increíble, Gimfe, le dijo, tienes que leerlo, superior al mismísimo Joyce, fabulosamente más allá de Burroughs. En fin, que la narrativa experimentalista española, Benet, Guelbenzu, Cargenio, Leyva, Goytisolo, etcétera, se queda en pañales. Absolutamente urgentísimo que Castellet lea ese texto, Gimfe.

Trepidante noche en Bocaccio, dos sanfranciscos, un optalidón en el gaznate, otro perdido en la moqueta, camareros precipitándose sobre mí con miles de mecheros encendidos. Llega José M.ª Solanes como una jaca meditabunda enjaezada con cámaras fotográficas, oye, ¿sabéis ya la noticia?, y bla bla bla, Carlos Durán me ha llamado pidiéndome el teléfono de C. C. y me lo ha contado, yo no sabía nada.

«Ven a estribor», le digo haciéndole sitio en la barra, «el iceberg ya se ha resquebrajado en las zonas árticas y avanza descomunal y silencioso hacia nosotros...». ¿Estás trompa?, dice él: resulta que tu C. C. ha estado persiguiendo día y noche a Félix de Azúa y a Salvador Clotas hasta conseguir que lean parte de la novela de un amigo suyo, dicen que el libro será la bomba editorial del año, estilo atonal y aleatorio sin precedentes en la sonsa novela española de hoy empeñada en ser realista y argumental, eso dicen que ha dicho Umbral con su pluma-sonajero o tal vez Julián Ríos, nuestro Joyce descafeinado, comisarios/grumetes siempre en lo alto del palo mayor avizorando verdes continentes de prosa intransitable y alfalfa sintética, pasto de burros eruditos. He visto casualmente a Clotas hace una hora —prosigue Chema, ajeno a mi desinterés por el asunto— y afirma que Félix es un experto en esa clase de prosa, pero también dice que C. C. está grillada. Bueno, ¿qué bebes?, me apunto a lo mismo...

—Se te ha caído el *zoom,* Chema. Tantas cámaras al hombro, tantos objetivos y lentes y superlentes...

Y pido un café triple.

3 octubre

Visita a C. C. para despedirme y recoger mis cosas. Me recibe dinámica y graciosa con sus braguitas color fresa y el chaleco azul celeste floreado (que perteneció a Marcel Bergés) mal abrochado sobre los senos belicosos. Me dedica una atención esquinada, displicente. Pegada al teléfono, chillando: «¡Cadaqués, Cadaqués!», despeinada, soñolienta, rodeada de agendas y sedantes, ceniceros repletos, discos y anticonceptivos. Parece un ángel exterminador.

Me confirma el rumor sin dudarlo un segundo, sin un parpadeo:

—En efecto, se trata de un principio de capítulo fascinante y conmovedor, increíble, escrito aquí con esta máquina, la mía. Haré fotocopias... ¡¿Cadaqués...?! Un autodidacta, ¡señorita, ¿qué pasa?! Nadie le conoce ni él conoce a nadie, todavía, ni siquiera yo sé dónde vive y apenas su nombre: Roberto no sé qué. Y es un encanto.

—Cálmate.

—Y me necesita.

—¿Estás segura?

Aporrea el teléfono, impaciente. «De todos modos», añade, «pertenece a la *gauche divine,* le vi sentado en Bocaccio en medio de la pandilla, esa noche que le conocí...»

Inútilmente, porque no me escuchaba, prevengo a C. C. del espejismo: lo que ocurrió esa noche en Bocaccio, según he podido saber por el camarero karateca y judoca, fue que la mesa de la *gauche divine* estaba muy concurrida y no paraban de llegar nuevos contertulios, y poco a poco el círculo fue ampliándose y ocupando más mesas con su guirigay de conversaciones cruzadas y confusas, de modo que, en cierto momento, fue también absorbida la mesa más distante y junto con ella su único y silencioso ocupante, ese Roberto, que pasó así a integrarse en el grupo, primero manteniéndose callado, luego iniciando cautelosos contactos... «Cuando tú llegaste, al verle sentado junto a Rosa Regás y Oriol Bohigas, creíste que era uno de ellos. Fue la casualidad, o tal vez ni eso: a lo mejor el pájaro acudía allí todas las noches en espera de su oportunidad.»

Pero C. C. no me escucha. «¿Cadaqués, Cadaqués...?, absolutamente de vida o muerte hablar con Castellet. ¡¿Cadaqués?! ¡Mierda!»

Me recuesto en el diván. Ella ha colgado el teléfono violentamente. Brilla una fina película de pasmo en sus rodillas fervorosamente juntas, cerradas a cualquier devaneo. «Hay mucho que hacer», la oigo murmurar. Le pido que me deje leer el famoso capítulo, me responde que no lo tiene. «Todos se lo están disputando, pero quiero llevar esto a mi modo. El chico no está relacionado. Me necesita.»

Descuelga el teléfono, lo vuelve a colgar. Castellet debe estar en Sitges. Suspira. Se levanta, tiene mucha prisa, «¿Me permites? He de cambiarme», y cruza a buen paso el familiar desorden del estudio —aquellos discos que un día le regalé, los libros tan queridos, el batín japonés, los cojines por el suelo, el tranvía de Todó— como el ángel del Señor dejando atrás las ruinas de Sodoma. «Llévate lo que quieras», dice, «menos la máquina de escribir, la *vamos* a necesitar».

Excitada y feliz, volviéndome la grupa respingona, C. C. sale del cuarto.

4 octubre

Presentación de libro y de autor en librería Cinc d'Oros. Vino tinto, tacos de tortilla y croquetas de pollo. Cinco intelectuales goxdivín en ringlera de cara a la concurrencia comentan el libro presentado: *Ondia, quina tabarra el seny!,* textos del travieso Terenci y fotos de Colita sobre la capital catalana y su enigmática condición de *cap i casal.*

Presente la plana mayor de la G. D. excepto Federico Correa, Castellet y Copito de Nieve. Se comenta la anunciada asistencia de C. C. y del novísimo, que se retrasan. Los directores de cine de la Escuela de Barcelona hacen olla aparte. El Cristo de Pasolini bebe tinto con Nunes. En un rincón, Vicente Molina-Foix y Terenci Moix intercambian programas de cine en color: «Tú me das *El príncipe estudiante* y yo te doy *El príncipe valiente*». Emocionado, Félix de

Azúa le enciende el puro a Juan Benet, de paso —bastante inseguro, pero afable— hacia Madrid.

Pere Portabella comenta que ha leído el dichoso capítulo, que es buena prosa pero no tanto como Brossa. Se dice que Pániker en-las-calles, el editor-filósofo-hindicatalán, estaría interesado en considerar un contrato de opción para las próximas cinco novelas del protegido de C. C., renunciando incluso al 50 % de derechos secundarios. Al oírlo, la superagente Carmen Balcells se sonríe burlonamente por debajo de la nariz.

Oriol Bohigas, en cuyo hombro Ana Moix apoya dulcemente la cabeza un poco mareada, tararea unos compases del *Concierto n.º 20* de Mozart en re menor para piano y orquesta (Richter al piano) sin dejar de hablar al mismo tiempo, es decir, canthabla popeyescamente: «No puede ser, nois, esto es un rumor inventado por los miserables dibujantes de cómics eróticos y sofisticados y por esos cretinos adoradores de los Beatles. Vámonos a cenar al Massana, nena.»

Al marcharme birlo de una estantería el E. A. Poe en dos tomos de Alianza Editorial. En la calle descubro que he cogido dos ejemplares del primer tomo. Marcel Bergés, por su parte, sale de la librería con dos ejemplares del segundo tomo escondidos dentro del pantalón. Hacemos intercambio y bona nit.

5 octubre

Conflicto laboral en la editorial. Me quedo sin trabajo. Mendigar traducción por aquí, colocar articulito por allá. Comienza la lenta agonía.

Aumentan mis visiones catastrófico-culturales: Eugeni d'Ors ganador del premio Sant Jordi 1975 de novela / El Premi Moreneta Maca de virolais en prosa, que se concede anualmente en lo alto del Cavall Bernat, ganado por don *Laurayanu* López Rodó y el astro José Mojica al alimón / El personal subalterno de Banca Catalana inicia su triunfal gira por el Japón cantando caramellas con textos de Jordi Pujol / Encerrona de monjes montserratinos en el Jazz Colón / Baltasar Porcel devorado por los cocodrilos de Fu-Manchú / Don Fernando Lázaro Carreter presenta a la Real Academia de la Lengua el vocablo de nuevo cuño goxdivín, y estrena su nueva obra teatral *La poltrona no es para ti, Paco.*

Copas en la terraza de Tuset Street bullicioso y nocturno con Betina, rubia y nórdica, que me riñe por beber tanto y drogarme con *optas.* Ella ingiere una negruzca píldora de potentes efectos antieróticos, dice. Tiene un tigre en el culo, esta chica, pero lo mantiene a raya. Aparecen en el Pub Joan de Sagarra y Enric Barbat, luego Nuria y Pere Garcés, luego Portabella. En la mesa vecina, César Malet y Enric Sió deslizan piropos al oído crapuloso de una gordita adolescente y risueña. César cada día más parecido a los Hermanos Marx (los tres juntos).

Nuria Serrahima comenta el regreso de Castellet (no de Cadaqués ni de Sitges, sino de un Congreso de Fabricantes de Corbatas celebrado en Frankfurt) y su conversación telefónica con Pere Gimferrer desde el despacho de Carlos Barral en la Casa Oscura. Según Azúa, que estaba allí, Edicions 62 y alguien de Seix Barral estarían en tratos con C. C., convertida en agente literario del ya famoso novel.

Barbat afirma que hay un malentendido, y por un momento temo que el bonito pastel que se ha cocido en la entrepierna de C. C. se vaya por los suelos… Pero no. Barbat se refiere a que ese Castellet regresado de Frankfurt no es José María, sino un hermano suyo fabricante de corbatas estampadas con pinturas de Miró y versos de Ausiàs March, ocurre que, aunque vendan distintos productos, el uno corbatas y el otro libros —comenta Sagarra con una sonrisa taimada, tocándose levemente el ala flexible del sombrero bogartiano—, los dos lo hacen basándose en idénticas teorías culturales, idéntica voz e idéntica cara: se parecen mucho, son gemelos o casi. En cualquier caso, el verdadero Castellet aún no ha leído el capítulo.

¿Azúa conoce ese texto?, pregunta César, ¿qué le parece?, y Nuria: que supera a Benet, es duro reconocerlo, dicen que dijo Félix, pero así es. «¿Quién te ha dicho eso, maca?», tercia Sagarra, y ella: «Pregúntale a Pere Fages, que ahí viene».

Pere Garcés bosteza. Sagarra afirma que el original del célebre capítulo está ahora en poder de María Aurelia Capmany, que ha declarado: *Revela un talent literari de primera magnitut…*

Llega en efecto Pere Fages, resopla, la colilla colgada en las comisuras de su boca, le hace una seña a Portabella, éste se levanta y los dos conspiran aparte en voz baja. De pronto, estupefacto, indignado, Fages deja caer la colilla y se queda con la boca abierta. Luego nos enteramos: al gordo Fages, la grúa se le ha llevado el tanque aparcado frente al Bagatela.

6 octubre

Llegan rumores pisándose los talones. Teresa Gimpera vuela hacia Hollywood para rodar una película con Hitchcock. C. C. y su protegido viven juntos desde ayer con el teléfono descolgado porque él trabaja intensamente en la novela. Walt Disney nació en un pueblecito de Murcia. Otro rumor: editorial Planeta le está pasando al novísimo mensualidades de cincuenta mil pesetas, pero se ignora qué trato habrán hecho C. C. y el sagaz editor Lara.

Sigo sin trabajo y en plena crisis de identidad nacional.

Me llama Xavier Miserachs pidiéndome la dirección del tipo. *Gaceta Ilustrada* acaba de encargarle un reportaje gráfico sobre los usos y costumbres de los militantes de la *gauche divine.* «Creo que el genio no pertenece a la banda», le digo. «No importa», me responde, «la revista *Serra d'Or* y el Omnium Cultural dicen que sí pertenece».

Compro *Serra d'Or,* pero no encuentro la noticia.

Me llama Betina con voz soñolienta: «¿Has leído el *Tele/eXprés* de hoy?».

Aumenta insensatamente mi ración diaria de optalidones y café.

7 octubre

En la cama con B. Y el *Tele/eXpres* desplegado sobre su hermosa ensilladura de nácar frío. Leo en las páginas literarias un breve reportaje bajo el titular: «UN NUEVO JOYCE EN EL GUINARDÓ? Y más abajo: REVELACIÓN LITERARIA BILINGÜE. Y aún más abajo, en caracteres pequeños: «El crítico José M.ª Castellet confía en poder incluirle en su próxima antología NUEVE NOVELES EN NOVELA NUEVA, de inminente publicación». Según el vespertino, el prestigioso crítico habría afirmado, en un artículo aparecido en el último número de la revista *Plural* dedicado a la narrativa española contemporánea, que este texto asombroso venía a confirmar sus teorías sobre la nueva creación literaria expuestas en su libro *La hora y cuarto del estructuralista,* en curso de preparación.

El artículo periodístico va firmado diabólicamente: P. C. Pero no es otro que Pere Costa, goxdivín periférico y coñón, dudosamente afiliado.

B. encabrita las nalgas y yo aparto el periódico y reclino la mejilla soñadora en el duro nácar del trasero.

En la página contigua leo: «Envueltos en pieles carísimas, los Burton abandonan París rumbo a New York». ¡Carajo, esto es un titular!

—No te duermas —dice B.

El culo de esta chica es un tigre que me devora, pero ese tigre soy yo. (¿Quién escribió eso?)

8 octubre

También Joan de Sagarra se ocupa del caso en su sección del *Tele/eXpres,* recogiendo un extraño cruce de llamadas telefónicas:

M.ª Aurelia Capmany: «¿Un Proust xarnego? ¡Ja ja ja!».

Terenci Moix: «Tengo una foto divina en la que aparece detrás de mí por sorpresa, en Egipto».

Leopoldo Pomés: «Le conozco, trabajó conmigo de modelo publicitario, hizo una campaña de camisetas y calzoncillos».

Don José Manuel Lara: «Lo quise fichar er mimo día quer Barza fichó al pasmao del Martí Filocía, porque zoy partidario de la juventú».

Omnium Cultural: «Es el único miembro de la *gauche divine* que no tiene coche sport ni fueraborda».

Baltasar Porcel: «Sí, sí, pero mi novela *Cigrons sota el cirerer florit* se vende mucho más que *El día que va morir Marilyn,* y además el Rey lo sabe».

Ricardo Bofill: (sonriendo desde la tele) «¿Me conoce?».

Oriol Regás: «Firma como Roberto C. Amores, y dice que esta C se la pone para compensar la C que, por causa de un descuido inexplicable, le falta a nuestro Bocaccio».

Gabriel Ferrater: «Lo más notable que ha producido la literatura catalana, por supuesto después de la poesía de mosén Cinto y del trasero de Montserrat Roig».

Montserrat Roig: «Cultura, para mí, es todo aquello que suscita una relación imaginativa con mis semejantes y conmigo misma. En este sentido, el culo de Tarzán o el de Marsé, por ejemplo, pueden ser cultura; pero no lo es el de Fernando Sánchez-Dragó, ese autor moreno y sonriente del siglo XII que escribía en calzoncillos».

Francisco Umbral: «Imita mi prosa/sonajero/bisutera, pero con ese sonso tintineo artrítico de los novelistas/garbanceros que todavía cuentan/narran historias. El futuro está en la novela/sonajero».

Salvador Pániker: «Mi supuesta actividad intelectual se centra en estar atento a lo que hoy se lleva o ya no se lleva. Pues bien, la prosa/sonajero se lleva».

Juan Goytisolo: «Al igual que a mí, a este chico la crítica no le entiende, la televisión española le ningunea, la policía posfranquista le persigue por toda Europa, los políticos le ignoran, sus amigos no le quieren y, encima, sus libros se leen al revés por culpa de Luis Suñén. Ganará el Premio Europalia-86-bajopalio de la luz crepuscular (¡Maldita sea, reniego de esta prosa nacional-católica esclerotizada por el régimen franquista y alentada ahora desde el poder! ¡Abajo Artajo! ¡Me largo a Turquía!)».

Julián Marías: «En la tercera edición del segundo volumen de mi obra completa figura un ensayo que proféticamente titulé *Ortega y yo somos así, señora* (de rigurosa y absoluta vigencia) en el que ya hablaba de este español preclaro».

9 octubre

Me llama José Agustín Goytisolo, furioso: «¿Cómo has permitido que esa lianta de C. C. le haya hecho firmar un contrato para Tusquets Editores?». «Yo no sé nada, yo no sé nada», susurro. «¡¿Pero no habíamos quedado que lo mejor era negociar con Edicions 62 y que yo haría la traducción?!» «No sé nada», repito, «y no me consta que haya firmado nada con Beatriz, son bulos». «¡¿Ah sí?!», ruge José Agustín, «¡¿y por qué crees tú que Beatriz y Toni lo han invitado a pasar el fin de semana en Cadaqués, por su cara bonita?!».

Bueno, le digo yo, no es una jeta despreciable, pero ciertamente está en Cadaqués por otras razones. Parece que en el cóctel que el sábado dio Federico Correa en su casa, Terenci propuso presentar el novísimo a Pla al día siguiente. Quedaron en ir en la lancha de Cor, bordeando el Cap de Creus, pero la lancha se llenó de personal (Beatriz, Isabel, Nuria, Guillermina, Ana y María Antonia) y la mañana se les fue tomando el sol empelotados y navegando hasta que el chico, aburrido de aquella cívica exhibición nudista cuya finalidad no entendía (pues él creía erróneamente que tenía una finalidad), decidió no esperar más y, desnudándose, se arrojó al mar desde la lancha fueraborda. Llevaba slip, por supuesto, y lucía un moreno «de paleta» que arrancó aullidos de entusiasmo en Guillermina y en María Antonia. «Nadó hasta la costa», sigo contándole a José Agustín, «y parece que fue a visitar a Dalí por su cuenta, dejando a Pla para más adelante, eso dice. No es seguro que haya conseguido ver a ninguno de los dos, esa es mi opinión, pero él afirma haber tomado el té con Gala sentados los dos sobre un piano amarillo, y bla bla bla…».

Mi propia voz me aturde, el teléfono me deprime, la credulidad del poeta me parece asombrosa, mi mano palpa el fondo del cajón de la mesilla buscando los *opta.* José Agustín se ríe recordando algo, deja caer el asunto y pasa a hablarme de Quico Sabater, pistolero solitario y audaz amado por los dos. Me cuenta por enésima vez la vida y milagros del anarquista, la base de un guión de cine que está escribiendo para Francesco Rossi. Tres horas y veinte minutos al teléfono, nuevo récord de la *gauche divine.*

Mi ración de optalidones aumenta peligrosamente.

Mato la noche en Bocaccio. Relajante conversación con Oriol Regás y Carmen Ros, la hermosa muchacha que pudo haber cambiado el rumbo de mi vida.

10 octubre

Pase privado del último film de la llamada Escuela de Barcelona. Cinema Windsor Palace, ya destinado al derribo, ya con la muerte agazapada en sus terciopelos escarlata (Terenci llora en los brazos de Romy: «¡Ay, Escarlata O'Hara, qué será de nosotras sin el Windsor!»).

Por la pantalla desfilan a cámara lenta y en suaves tonos pastel Serena Vergano, Luis Ciges, Nuria Espert, Romy, Susan, Joaquín Jordá, Ricardo Bofill, Salvador Clotas, Irazoqui, etc. El tema de la película es escabroso: mujeres medio separadas de sus maridos pasean con vaporosos vestidos en escenarios gaudinianos y en tartajeante compañía de hombres medio separados de sus mujeres, medio comentando efímeros sentimientos, a medias recordados y a medias presentidos, semicultos y semieróticos. Resultado: espectador semidormido semipasmado.

Oigo retumbar triunfales y vengativos los tambores de Fu-Manchú de mis infantiles matinales del Roxy. «Lo-Ki, échalos a los cocodrilos.»

La Espert enigmática con su máscara trágica. Ojos felinos, muslos de hielo. Una mujer notable, pero, decididamente, el híbrido celuloide de la Escuela no le va: esos personajes tan sofisticados que le dan a interpretar son algo así como mujeres sin pezones. A Serena en cambio le va el primer plano, porque toda su expresividad radica en el mentón. La película se llama *Trimatriz 69.* Crujir de huesos al salir, comentarios gatunos por lo bajinis. Gonzalo Suárez habla de sus próximas diez películas de plástico. Jaime Camino sale dormido en brazos de Román Gubern. Dispersión, unos van al Storck-Club otros al Jazz Colón.

La última copa en la terraza del Pub de Tuset Street con el Perich y Sagarra. Gin con mucho hielo. El Sagarra, whisky a palo seco en copa ahumada. Tensión en el aire, presentimiento de olas gigantescas y gélidas precediendo el embate inminente del iceberg que nos va a hundir a todos: mi región catalana mental inundada cuando llegan Eugenio Trías, Ana Moix, Nuria Serrahima y Pere Garcés. Poco después, Sió, más tarde, Colita.

Sagarra pregunta sin interés: «Bueno, ¿cómo está el gallinero literario, qué se sabe del novísimo?», y, sin esperar respuesta, pregunta al camarero si ha visto pasar al presidente del Ateneo en compañía de mosén Cinto. Bosteza, y el Perich le dice: «Oye, mira, aprovechando que tienes la boca abierta, ¿quieres pedirme otra ginebra?».

La poetisa noctámbula nos lee su famosa composición del Tigre. La última noticia la trae Jacinto Esteva: en el restaurant Mariona acaba de ver a C. C. y al novísimo cenando con Giménez Frontín, de Editorial Kairós, y con Joan Manuel Serrat, que se dice estaría interesado en una adaptación musical de la esperada novela.

—Cinto, rey mío —dice Colita—, no te pases.

Sagarra se acaricia la cicatriz scarfaciana bajo el ala imaginaria del sombrero imaginario, y habla de los muslos la-la-leros de Massiel, como de un vehículo ideal, pero venéreo, para divulgar textos de Bertolt Brecht. Yo reafirmo tímidamente mi secreta vocación por las sonoras caderas de María del Mar Bonet. La hermana de Nuria me mira con ojos de búho insomne, llega Anna March con una amiga muy guapa, las dos con sueño y senos libres dentro de blusas de seda blancas. Pero sé que la noche no me reserva nada.

La poetisa federal alemana se retira despechada. Planea sobre nuestras cabezas, como el ángel de la muerte, su poema errante «Pasión de Tigre».

12 octubre

Por fin. Aparición espectacular del novísimo en la librería Anthropos durante la presentación-cóctel de un novelista latinoamericano. El chico conversa con Antonio de Senillosa y Carola y Sylvia Poliakov. Le veo por detrás, como la primera vez en el estudio de C. C., pero ahora enfundadas sus espaldas en un elegante jersey negro cuello de cisne —escogido sin duda por C. C. en Gonzalo Comella—. De pronto, se vuelve y me mira a los ojos.

Quisiera describir esa mirada levemente estrábica, apacible, remota... Por lo demás, lleva el brazo en cabestrillo y luce un pálido hematoma en la barbilla. Se ha pegado con unos ultras, dicen, lo han confundido con Sagarra. Sosteniéndole suavemente el codo como lo haría una solícita enfermera, C. C. vestida de rojo como una llama lo guía entre el bosque de manos, vasos y cinturas agitadas hasta Castellet. Hace las presentaciones. El *Sheriff* lo baña de arriba abajo con su blanca sonrisa alpina. «Hola, *macu.*» Hay un cerco de mirones, abundan muchachas de ojos voraces y escotes vertiginosos. Alguien se ofrece para traerle una copa al novísimo, le preguntan si prefiere vino o whisky. «Vodka», dice él mirando el gorro ruso de Carlos Barral.

Por encima del hombro metafísico de Pániker en-las-calles asoman los bellos ojos violetas de Nuria Pompeia, fijos en los labios indescifrables del novísimo. «No sé si es un Burroughs o un Joyce», comenta con Isabel Bohigas y Maruja Torres, «pero es guapísimo».

C. C. presenta a su protegido al autor ultramarino, el último en subirse al repleto estribo (del que muy pronto se iba a caer de todos modos) de la guagua del *boom* literario iberoamericano. Dice el novelista ultramarino: «¿Cómo le va, viejo? Qué bárbaro, recién llego a Barcelona, ciudad que adoro, y sólo escucho hablar de vosss...». Y responde humilde el peninsular: «No, la Voss del Trópico no soy yo».

Macanudo, carajo. Y en el transcurso apresuradamente etílico de la velada, Cariñena descabezado y tacos resecos de tortilla de patatas, el amigo de C. C. y yo intercambiamos cómplices miradas de estrabismo sifilítico en dos o tres ocasiones: intento transmitirle un guiño de astucia, una señal de aliento en nombre de los desheredados de la cultura y del analfabetismo ilustrado del siglo XX: dales por el saco, muchacho, méate en sus bocazas eruditas, fóllate a sus mujeres, sácales la pasta gansa. Inútil, no atiende a mí ni a nadie. Su mirada distante y venérea planea sobre las cabezas atontalinadas.

Ya lo tengo: un perfil husmeando el peligro desde lo alto de unos hombros escépticos, una mirada invicta sobre el ensalivado cotilleo intelectual, sobre la histérica conciencia de la mediocridad y de la derrota.

13 octubre

Intento una visita al hombre del día en el estudio de C. C., la cual me recibe contrariada: el genio está trabajando y no quiere que le molesten.

C. C. me ofrece asiento en la terraza, pero ni un trago ni apenas conversación. Ceñuda y sumergida en un quehacer insólito: está rompiendo todos sus queridos papeles, sus poemas, sus cuentos. No valen nada, tenías razón, dice sin mirarme. De hoy en adelante se dedicará exclusivamente a él, a su obra presente y futura, obviamente perenne.

Decidido a no marcharme sin hablar con su nuevo amor, me engolfo en la mecedora, mientras ella va y viene con fajos de papeles. Me ignora por completo. El día es limpio, el sol deslumbra en la terraza. Observo la sobada cazadora de cuero del ilustre huésped colgada en el respaldo de la hamaca, la agenda de rojas solapas asomando en el bolsillo. Aprovecho que C. C. ha salido un momento y me hago con la agenda. La abro.

Anotados curiosos planes estratégicos, de una escalofriante ingenuidad: «Para mañana domingo: 1) Comprar programas antiguos de cine en mercado San Antonio y presentarme con ellos casa Terenci Moix hora comer y hacerle regalo. 2) Ligar con su hermana Ana y conseguir que me presente a su editora y amiga Esther Tusquets. 3) Ligar editora y contrato-anticipo no menos de 25.000 Pts. por próxima novela titulada *El vampiro de la Sagrada Familia* o *El monstruo del cine Delicias».*

Y algo más abajo: «No, muy complicado. Mejor hacer amistad íntima con Oriol Bohigas. Manera: 1) Hablarle mal de Ricardito Bofill en presencia de Salvador Clotas. 2) Clotas encabronarse y querer pegarme, Bohigas apoyar mi criterio y defenderme, y también Rosa Regás. 3) Yo agradeciendo sugiero Rosa tomar copas otro sitio, solos. 4) Camelar Rosa y ella proponerme contrato con Edhasa...».

Pero en la página siguiente, como era de prever: «Fracaso total. Rosa se fue a cenar con Satué, Oriol con Carmen, Ricardo con Salvador, yo con nadie y al diablo con esa gente. A ver, otra estrategia: pedir consejo a Carmen Balcells sobre supuesta oferta de contrato con Carlos Barral, la superagente apiadarse de mí *("¡Desgraciat,* no sacarás ni un duro!") y soltar algún anticipo... No, tampoco».

Debajo escribió, con trazo impaciente: «Dejar que C. C. decida y lleve el asunto a su modo». También había recordatorios tales como:

«Leer mañana mismo *Cien años de soledad.»*

«Vestir como Federico Correa.»

«No cometer errores, no confundir parentescos: Ana Bohigas no casada con Oriol Bohigas ni hermana Isabel Bohigas, Joan Manuel Serrat no hermano Teresa Serrat, Xavier Corberó no vende cocinas, que vende esculturas. Montse Riba no casada con Pau Riba y Cargenio Trías no es uno sino dos (averiguar sexo).»

«Importante: no quedarme embobado mirando boca y ojos de Beatriz, ceñidos jerseys de Serena Vergano, camisetas Rosa Regás, caderas Laly Gubern, ombligo Nuria Serrahima, interminables piernas Montse Riba, bellísimos ojos violeta Ana Regás, etcétera.»

«Averiguar qué puñeta es lo *camp* (¿lo *camp nou* del Barça?).»

«Terenci loco por el Cinemascope: regalarle cromos chocolate colección *La túnica sagrada,* llena de musculosos centuriones vistiendo falditas plisadas, y foto Sarita dedicada.»

«Cenar en Vía Veneto y Las Violetas y comprar chucherías en Saltar i Parar. Ir a Can Barça con Óscar Tusquets y Manolo Vázquez. Leer *Por Favor.»*

«Acostarme con Merceditas de Soplillosa y que me explique qué es eso del estructuralismo lingüístico del que tanto hablan los críticos.»

«Encerrarme con los monjes de Montserrat una vez al año por lo menos.»

«Procurar caerle simpático a Lidia Falcón (por ejemplo, ofrecerme para lavar su coche).»

«Ya sé qué puñeta es el estructuralismo: lo mismo pero con la lengua más rápida y afilada.»

Las dos y media. C. C. no vuelve a la terraza. Me resigno a no ver al genio, deslizo la agenda en el bolsillo de su cazadora y me voy.

14 octubre

Consigo trabajo en los sótanos de Librería Técnica Extranjera, en la calle Tuset, por mediación de mi amigo Juan Antonio Aguilar. Llenar fichas y organizar ficheros. Cinco duros la hora. Desesperación.

Cafelito en el bar Bagatela a las cuatro de la tarde con nuestro simpático *Rimbaud* envuelto en su bufanda y acariciando su pipa: el dulce poeta Josep Elías. Nos hemos encontrado casualmente junto a un árbol, al borde tenebroso de la acera y de la tarde. Con sonrisa socarrona, el poeta friolero confirma mis sospechas, agravadas por los insistentes rumores de ayer: en efecto, a punto de terminar su novela, el novísimo la ha cedido a Edicions 62.

¿Anticipo? Veinte mil pesetejas.

Pero el rumor es desmentido a las ocho de la tarde por Elisenda Nadal, directora de *Fotogramas.* La revista trae una entrevista en la que el «brillante cronista/fabulador de la *gauche divine*» (así califica a Roberto Amores la redactora) declara que, en realidad, C. C. le aconseja firmar con Seix Barral y la cosa está hecha.

Estalla el escándalo. A las diez, Gimferrer me llama preguntándome dónde está C. C. y qué pasa, por qué ha firmado con Planeta.

El teléfono de C. C. comunica todo el tiempo.

Me llama desde Las Palmas J. J. Armas Marcelo: «¿Tú sabes si el maestro Roberto Amores aceptaría la presidencia del III Congreso Universal de Escritores Canarios y Ultramarinos (con posibilidades de contactos culturales a nivel ministerial intercontinental, o sea, la hostia) a celebrar en Caracas, y al que por supuesto tú también estás invitado...?». «Se te ha anticipado Justo Jorge Padrón», le digo.

Me llama Sagarra de madrugada desde un local muy animado con melodía de sinfonola y de cucharillas de café en copas de grueso cristal —el alma del carajillo melodioso—, muerto de risa: «¿Te has enterado? ¡La bomba! El novísimo de C. C. pasó el último fin de semana en l'Empordà con la mujer de A. A., y de incógnito».

«Ah.»

15 octubre

Encuentro casual con Ysabelle y Puig Palau en el Palau. Semana de Cine en Color. «¿Te has enterado?», dice P. P., «el matrimonio A. A. definitivamente al agua». «Bueno, bueno», dice Ysabelle.

Saliendo de mi estupor, alcanzo sin apenas esfuerzo la perplejidad. ¿Se ha vuelto loco todo el mundo? Tal vez se debe a mis sobredosis de optalidones. En todo caso Puig Palau no parece oírme en medio del griterío del vestíbulo: «J. B. lleva también mucha agua últimamente». Él me explica la causa de la separación: un viaje relámpago de la mujer de A. A. y del novísmo a Perpignan para ver cine.

16 octubre

Desde por la mañana temprano empieza a correr el rumor: Castellet ha hecho unas manifestaciones más o menos privadas sobre el supuesto novísimo y su novela, y pronto se harán públicas.

El día transcurre para mí en el túnel de Librería Técnica, y a las ocho de la noche, en un estado de completa idiotez laboral, estoy sentado en la tortillería Flash-Flash con Any Steva, Serrat, Coral, Correa, Portabella y Montse Riba. Llega Barbat con una chica muy mona y la última noticia: C. C. ha sido internada de urgencia en el Clínico, al parecer por una dosis excesiva de Picón.

Al salir de la tortillería me da en la cara el frío bofetón, el primer soplo helado del invierno. De sótano en sótano: en el Pub de Tuset Street (el frío nos ha echado de la terraza) conspiran con carácter urgente Pere Fages, Octavi Pellisa, Nuria y Manuel Gerena (en disco).

Vicente Aranda, Serena y Ricardito Bofill hablan, en la barra, de la escuela mesetaria de cine. ¿Qué novedades hay de C. C.? Todo sigue igual.

Conspiraciones por doquier. Mi dosis actual de optalidones es de cuatro en cada toma y de cuatro tomas cada cuatro horas. Pere Portabella sentencia: «El viernes huelga general y el sábado gobierno de coalición. Está hecho».

17 octubre

Fin de semana en mi Penedès. Regreso como nuevo.

La noticia, después de correr como un reguero de pólvora, me da en las narices: ahora resulta que el famoso capítulo del novísimo Roberto Amores, que tanta expectación había levantado, pertenece en realidad al libro de un estructuralista ruso titulado *Zoo o cartas no de amor,* de Viktor Sklovskli y publicado en España por Anagrama, según acaba de afirmar el editor Jorge Herralde con la boca abierta por el estupor.

Al parecer, el capítulo-revelación del año es un compuesto de varios capítulos de dicha obra, ha precisado Herralde, y empieza así. BUENO, ESCRIBO SOBRE CULTURA EXTRANJERA Y A UNA MUJER EXTRANJERA...

Ciertamente, ¿quién de la *gauche divine* le habría negado al charnego inédito la autoría de un principio de capítulo tan sugestivamente charnego? Se comenta que el plagio ha sido descubierto por el quisquilloso y avispado erudito y sociolingüista Francesc Vallverdú, periscopio siempre arriba salvaguardando las contaminadas costas de la prosa catalana traicionada. «Me llamó la atención», dicen que dijo el infatigable sociolingüista, «que se refiriera a nuestra cultura como a una cultura extranjera: esto le delataba como murciano que es».

El escándalo por el fraude es mayúsculo en los medios editoriales, y la indignación es general. A la pobre C. C. se le ha caído el cielo encima.

El *Chorizo de las Letras* se ha esfumado.

Empieza a hacerse pública la relación de víctimas. A última hora de la noche se comenta la última fechoría del delincuente vanguardista/destructor del lenguaje: la revista *Bocaccio,* que dirige José Ilario, le había comprado ocho cuentos *inéditos* de misterio que resultaron ser de Edgar Wallace.

18 octubre

Mi estado general es francamente preagónico. Decido emprender el camino del exilio.

Últimas noticias. María Aurelia Capmany acusa a la *gauche divine* de tener cuenta corriente conjunta en varios bancos. Lo dicho: al exilio, al exilio.

Me despido del sótano y hago las maletas. No resisto la tentación de hacer un balance provisional de víctimas y pérdidas:

C. C. convaleciendo en Calella con sus papás.

2 matrimonios deshechos.

3 casos reconocidos de cuernos.
3 editoriales y una revista estafadas.
Gimferrer y Castellet con enfado pasajero.
Félix de Azúa se fuga a San Sebastián salvándose del naufragio por pelos.
Salvador Clotas cambia de óptico y de gafas y de ambición cultural.
Setenta y ocho sablazos contabilizados y suma y sigue.
Cuentas sin pagar en Bocaccio, Las Violetas, el Pub, Jamboree, el Pastis, Flash-Flash, Anthropos y Saltar i Parar. La más cuantiosa en el bar-restaurant de la octava planta de Editorial Planeta.
Y un servidor completamente drogado de optalidones y camino del Canadá.

*

Hasta aquí el diario esquizofrénico del goxdivín desertor. Una vez leído, la cuestión de si esta crónica de enredos poblada de míticos irredentos podía constituir una trama argumental al servicio de *Roberto Amores, aventurero urbano* (tebeo para adultos), según quería Kim, el gran dibujante noctámbulo, dejó de interesarme o, mejor dicho, me olvidé del asunto por completo. En realidad, visto desde hoy, nuestro imponente *Titanic* no era más que un frágil patín a vela impulsado por la brisa (caliente, demasiado caliente) de un sueño de barrio en Fiesta Mayor...

En cuanto a la *gauche divine* como grupo, ahí empezó a resquebrajarse. Me consta que algunos, los militantes de las últimas hornadas, cubrieron de insultos al *Chorizo de las Letras* y a la intrépida C. C. En cambio, los antiguos o históricos se esforzaron siempre en defenderles, asumiendo con buen humor su parte de culpa en el descomunal disparate. Hubo muchos disidentes, deserciones sonadas, cambios de bares y terrazas y puntos de reunión, de bebida y de lecho y hasta de sexo. La brecha que se abrió fue profunda, y aún no se ha cerrado.

Finalmente, los disidentes empezaron a ser grupo, que es lo que se acaba siendo siempre.

FIN

[Originariamente, formó parte de la primera edición de *Teniente Bravo* (Seix Barral, Barcelona, 1920), aunque quedaría fuera del volumen en ediciones posteriores.]

PARABELLUM

Agazapado sobre la mesa escritorio, Luys Ros empuñó la suntuosa y pesada estilográfica y la suspendió unos segundos sobre el folio veinte.

—¿Tú qué opinas, Mao? —dijo alegremente— ¿Lo hago?

El enorme bulldog, de un lustroso color avellana, abandonó la alfombra donde yacía y salió del estudio sin dignarse mirar a su amo. Poco después, cuando Luys Ros introduce la primera falacia en la redacción de sus memorias, apenas considera el hecho como una simple licencia poética, un personal ajuste de cuentas con el pasado que no cesa de importunar. Pero ese detalle trivial, la alteración de la fecha en que dejó de usar el fino y bien recortado bigote (1957, que tachó con la pluma para anotar 1942) provocaría en el texto una reacción en cadena de imprevisibles consecuencias. Encerrado en su retiro de la playa, en esta casa donde aprendía a aceptar con indiferencia su soledad, la muerte repentina de su mujer y el desprecio de sus hijos, empezó a torturar los folios mecanografiados mediante tachaduras y notas al margen. Arrepentirse de algo es modificar el pasado, pensó. Podría encabezar el capítulo sexto como epígrafe.

O bien invocar a M.: ni el pasado ha muerto, ni está el mañana ni el ayer escrito. Tres injertos ficticios en el tronco biográfico de la posguerra y nacerán las ramas que han de protegerte de cualquier acusación: ya en el año cuarenta y dos flaqueaba tu fidelidad a la ideología que te convocó en el treinta y seis: quedaría demostrado. Concibió la posible escena con Olvido, poco antes de la boda, soleada primavera en el recuerdo. Entre los utopistas de la victoria, yo era entonces uno más. Olvido: sus andares de novia en el Paseo de Gracia, el vuelo airoso de su falda estampada, el dorado vello de sus brazos. Salón Rosa. Aquí.

Luys Ros consultó unas notas de su diario. 28-10-42: Hoy envío a P. L. E. un poema para Escorial. He hablado por teléfono con L. F. V. y me confirma su asistencia a la boda. Aperitivo con Juan Antonio y Maribel en La Puñalada. Por la tarde, piernas cruzadas de Olvido en el Salón Rosa. Sus rodillas con polvo de reclinatorio, su indiferencia ante la lista de boda. D. R. regresó de Rusia. Aquí, eso es. Confesarle a Olvido tu decisión irrevocable de renuncia. Alegre muchacha de la Sección Femenina, en cuya Oficina de prensa trabajaba entonces, se llevaría un disgusto de muerte, eres alta y delgada, una terrible decepción. Su militancia tenaz, tan femenina. Tenía que ser la primera en saberlo, mañana en su casa. Pero al día siguiente, al entrar en aquel piso del Ensanche, el olor a medicinas, la palidez y la angustia de su madre, el silencio grave en el dormitorio, describir el ambiente: Olvido en la cama, demacrada, bellísima, el primer síntoma alarmante de una extraña enfermedad (por cierto, pensó mientras perfilaba la falsa escena, en esa época o poco después sufrió realmente un desvanecimiento, su madre lo recordaría si aún viviera. O sea: perfecto, encaja).

La conversación privada con el anciano médico de la familia, Goday creo que se llamaba (fallecido también, por fortuna), describir los síntomas, asesorarme con un médico: seguramente intensos dolores en pecho y brazos, parálisis parcial, etcétera. Quizá más verosímil la diabetes, tal vez leucemia, insuficiencia renal. O mejor una enfermedad cardíaca, una antigua lesión de la infancia a la que no se había dado importancia y se había reproducido, y que Olvido soportaría toda su vida con entereza ejemplar, en secreto. Sólo él lo sabría, su marido. Sembrar el texto de las memorias con los síntomas, desde ese día hasta su muerte: mareos, vómitos, palpitaciones. Hacerlo creíble, normal. Asesorarme con discreción. Pulir el estilo, maestro. Ni énfasis ni preciosismo...

A través de la ventana abierta, le llegó a Luys Ros el bullicio de los bañistas en la playa. La doble hilera de toldos listados, en los que predominaba el color fucsia, se extendía sobre la arena. Sí, evitar la retórica litúrgica, el entrañable estilo tan celebrado ayer y que hoy hace tronchar de risa a mis hijos y a Mariana, malditos hijos de la paz. Luys Ros arrugó el ceño sobre la nota al margen y dejó la pluma. Este injerto, destinado al capítulo cuarto y, pendiente de ulteriores precisiones de tipo médico, concluía con su decisión de postergar la ruptura con la Falange y con el Régimen hasta que Olvido superase la «grave enfermedad».

A media tarde bajó a la sala de estar, se tumbó en el diván con una lata de cerveza y rumió una oración que no le acababa de gustar por conceptual: «En el fondo, nunca creí que la Victoria fuese capaz de una síntesis asuntiva y superadora». Pasable. Cuando vio entrar a Mariana descalza y chorreando agua, simuló un cansancio estrictamente físico. Por razones de confusa índole generacional, Mariana siempre le gastaba bromas con un lenguaje procaz:

—¿Qué buscas en el pasado, viudo fácilmente consolable?

Puntualmente devuelta por el mar. Hilos de agua desesperando en su ardiente piel, sin poder adherirse, fundiéndose. En cambio, irisados granitos de arena pegados a los muslos.

—Un refugio.

—Me tienes frita pasando en limpio esos papeles. No entiendo tu letra. —Sentada en el suelo, alzó los brazos para sujetar el pelo mojado en una especie de moño—. Corriges demasiado, fascista arrepentido.

Axilas sin depilar con sabor a marisco. Volcanes florecidos. La capacidad de adhesión de las caderas. El pelo resbaló otra vez mientras liaba distraídamente un pitillo con rápidos dedos de perdularia, de un color ala de mosca.

—¿Qué programa tenemos hoy? ¿Te paso algo a máquina o vuelvo al agua?

Deslenguada vagabunda de dulces pezones. Inteligente y lúcida. Errante disposición física, siempre. Las mismas caderas adhesivas de su madre, amiga íntima de Olvido, esposa mía no te olvido. Mariana veraneando un par de semanas en Calafell, como cada año, pero esta vez mis hijos barbudos, Ramiro y Xavier, igual de sucios y deslenguados que ella.

Sobados muslos que huelen a grasa de motocicleta, al cuero insensato de los muchachos que se trae a dormir cuando yo duermo, supongo. Veintisiete años, ya madurita para esos imberbes. Hierbas ritualmente quemadas en su aliento y en su habitación, sus braguitas arrugadas por todas partes, como si una maligna serpiente silenciosa fuese dejando su piel vieja por toda la casa. Su maleta llena de libros bajo la cama. Sus discos mareantes, su lenguaje obsceno.

—Hoy no te necesito, gracias —dijo Luys Ros—. Vete a nadar con tus amigos.

—De día me aburren.

El perro, viniendo del jardín trasero, metió la cabeza entre sus rodillas y ella lo acarició. Mao, chaquetero como tu amo.

Al levantarse. Luys Ros rehuyó verse reflejado en el espejo. Alto en su soledad y en su aflicción, de movimientos suaves, enjuto, fino pelo canoso fuertemente estirado hasta la nuca. Pañuelo negro alrededor del cuello, camisa guerrillera, cuidadosamente descolorida. La voz rancia, concienzuda. Maduro atractivo, todavía. ¿Por qué no había ella de sentirse atraída hacia ti, por qué negar la evidencia? Pensó en el trabajo que le esperaba arriba. El pasado que no cesa.

Para un hombre que sobrepasa los cincuenta años, todo consiste en saber escoger la forma en que ha de ser derrotado.

Poco después, desde la ventana del estudio sobre la playa, vio a Mariana hundiendo despacio sus caderas en el mar. Terciopelo fucsia, estremecido, la piel. Igual que su madre, pensó, evocando la broma de Juan Antonio antes de casarse con ella: tienes el porvenir detrás de ti, Maribel. Cuando las nalgas se hundieron totalmente en el mar. Luys Ros cabeceó furtivamente sobre sus memorias. Mea culpa por haber dado a la prensa cierto librillo de poemas en el cuarenta y tres, desbocado romance de caballería que yacía en el desván del olvido (aunque a uno le gustaría salvar de él, precisó, cierto cordón epicolírico tendido al latín) y pasemos a otro asunto. Revisar someramente las adhesiones desde Burgos, los sucesivos cargos en los servicios de propaganda y prensa, en la fundación y dirección de tal y cual revista oficializada, clasicista y satinada, luego como censor, más tarde como delegado de Editora Nacional. ¿Por qué no renuncié hasta mediados los años sesenta? Ciertos vaporosos deseos se habían ya convertido en formas consolidadas de la memoria, más reales que todo cuanto le rodeaba: no hay esperanza sino en los recuerdos, vividos o soñados, es igual. Veamos: habría que urdir una trama según la cual, en el invierno del cuarenta y cinco, al volver de un viaje a Madrid, descubrí la única infidelidad de Olvido. A ver: ¿no fue novia de Juan Antonio antes de casarse conmigo? Amigo muerto que viene de perlas. Perfectamente creíble, aquel fin de semana, solos en esta casa, el deseo que renace incontenible, el adulterio. ¿Quién podría hoy desmentirlo? No se ofende la memoria de los difuntos inculpándolos de amor. En cuanto a Maribel, entonces la mujer de Juan Antonio, no tenía por qué haberse enterado, ni hoy puede ya importarle. Memoria en blanco de los muertos y los vivos: la historia está aún por escribir. Perfecto. Arropar la escena con detalles realistas, tallarla en el mármol de los maestros del estilo, crear la atmósfera que la hará verosímil: la furtiva pareja paseando por la playa bajo un rojo atardecer interminable, dos figuras con los cabellos al viento viniendo de San Salvador, Olvido con las solapas subidas del chaquetón azul y la cabeza gacha, Juan Antonio rodeando sus hombros con el fuerte brazo, jersey blanco cuello de cisne y ancho pantalón gris de mezclilla. Las olas baten el tronco de un árbol en la rompiente. De pronto, se paran y se besan. Amarrar esta ficción a un contexto real: tras ellos, en la playa desierta y fría, vagan los enfermos del Hospital de San Juan de Dios. Y a la mañana siguiente, consumado el adulterio, Olvido sentada en la mecedora del jardín, bajo el sol pálido, tejiendo una bufanda azulgrana, y a escasos metros Juan Antonio de pie, jersey marrón con rombos verdes y gomina en los cabellos, pintando un cuadrito al óleo (afición suya real, por cierto, no inventada). Describir la tela a medio pintar: el sauce a la derecha, a la izquierda los erizados cactus y el espectro deshojado del rosal, y, en primer término, el borroso perfil de Olvido. Impunidad completa: él estaría en Madrid cuando se consumó el adulterio. Perfecto.

Irónico en lo accesorio y fiel en lo esencial, desdeñando explicar cómo descubrió el hecho y prolijo en narrar el pretendido hundimiento de su fidelidad a los famosos principios del Movimiento, Luys Ros dedicaría luego dos folios a la escena atroz que tuvo con Olvido al regresar de Madrid. Lanzada frontal, caída en la depresión. Y el pacto: ella se comprometía a no volver a ver a Juan Antonio a cambio de que él no la abandonara con el niño pequeño y olvidara por un tiempo aquellos escrúpulos banales acerca del Régimen, su desencanto político. Perfecto: o sea que, en el fondo, ya en el cuarenta y cinco se hallaba moralmente despegado del sistema, pero no rompió formalmente por causa de Olvido. Vale, vale. Adjetivar mejor, sin resentimiento.

Al anochecer Luys Ros bajó a la cocina y encontró jamón dulce en la nevera. De regreso, al pasar ante el cuarto de Mariana, vio en la penumbra a ésta sentada en la cama, embutiendo la cabeza y los brazos en una camiseta incolora y leve como una tela de araña. Se paró en el umbral.

—Presente. ¿Querías algo? —dijo ella con sorna.

Con la camiseta enrollada en los hombros se había inmovilizado mirándole. Tiró de la tela y rebrincaron los pezones. Luys Ros oyó un carraspeo en la sombra y el chirrido de la aguja en el disco. Un joven alto, de movimientos felinos y lacios cabellos grasientos, se incorporó pesadamente en el rincón más oscuro, apagó el tocadiscos y se deslizó fuera del cuarto hasta alcanzar la puerta de la calle, que cerró tras de sí con fuerza.

—Lo siento, no sabía...

—No importa —dijo Mariana—. ¿Has terminado por hoy con tu melindroso descargo de conciencia? Me tienes harta, tío, harta me tienes.

Sonreía entre la tupida maraña de pelo rizado, sucio de arena.

—¿Quieres que te sirva una copa —añadió sin mirarle— o prefieres que te haga una paja?

Su risa tabacosa acabó en tos. Aparentando indiferencia, Luys Ros entró sonriendo sin ganas y se sirvió un whisky.

—En fin —murmuró cabizbajo.

—Dios sabe con qué tenebrosas ideas de venganza escribes ese libro —dijo Mariana—. Me das miedo, pobre unidad de destino…

—Querida niña de lengua viperina —recitó Luys Ros—, sólo me interesa evocar mi infancia, porque ya soy viejo. Deberías saber que detrás del supuesto huracán de intenciones de unas memorias, suele silbar el viento perdido de la niñez más común y corriente.

—Un farsante bien parido —seguía sonriendo ella—, eso es lo que eres. Dime, ¿por qué no te gusto?

—Me gustaba tu madre.

—Embustero.

—Se miente más de la cuenta por falta de fantasía, también la verdad se inventa.

—Cursi. Cadáver definitivo.

—Oye, ¿qué pensarías si de pronto un intelectual considerado de derechas por la crítica y el público, un viejo guerrero, un poeta olvidado, revelara que años atrás ya quiso renegar de sus convicciones políticas…?

—Pensaría que se trata de un sprint oportunista hacia la titulación democrática.

Luys Ros encendió la luz del cuarto y dejó el vaso junto al tocadiscos.

—Lo malo de los jóvenes —dijo— es que no sabéis perdonar. Serví a la causa que creía justa con las armas, y eso es todo.

—Con las armas y la pluma. No sólo disparaste contra la libertad. La enterraste en versos y novelas, pesadísimas por cierto. Pero eso a mí no me importa. Seguro que follas como los ángeles.

—Modérate.

—Yo no tengo nada que ocultar. ¿Y tú? ¿Qué hiciste con tu vieja pistola de escuadrista?

—La enterré hace muchos años.

En el fondo del cajón de alguna consola, pensó, envuelta en la camisa que los ratones ya habrán dejado hecha jirones. No está mal, podría servir. Capítulo sexto. 1946. Se podría incluso enfatizar un poco, darle un especial tratamiento literario, una forma de símbolo: con una bala en la recámara y un plazo fijo: si dentro de equis años no he conseguido hacer público mi repudio a todo esto, esta bala penetrará en mi cerebro. No está mal.

—Acabas de sugerirme una idea.

Esta misma noche redactó una nota al margen en el folio ochenta y tres, una columna de letra apretada y diminuta explicando cómo se deshizo de la Parabellum treinta años atrás. Falsedad en la descripción, nácar en la culata.

Encerró la inventada escena en un largo paréntesis dentro de una oración retórica que encerraba otros recuerdos: sin darle importancia ni a la Parabellum ni a la promesa.

Luego, impulsado en parte por una excitación que se negaba a admitir, redactó la última ficción, basada esta vez en un hecho real: él y Maribel en la habitación de un hotel de Pamplona, borrachos los dos, un encuentro casual, verano del cincuenta. Él había ido a pronunciar una conferencia. Maribel de la Torre llevaba tres años separada de Juan Antonio Tey y convivía, a temporadas, con el industrial navarro del cual tendría una hija, Mariana. Sabiendo que Luys estaba en Pamplona, Maribel fue a buscarle al hotel para llorar en su pecho amigo: el único hombre que había amado era Juan Antonio. Consolándose ambos toda la noche con un excelente Rioja. La excitación verbal y sentimental, la inesperada locuacidad de los dos, las confidencias. Al grano: al día siguiente yo me desperté en la butaca y Maribel en la cama, envuelta en un albornoz, resfriada y con resaca. ¿Qué pasó realmente esa noche, o mejor, que podía haber pasado? Entre la nebulosa del recuerdo, él aún la veía salir del hotel más deprimida que cuando llegó. Se fue en busca de su amante de turno, y él y Olvido no volverían a verla hasta dos años después.

Hasta aquí la verdad de su memoria. Pero mediante un leve giro, Luys Ros hizo aún más confuso el relato de este encuentro casual en Pamplona dejando entender que Maribel de la Torre se le entregó, o pudo haberlo hecho. No afirmaba nada pero tampoco lo negaba. Desplegándose en silencio por el texto, la gangrena se completó con la escena siguiente, ya totalmente inventada: M. de la T. le habría propuesto esa noche vincularlo, mediante un substancioso cargo, a la industria papelera de su actual amigo y canalizar así su influencia en la administración, a lo que él se habría negado, reafirmándose precisamente en su íntimo deseo de acabar con esas prebendas, esa corrupción.

El turbio episodio cumplía así dos finalidades: remarcar su empeño en apearse del carro de los vencedores y dar forma, de algún modo, a un viejo y quemante anhelo: siempre sintió una gran atracción por Maribel.

A medianoche, al bajar por una cerveza, había cambiado el viento y se oía el estruendo de las olas en la rompiente. Mao dormía en el diván. Mariana leía y escuchaba música en su cuarto, tumbada en la cama. Luys Ros, con los labios floridos de cerveza, se sentó a su lado y absurdamente le hizo cosquillas en un pie. Sabía perfectamente lo que iba a pasar y quiso demorarlo haciendo el imbécil un buen rato.

Mariana dejó el libro en su regazo y colgó un cigarrillo en sus labios.

—Mamá me encargó vigilar tus depresiones de camarada viudo. ¿Es cierto que has hablado de suicidio?

—Si me conocieras mejor, sabrías que vengo haciéndolo desde el año cuarenta. ¿Cuándo viene tu madre?

—Mañana.

Cuando le acercó lumbre, ella ya había sacado las cerillas de su mugrienta bolsa de flecos colgada en la cabecera de la cama.

—¿Y el mechero que te regalé?

—Me gustan más las cajas de cerillas.

Luys Ros observó, bajo la sucia maraña de pelos, la veneración de los párpados ante la inminencia de la llama. Ciertamente, sus manos morenas eran hermosas y rápidas manejando la caja satinada y cobijando el fuego: diabólica economía de gestos alrededor de un fulgor azulrosado. Los tejanos tensos como un tambor sobre los muslos. La telaraña adherida al pecho. Fumada. El ronroneo gatuno de sus bronquios.

—Decídete, fascista de mierda.

—Cállate...

Pero más que habrás de oír, y más que habrás de ver, pensó con tristeza. Paletadas de tierra que arrojarán sobre tus sueños muertos, sobre tus ya podridas primaveras y tus apagados luceros. Sea. Replegada la telaraña, no sin cierta sorpresa vio sus propios dedos manchados de tinta sobre la ardiente piel fuscia. Fue, tal como había supuesto, un choque violento, ganas de hacerse daño. El pezón se enderezó en la boca de Luys Ros, se encabritó entre los dientes. Y mucho después, cuando le vencían el sueño y la fatiga, la oyó decir en aquel tono nasal y pijo que alguna vez captó en Olvido:

—Eres un señor que está muy bien, oye.

A la mañana siguiente, al despertar, revisó mentalmente lo escrito en la víspera. Descubrió entonces que las mentiras sufren también un desgaste de la memoria, y que necesitan, como los recuerdos y los sueños, las urgentes reparaciones del amanecer. Abandonó el lecho de Mariana, que aún dormía, y en la cocina preparó tostadas y café, que llevó a la mesa del jardín. Más tarde vio a Mariana deslizándose medio dormida en el baño, así que decidió mear en el césped. Evocar su orgasmo con la muchacha le deprimía. Mao, trotando pesadamente, vino hacia él desde el cobertizo con un pincel cruzado en sus fauces. Luys Ros lo acarició, le quitó el pincel y lo estuvo mirando un rato, vaciando la vejiga.

Luego se abrochó, caminó hasta el cobertizo y entró seguido del perro. En un rincón, bajo el polvo y las telarañas, había un amontonamiento de hamacas rotas, oxidadas bicicletas de niño, neumáticos, sillas, una paleta de pintor y tubos resecos. Habría jurado que vio la tela sujeta con cuatro listones antes incluso de apartar los trastos que la ocultaban. Una pintura amazacotada donde predominaba el verde, de trazo impreciso bajo el polvo. Después de frotar con la mano apareció una versión invernal y familiar del jardín, y entonces Luys Ros notó un retroceso en la sangre. A la derecha se alzaba el sauce, a la izquierda los erizados cactus y el espectro deshojado del rosal, y, en primer término, el perfil borroso de Olvido sentada en la mecedora, tejiendo una bufanda azulgrana.

Soltó el cuadro como si le quemara las manos al oír una voz femenina en la casa. Salió del cobertizo. Era Maribel de la Torre, que hablaba con su hija a través de la puerta del cuarto de baño. Dejó la maleta y salió al jardín al encuentro de Luys Ros.

—¿Qué tal se ha portado esta salvaje? —dijo besando a su amigo en la mejilla—. Me prometió que te dejaría trabajar...

—Ningún problema —balbuceó él dejando vagar la mirada por el jardín, encuadrando la perspectiva: desde aquí debió ser, o pudo ser, aquí emplazó el caballete. Reaccionó: —¿Quieres café, Maribel? ¿Te quedarás unos días?

A partir de este momento, Luys Ros sintió la necesidad de precipitar aquello, fuese lo que fuese y como quiera que se llamara, no sabía el qué. Se sentaron a la mesa y ella comentó su mal aspecto: deberías escribir menos y tomar más el sol. Pasó luego, a instancias de él, a hablar de Olvido, por cierto tenía algo importante que decirle, quiso hacerlo seis meses antes, después del funeral, pero te fuiste tan de repente y tan afectado... Luys Ros, con cierta brusquedad, la interrumpió:

—Dime una cosa, Maribel. ¿Tú sabías... tú crees que entre mi mujer y Juan Antonio, hace años, pudo haber algo...?

Maribel sonrió con amargura por encima de la humeante taza de café.

—Todo el mundo lo sabía menos tú. En fin, qué importa ya. Fue en el invierno del cuarenta y cinco, creo recordar. Aquí, en esta casa, un fin de semana que estabas en Madrid... Pero no te tortures ahora, es agua pasada. Poco después yo me separé de Juan Antonio y él se fue a vivir a Zaragoza, ya sabes. De modo que sólo se vieron esa vez, me consta.

—Te consta —pudo decir Luys Ros.

—Hablemos de otra cosa. Se trata de su muerte, mejor dicho, de su enfermedad...

—Nunca estuvo enferma del corazón —probó él a negar, pero sin convicción.

—En realidad, nunca te lo dijo. Tenía una fístula desde muy joven, pero no lo supo hasta el año cuarenta y uno, poco antes de casarse contigo. Nos prohibió a todos decírtelo, incluso al viejo doctor Godoy, ¿le recuerdas? Ella esperaba superarlo con el tiempo, entonces no era grave. Lo fue años después, pero siempre consiguió ocultártelo.

—Para ahorrarme un sufrimiento, Livingstone, supongo —dijo él con un resto de ironía.

Así pues, ya no hacía falta asesorarse: intensos dolores en el pecho y en los brazos, parálisis parcial, desvanecimientos, etc. Desechados definitivamente diabetes, leucemia e insuficiencia renal. Maldito, orgulloso realismo, inútil fidelidad a lo real: ya todo estaba concluido desde hacía años, y hoy seguía igual de concluido. Hay otros mundos, pero todos están en éste.

—Los primeros años, sí —dijo Maribel—. Luego, por costumbre y por desprecio. Pobre Luys, todo esto debe resultarte muy duro. Pero no me digas que ignorabas cuánto llegó a odiarte.

—Lo sabía —tartajeó Luys Ros.

—Su mayor placer era hablar de tu absoluta ignorancia de todo. Realmente, querido, nunca te has enterado de nada.

Dispuesto a apurar la pócima hasta la última gota, Luys Ros añadió:

—Por cierto, sales en las memorias.

—Me lo temía —dijo Maribel—. Sin embargo, espero que en una cosa hayas sido discreto...

Luys Ros bajó los ojos, dejó con mano temblorosa la taza en la mesa y dijo:

—¿En cuál?

—No te hagas el inocente. Ya hace más de veinte años, cómo pasa el tiempo. Tus consejos me ayudaron mucho aquella noche, aunque luego pasara lo que pasó...

Ya sin capacidad de asombro, Luys Ros sintió el helado filo del hacha en la nuca.

—Lo que pasó, sí. Estabas muy borracho, más que yo, pero encantador. Siempre te he agradecido que no volvieras a hacer la menor referencia a esa noche en Pamplona. Lo mismo espero del libro. Si no por mí, hazlo por Mariana.

Veintisiete años, deslenguada hija del desencanto y la dimisión siempre aplazada. Sí, santo Dios. Paladeando aún la cereza prohibida del pecho filial, acumuló fuerzas para estirar el cuello y facilitar el tajo:

—¿Quieres decir que Mariana es mi hija? —preguntó inútilmente.

—Debí decírtelo hace años, pero...

Bronceada por un sol excesivo, mecida por emociones diversas, le chispeaba el lagrimal, anegado de una dudosa felicidad. Maribel de la Torre, las mejores caderas del imperio. Ay. Luys Ros se levantó como un autómata y alegó necesitar una copa, encaminándose hacia la casa. En realidad, iba a su cuarto de trabajo. Quedaba una posibilidad, una sola. Al cruzar la sala de estar vio a Mariana echada de bruces en el diván sucio de arena, la cara sobre un libro abierto. Sus soberbios brazos colgaban a un lado como malignas serpientes muertas. Por entre la maraña de pelos, unos ojos azules como los suyos se abrieron despacio para mirarle y unos labios secos se distendieron: la descarada sonrisa refrendaba una decisión que él nunca debió postergar.

Arriba, en su estudio, abrió todos los cajones de la vieja consola. Cuando introdujo la mano en el último, ya no le quedaba sangre en las venas. Tanteó a ciegas una confusión de objetos olvidados y remotos, perdidos en la memoria falsa. Los dedos casi insensibles tocaron primero el bulto, la fantasmal camisa azul roída por los ratones, luego reconocieron las terribles formas del arma. Ya la puntual Parabellum de culata anacarada estaba en su mano temblorosa. Durante el interminable trayecto hasta la sien, Luys Ros vio otra vez al viejo Mao viniendo hacia él por el jardín con su trote pesado y el sosegado escepticismo de sus ojos, llevando en su boca la otra vida. Durante una fracción de segundo aún alentó una débil esperanza al recordar, con diabólica precisión, un hecho real en medio de tantos espejismos: muchos años atrás había quitado realmente el cargador de la pistola, pensando en los niños, y lo había arrojado al mar, de verdad, mi hijo mayor lo vio, en serio, el chico fue testigo, aún se acordaría, de verdad...

Pero en aquel laberinto de refugios ruinosos donde Luys Ros se había extraviado, la ficción ya no podía hacerle la menor concesión a la realidad, ya no era capaz de respetarla ni confirmarla por más tiempo. Y allí estaba el puntual cargador, esperándole, allí estaba el espectral estampido y la convocada bala camino de su cerebro.

[En fecha tan lejana como 1977, el joven Juan Marsé publicó un relato en el primer número de la oscura revista *Bazaar*. Se llamaba «Parabellum», y en él estaba ya la trama de la que luego sería su novela *La muchacha de las bragas de oro*. Ahora el autor ha corregido este relato casi inédito y lo publica en exclusiva en su página oficial. *Bazaar* (1 de enero de 1977). Ampliación del artículo «El pecado histórico de H. R.», aparecido en *Por Favor* (26 de junio de 1976, págs. 80-85) y luego en *Confidencias de un chorizo* (Planeta, 1977). Recogido en edición definitiva en la web oficial de Juan Marsé (www.clubcultura.com).]

EL PACTO

Hay otros mundos,
pero están en este.

PAUL ELUARD

Batallé no sabía hacerse el nudo de la corbata mirándose en el espejo. Trastocaba las coordenadas, invertía los puntos de referencia y los gestos y extraviaba el tacto. Según sus compañeros del partido, templados, como él, en los duros años de clandestinidad, esa desmañada e infructuosa relación con los espejos honraba a un dirigente obrero. Según su mujer era una forma sutil de coquetería.

Por fin, con la jocosa ayuda de todos, terminó el nudo de la corbata, abultado y tedioso. Estaba listo para acudir a la cena.

—No pidas habas a la catalana —le recomendó Madrona al darle la americana—, piensa en tu úlcera.

—Comerá bien —dijo el mayor de los hermanos Banau, con cara preocupada—. Es una cena política...

—Para mí todas las cenas son políticas, por eso tengo el estómago fastidiado.

—Ten cuidado con ese tipo —dijo el otro Banau.

—Sólo quiere proponerme un pacto de cara a las elecciones.

—Pues procura llevar tú la voz pactante.

—Debería acompañarte alguien, que sepas al menos que estamos cerca —añadió el primer Banau.

—He dicho que no quiero escolta.

Su mujer, mientras le sacudía unas motas de polvo en los hombros, le quitó del bolsillo superior de la americana una docena o más de palillos. Cuándo perderás esos hábitos carcelarios, Antón, murmuró. Batallé consintió una vez más ese expolio doméstico y cotidiano. Pero poco después, ya en la calle, cuando se despedía de los hermanos Banau, la mano se le fue instintivamente hacia el bolsillo en busca del palillo. El gesto era un hábito mental más que físico, un complemento de la reflexión que precedía siempre a sus decisiones más importantes.

Los hermanos Banau se despidieron de él para ir a las oficinas del partido y esperar allí sus noticias. Si necesitaba algo, no tenía más que llamar. Antón Batallé caminó por la acera de su casa en dirección al restaurante, que estaba en la próxima esquina. Cojeaba esa noche menos de lo normal, quizá porque había menos humedad. Vivía en la Travesera de Gracia, en un viejo edificio de cuatro pisos que había resistido los mil embates de una inmobiliaria gracias a la contundente dialéctica de su mujer, que le había hecho frente.

Llegó al restaurante antes que su rival político y llamó por teléfono a su hijo. Quería preguntarle el título de cierto libro de Laureyanu de la Mora, por si el tema surgía en la conversación durante la cena. *Mis conversaciones pescando con Franco o el crepúsculo de los salmones,* era el título olvidado —y olvidable.

—Espero que tu editor y tú os forréis con eso.

—No fue idea mía publicarlo, papá, si eso te tranquiliza... —dijo Jaime Batallé—. A propósito ¿es cierto que hoy cenas con un representante de Alianza Popular?

—Lo sabrás en su momento, si considero que debe saberse. Recuerdos a esa anarcosindicalista de tu mujer y a los niños.

Nada ni nadie le impedía matar la espera con un whisky, tal vez con almendritas saladas. Ya estaba la mesa preparada, en un reservado de olorosa penumbra y floralmente complicado. El restaurante, profundo y laberíntico, emitía un sedoso murmullo de lujo y de volátil música de avión, de esa que no pertenece al cielo ni a la tierra, y la calefacción era excesiva.

Laureyanu de la Mora entró sonriente y con la mano tendida, desplegando una pistonuda actividad verbal y también manual, excusándose por el retraso mientras se desprendía de guantes, abrigo negro, sombrero y un fajo de periódicos. El camarero se lo llevó todo al guardarropía y él se sentó a la mesa. Era un hombre recio, investido de una elegancia sospechosa, o tal vez simplemente bonaerense; una prestancia untuosa y decididamente pectoral ofreciéndose de medio perfil, con repeinados cabellos negros, compactas mejillas sombrías y diríase malafeitadas, tabernarias o abyectas.

—Ostras —dijo Batallé.

—Buena idea. Yo también.

La cena terminaría con altos y complicados helados, pero fue chata y quisquillosa, con intocables salsas de reconocida malignidad y pescados de dudosa tradición literaria —para Batallé, al menos—, regados con excelente vino blanco, eso sí.

—Ya veo que entiende usted mucho de pescados —exclamó el militante del PSUC—. Se nota leyendo su libro *Con Franco picaban todos*. ¿O es *Con Franco pescábamos más?* Siempre me confundo...

—¡Ja, ja, ja! ¡Muy bueno, amigo Batallé! —dijo el dirigente de Alianza Popular—. Creía que los comunistas no tenían sentido del humor.

—Nos queda un poco, ex ministro.

Laureyanu de la Mora observó unos segundos a su rival por debajo de las espesas cejas negras, recelando algo.

—¿Y recuerdos, malos recuerdos, también le quedan?

—A quién no.

—Ajá. A quién no le quedan malos recuerdos. En España hay mucho que olvidar.

Y seguidamente, doblando ceremoniosamente la servilleta, como si celebrara misa, pasó al tema que le había traído a esta mesa. Por encima de incertidumbres diversas, recelos y escrúpulos de la memoria, corrompida por el ejercicio de la política y la impunidad moral, el político mesetario planteó la conveniencia de un pacto aparentemente trivial. No necesitaban explicarse las razones, pues ambos las sabían de sobra, ni entrar en detalles acerca de la urgencia del mutuo olvido y de sus ventajas.

Se trataba, en resumen, de que Batallé se aviniera a olvidar una fecha en la vida de Laureyanu de la Mora y a cambio de ello, éste olvidaría otra fecha de la vida de Batallé.

—Enfundemos la memoria, nos conviene a los dos —dijo el representante de la derecha—. Es la hora de pactar. Por el bien de todos. —¿Sabe una cosa, ex ministro? Nunca pensé aprovecharme de aquel error suyo.

—Por supuesto, claro. Lo mismo digo. Pero ya sabe que en política conviene atarlo todo...

—Páseme la mostaza, haga el favor.

—¿Cuál? ¿Ésta?

—Cualquiera.

Sus dedos, antes de rozar los del otro captaron en el aire quieto y musical, mohoso, la condición nociva que destilaba el gesto, el pálpito de la amenaza. Los hechos eran remotos y muy banales: el 7 de mayo de 1937, Antón Batallé fue visto por su rival en cierto lugar y en circunstancias que hoy preferiría olvidar (no por escrúpulos de moral personal, sino de conveniencia política). El 13 de abril de

1942, Laureyanu de la Mora fue visto a su vez por Batallé, en París, secundando ciertas actividades igualmente necesitadas de piadoso olvido político.

Convinieron en que esas dos fechas habría que borrarlas del calendario vital de ambos, tacharlas, dejarlas en blanco.

—Por suerte —dijo Laureyanu de Mora— yo soy el único testigo de su error y usted del mío. La solución es fácil.

—No crea usted que me avergüenzo…

—¡Naturalmente, naturalmente! Su trayectoria es intachable, lo mismo que la mía, si me permite esa falta de modestia... Pero ya sabemos que en política la verdad no siempre es oportuna o, digamos, necesaria.

Carcomida por la retórica, su voz crujía como un vetusto y prestigioso mueble.

—Hablemos claro —dijo Batallé—. Usted teme que yo pueda esgrimir este recuerdo si así conviene a los intereses de mi partido. Y me amenaza, si lo hago, con esgrimir usted el suyo.

—Amenaza es una palabra que no me gusta. Digamos que le prevengo...

—Déjese de virguerías, ex ministro. Acepto.

Tiene gracia, pensó: olvidar aquel día, suprimirlo de mi pasado, aniquilarlo, tirarlo por inservible, relegarlo al viejo desván de la desmemoria. Como si nunca hubiese existido. No resistió la tentación de contárselo al político rival; precisamente ese día me gané dos cosas, dijo con nostalgia, que han de acompañarme hasta que muera: esta leve cojera, al dispararseme la pistola antes de tiempo, y a la que había de ser mi mujer, a Madrona, que entonces era enfermera. Vaya, vaya, añadió, y su mano buscó instintivamente un palillo en el bolsillo interior de la americana. Y allí estaba el palillo, junto con una docena o más, como siempre. Lo miró en su mano, blanco y levemente arqueado, lo miró sorprendido (¿no le había quitado Madrona todos los palillos, antes de salir de casa?) lo miró atentamente pero sin percibir aún sus efluvios vengativos, su vibrátil desquite.

La voz de Laureyanu de la Mora le distrajo. Lo que son las cosas, decía, la fecha que me afecta a mí también encierra recuerdos importantes en mi vida, precisamente ese día lo tenía destinado para venir a Barcelona a operarme de cataratas en la clínica Barraquer y romper definitivamente mi noviazgo con una joven, una burgalesa que aquel año veraneaba en S'Agaró...

—Tiene gracia, sí —rió Batallé, aliviado, tirando el palillo—. Si no hubiese ido usted a París en tal fecha, ¡quizás aún estaría soltero! O se habría casado con otra, ¡je, je!

Prosiguió el juego de lo que pudo haber sido y no fue con algunos licores y el perfumado aroma de los habanos. Y el trato, finalmente, quedó cerrado. Laureyanu de la Mora debía regresar a Madrid esta misma noche y se fue directamente al aeropuerto, donde le esperaban dos de sus más íntimos colaboradores. Antón Batallé, con las manos en los bolsillos, enfiló la acera en dirección a su casa. A los dos pasos notó un cambio de ritmo en el andar, como si de pronto hubiese ganado peso, le hubiesen lastrado. No cojeaba en absoluto. Antes de llegar a su casa, antes de alzar los ojos a la gris fachada familiar, pudo imaginar que allí cerca, en las sombras, algún confuso elemento cuajaba.

Primero pensó que había errado el camino, que estaba en la otra acera. Pero no: reconoció la farmacia y el garaje. Sin embargo, en medio, donde debía estar el edificio de vetustos balcones que albergaba su piso, sólo se alzaba un altísimo esqueleto metálico que emitía una roja fosforescencia en la noche, como si aún perdurase allí el insumiso polvo de las batallas; una obra en construcción. No cabía la menor duda: su casa no estaba donde siempre había estado.

Fue hacia la cabina del teléfono y marcó el número de su hijo.

—Jaime, ven enseguida... Creo que no me encuentro bien...

—¿Cómo dice? ¿Quién es usted?

Era una voz de mujer, su nuera, la veleidosa anarquista. No, allí no había ningún Jaime Batallé, sí, el número era ése y el abonado trabajaba en Ediciones Unión y era hijo de Madrona Foix, sí, pero, ¿oiga...? ¿Qué le pasa, se siente usted mal?

Bañado en un sudor frío, buscaba más monedas en el bolsillo. Marcó otro número, el de la sede del partido, pero le contestó el dueño de una tienda de ultramarinos, en Sants, con voz de fastidio. Aquí no es el pa amb suc y el pa amb oli oiga, menos coña. Llamó luego a los hermanos Banau al semanario *Arreu,* pero le dijeron que qué broma era ésa, que estos señores trabajaban en el diario *El Alcázar* y vivían en Madrid desde hacía muchos años. Cuando quiso darse a conocer, colgaron.

Salió de la cabina a trompicones, buscó más monedas en el bolsillo, se le cayeron, gateó por el suelo recogiéndolas, perdió la agenda y la volvió a encontrar, nuevamente en la cabina marcó el número de un periodista del *Correo Catalán.*

—¡Martí, estic fotut! —clamó—. Me estoy volviendo loco. Escúchame y calla. En primer lugar, creo, supongo que soy Antón Batallé...

—Hombre, señor Batallé. ¿Qué hace usted por Barcelona? ¿Preparando su campañita, eh? Je, je. ¿Qué tal por Madrid...?

Empezó a intuir la magnitud del desastre cuando gritó que él vivía en Barcelona desde siempre, desde que volvió del exilio, y el sagaz periodista le respondió ¿usted en el exilio?, esto tiene gracia, oiga, ustedes los ex franquistas son la pera, je, je, no tienen remedio. Consiguió Batallé que dejara de reír y contestara a sus desesperadas preguntas. Sí, el periodista sabía que Antón Batallé era un dirigente de Alianza Popular y había escrito un librote de éxito titulado *Mis tardes de pesca con Franco* o algo así, y que estaba casado con una Villajoyosa y tenía ocho hijos y vivía en Madrid y... Sin capacidad de reacción, sin sangre casi en las venas, él mismo fue reconstruyendo el resto sin ayuda del periodista. Era, en realidad, la mar de simple: aquel día que el pacto con la derecha acababa de borrar de la agenda de la Transición jamás existió en su vida y en consecuencia no se hirió en la pierna fortuitamente y por eso no cojeaba y por lo tanto no fue al hospital y nunca conoció allí a la enfermera Madrona ni se casó con ella ni tuvo un hijo ni ingresó en el partido ni habitó jamás esta casa que, sin la resistencia de su mujer, acabó en manos de la inmobiliaria y fue destinada al derribo, y por eso ahora, en el solar, construían un nuevo edificio. Pero eso no era todo, lo intuía, lo sabía (y Martí se lo confirmó): Laureyanu de la Mora no recordaría tampoco haber vivido cierto día, años atrás, no fue a París para asistir a ninguna reunión, en vez de ello vino a Barcelona a la clínica del doctor Barraquer y se operó de cataratas y riñó con su prometida y en la clínica conoció a una enfermera llamada Madrona Foix, adscrita al PSUC, con la cual casó y tuvo un hijo que hoy era el director literario de Ediciones Unión, donde el propio Batallé había publicado su libro *Mis tiros al pichón con Franco* o algo así...

—Es usted muy de la broma, oiga —dijo Martí—. Va, ex ministro, que es tarde y tengo sueño...

Batallé dejó caer el auricular, ya no le quedaban monedas. Así pues, era miembro de Alianza Popular, y Laureyanu de la Mora, donde quiera que estuviese, era miembro del PSUC. Sin capacidad de asombro vio entonces llegar a sus dos colaboradores, que le habían estado esperando en el aeropuerto, y sin oponer resistencia se dejó levantar del suelo de la cabina y meter en el coche y llevar hasta el Prat, donde fue literalmente izado al avión para volar luego hacia Madrid, hacia un despacho y unas responsabilidades y una mujer y unos hijos que no conocía. ¿O sí los conocía? Identificó, en un fugaz parpadeo de lucidez, a sus dos solícitos colaboradores que le atiborraban de café: los hermanos Banau, fúnebres periodistas de *El Alcázar*. Le quedaba el consuelo de pensar, mientras se amodorraba planeando hacia la capital del reino, que Laureyanu de la Mora aún salía peor parado con el pacto, ya que le esperaban grotescos y abultados nudos de corbata y espantos de incompetencia en el espejo, una cojera para toda la vida, una úlcera, una mujer insoportable y una nuera ácrata.

En cuanto a él, lo más humillante, lo más insufrible y cretino, era —lo estaba leyendo en la agenda— una cena para mañana mismo con Santiago Udina Martorell. ¡Noooooo...!

Dos años después volvería a encontrarse con De la Mora en una estrambótica y soñolienta coalición gubernamental, e intercambiaron fatigas reumáticas y oculares, recuerdos y mentiras. Bien mirado, no había gran cosa que lamentar: habían hecho con el pasado lo que buenamente habían podido, puesto que poco o nada habían sabido hacer con el porvenir.

[*Por Favor,* 139 (28 de febrero de 1977), págs. 22-25. Revisado para esta edición.]

LA LIGA ROJA EN EL MUSLO MORENO

Después de cenar, mientras mordisqueaba aburridamente una manzana ácida, Nieves bajó la bolsa de la basura a la calle. Iba en albornoz y calzaba unos zapatos negros de tacón con dos tiritas cruzadas sobre los dedos. Tiró la bolsa y la manzana dentro del contenedor y se quedó un momento parada, los brazos cruzados, mirando en mitad del arroyo a un lustroso gato negro que se lamía el sexo. Jamás había visto a un gato hacer eso en medio de la calle.

Cuando entraba de nuevo en el portal oscuro, un hombre le salió al paso esgrimiendo un cuchillo de cocina.

—¿Quién es usted? ¿Qué quiere?

—No grite y no le pasará nada.

—Dinero no llevo...

—No quiero dinero —el hombre se situó a su espalda y ella notó su aliento febril. También notó la punta del cuchillo en la nalga—. Camine hacia la escalera y empiece a subir.

Nieves obedeció. Le temblaban las piernas. Se le desprendió un zapato y tanteó el suelo con el pie hasta calzárselo.

—Lleva unos zapatos muy bonitos —dijo él.

—No me haga daño, por favor.

—Quiero charlar un rato con usted.

—¿Adónde me lleva?

—A su casa. Sé que vive sola. Podríamos subir en el ascensor, pero no lo haremos. Dentro del ascensor yo no tendría más remedio que violarla inmediatamente. Además, tengo claustrofobia.

—Vivo en un cuarto piso que en realidad es un sexto...

—Lo sé. Camine.

—Haré lo que usted me pida, pero no me haga daño.

Apenas había podido verle la cara, pero sabía que era muy joven. Un muchacho espigado, de manos grandes y flequillo sobre los ojos. La hoja del cuchillo tendría unos veinte centímetros.

—¿Se portará bien? —dijo él cuando iban por el tercero—. ¿Será amable conmigo?

—Sí, sí.

Tenía la esperanza de cruzarse con algún vecino de la escalera y que el violador se asustara y emprendiera la huida. Pero no. Entraron jadeantes en el piso y pasaron al salón. Era un apartamento pequeño, muy caluroso y desordenado. Había un balcón abierto sobre la calle y la única luz provenía del televisor encendido, sin sonido, y de una lámpara de pie junto al sofá.

—Siéntese en el sofá —ordenó el violador—. Yo me sentaré frente a usted, en esta butaca. Y tranquilícese.

Seguía empuñando el enorme cuchillo con firmeza, el brazo estirado hacia el suelo, como si fuera a rajarla de abajo arriba de un momento a otro. Llevaba un pantalón tejano muy sobado y una camisa inmaculadamente blanca de manga larga, abrochada en los puños y hasta el último botón del cuello. Parecía un chico formal, bastante ingenuo, no maliciado por la moda juvenil ni por el lenguaje marchoso, pero en sus ojos claros y fríos anidaba una estridencia, un desatino. El pelo lacio, el cuello largo, los hombros caídos.

—Ay, guárdese ese cuchillo tan horrible, se lo ruego —dijo ella—. No hace falta que me lo enseñe... todo el rato.

—Así está bien.

—Es usted... muy joven. Y guapo. No tiene ninguna necesidad de andar por ahí amenazando a las mujeres con un cuchillo. Seguramente más de una se acostaría con usted por gusto...

—No diga tonterías. Debe usted comportarse normalmente, conversar con naturalidad, mostrarse confiada y simpática y no hablar de lo que no entiende.

—Bueno.

—Como si estuviera con un amigo que ha venido a visitarla.

—Bueno.

—No me gustan las mujeres asustadas.

—De acuerdo.

—Deje un poco entreabierto el albornoz sobre las rodillas. Así, eso es... La luz artificial le va al pelo a su muslo bronceado. Se ha puesto unos zapatos muy bonitos para bajar la basura.

—Ni siquiera me había fijado. ¿Le gustan?

—Trátame de tú.

—¿Te gustan?

—¿Qué lleva debajo del albornoz?

Nieves meditó la respuesta. Decidió decir la verdad.

—Nada. ¿Te molesta?

—Me da lo mismo. O sea, no, es mejor así. Tengo una prima que en la playa, debajo del traje de baño, lleva sostén. Es muy bruta. ¿Cuántos años tiene usted?

—Veintiséis.

—¿A qué se dedica?

Por segunda vez, ella consideró la conveniencia de mentir. Y de nuevo optó por la verdad.

—Ten piedad de mí. Soy... una pobre chica de la calle.

—¿De la calle?

—Soy una prostituta.

—¡No me diga! Nunca había visto a una prostituta en albornoz. Creía que en la intimidad eran más gordas, más pálidas, más venéreas... Conque una fulana. Está bien. Cruce las rodillas, haga el favor. Eso es. Deje resbalar el albornoz sobre el muslo... Así. Y no apriete las solapas sobre el pecho como si tuviera frío.

—Es que estoy muy asustada.

—Naturalmente. Podría rebanarle los pechos con el cuchillo, o rajarle el cuello de oreja a oreja. Piénselo un poco.

—Dios mío.

—O cortarle los pezones. Pero no tema. Generalmente me porto bien. Relájese. Deje el zapato un poco desprendido del pie, así, a punto de caerse... Me gusta ver el talón desnudo, los tobillos...

—Dios mío. ¿Qué vas a hacerme?

—Tengo que pensarlo. Soy muy detallista.

Nieves lo miraba fijamente, intentando adivinar sus intenciones.

—Te daré gusto, si quieres —dijo—. Sé quién eres.

—No, no lo sabe. Usted cree que soy *el Preservativo* de Gracia, el violador que tiene atemorizado a todo el barrio. Lo llaman así porque trabaja con condón y guantes... eso me han dicho. Un tipo muy considerado. Pero yo no soy ése, señora.

—¿No eres un violador?

—Yo sólo soy un maníaco sexual.

—Entonces ¿qué te propones? Haré lo que me pidas, si no me haces daño.

—Oh, no es gran cosa. Me propongo atisbar sus pechos duros y puntiagudos por entre las solapas de su albornoz flojo, y calibrar sus muslos largos y sedosos, y adivinar la firmeza de los rizos de la pelvis, su grado de humedad y su color, y comprobar si sus nalgas son altas y respingonas y si lucen hoyuelos, y si sus pezones se ponen duros al pellizcarlos suavemente... Soy un obseso sexual, nada más.

—Pero me amenazas con un cuchillo.

—Es que no soy tonto. Sin cuchillo, ninguna mujer me haría caso.

—En eso te equivocas. Ya te he dicho que eres muy guapo...

—No intente liarme —esgrimió el cuchillo frente a su nariz con gesto amenazador—. ¿Me entiende? Podría ponerme nervioso y sacarle las tripas de un tajo. De verdad se lo digo.

—Está bien. Te creo. Te creo.

—Ahora le haré algunas preguntas. ¿Tiene usted algún cardenal o cicatriz en los muslos, senos o glúteos?

—No. ¿Por qué?

—Soy estudiante de medicina.

—¿De veras?

—¿Alguna señal de nacimiento, antojo o peca o algo así?

—No.

—¿Alguna mancha rojiza en la cara interna de los muslos? ¿Algún arañazo en la espalda hecho por el novio o el querido?

—No tengo novio ni querido.

—Póngase esto.

Sacó del bolsillo una liga roja con puntillas negras y la tiró al regazo de Nieves. Ella cogió la liga y la miró detenidamente, y luego volvió sus ojos atemorizados hacia el maníaco sexual.

—Póngase la liga en la pierna derecha —ordenó él—. Vamos, de prisa, no tenemos toda la noche.

Ella obedeció. Dobló la rodilla, alzándola contra el reflejo luminoso y parpadeante del televisor, y los faldones del albornoz resbalaron del todo dejando el muslo al descubierto. Se sacó la liga, introdujo en ella el otro pie, la deslizó por la pierna estirada, subiendo, y la ajustó en el muslo, bastante arriba, con un chasquido elástico que hizo estremecer al muchacho.

—Bien. Ahora quédese como está. Así, con el albornoz flojo. Habrá observado que soy muy cuidadoso con los detalles. Eso debería tranquilizarla.

—Pues me ocurre todo lo contrario.

—Denota que no soy un violador convencional. Que no voy a penetrarla a lo bruto por delante ni por detrás, ni nada de eso.

—¿Me lo juras? Pareces buena persona. No tienes pinta de buscarle la ruina a una pobre chica como yo. ¿No podrías soltar ese horrible cuchillo?

—Luego.

—¿Cuántas veces lo has hecho?

—¿El qué?

—Amenazar a una mujer indefensa con el cuchillo.

—No muchas. Pero es la primera vez que me reciben en casa. No sabe cuánto le agradezco a usted el calor de hogar. Normalmente me veo obligado a refugiarme en portales oscuros, callejones solitarios y descampados del extrarradio. Incluso dentro de los ascensores, y eso que me ponen enfermo. Es bastante duro, porque a mí me gusta la conversación, el olor del café, el humo de los cigarrillos, ver un rato la tele, cambiar de canal... —Se interrumpió bruscamente y miraba a Nieves entristecido, la expresión contraída, como un perro perdiguero que estuviera cagando—. No me interprete mal —añadió, y se levantó para cambiar de canal en el aparato receptor. Pero no elevó el sonido. En la pantalla, una folclórica de grandes tetas y enjoyada hasta las cejas cantaba desgañitándose con grandes aspavientos—. Me refiero, claro está, a los canales de televisión. Ya se habrá dado cuenta de que soy un violador sentimental.

—Me he dado cuenta.

—La gente de este país no cuida los sentimientos, no practica la cortesía interior. Yo me he propuesto ser un violador sentimental degustador de café, y con el tiempo lo seré.

Nieves no supo qué decir. Escuchar aquellos disparates era inquietante, pero el silencio era peor. En el televisor parpadeaban las imágenes de la cantante andaluza dándose aires de señorona tetuda y gran artista. Las risueñas rodillas de Nieves estaban desnudas frente a ese parpadeo y el joven maníaco sexual las miraba fijamente, miraba los hoyuelos en la piel suavemente tostada recibiendo el juego de luces y sombras. De pronto él cambió el cuchillo de mano, se levantó, se sentó junto a ella en el sofá y deslizó la mano derecha entre sus muslos. «Quieta, paloma», dijo. Nieves notó que la mano ardía y se abrió de piernas despacio, instintivamente, no tanto por un reflejo del miedo como por la necesidad de relajarse ella y, a la vez, de calmar al muchacho. Pero no le quitaba ojo al cuchillo. La mano encendida se había posado serenamente en la pelvis y con los dedos frotaba suavemente los rizos duros. En seguida el dedo corazón tanteó los labios y los separó iniciando un experto movimiento rotatorio, primero muy lento, luego penetrando decididamente en busca del clítoris. Nieves se retorció a pesar suyo.

No sabía si abandonarse a las caricias o no; por supuesto ella podía controlar su cuerpo y sus humores sexuales y mantenerse fría, insensible, o podía disimular deseo, como hacía siempre en su trabajo, o casi siempre. Pero ignoraba cuál podía ser ahora la mejor táctica; corresponder al manoseo del chico, mostrarse sensible de verdad, sin fingimientos —¿quién es capaz de fingir en esta situación?—, seguramente le complacería y le ablandaría, le haría menos peligroso. En cualquier caso, el dedo se movía con una habilidad diabólica y se iba hundiendo cada vez más profundamente entre las mucosas húmedas, parándose de vez en cuando sobre el clítoris para engatusarlo, encenderlo. En cierto momento, mientras aún pensaba en lo que le convenía hacer, pero jadeando ya ante la inminencia del espasmo, Nieves notó que otro dedo, el índice, se unía al corazón y proseguían juntos, lubricados y enardecidos, moviéndose ahora con una sabiduría sorprendente en un muchacho tan joven, despacio, ralentizando su progresión hacia el orgasmo y sin permitirle alcanzarlo. Ella había adelantado la pelvis y separado un poco más los muslos para facilitar la maniobra, y poco después, cuando se mordía los labios conteniendo un gemido, bruscamente él retiró la mano.

Nieves lo miró asustada.

—¿Qué pasa? ¿No me porto bien?

—Ahora nos iría bien un cafelito —dijo él frotándose las manos, el cuchillo entre los dientes.

—Si quieres —dijo Nieves desconcertada, pero atreviéndose a ponerle la mano en la bragueta— te hago una cosita y te quedas feliz y tranquilo, y luego te vas a tu casa a dormir... Y aquí no ha pasado nada. ¿Te parece?

Notó a través del pantalón la verga hinchada y durísima. El chico apartó la mano con suavidad.

—A mí lo que me gusta es la paja-conversatorio tomando café, la paja hogareña —dijo él muy serio—. ¿No sabe usted lo que es?

—No...

—Se trata de conversar y tomar café y ver la tele. Ya de chaval, cuando me juntaba con los amigos, nos sentábamos en corro y hacíamos la paja-conversatorio. Yo recitaba poesías. Ahora lo que necesitamos es un cafelito —se levantó—. Vamos a la cocina. Hará usted café y lo tomaremos aquí sentados, viendo la tele.

Ella se levantó muy preocupada y lo condujo a la cocina. Notaba la punta del cuchillo en la espalda, aunque en realidad él mantenía el cuchillo a un palmo de distancia, siguiendo con los ojos el movimiento de las nalgas bajo el albornoz. Ella acentuó el balanceo de los glúteos, deseando enternecer al chico de algún modo. Preparó la cafetera, encendió el gas y la puso a calentar. Al levantar los brazos para abrir el armario y sacar las tazas, se le soltó el cordón del albornoz y éste se abrió. Sus pechos quedaron al aire y ella se irguió sobre sus zapatos de tacón alto con una tacita en cada mano. Asiendo el cuchillo con la mano izquierda, él encajó las ingles en las nalgas de Nieves y con la derecha acarició sus pechos, demorándose en los pezones, haciéndolos rebrincar con suaves golpecitos de las yemas de los dedos. La otra mano, la del terrible cuchillo, descendió hasta alcanzar su vientre plano y musculado, se quedó un rato allí efectuando suaves masajes y luego rodeó la cintura y bajó por atrás acariciando las nalgas altas y prietas, deslizando el dedo pulgar por la raja y alcanzando del otro lado la pelambre del pubis. Ella había separado las piernas nuevamente y se preguntaba dónde estaría el cuchillo. «Este cabrón retrasado mental me está destrozando los nervios», pensó. Y le dejó hacer, sin soltar las tacitas. Restregaba las nalgas contra él, intentando averiguar si estaba empalmado. Morcillona, pensó. Quería que el chico tuviera cuantas más erecciones mejor, intuía que eso lo hacía menos peligroso. Quería pero no se atrevía a susurrarle palabras de estímulo, frases cariñosas, como solía hacer con los clientes.

—¿Te gusto, rey mío? —dijo mientras echaba la cabeza hacia atrás y restregaba los cabellos por su cara.

—El café ya casi está...

—¿Dónde tienes el cuchillo?

—Detrás de usted.

—Olvídalo, por favor. Se te está poniendo dura, a que sí.

—¡El café!

Había empezado a silbar la cafetera y él se sobresaltó. Se apartó y Nieves apagó el gas, sacó la azucarera y cucharillas, lo puso todo en una bandeja y regresó al salón. Dejó la bandeja en una mesita frente al sofá, donde se sentó como antes, con el albornoz flojo. Él lo hizo a su lado esgrimiendo el cuchillo y durante un rato no dijo nada.

Nieves llenó las tazas de café sin que le temblara la mano.

—¿Azúcar? ¿Cuántos terrones?

—Me da igual. Lo que me gusta es el olor del café.

—Te pondré dos.

—Ahora quiero que me haga una descripción de sus pechos. Que me diga cómo son.

—Es mejor que los veas —dijo ella—. Mira.

Hizo resbalar las solapas del albornoz sobre los hombros y descubrió los pechos, pero él, rapidísimo, volvió a tapárselos.

—Ahora no quiero verlos; quiero que usted me los explique. Solamente eso. Una descripción, lo más detallada posible.

—Pues qué te voy a decir. Son unos pechos de tamaño regular, morenos, me gusta exponerlos al sol, con la piel muy fina... Redondos y firmes.

—Pues sí que estamos bien. Redondos y firmes. No vuelva a decir un tópico como éste si no quiere que le corte la yugular con mi cuchillo.

—No, no quería decir eso. La verdad es que mis pechos son más bien pequeños, ligeramente bronceados, de punta y un poco separados, quiero decir de esos que miran hacia los lados.

Mientras hablaba, observó que él no la miraba a los ojos, sino a la boca. Con aire distraído, Nieves deslizó la mano entre las solapas del albornoz y se acarició el seno, calibró su tamaño y su peso, su firmeza y su textura, y endureció el pezón pellizcándolo levemente. Pero él no dejó de mirar fijamente su boca pálida.

—Sí —añadió ella—, son pequeños y juguetones. Caben en el hueco de la mano.

—¿Y qué más?

—Los pezones son del color del vino rosado, y se ponen duros cuando los roza la seda, la brisa del mar o los labios de un muchacho...

Calló de pronto, sorprendida de sus propias palabras. «Qué bonito me sale», pensó. Vio la misma sorpresa feliz en los ojos claros y misteriosos del joven maníaco sexual y prosiguió:

—También la punta de una lengua los puede estimular, a mis pezones. Una lengua cálida, en su justo grado de humedad, un poco rasposa... A veces pienso en la lengua de los gatos. Entonces se vuelven aún más duros, su tamaño aumenta el doble. ¿Quieres comprobarlo? Te dejo lamerlos, si quieres.

—Está intentando hacerme alguna jugarreta.

—Te juro que no. Me gustaría aliviarte... Anda, relájate y confía en mí.

Seguía acariciándose el seno. Movió la mano con rapidez y dejó al descubierto el hombro izquierdo y el comienzo del brazo, fue bajando la ropa y el pezón se liberó brincando, oscuro y erecto. Entonces él cerró los ojos.

—¿Por qué haces eso? —dijo Nieves.

—Prefiero ver con el pensamiento el pecho que me has descrito.

—Pero si es éste. Míralo.

—Que no. Cuando estoy pensando no necesito ver nada.

—Hijo, tú estás enfermo —se atrevió a decirle—. Por muy estupendos que te imagines mis pechos, los míos, éstos, son de verdad. Y si dejas el cuchillo y quieres acariciarlos... En fin, no sé qué más puedo hacer por ti.

El chico dejó el cuchillo sobre la mesita, junto a la cafetera, y de paso olfateó el olor del café. Dijo:

—No se le ocurra enseñarme el chomino.

—No, no.

—No hasta que yo se lo pida.

—Está bien.

—No lo soportaría.

—De verdad que estás enfermo, corazón —dijo ella con tristeza—. ¿Te ha visto algún médico?

—El café se está enfriando y es una lástima.

Estaban muy juntos y Nieves notaba el calor de su muslo pegado al suyo. Suspiró y dijo:

—Me gustaría hacer algo por ti, de veras...

—Yo le diré lo que debe hacer. De momento vamos a tomar el café, como personas decentes.

—Está bien —se resignó ella—. ¿Lo quieres solo o con leche?

—Solo. ¿Y usted?

—También.

—Debería usted tomarlo con leche. Sienta bien por la noche, sobre todo a las mujeres de la vida. Un cortadito. Yo se lo prepararé.

—Pero si no me gusta.

—Insisto.

—Bueno. Hay leche en la nevera.

—No necesitamos leche de la nevera. Va usted a hacer lo que yo le diga. Primero tómese un buen sorbo de café, pero no se lo trague, manténgalo en la boca y calentito. Así, muy bien... Ahora échese de espaldas en el sofá, de cara al techo, y abra la boquita. Pero sin derramar una gota de café. Eso es.

Ella obedeció con presteza, maravillada y aliviada: por disparatado que fuese lo que ahora se proponía este mochales, siempre sería mejor que tenerle al lado esgrimiendo el enorme cuchillo. Seguía pensando que sólo había un medio de que esta loca aventura terminara bien, y era que el muchacho alcanzara alguna forma de orgasmo, seguramente complicada, y se marchara dejándola en paz. Tumbada panza arriba en el sofá, el albornoz abierto, sentía el café calentito en la boca a punto de derramarse. Alzó la rodilla y colocó una pierna por encima del respaldo del sofá, abriéndose y miró al chico con amañada expresión de dulce somnolencia. Él contempló su vientre liso y sus muslos un breve instante, y no se entretuvo más, parecía tenerlo todo muy bien ensayado: se puso a horcajadas sobre su pecho, apoyando las rodillas, y una mano en el sofá para no oprimirla con su peso, abrió la cremallera de los tejanos y se secó la verga ya rígida y oscura, cubierta de arañazos y con una gran vena hinchada. Su rostro aniñado y sereno no revelaba nada de lo que estaba pasando. Viendo arder el pene a unos centímetros de su cara, Nieves abrió unos ojos como platos y sintió que un leve acceso de tos le subía por la garganta amenazando con hacerle escupir el café, que se derramaba un poco en las comisuras de su boca. Comprendió que el pene ya estaba erecto desde hacía mucho rato, apuntando hacia arriba dentro de la bragueta. El enrojecido glande rozó el labio inferior y entonces ella, sin que él le dijera nada, anticipándose a su deseo, ciñó la verga con la mano derecha y empezó a desplazar la piel arriba y abajo, regulando el ritmo y la cadencia de sus movimientos. Lo acercó más a su boca abierta repleta de café, y ella a su vez alzó un poco la cabeza para recibir mejor la rociada de esperma que había de brotar del fondo de las glándulas. Sin embargo, no quería apresurar nada: ésa era la única forma de anular el peligro, y cuanto más prolongara la situación, la antesala del orgasmo del muchacho —y seguramente de su propio orgasmo, tal como iban las cosas—, tanto mejor para todos. De vez en cuando él mojaba el glande enardecido en el café, como si fuera un bizcocho; lo metía y lo sacaba, dejándolo gotear, y ella deslizaba los dedos arriba y abajo a lo largo de la vena hinchada y las cicatrices.

El aroma del café lo impregnaba todo. Con cierta dificultad, porque tenía la boca ocupada, Nieves dijo:

—¡Aao, ico! ¡E ejas uuata? O eí e uieras ana iaiaión. (¡Carajo, chico! ¡Me dejas turulata! No creí que tuvieras tanta imaginación.)

—¿Qué dice?

—E eto e u ietido y u aondo. (Que esto es muy divertido y muy cachondo.)

—No hable ahora.

—Aaiiae as etas ientas epaas a eche, aio. (Acaríciame las tetas mientras preparas la leche, cariño.)

—No la entiendo.

—¿E uta? (¿Te gusta?)

—¿Cómo?

—E i e uta. (Que si te gusta.)

—Mucho, mucho.

—On a ano izea, e a ienes esouaa, oías ellizae os ezoes, aor. (Con la mano izquierda, que la tienes desocupada, podrías pellizcarme los pezones.)

—¿Así? ¿Lo hago bien?

—Ai, ai. O hae iino. (Así, así. Lo haces divino.)

—Ah, ah, ah...

—Eea u oco. (Espera un poco.)

De modo que durante bastante tiempo, deslizando sabiamente los dedos sobre los costados del pene, sintiendo su acelerada palpitación, mojando el glande una y otra vez en el café, estirando el prepucio, arañando suavemente la piel con las uñas pintadas de rojo, acariciando el frenillo, oprimiendo el cuello lo más abajo posible, cerca de los testículos, y restregando desesperadamente la palma mojada de la mano sobre el glande enardecido, rojo como una cereza y próximo a estallar, ella controló la situación hasta que el joven pero inesperadamente diestro y complaciente maníaco sexual, presa ya de dulces sacudidas, de oleadas de placer que le nacían en los riñones, adelantó los ijares e introdujo totalmente la verga en la tembloteante boca llena de aromático torrefacto, y después de tres o cuatro violentas convulsiones, mientras ella sentía desbordarse el café y chorrearle por las mejillas, se vació.

Nieves permaneció un rato boca arriba con los ojos cerrados, saboreando el insólito cortado. Él subió la cremallera de los tejanos y se sentó muy formal en la butaca frente a ella. Buscó el cuchillo con los ojos, pero no lo cogió. Ella se incorporó despacio, ciñéndose el albornoz y mirándole con recelo.

—¿Qué tal? —dijo—. ¿Te sientes mejor?

—Sí.

Miraba el cuchillo, pero no parecía tener intención de volver a esgrimirlo; parecía más bien desaprobar su presencia. Con la voz dulce y húmeda ella propuso:

—¿Quieres más café, antes de irte?

El chico la miró, pero no dijo nada, y ella añadió:

—Todavía estoy un poco aturdida. Ha sido... muy estimulante —guardó silencio unos segundos y dijo—: No creas que tengo muchas oportunidades de gozar con un chico tan guapo y tan fino como tú. La mayoría de las veces me ocupo con unos pencos que vaya...

—¿Usted finge que se corre, cuando trabaja?

—No siempre.

—¿Qué criterio sigue usted para correrse o para fingir que se corre? ¿Qué le induce a hacer una cosa u otra?

—Depende.

—¿Qué condiciones debe reunir su cliente para que usted se decida a correrse?

—Ante todo, debe ser amable conmigo. Tratarme con dulzura.

—Huy. Se correrá muy de tarde en tarde.

—Pues sí.

El joven maníaco sexual meditó un rato. Luego dijo:

—¿Y por qué lo hace?

—¿Fingir?

—Sí.

—A los hombres les gusta creer que nos corremos. Mejor dicho, les gusta creer que ellos nos hacen correr.

Las manos en las rodillas, sentado muy tieso en el borde de la butaca, el muchacho la miraba con recelo, como si no diera crédito a sus palabras. Después de reflexionar un momento, dijo:

—A mí me da igual.

—¿Estás seguro? Piénsalo un poco.

—¿Y cómo lo hace?

—Me estremezco, jadeo, suelto gemidos, simulo que me hace daño. Grito, le susurro a la oreja qué gusto, más, dame más, ay, rey mío, me voy, cosas así. Y le araño la espalda, le muerdo el cuello, me retuerzo, le rodeo la cintura con las piernas, hago contracciones con la vagina, etcétera.

—Cuánto trabajo. Parece usted una buena persona.

—Soy muy sentimental.

—¿Qué piensa de mí?

—Me habría gustado conocerte en circunstancias normales, sin ese cuchillo —dijo ella sinceramente—. ¿No se te ha ocurrido pensar que podrías gustarme, sin ese cuchillo?

—En circunstancias normales, no hay caso. Yo no hago nada en circunstancias normales.

—¿Cómo lo sabes? ¿Lo has probado alguna vez?

—No.

—¿Y por qué no, criatura?

—No estoy bien del coco. Eso creo.

—Pero eso se puede arreglar. Hay médicos...

—Los médicos no saben nada. Me han visto cientos de médicos. Médicos mentales, psiquiatras y todo eso. Todos follan con las enfermeras, fuman y beben, me engañan... Me han hecho electros, muchas preguntas, me obligan a dibujar cochinadas, me enseñan manchas de tinta. Me preguntan si me la meneo pensando en chicas decentes o en putas de lo más tirado.

—Vaya. ¿Y tú que respondes?

—Yo creo que no estoy bien de la azotea. Eso creo. Pero cuando me hago la cosa no pienso en chicas decentes ni en furcias de lo más tirado.

—¿No? ¿En quién piensas?

—En una señora ama de casa, joven, como usted, en bata o albornoz, con rulos en el pelo y los pechos sueltos, bajando la bolsa de la basura a la calle o batiendo un huevo en el plato, de pie en la cocina...

Cogió el cuchillo, lo miró por ambos lados, dándole vuelta a la hoja, y lo volvió a dejar en la mesita.

—Siento no llevar rulos —dijo ella—, ni ser muy buena ama de casa. Pero te gusto un poco, a que sí. No me harás ningún daño, ¿verdad?

—Tenga cuidado. Ya le he dicho que estoy un poco mochales. ¿No ve mi sonrisa torcida y demente, el tic nervioso de mi ojo izquierdo y la baba verde que cuelga de mi labio inferior?

—No veo nada de eso.

—Porque ahora lleva usted flojo el albornoz, y yo le veo el vientre y los muslos y me estoy excitando otra vez. Y cuando estoy así me comporto como una persona normal, y hago cosas normales.

—Eso está bien —dijo ella mirándole la bragueta.

—Usted me toma por tonto.

—Qué va. Oye, ¿quieres comer algo, antes de irte? ¿No tienes hambre?

—Hoy no he comido nada. Estoy deambulando por las calles de Barcelona desde por la mañana temprano. Pero no tengo hambre.

—¿Y beber? ¿Puedo ofrecerte algo de beber, antes de que te vayas?

—No he dicho que me vaya. Ahora usted se quita la liga roja y se la pone en la otra pierna. Vamos, haga lo que le digo. Despacio.

Ella estiró la pierna y luego la alzó y la mantuvo en alto mientras ajustaba la liga, haciéndola chasquear sobre la piel. Antes de fijarla, la deslizó arriba y abajo del muslo ciñendo éste con los dedos de ambas manos, como si midiera su grosor. El albornoz dejaba ver la oscura pelambre del monte de Venus.

—¿Así? —dijo Nieves—. ¿Lo hago bien?

—¿Tienes unas medias? —dijo él—. Quiero que se ponga medias. Rápido.

—Pero ponerme medias, llevando albornoz...

—Medias y albornoz, eso es lo único que debe llevar. ¿Tiene medias o no?

—Claro.

—Tráigalas.

—En seguida, no te enfades.

Nieves fue a su cuarto y volvió en el acto con unas medias negras. Se las puso concienzudamente, despacio, sentada frente a él, exhibiendo sus largas piernas, deslizando las manos una y otra vez, con suavidad, a lo largo de los muslos y las pantorrillas. Una de las medias quedó sujeta con la liga roja, la otra concluía bruscamente un poco más arriba de medio muslo, donde la conjunción ardiente de la seda negra y la carne morena resultaba, a ojos del muchacho, plenamente satisfactoria.

Luego ella se levantó, el albornoz flojo, las manos en la cintura, y lo miró a los ojos.

—¿Te gusta así? —dijo—. ¿No quieres nada más, antes de irte?

—Me lo estoy pensando.

Nieves suspiró resignada.

—Yo sé que no te quedarás tranquilo hasta que me tengas. Así que no perdamos más tiempo. Fóllame y terminemos de una vez.

El obseso sexual parecía abstraído, mirándole las piernas.

—Afloje la liga sobre la media —dijo—. Que la media quede un poco arrugada sobre el muslo... Un poco caída.

Ella obedeció y luego se acercó al chico y se sentó a horcajadas sobre su pierna derecha, restregando la pelvis en el muslo. Él le manoseó las nalgas con fuerza, constatando su vigor. Al cabo de un rato, cuando ella empezaba a jadear, él dijo:

—Ahora vamos a la cocina y usted me hará una tortilla de patatas con las medias caídas y los zapatos puestos.

—¿Una tortilla? ¿Ahora?

—Sí. Con las medias caídas.

—¿Y después te vas con tu cuchillo?

—Después me voy.

—¿Lo prometes?

—Lo prometo.

Recuperó su cuchillo y se dejó conducir a la cocina cogido de la mano. Allí, ella le pidió el cuchillo para pelar y cortar las patas y él se lo dio. Mientras ella trabajaba, él se quedó a su espalda, le subió los faldones del albornoz y le acarició las nalgas. Luego, cuando ya se calentaba el aceite en la sartén, ella más tranquila, batió dos huevos en un plato moviendo el tenedor con vertiginosa rapidez. Se volvió hacia él y lo miraba confiada y un poco húmeda, de pie, el albornoz abierto a ambos lados de los muslos, las medias negras un poco caídas y arrugadas. Él se retiró un paso y ahora la miraba con las manos en los bolsillos y dijo:

—¿Sabía usted que masturbarse de pie es bueno para la circulación?

—No, no lo sabía.

—¿Usted nunca lo ha hecho?

—Cuando era jovencita...

—A ver cómo lo hace. Sin soltar el plato, por favor.

—Está bien. Mírame.

Nieves apoyó la espalda en el frigorífico, arqueó la cintura, se abrió de piernas y con la yema del dedo mayor buscó rápidamente el clítoris. La boca entreabierta y los dedos entornados, dirigió al muchacho una mirada de súplica, mientras con el dedo anular separaba un poco el labio del lado derecho y con el dedo índice el labio izquierdo. Notó el clítoris endurecido y resbaladizo y frotó el dedo hacia arriba y hacia abajo presionando levemente, deteniéndose en la entrada de la vagina. Seguía con la mano izquierda en alto sosteniendo el plato con las yemas batidas y el tenedor. No quiso cerrar los ojos, ni los apartó de la cara de él: lo miraba directamente a los ojos en el momento en que, dejando escapar un débil gemido, hundió el dedo en la vagina lenta pero firmemente. Entonces, rindiendo la cabeza ante el joven aprendiz de violador, inició una serie de caricias circulares que le arrancaron más gemidos y seguidamente emprendió con el dedo el camino de regreso hacia el clítoris, ya muy encabritado y mojado por completo, para bajar nuevamente hacia la vagina con renovado ímpetu. Sus ojos semicerrados y ahora llenos de dulzura no se apartaban del chico. Sintió que los pezones se le ponían erectos y duros y que su cuerpo empezaba a ser invadido por pequeñas olas de placer. Contraía la vagina cuando el dedo entraba y la aflojaba al retirarse, imprimiendo gradualmente más rapidez conforme aceleraba el ritmo y sentía alcanzar la culminación. Entonces le vio a él, como a través de un velo, avanzar hacia ella con el pene enhiesto en la mano, y retiró el dedo y dejó que la cogiera de las nalgas y la levantara del suelo y la penetrara. Empezó a culear furiosamente hasta que un repentino latigazo lamió su espina dorsal, entonces arqueó aún más la cintura, contuvo el aliento y gimió y se le derramó la yema de huevo batida del plato que sostenía en la mano.

Sin darse cuenta había cerrado los ojos y permaneció un rato ensimismada, hasta reponerse.

Cuando abrió los ojos, el loco muchacho ya no estaba en la cocina. Tampoco en el salón, y no había ni rastro de su terrible cuchillo. Ella lo buscó por toda la casa, inútilmente.

Finalmente, al volver a la cocina para recoger del suelo la yema derramada, descubrió que aún no había bajado la bolsa de la basura a la calle. Pero llevaba las medias negras un poco caídas y la liga roja seguía ciñendo su muslo moreno.

[*El fin del milenio,* Planeta, Barcelona, 1990, págs. 47-72.]

EL JOROBADO DE LA SAGRADA FAMILIA
O
CÓMO ACABAR CON LA OBRA DE SUBIRACHS SIN OFENDER LA DIGNIDAD DE LA PIEDRA

He estado ausente de Barcelona algún tiempo y al volver encuentro el templo de la Sagrada Familia ligeramente escorado hacia la derecha, según se mira situándose uno de pie —a ser posible con un whisky en la mano y tres o cuatro ya ingeridos— frente a la pavorosa fachada de la Pasión. Lo comento con algunos vecinos y amigos y me dicen que sí, que algo raro está pasando, que se han visto bandadas de turistas huyendo del templo, pero que torcido no está.

No sé, no sé. Yo vivo muy cerca del templo y cada día oigo su melodioso campaneo. Ahora llaman a la puerta del piso, abro y veo a una muchacha rubia de pelo rizado y falda corta, ojos líquidos y medias negras, cargada con un gran bolso de piel, carpetas y libros y una cámara fotográfica colgada al cuello.

—Buenos días, señor —dice con fuerte acento alemán y sonriendo—. ¿Es usted Baltasar Porcel?

—No conscientemente; hoy me he levantado algo confuso, pero espero que no.

—Ay, perdone. He confundido los nombres. Como los dos se dedican al mismo oficio, ¿no?

—Digamos que uno aprende el oficio y el otro vive de él. Pero bueno, ¿qué desea?

—Vengo a hacerle una entrevista. ¿No recuerda que lo hablamos hace unos días en Frankfurt, los dos en medio de la arena del ruedo...? ¡Qué emocionante! Soy Romy Kruger y estoy preparando mi tesis sobre sus novelas.

Le pido disculpas, había olvidado la cita por completo. La invito a pasar y se sienta en el diván frente a mí con sus robustas y fervorosas rodillas juntas y encima el cargamento de carpetas y libros. Le ofrezco un refresco, ella saca la grabadora del bolso, pulsa una tecla y pregunta:

—¿Podría usted aventurar o colegir que el tema central y prioritario de sus novelas es la ciudad de Barcelona, es decir, podría yo sostener o sustentar o pretender con mi tesis que usted escribe novelas urbanas?

Ya empezamos, me digo.

—No sé de qué me está hablando, señorita.

La joven estudiante repite la pregunta, añadiendo algunos verbos más para hacerse entender mejor. Pienso en las sandeces que sus profesores le han metido en la cabeza y me da pena, pero viendo sus ojos y su boca imagino que la vida será amable con ella.

—No me ha contestado —dice—. ¿Es que no le gusta o place que le llamen novelista urbano?

—Me han llamado cosas peores. Mire usted, la ciudad de mis novelas ya no es ésta. No existe esa ciudad, señorita, no la busque.

No se da por vencida. Me someto a sus preguntas sobre la maravillosa o prodigiosa ciudad que está de moda y al cabo de una hora me siento como alguien que ha estado cavando su propia fosa y sólo espera que un alma caritativa le empuje a ella. Le digo que tengo una obra inédita que se titula *Los horrores conyugales de Zaragoza,* para variar, y que mi próxima novela se llamará *Las ruinas de Shanghai.*

—Como ve, me interesan otras ciudades además de ésta.

Romy se levanta y me ruega que le permita continuar la entrevista por la tarde, pues ahora tenía pensado visitar la Sagrada Familia. Quedamos para después de comer y se va.

Media hora después llaman de nuevo a la puerta y al abrir la veo allí de un ataque de nervios y llorando, despeinada, con las medias rotas y arañazos en los muslos. Se deja caer en mis brazos y la llevo al diván, se va calmando y me cuenta que subió a lo alto de una de las torres del Templo y que, mientras contemplaba la magnífica o magnificente panorámica de Barcelona, de pronto, surgiendo de no sabía dónde, un hombre de aspecto repugnante se le plantó delante, un jorobado feísimo que gruñía y jadeaba y hacía grandes aspavientos. Que no la tocó, en realidad, pero que el susto había sido tan grande que huyó despavorida y se cayó y rodó por la rampa de la torre, no rompiéndose la cabeza de milagro. Y que no paró de correr hasta llegar aquí.

Llamó a la policía, al poco llega un coche-patrulla y observo en los dos agentes cierto fastidio al escuchar el escalofriante relato de la estudiante, como si tomaran nota de su espanto por enésima vez. En efecto, me dicen, la denuncia de la señorita es la que hace veinte en las dos últimas semanas y desgraciadamente su testimonio no aporta nada nuevo para el esclarecimiento de un misterio que lleva de cabeza al inspector Bohifill, el encargado del caso. Se trata de un jorobado loco que salta como un mono de torre en torre y que se esconde en alguna parte de la obra inacabada de Gaudí, espantando a los turistas y obligándoles a huir del Templo en medio de grandes alaridos.

Ayer mismo, me cuentan los agentes mientras esperamos la llegada del inspector, un gran autocar lleno de japoneses descalabrados y con los pelos de punta salió disparado de la plaza y emprendió veloz carrera por la calle Mallorca perseguido de cerca por ese jorobado diabólico. Pocos días antes, camuflado en la fachada de la Pasión —acurrucado entre las estatuas, su grotesca persona, al parecer, pasa desapercibida— ese loco saltó de pronto y mascullando un lenguaje ininteligible provocó la estampida del COI al completo, con el señor Samaranch a la cabeza. Y la semana pasada, el senador Francesc Ferrer, que había acudido al Templo acompañado por Àngel Colom y Josep Miró i Ardèvol para comprobar in situ si las obras prosiguen a buen ritmo y en català, también se vio sorprendido por ese monstruo desalmado, pero antes de echar a correr como alma que lleva el diablo, parece que aún tuvo el valor de acercarse a él y preguntarle si era un jorobado charnego reciclado o un geperut català de naixement, en cuyo caso, le dijo, si se entregaba voluntariamente, podría aspirar a una reducción de la pena. Y se cuentan por docenas los turistas temerarios o miopes que regresan a sus países con alguna pierna rota, el terror en el alma y, eso sí, un torito de trapo.

—Sin embargo —constata el inspector Bohifill después de interrogar a la maltrecha estudiante—, nos consta que esta bestia corrupia no ataca nunca, o mejor dicho: no ha tocado un pelo a ningún visitante del Templo. El misterioso jorobado se limita a ahuyentarles mediante sus pavorosos aspavientos, señor Porcel.

—Portel. Haga el favor.

—Ay, perdone.

Me informa el inspector que todos los hombres a su servicio están rastreando la ciudad tras la pista del nuevo Quasimodo, antes de que llegue el fuego olímpico y a este pirado saltarín se le ocurra alguna barbaridad, como por ejemplo prender la sagrada llama en el calcetín de Tàpies y provocar la ruina en el sector textil de Martorell, de tanta tradición y raigambre. Desde las Ramblas hasta el Tibidabo, de la Villa Olímpica de Poblenou a Montjuïc, de Sants al Guinardó y al Monte Carmelo, barrio por barrio y calle por calle de esta dinámica y excitante o exultante ciudad —precisó, contagiado tal vez por el habla dadivosa de la joven alemana—, incluida la Barcelona subterránea con su Metro y con su red de alcantarillado, todo lo estamos peinando y hasta ahora no hemos encontrado ni rastro del maldito jorobado. El antiguo Barrio Chino, actualmente en fase de remodelación, despiojado y desvenereado o despermanganatado, ha sido registrado casa por casa en busca de jorobados, y puede decirse que todos los jorobados de Barcelona, que son muchos más, pero mucho más, de los que se ven circular por la calle, han sido interrogados a fondo.

—Incluso a ese de Notre-Dame, hemos interrogado —añade súbitamente el inspector estirando el cuello y ofreciéndome su gastado perfil de Sherlock Holmes—. Ése también. Soy un sabueso intelectual.

Se ha vuelto loco, me digo. Podría ser el intelectual más risible y egocéntrico que he conocido jamás, si no fuera porque ya conozco a otro. Ahora se vuelve hacia Romy Kruger, envarado y circunspecto, se inclina sobre su regazo y con mucho tacto extrae un cabello blanco bastante largo que la muchacha lleva pegado al borde de la falda. Seguidamente compara el cabello con los míos. Esta cana no es suya, dice. Por supuesto que no, inspector.

—Señorita Kruger —dice Bohifill—, tengo que rogarle que me acompañe al lugar de los hechos. O mucho me equivoco o el caso está resuelto. Venga usted también, señor Tortell.

Cruzando la plaza soleada y bulliciosa, el inspector ya no parece dueño de sus actos. Se para y requiere mi atención sobre un pulcro anciano de barba nívea sentado en un banco; es un vendedor ambulante de globos multicolores, que flotan apelotonados y festivos sobre su cabeza cana.

—Observe a este anciano —dice el inspector Bohifill—. Fíjese en su asombroso parecido con el arquitecto Gaudí.

—Cierto. Se parece mucho.

—No es que se parezca, Watson. Es que es. Y esta cana que colgaba de la falda de la señorita Kruger pertenece a su barba. Mi teoría es elemental: Gaudí no es partidario de que prosigan las obras del Templo sin contar con él, con su talento creador y su fabulosa capacidad para improvisar sobre la marcha, y además no le gustan las esculturas de la fachada de la Pasión, así que decide boicotear las obras. ¿Cómo? Pues ahuyentando a turistas y visitantes en general, provocando el terror. Se disfraza de Quasimodo con una careta de plástico, coloca uno de sus globos entre la espalda y la camisa simulando una joroba y hala, a brincar de torre en torre soltando gruñidos...

—Le felicito, inspector —lo interrumpo—. La señorita Kruger también le felicita efusivamente, y la ciudad de Barcelona le estará eternamente agradecida por haber esclarecido el misterio y contribuir a la continuación de un monumento que ha de causar asombro al mundo entero. Y ahora adiós, que usted lo pase bien.

Nunca supe si el inspector Bohifill fue internado o sigue en el cargo. Su teoría tenía cierto interés, sobre todo en el desolador y aburrido campo de la estética actual y de eso —no menos aburrido y desolador, aunque tal vez necesario— que se llama seny.

Lo único que puedo añadir es que ese día, cuando vuelvo a cruzar la plaza de la Sagrada Familia después de acomodar a la maltrecha señorita Kruger en un taxi —«Adiós o adéu-siau», me dice, generosa y siempre liberal con las lenguas, un encanto de criatura—, al pasar por delante del venerable anciano de barba blanca que sonríe debajo de sus globos de colores, no me puedo reprimir y lo saludo:

—Passiu-bé, senyor Gaudí.

Y él me contesta:

—Passiu-bé, senyor Vicenç Villatoro.

¡Maldición!, me digo, ¡voy de mal en peor!

FIN

[«El jorobado de la Sagrada Familia», *La Vanguardia* (24 de mayo de 1992). Corregido para esta edición con el título «El jorobado de la Sagrada Familia o cómo acabar con la obra de Subirachs sin ofender la dignidad de la piedra».]

EL CASO DEL ESCRITOR DESLEÍDO

A la memoria de Juan Carlos Onetti

Las serpientes eran tan venenosas que su mirada mataba. De ahí que el héroe Iskander pudiera gastarles la broma terrible de echar espejos en el Valle para que las culebras se mirasen en ellos y se ocasionaran la muerte.

SIMBAD EL MARINO

Érase un escritor de ficciones que durante treinta años se había negado temerariamente a conceder entrevistas a la televisión. Hoy, cinco años después de los sucesos que se narran en esta historia, hay quien opina que el mismo R. L. S. no fue otra cosa que una ficción, pues lo único que nos queda de su paso por el mundo es el anagrama de su nombre. Así firmaba sus libros, y así le decían en familia y en los medios profesionales:

—Errelese, deberías dejarte ver en la tele de vez en cuando.

—No me gusta hablar de la faena. Además soy bastante feo.

Y así durante treinta años. Gozaba de cierto prestigio y de una moderada fama, pero ni la una ni la otra le interesaban. Su rechazo sistemático a los requiebros audiovisuales le había acarreado algún problema a la hora de promocionar sus libros, y no pocos malentendidos. Su mujer nunca se lo reprochó, pero en el fondo no lo aprobaba; sus editores se habían resignado a lo que les parecía prácticamente un suicidio, y su agente literario opinaba que era una forma de coquetería que se adelantaba a su época, que había que respetar y que haría furor en el futuro.

R. L. S. era un hombre de pocas palabras y sólidas convicciones, menudo y discreto, vestía con esmerada pulcritud y cierto atildamiento, y odiaba las entrevistas.

La tarde del 18 de julio de 1989 se dejó convencer para ser entrevistado brevemente en un programa cultural que se emitía de madrugada por la segunda cadena de TVE. Decidió comparecer por gentileza hacia un escritor amigo y puso tres condiciones: que la entrevista fuese en directo, que no debían hacerle ninguna pregunta sobre su propia obra ni sobre su vida y que a su espalda, en el plató, colgaran una gran fotografía de Mr. Hyde estrangulando a la puta Ivy.

Todo transcurrió según sus deseos y de forma bastante aburrida, salvo un par de preguntas finales que la presentadora del programa le disparó a bocajarro:

—Señor Errelese, ¿por qué firma sus novelas con estas iniciales? Suponemos que corresponden a su nombre. ¿Tal vez Ramón López Solís...? ¿Rufino Lasa Sala...?

Él no se dignó contestar, los ojos en el suelo y una leve efusión sanguínea en la cara. Tampoco quiso explicar por qué pidió que colgaran tras él una foto ampliada de Mr. Hyde/Fredric March apretando el cuello de Ivy/Miriam Hopkins con sus horribles manos peludas. Por último, su conocido rechazo al medio televisivo, mantenido a lo largo de treinta años, picó también la curiosidad de la presentadora:

—¿Por qué no nos quiere? —entonó melindrosa—. ¿Qué tiene usted contra nosotros, señor Errelese?

—Lamento que me haga esta pregunta —dijo él con la voz suave—. Pero la contestaré. La televisión está creando una nueva especie humana, un mundo de opinantes mastuerzos y de mirones descerebrados, adiposos e impotentes, y a mí no se me ha perdido nada en ese mundo.

En este momento estalló una bombilla de la cámara más próxima a él, seguidamente se produjo un cortocircuito y mucho humo, y uno de los focos también explotó. La presentadora pidió disculpas y, pasado el susto, reanudó la conversación:

—Vaya, parece una acusación en toda regla, lo que acaba de decir.

—Olvídelo. Ustedes saben de eso, practican muy bien la estrategia de la desmemoria.

—Y sin embargo, pese a tan riguroso veredicto, usted ha venido.

—He venido exclusivamente a rendir homenaje a mi amigo y maestro Juan Carlos Onetti. Y puesto que hemos terminado, usted me dispensará. Buenas noches.

Su intervención duró apenas cinco minutos. Al alejarse de las cámaras y de su campo de tiro notó fugazmente el primer síntoma: algo muy frío se licuaba a lo largo de su tráquea, como si hubiera tragado un trozo de hielo del vaso de whisky y lo sintiera allí clavado, entre pecho y espalda, goteando un rencor concienzudo.

De vuelta a casa, repasando mentalmente lo que había dicho, solamente una frase le parecía afortunada y no estaba seguro de que fuera suya: «En el buen escritor, la verdadera emoción aparece y se manifiesta allí donde no se la describe ni se la nombra. Onetti es un maestro en eso». No era gran cosa, y aunque había logrado su objetivo, recomendar encarecidamente la obra del amigo, sentía un extraño desasosiego.

Preguntó a su mujer y a sus hijas, que seguían pegadas al televisor, qué tal había quedado ese imbécil de Errelese haciendo monerías ante las cámaras, y le dijeron que bien, sin el menor entusiasmo. Olvido, su mujer, hija de un boticario de pueblo que se enriqueció con una pócima contra las almorranas y acabó dirigiendo unos grandes laboratorios farmacéuticos, añadió:

—Pero se te veía mal.

—¿A qué te refieres? —dijo él—. ¿Estaba mal enfocado, demasiado lejos...?

—No sé. Movido.

—¿Movido?

Su hija pequeña fue más explícita:

—Borroso, papá. Salías muy borroso. Horriblemente borroso.

—Desleído, diría yo —precisó la resabiada hija mayor—. A ratos parecía que te estuvieras disolviendo en agua, como un alkaseltzer.

—Algo salió mal. Explotó una cámara —recordó él.

—Pero a la entrevistadora se la veía perfectamente —observó su mujer—. Solamente tú salías como... difuminado.

R. L. S. se encogió de hombros.

—Falló también un foco... Bueno, qué más da —y añadió con sorna—. Nunca me había puesto delante de esos malditos artefactos. No han sabido cogerme el perfil bueno, así que no pienso volver por allí.

—La cámara no te quiere, papá —bromeó la hija menor.

—Será eso, hija.

—Justo castigo a tu soberbia —dijo Olvido.

—Seguramente —admitió él, la cabeza gacha.

—¿Quieres verte? Lo hemos grabado.

—Mañana. Estoy muy cansado. Eso de cultivar el personaje ante millones de televidentes resulta agotador, además de obsceno. Buenas noches.

Al día siguiente se mareó mirándose al espejo y sufrió una fuerte bajada de la tensión sanguínea. De la manera más tonta —eso creyó al principio: por andar distraído o adormilado—, meó fuera de la taza del wáter dejando el suelo perdido; no pudo dirigir correctamente el chorro de orina porque no lo veía. Poco después sufrió doble visión y un persistente zumbido en los oídos. Aconsejado por su mujer, acudió a la consulta del doctor Trías, su médico de cabecera y amigo íntimo; más que amistad, lo que ambos cultivaban era una complicidad de lecturas y alcoholes diversos. El médico le ordenó echarse en la camilla, tanteó su hígado apretando con los dedos y después preguntó qué le había pasado exactamente. R. L. S. le contó la meada invisible y aventuró que debía tratarse de una depresión, dijo que a ratos sentía mucho frío interior, como si su cuerpo estuviera abierto y expuesto a corrientes de aire, y que otras veces le parecía estar disolviéndose en un vaso de agua igual que una pastilla efervescente o algo así.

El doctor Trías le rió la broma y le recetó tres poemas metafísicos de Quevedo, dos poemas satíricos de Sagarra y un vasito de Oporto cada noche antes de acostarse. También rellenó una solicitud para que le practicaran un estudio arterial mediante las siguientes exploraciones, según escribió de su puño y letra: Doppler Transcraneal Tridimensional y Eco-Doppler de Troncos supra-aórticos, afecto de Sd. vertiginoso e inestabilidad.

—No me jodas —exclamó R. L. S. admirado—. No sabía que en tus recetas imitaras la prosa de Julián Ríos.

—Como bromista eres bastante chapucero —protestó el doctor Trías—. Yo soy ante todo un científico riguroso, y tú no eres más que un maníaco depresivo con una tendencia esquizoide, así que, de momento, te prohíbo fumar.

Cuando pasó el vídeo que habían grabado sus hijas comprobó que, en efecto, se le veía muy borroso. Cada gesto que hacía, cruzar una pierna sobre la otra o ajustarse el nudo de la corbata, parecía ralentizado y dejaba tras de sí esa estela fugaz que deja en las fotografías un objeto en movimiento. Todo lo demás a su alrededor, incluida la bella presentadora y los papeles y libros que manejaba, aparecía nítido y en su sitio; sólo su imagen tenía otra textura, otro ritmo y otra luz, como si perteneciera a otra película, a un celuloide rancio, diríase: una tonalidad distinta traía consigo otra atmósfera, otra historia. Pero lo más extraordinario era que las manos peludas de Mr. Hyde y su cara de mono, mientras procedía a estrangular a la pobre Ivy en la fotografía que colgaba a su espalda, las garras y la máscara bestial que deberían haber quedado parcialmente ocultas, podían verse a través de su estómago porque éste se transparentaba.

Pasó el vídeo otra vez, y luego otra, y decidió que el realizador del programa había mezclado dos tomas con alguna finalidad estética; una virguería técnica copiada de Rouben Mamoulian o de George Stevens.

Ese mismo día, hallándose en una librería, fue reconocido por una señora que le pidió su autógrafo esgrimiendo un ejemplar de su último libro y un bolígrafo de tinta roja. R. L. S. la complació, no sin problemas: firma y rúbrica surgieron ante sus ojos y los de su admiradora, pero se esfumaron al instante. Parecía cosa de magia. Pensó que la tinta carecía de la suficiente densidad o que le faltaba algún ingrediente, y firmó y rubricó nuevamente de forma vigorosa y enrevesada, como hacía siempre, pero presionando mucho más: el trazo sanguinolento apareció, bastante aguado y fantasmal, y volvió a esfumarse en la nebulosa blanca del papel. Sólo después de varios intentos y con otros bolígrafos, rodeado de la curiosidad general y las atenciones del personal de la librería, consiguió fijar un palidísimo remedo de su autógrafo.

El incidente le dio mucho que pensar. ¿Tendría algo que ver aquella ligera indisposición que sufrió en su primera comparecencia televisiva? Para salir de dudas decidió someterse a la prueba de una nueva comparecencia televisiva y pidió a sus hijas que lo grabaran. Volvía a sentir el escalofrío del cubito de hielo incrustado en la tráquea y el lento, punzante goteo interior.

Pensaba hacerse invitar, pero no fue necesario: en los medios audiovisuales se interpretó su primera e inesperada aparición ante las cámaras como el fin de una cabezonería insensata, una rendición ante el poder supremo de la imagen, y varias cadenas privadas ya reclamaban su presencia. Con tal motivo, sus editores le felicitaron instándole a participar en programas de gran audiencia y de muy diversa roña y pelaje: debates sobre extraterrestres y parapsicología, concursos millonarios y debates públicos sobre la corrupción política, el anticatalanismo galopante, la postura de los obispos frente al condón o los grandes incendios forestales... Le recomendaron muy encarecidamente huir de los programas dedicados a libros.

—¡Vamos a recuperar el tiempo perdido! —exclamó entusiasmado el director de relaciones públicas de una editorial.

—¡Que te vean, cuanto más mejor! —dijo su editor.

—Ojalá no sea demasiado tarde —murmuró R. L. S.

La segunda comparecencia tuvo lugar en un gran estudio que lucía un decorado espectacular con piscina y trampolín, gradas repletas de público y mucho trajín de sonrientes azafatas faldicortas. Era un concurso de audiencia nacional conducido por un popular periodista, y los televidentes podían concursar desde sus casas por teléfono respondiendo correctamente a preguntas muy simples, y, al final, en un breve espacio dedicado al personaje invitado, debían adivinar al autor de una cita literaria previamente escogida por él, y que aparecía escrita en la pantalla a lo largo de la entrevista. Después de invitarle a sentarse y de improvisar unas breves palabras de presentación, el conductor del programa le preguntó, muy sonriente:

—Ante todo nos gustaría saber, disculpe nuestra curiosidad, por qué ha rehuido usted las entrevistas en televisión durante tantos años.

R. L. S. permaneció mudo y absorto ante la sonrisa del presentador. En esta ocasión no había requerido la compañía de Mr. Hyde, pero sentía sus manos ardientes y peludas, que olían a azufre, apretando su cuello. Durante diez minutos, el gran comunicador no logró arrancarle una sola palabra. Simuló ante su audiencia un fallo técnico y ordenó que le cambiaran el micro prendido en la solapa, pidió un vaso de agua y una silla más cómoda para su invitado, le ofreció un café, y nada. Finalmente, R. L. S. pareció despertar de su letargo y dijo:

—He venido para verme después.

El presentador hizo una señal al cámara de la grúa para que se acercara y sacara un plano del nudo impecable de la corbata de su invitado, mientras palmeaba amistosamente su rodilla.

—¡Vaya, nos ha salido usted muy bromista, señor Errelese! A propósito, estas iniciales corresponden a su nombre y apellidos, naturalmente. Déjeme adivinarlo... ¿Roberto Lara Segura? ¿Rafael Linares Salinas? ¿Raúl Lemos Sancho?

R. L. S. lo miró. La sonrisa y las garras de azufre seguían haciendo su trabajo.

—¿Y por qué no Robert Louis Stevenson? —dijo.

—¡¿Por qué no, en efecto?! ¡Muy agudo, sí señor! ¿Tal vez lo escogió porque es usted un *fan* del autor de *La isla del tesoro?*

—Bueno, sería la única forma de parecerme a él en algo...

En este momento se recibió la primera llamada telefónica. Una señora de Madrid. La cita de autor famoso que R. L. S. había escogido era: «Os lamentáis de que el culo de las mujeres es monótono. Hay para eso un remedio muy sencillo: olvidarlos». Era una sabia recomendación de Gustave Flaubert a Guy de Maupassant. Los guionistas del programa habían expresado sus recelos ante la frase, apelando al buen gusto del que siempre había hecho gala el concurso (aquí se escuchó la risa sarcástica de Mr. Hyde), pero en eso R. L. S. se mostró inflexible: o se aceptaba su propuesta o se iba a casa.

—¡¿Con quién tenemos el gusto de hablar?! —preguntó el presentador.

—Con Matilde.

—¡Muy bien, Matilde! ¡¿Puede usted decirnos quién es el autor de nuestra cita de hoy?!

—¡Pues es que no estoy segura, la verdad...! —dijo la concursante, muy excitada.

—¡Adelante, mujer, sin miedo! ¡Tiene medio millón de pesetas al alcance de la mano! ¡No es ninguna broma, Matilde!

—Ay, ¿por qué no me echa usted una ayudita?

—Imposible, querida señora. Yo no sé el nombre del autor. Sólo nuestro ilustre invitado lo sabe, él lo escogió.

—Ay. ¿No será éste... cómo se llama? Éste que sale siempre por la tele y casca mucho... Ay, lo tengo en la punta de la lengua... ¿Don Benito Pérez-Dragó?

—Pregunte a la señora si no le suena mejor don Ramón María de Gala-Inclán —dijo R. L. S.

—¡Sí que me suena, sí! —dijo ella.

—Es un curioso emparedado, y dudo que le gustara al escritor gallego —opinó el conductor del programa en un alarde de erudición, de buen gusto teatral y de intuición erótica.

Siempre sin dejar de sonreír, el gran comunicador miró a R. L. S., esperando su veredicto.

—En fin, déle usted a esta señora su medio millón —dijo el escritor invitado con la voz suave— y que se compre un pesebre.

Se volvió a un lado, hacia una de las azafatas, y pidió otro vaso de agua.

—¡Cuánto lo sentimos, Matilde! —dijo el presentador—. Parece que no hubo acierto. ¡Gracias por llamar y suerte la próxima vez! —y colgó el teléfono, mirando a R. L. S. con el rabillo del ojo. La azafata de sonrisa congelada trajo el vaso de agua y, al disponerse R. L. S. a cogerlo, su mano se cerró en el aire y el vaso fue a parar al suelo y se hizo añicos; vio sus dedos traspasando limpiamente el cristal y el agua, sin tocarlos, asiendo la nada. «Perdón», murmuró, y se puso lívido.

Poco después hubo otra llamada. Una concursante de Valencia.

—¡¿Es don Camilo José Cela?! —dijo una voz chillona—. Porque esta clase de cochinadas... vamos, que es lo suyo, muy propio del don Camilo ése. Seguro que es él. Menudo guarro.

—No. Éste es un prosista castizo y campanudo —dijo R. L. S.—. Yo he venido a dar testimonio de un novelista excelso.

De vuelta a casa puso el vídeo en marcha, mientras le preguntaba a Olvido qué tal había salido esta vez. Ella dijo que fatal, mucho peor que la otra noche.

—No estoy hecho para esta clase de gansadas —gruñó él—. ¿Por qué crees que me he negado durante tantos años?

Su mujer pulsó el mando a distancia y congeló la imagen.

—Mírate. Pareces un fantasma.

Estaba, en efecto, un poco más desvaído, más transparente. Olvido pulsó otro botón y la imagen se animó de nuevo. En cierto momento podían verse los rotundos muslos de la azafata que le traía el vaso de agua: la muchacha avanzaba a su espalda con la bandeja y el vaso, los muslos rotundos moviéndose rítmicamente dentro de los pulmones de R. L. S. maltratados por el tabaco, en una singular combinación gráfica de vigor y belleza juvenil y de cárcoma senil y tiniebla pulmonar. Negándose a la evidencia, buscando todavía algún tipo de excusa, R. L. S. opinó que debía tratarse de un defecto de filmación, una anomalía técnica.

—Que no sabes estar ante las cámaras —dijo su mujer—. Que no estás acostumbrado, vaya.

—¿Crees que debería dejarme entrevistar con más frecuencia?

—No te vendrá mal. Pero pareces muy cansado... ¿No te encuentras bien?

—Me siento raro. No sé... con mala conciencia. Lo que se dice un tipo con dobleces, poco legal. Falso; digamos como un vino adulterado, una perdiz de granja o una leche desnatada.

—Qué tonterías dices.

Después de negarse durante días, accedió a someterse a diversas pruebas y análisis clínicos. Ante su enfermizo empecinamiento en querer compararse, debido a ciertas coincidencias en la sintomatología, con un alkaseltzer o un sidral —decía sentir dentro del cuerpo una «efervescencia visceral y anímica»—, el doctor Trías sentenció:

—Amigo mío, el hombre no es otra cosa que un producto químico, y como tal, disolvente. Te suponía enterado de esta fatalidad. O esta bendición, según se mire.

R. L. S. expresó el temor de que su mínima presencia en la prensa escrita entre 1965 y 1975, apenas media docena de entrevistas —y dos de ellas con el gran Del Arco: brevísimas— acaso fuera el germen de este virus que de algún modo ahora lo estaba descarnando y propiciaba su lenta disolución ante las cámaras de televisión.

—Seguramente lo incubé entonces —dijo—. ¿Me has visto en la tele?

—Por supuesto que no —dijo el médico.

—Se me ve fatal —se lamentó cabizbajo—. Fatal.

—Jamás pensé que eso pudiera preocuparte.

El diagnóstico del doctor Trías fue que estaba neura, sencillamente, y le recetó un complejo vitamínico, cigarrillos fuera, whisky con agua pero sin hielo y más dosis de entrevistas televisivas y tertulias radiofónicas, por nauseabundas y ponzoñosas que le parecieran; cuantas más, mejor.

—A ver si, con un poco de suerte, provocamos una respuesta inmune en el organismo, estimulando algún tipo de anticuerpo —añadió el médico—. Debes darte prisa. Y mostrarte agresivo, hacerte notar.

Sin pensárselo dos veces aceptó otra entrevista en un programa cultural de cinco minutos, titulado con la mayor desfachatez 5 MINUTOS CON LOS LIBROS y emitido a las 2.30 de la madrugada. Lo dirigía y presentaba un escritor verborreico con cara de primate ilustrado, célebre por sus hazañas sexuales y sus efusiones místicas, y siempre recién regresado de la India.

—Gracias por venir, Errelese —le dijo a modo de saludo, ya los dos en el aire—. Sabemos que no le gusta ser entrevistado.

—La mitad sí me gusta.

—¿Cómo la mitad?

—No me gusta ser entre. Vistado sí, lo necesito.

—Le veo muy pálido. ¿No le han maquillado?

—Ya veremos luego cómo estoy. O no veremos, depende.

El conductor del programa se removió inquieto en la silla.

—Bien. Yo sé que nuestros telespectadores, y sobre todo sus lectores, interpretan su presencia en los medios televisivos como un deseo de pactar, de normalizar unas relaciones con el ente que nunca fueron fáciles... ¿Qué les diría, a sus lectores, desde esta pantalla tan denostada por usted?

—Usted me está pidiendo que me reconcilie con el mundo. Hasta aquí podíamos llegar. Ya puede usted esperar sentado. O volver a la India, como quiera.

—Ja, ja. ¿Usted no cree en el famoso dicho una imagen vale más que mil palabras?

—De ningún modo. Una imagen no vale mil patatas.

—¡He dicho palabras, compañero, no patatas!

—Disculpe. Soy un escritor realista.

—Lo sabemos, y le disculpamos por ello. Queridos amigos —con la sonrisa torcida y la voz gangosa, el intelectual papista y saltimbanqui aliñó como pudo su empanada mental y se dirigió a su audiencia—, esta noche contamos con la presencia escurridiza, legendariamente inestable, por no decir vocacionalmente invisible, de un escritor bastante leído. Bastante. Creo que a todos nos gustaría saber en qué anda metido ahora, un adelanto o una primicia de la obra que está gestando, o por lo menos el título...

—«Moriarty contra la Patria».

—¿Es una broma?

—No se vayan ustedes —dijo R. L. S. mirando al objetivo de la cámara—, que pronto llegarán los famosos tertulianos sermoneantes y sabelotodo. Sé cuánto les chifla esa escoria.

—Oiga, a ver si nos aclaramos...

—Usted es un charlatán radiofónico y televisivo, la peor especie de besugo que se da hoy en este país.

—... porque ya nos pasamos de tiempo.

—Bueno, si tanto le interesa, pues no, no estoy escribiendo ninguna novela, por ahora. Estoy trabajando en una antología de las majaderías televisivas que los españoles se tragan sin rechistar. En realidad, en este momento no necesito lectores. Necesito mirones. Gente que mire, aunque no piense.

Sin disimular su fastidio, el monito presentador se puso a revisar sus notas.

—Veamos. ¿Usted cree que el poder utiliza a los intelectuales, o los intelectuales al poder?

—El emputecimiento es mutuo. Las posturas, diversas. Blenorragias y sífilis, a manta. Conozco a un escritor que se sirve de los discursos del Rey para citarse a sí mismo.

—¿Para quién escribe un escritor cuando escribe, Errelese?

—Un escritor cuando escribe, escribe para el escritor que está escribiendo en su escritorio.

—O sea, para sí mismo —el presentador ahogó un bostezo apretando un bolígrafo entre los dientes—. Mire, yo no he leído casi nada de usted, ya me perdonará, pero me han dicho que usted sólo escribe del pasado.

—Es una gentileza para con mis lectores no contemporáneos. Ustedes, los que comen en el pesebre audiovisual, están condenados a no tener pasado.

El monito volvió a consultar sus apuntes. Había entre él y su invitado una mesita con un jarrón verde conteniendo una docena de rosas rojas. R. L. S. se levantó y colocó el jarrón con las rosas en otra mesa, a su espalda. El monito parlante le preguntó por qué lo hacía, y él dijo que las rosas lucirían muy bien en torno a su espinazo, o tal vez dentro de su estómago. «Veremos», dijo.

—Veremos —repitió el entrevistador, muy mosqueado—. Al parecer, esta palabra le encanta: veremos. Tengo que rogarle que no insista con sus sarcasmos, Errelese. Hemos comprendido. Sigamos. Usted de niño coleccionaba cromos de ciclistas famosos, ¿verdad?

—Sí. El ciclista que más me gustaba era Paulette Goddard, gran escalador, siempre con dos tubulares cruzados sobre el pecho.

—Ya.

—También me gustaba mucho Joe Louis, el bombardero de Detroit. ¿Conoce?

—Más o menos.

La entrevista iba de mal en peor, según deseaba R. L. S., pero ahora el presentador no parecía tener prisa por acabar.

—Usted presume de francotirador y de volar como el águila solitaria, ¿no es cierto? —añadió.

—Me gustan más los pardales. Y las golondrinas, pero sólo aquellas que no vuelven. Mi padre tenía un perro que lo acompañaba en su recorrido diario por las tabernas del barrio, y al que solía invitar a tapas y agua mineral con unas gotas de anís. Por supuesto, los dos bebían con moderación. Las albóndigas le gustaban mucho a ese perro, y también los callos. Pero ni mi padre ni el perro comieron jamás pajaritos fritos. Una vez un tabernero sin escrúpulos obsequió al animal con un pajarito frito, el perro lo husmeó, luego miró a mi padre y le dijo: «Es una golondrina, y de las que vuelven». Entonces mi padre le arreó una buena nata al tabernero y él y su perro se fueron de allí para no volver nunca más.

—Es una historia demasiado natural. Permítame ahora una pregunta tal vez un poco incisiva y que nunca le habrán hecho, seguramente: ¿novela urbana o novela social?

—Novela escalibada.

—¿Por qué se hace el longuis? —el monito dicharachero esbozó una sonrisa irónica muy esquinada—. ¿No será que no sabe qué responder?

R. L. S. meditó cerrando los ojos. Sentía el estómago lleno de aire y se desabrochó la americana, y en este momento todos los telespectadores (nueve, según revelaron más tarde los índices de audiencia) pudieron verlo desde sus hogares: dentro del abdomen, enredadas en las rayas azules de la camisa y en un pálido laberinto de intestinos, estallaban doce rosas rojas en un jarrón verde. Una cristalina efusión, una transparencia perfecta.

—Es usted un botarate —dijo finalmente R. L. S.

—Lo mismo digo, compañero. En fin, ya sabe usted que en televisión el tiempo es oro...

—Cuando no es mierda.

—Está bien, vale. Gracias por venir, y buenas noches.

—Muy buenas.

Llegó a casa agotado y se acostó sin lavarse los dientes por no verse en el espejo. A la mañana siguiente le preguntó a su hija menor si había grabado la entrevista. Quería verla en seguida.

—Ahora no puede ser, papá. Estoy grabando una peli.

R. L. S. no pudo reprimir un suspiro de alivio, tan aterrador le parecía enfrentarse nuevamente a su imagen. El televisor estaba apagado y la pantalla oscura, color ala de mosca, reflejaba rencorosamente una figura estilizada y espectral, la suya. El vídeo en marcha emitía un silbido de serpiente.

—Pero me grabaste, no se te olvidaría —dijo R. L. S.

—La tengo ahí, papá.

—¿Viste si yo salía bien, natural?

—Supongo que sí. Ya veremos.

—¿Tendré que esperar mucho? ¿Qué estás grabando ahora?

—*Cumbres borrascosas.*

—Ah, muy bien —paseó nervioso por el salón—. Por cierto, ¿grabaste ayer tarde *El ladrón de Bagdad?*

—Sí, papá.

—Estupendo. Me gustará verla esta noche después de cenar. Es una maravilla. Una forma logradísima de felicidad, que diría Borges. ¿No opinas lo mismo, hija?

—Sí... ¿Quién es Borges?

—Dejémoslo. Esta noche quiero ver *El ladrón de Bagdad.*

—No puede ser. Esta noche grabaremos *Río Rojo.*

—Ah, qué buena. Ésta la veremos mañana...

—Tampoco podrá ser, papá. Mañana estaré grabando *La fiera de mi niña,* una de Tarzán y un reportaje sobre Elvis Presley. Otro día, papá. Lo siento.

—Sí, otro día.

Pero sabía que nunca volvería a ver estas películas, y su hija probablemente tampoco, porque se pasaba el día grabando y el vídeo siempre estaba ocupado; nunca, por muchos vídeos que hubiera en la casa, habría ya tiempo ni ocasión más que para congelar y almacenar imágenes. Así que para verse tuvo que saltar de la cama a las cinco de la madrugada, sacar del vídeo la cinta que no paraba de grabar y poner la de su última entrevista. Tal como temía, estaba mucho más esfumado, su figura parecía una tela de araña y a ratos puro humo. Vio perfectamente el ramo de rosas enredado en sus intestinos y notó un desfase de la voz en relación con el movimiento de los labios: el sonido, muy débil, se oía unos segundos después de que sus labios formulasen las palabras; no era que sus respuestas se demoraran porque las meditara demasiado, mientras el monito presentador hacía muecas de cara a la audiencia, sino que la voz, por alguna causa desconocida, se le quedaba dentro un buen rato. Hacia el final de la entrevista congeló la imagen en el vídeo con el mando a distancia y observó lo que quedaba de R. L. S. bajo la intensa luz de los focos: en el lugar donde él debería estar, en la silla, estallaban las rosas y se agitaba una forma convulsa y gris parecida a una nube de mosquitos. Fue un instante. Luego reapareció su cuerpo, pero siempre borroso y exangüe.

Ya no le cabía la menor duda: estaba desapareciendo. Recordó el sarcástico dictamen del doctor Trías: no habiendo desarrollado anticuerpos gráficos, tu cuerpo serrano sufre un paulatino pero irreversible rechazo del medio audiovisual.

Dos horas después, al entrar en el cuarto de baño, su mujer lo vio desnudo mirándose en el espejo.

—Estoy empezando a desaparecer, Olvido.

—Pero ¿qué dices? ¿Estás seguro?

—Cada día me siento más desleído. Me voy, querida, una fuerza misteriosa e incontenible me está borrando del mapa.

Su mujer comprendió al instante y, sin perder la serenidad, corrió a decírselo a sus hijas.

—Papá se esfuma.

Las niñas acudieron presurosas y se plantaron en el umbral del lavabo, se quitaron sus gafitas de miope y limpiaron los cristales con el borde de la falda, se las pusieron de nuevo y miraron a su padre con la mayor curiosidad.

—¿A ver, papá? —dijo la pequeña.

—No hay mucho que ver, hija.

—Estáte quieto un momento, déjanos ver.

Nunca tuvo ningún pudor ante sus hijas, pero ahora, en su estado, prefirió taparse los genitales con las manos. Precaución inútil, claro.

—Seguramente, papá, lo que padeces es un tipo de inmunodeficiencia con efectos secundarios —opinó la mayor, lectora voraz y entusiasta de literatura farmacéutica editada por su abuelo en los folletos de los medicamentos—. Algo está pasando en tus glándulas hormonales, seguro. ¿A que te sientes raro, con sofocos y náuseas? No debes conducir en ese estado.

—En la televisión —dijo Olvido— se te ve mucho peor que al natural. En fin, qué le vamos a hacer. Claro, tantos años de abstinencia no podían traer nada bueno. Si no hubieras sido tan cabezón, habrías desarrollado anticuerpos, como han hecho Gala y Cela y Sampedro y tantos otros, y habrías vendido el doble de libros. Ahora ya es demasiado tarde.

Sacando fuerzas de flaqueza, R. L. S. se enderezó y dijo:

—Te equivocas. Siempre estoy a tiempo de hacer el papanatas. He ido a la tele y volveré. ¡Os cansaréis de ver esa jeta!

Su mujer y sus hijas insistieron en que era un grave problema de glándulas, secreciones y hormonas, y le convencieron para que acudiera sin pérdida de tiempo a la consulta de un famoso endocrino que trabajaba en el Centro Superior de Investigaciones Científicas y en el Instituto de Magnetismo Aplicado de la Universidad Complutense.

—Parece usted un poco diluido, en efecto —fue el primer comentario del profesor Colom—. Y no es para menos, claro. Son muchos años haciendo el gilipollas, jugando a esconder su imagen, coqueteando con ella, cuando no negándola o despreciándola. He estudiado su caso a fondo. ¿A qué se deben esos escrúpulos en medio de tanta basura cultural? Usted parece no haber entendido algo tan elemental como eso: este país tiene la televisión que se merece. Y punto. ¿Fuma usted?

—Siete paquetes diarios.

Mientras tomaba notas en un bloc, el catedrático meditaba cogiéndose la barbilla con la mano peluda.

—¿Cuánta televisión ve usted al día? ¿Dos, tres, cuatro horas? ¿Ve usted *Farmacia de guardia?* Se la recomiendo, es una serie muy buena, genial, a mí me gustaría tenerla. ¿Escribe usted con ordenador? —y sin darle tiempo a responder, añadió—: ¿Qué marca de ordenador? Sepa usted que se han dado casos de un tipo de osteoporosis, desconocida hasta ahora, causada por ondas magnéticas de ordenadores japoneses, con destrucción de fibra muscular y acompañado de heces en forma de melena.

—Yo no trabajo con ordenador. Bolígrafos, lápices y Olivetti.

El ilustre científico lo miró con recelo.

—Es usted un antiguo —dijo como si emitiera un diagnóstico inapelable. Luego examinó sus notas—. Bien, veamos. Usted se ha negado durante más de treinta años a cultivar su imagen pública alegando razones muy diversas, ninguna de ellas convincente. ¿No calculó usted las consecuencias inmunológicas de una decisión tan insensata?

Observando la tersa y oronda faz del sabio endocrino, R. L. S. empezó a desalentarse. Habló despacio y con una voz muy débil, impostada:

—Precisamente yo pensaba que mi decisión era la sensata. Creía que la mejor manera de cultivar la imagen pública era beber vino tinto con moderación y consumir verdura y fruta fresca; mantiene tu peso ideal, no estropea los colores, no irrita la piel, el algodón no engaña y, además, te ayuda a regular el nivel de colesterol...

—¡No diga usted sandeces! —echó el endocrino una experta ojeada a los análisis y añadió—: Genéticamente hablando, me temo que hemos llegado demasiado tarde; en treinta años, sus células audiovisuales se han atrofiado.

—Comprendo —reflexionó tristemente R. L. S.—. Va a resultar profético lo que me dijeron una vez: Si no sales en televisión, no existes. Eso me dijeron.

—Mire, las fantasías eróticas no me interesan.

En realidad, usted sufre interferencias electromagnéticas —y con su cara de luna observó atentamente al escritor—. Claro que también podríamos hallarnos ante una variante del llamado *efecto placebo*. Es decir, secuelas de una sugestión —con mirada severa y conminatoria esperó a que el paciente terminara de encender un cigarrillo—. Por la razón que sea, y sin descartar la más obscena o lírica, usted se creyó a pies juntillas eso de que si no sales en la tele no existes. Veamos. ¿Le cuesta mucho verse en los espejos?

—¿Usted cómo me ve? ¿No ha dicho que me encontraba desleído?

—Creía haber dicho diluido.

—En mi caso, es más apropiado lo primero.

Rió lo que creía una broma el endocrino y luego discurrió largamente sobre las diversas formas del *efecto placebo* y sus secuelas, una de ellas el contagio por simpatía o adicción pasajera, aunque paradójicamente, precisó el científico, esa dolencia magnética se daba sobre todo en pacientes teleadictos y en ciertos rabiosos contertulios radiofónicos.

—Resumiendo: que usted, con su terca negativa frente al audiovisual, frente al imperativo de la imagen, usted, con esa perra, digamos, que le ha dado por no figurar ni en un sello de correos, pues lo ha logrado. ¡Ya no figura casi nada y quizá pronto no figurará absolutamente nada en parte alguna de este país ni del extranjero! Ahora bien, no sólo usted se ve a sí mismo desleído, sino que ha conseguido que los demás también le veamos así por contagio magnético. En este momento estoy viendo el asqueroso humo de su cigarrillo entrando y saliendo de sus pulmones, o sea, me he sugestionado yo también. Haga el favor de apagar el cigarrillo, déjese ver más por televisión y vuelva dentro de una semana. Está grave, pero veremos qué se puede hacer. Pague a la enfermera en recepción.

R. L. S. se negaba a dar por perdida su imagen y se lanzó impetuosamente a recuperarla. Y así, a la desesperada, de plató en plató y de programa en programa, fue revolcándose día tras día en las más pestilentes charcas audiovisuales, compartiendo pantalla y magazines, cháchara y morro con astrólogos adivinos y columnistas de moda, e hipnotizadores y humoristas chabacanos, políticos corruptos y estrellas de la ópera, concursantes y tertulianos, oficiantes de misterios sin resolver y matrimonios rijosos y desvergonzados, putones desorejados de la jet marbellí y un curandero vestido de santón y purpurina, un auténtico delincuente. Pero todos sus esfuerzos parecían condenados al fracaso. Siempre con su atuendo impecable, pulcro, soportaba estoicamente toda clase de pendejadas verbales y de horteradas visuales con la esperanza de ver más perfilada su figura, más reforzada y consolidada su imagen. Inútilmente. Además de emborronársele, la cara se le ablandaba cada día más y se le caía, literalmente se le desmoronaba con los rasgos distorsionados: su cara empezaba a parecerse patéticamente a una cara dibujada por Francis Bacon.

Alguien le recomendó el uso de la almohada cervical, tan voceada en la radio y la televisión, artilugio que misteriosamente le proporcionó una erección intempestiva al despuntar el alba, con la consiguiente melancolía. Probó el agua imantada que también anunciaban en la radio y su estreñimiento crónico se alivió, pero no su delicuescencia carnal y ósea, su vidriosa y etérea corporeidad, que persistía en las pantallas de televisión, en los espejos y en los ojos redondos, perplejos y resignados de su mujer y de sus hijas. Día tras día era más acusado ese desahucio ignominioso que afectaba no sólo al organismo, sino también a la vestimenta, traje y ropa interior y zapatos y corbata, por mucho que cambiara de atuendo o acumulara prendas sobre la piel: gruesos jerseys y acorazados gabanes y forradísimos abrigos, lo cual resultaba una tortura en pleno verano, y hasta gabardinas fabricadas en Taiwan y trajes de goma de submarinista y de buzo. Hubo de rendirse a la evidencia: el cuerpo y la ropa se habían confabulado para desvanecerse al unísono. Más desesperado cada día que pasaba, consultó a curanderas y teólogos, santones y echadoras de cartas y, sobre todo, asesores de imagen. Uno de ellos le aconsejó dejarse ver vestido de legionario durante un mes, y luego dos meses tocado con un genuino tricornio de la Guardia Civil. Otro, famoso por haberle endosado a Antonio Gala el bastón, la tonadilla de abuelita resabiada, las retahílas de Madre Abadesa y la prosa patriotera-andaluza, le prescribió sombrero y gabardina en todas sus apariciones televisivas, y que esgrimiera impertinencia y malas pulgas, que se hiciera notar.

—Y no olvide nunca esto que le voy a decir —le recomendó por último el asesor de imagen—. Muchos cretinos salen en la televisión no porque sean famosos; son famosos cretinos porque salen en la televisión.

—Enterado.

Al mismo tiempo, en sus ratos libres, R. L. S. devoraba anuncios de prensa por si surgía alguna oferta interesante. Un día leyó uno bastante sugestivo:

RELAX RITA «SOPLILLO»

Sexy-Life-Leben-Vida-Vita con Rita «Soplillo», maravillosa jovencita 18 a. insufla vida al cuerpo con su boca carnosa. Confortables instalaciones con bañera redonda y vídeo. Rigurosa higiene y discreción. T. 69.00.69. Lunes y viernes con Mari Pili y 6 amigas complacientes. 1.000 manual, 2.000 manual con francés, 3.000 compl. Os esperamos.

Concertó una cita por teléfono. Rita «Soplillo» resultó estimulante hasta alcanzar cierto cosquilleo existencial en las ingles, pero ni un paso más allá. Era lectora entusiasta de Chesterton y pasaron un buen rato rememorando las aventuras del padre Brown. Él abandonó un instante la cama para mirarse en el espejo y constatar desolado que seguía imparable el proceso de esfumación y entonces Rita «Soplillo», viéndole de espaldas, reveló el sorprendente conocimiento que tenía de la obra de Chesterton al citar de memoria una de sus punzantes ironías, acerca de un general:

—«Visto de espaldas, era el hombre que necesitaba la patria.»

Con todo, los poderes del famoso soplillo no alcanzaron a insuflar peso ni volumen estables a R. L. S., que volvió a casa muy nebuloso y deprimido.

Al día siguiente participó en un reality-show dedicado a una sufrida ama de casa de L'Hospitalet que había cortado los huevos a su marido mientras dormía, los había metido en la picadora, sazonado luego con hierbas y especies, mezclado con champiñones y pasado por el minipimer, obteniendo un revoltillo que se comió tranquilamente sentada en el sofá y viendo en la televisión, según confesión propia, el programa *Lo que necesitas es amor.* Nada más iniciar su intervención R. L. S. se empleó a fondo insultando al gran comunicador que dirigía el debate televisivo y a todos los que estaban en el estudio.

—¡¿Qué se propone?! —chillaba el presentador con el peluquín torcido.

—Me dijeron que eso era un reality-show, así que quiero ver el cuerpo del delito. Quiero ver los huevos revueltos.

—¡Usted es un provocador! ¡La señora dice que se los comió!

—¿El plato entero? —dijo R. L. S.—. No me lo creo. Seguro que dejó un poco en la nevera para el día siguiente, conozco esa especie televisiva y marujona de ama de casa: previsora, roñica y sentimental. Pregunte a la señora, verá cómo dejó una pizca de los huevos de su marido en la nevera. Pregúntele.

—¡En tal caso, la máquina de la verdad nos lo dirá! —exclamó furioso el presentador.

—Su máquina y este doctor yanqui que la interpreta son más falsos que un duro de chocolate. ¡Aquí lo que queremos es ver el minipimer chorreando las partes pudendas del señor marido...!

—¡Largo de aquí! ¡Estamos en el aire, y puede haber niños viéndonos! ¡Es usted un irresponsable!

—Estoy dispuesto a asumir mis responsabilidades audiovisuales, del mismo modo que asumo las jurídicas y las fiscales, si me dice usted cuáles son las suyas, y si me enseña el minipimer...

Y así un día y otro, y en todos los platós. Puesto que la necesidad de hacerse ver y notar era cada vez más urgente y vital, R. L. S. no dudaba en emplear las artimañas más deleznables, en especial la trifulca verbal en directo y en horas de gran audiencia, implicando siempre a los comunicadores de mayor éxito. Si quería convertirse en un figurón audiovisual, éste era el camino más rápido.

—Su programa, señor comunicador, es una refinada forma de tortura —le dijo dos días después a otro presentador, esta vez de TV3—. Y aquí falta el cadáver.

—¡Haga el favor de explicarse!

—Lo haré cuando me apetezca.

Era un magazine con números musicales y tertulianos populares: un cantautor con voz de cabra enamorada, un pedigüeño director de cine autonómico, un sacerdote autor de best-sellers, una descerebrada autora de telenovelas venezolanas y un señor bajito que dijo ser socio del Barça y llamarse Llapat i Faixat.

—¿Qué se hiso del ocsiso? —dijo la afamada autora de telenovelas al oír lo del cadáver.

El presentador no le hizo el menor caso.

—¡Señor Errelese —dijo mirando con ira a su invitado—, tengo que pedirle que abandone el plató inmediatamente! ¡No consentiré sus insultos!

—¡A mí también me ha insultado, muchas veces! —dijo el peliculero esclerotizado y subvencionado hasta las cejas—. ¡Y siempre dice pestes del cine catalán!

—¡En mi programa no lo consentiré! ¡Este director merece un respeto!

—Tal vez —dijo R. L. S.—. Pero ni un duro del bolsillo de los contribuyentes.

—¡Ésa es otra cuestión, señor mío!

—No. Ésa es la cuestión —miró R. L. S. al director y añadió—: A ver si nos entendemos, zoquete. Cuando digo que una película es mala, tanto si se ha hecho en catalán como en español, quiero decir que es mala porque se ha hecho mal, no porque se haya hecho en catalán o en español. Merluzo, que eres el merluzo del celuloide patriotero.

—¡Fuera del plató! ¡Largo! —gritó el presentador.

R. L. S. obedeció encaminándose hacia la salida, pero no oía sus pasos. Mientras, improvisando una sonrisa tranquilizadora, el comunicador sobaba a su audiencia y anunciaba:

—Y ahora, queridos amigos, para quitarnos el mal sabor de boca, les propongo unos minutos de auténtico placer: las canciones más célebres de Cole Porter en la voz de Nuria Feliu.

Al oírlo, saliendo ya del mortífero campo de visión de las cámaras, R. L. S. se volvió y dijo por encima del hombro:

—¿Lo ve, cómo es usted un sádico?

—¡Llévense de aquí a este cabrón! ¡Fuera!

Todo fue de mal en peor. Apenas podía ver su cara en el espejo y su voz se apagaba. Su sombra se borraba en el suelo y su cuerpo flotaba en la calle como una gasa o como una ceniza sin reposo. Esa vaguedad de contornos lo obligaba a operaciones estrambóticas para obtener referencias visuales, si no quería acabar degollado, tenía que afeitarse cada mañana con sombrero y bufanda; para cortarse las uñas de las manos y los pies, primero se las pintaba con laca roja. En la ducha, al enjabonarse, descubría hasta qué punto era ya inconsistente y translúcido. Antes su cuerpo era de alabastro, como el del poeta, ahora era de cristal turbio, un poco ambarino, visiblemente expoliado. Y los síntomas de la irreversible dolencia eran ya abrumadores; al bajar las escaleras y mirarse los pies, y no verlos, sufría intensos mareos; no podía dormir si no cubría sus ojos con un antifaz porque los párpados no le protegían de la luz. Y seguía meando fuera del wáter porque no veía la orina ni sabía adonde dirigirla.

Ya no veía ninguna posibilidad de regeneración en unas células que se devoraban a sí mismas con asombrosa voracidad, ya casi no guardaba recuerdo del fuego que había corrido por sus venas y sus arterias, ni de sus pulsaciones ni del aire entrando y saliendo de sus pulmones, y apenas si era capaz de representarse su propia imagen siempre tan celosa y tontamente preservada de la indiscreción y la grosería audiovisual, pero aun así decidió concederse una última oportunidad y participó en una mesa redonda con otros colegas en una librería repleta de público, con motivo de la presentación de un libro, y hallándose allí sentado y muy circunspecto, cuando aún no había tomado la palabra, mientras revisaba unos apuntes, sufrió repentinamente una efusión gaseosa que presagiaba la primera desaparición total, aunque no definitiva. «Una especie de eclipse, y duró muy poco» —así lo definió después en la consulta del endocrino—: «Me di cuenta de que ya no estaba allí cuando alguien retiró mi silla... porque estaba desocupada». Cuando reapareció, al cabo de media hora, estaba muy desmejorado, su presencia física era tan gaseosa y precaria y su voz tan débil que nadie le hizo el menor caso, ni los contertulios ni el público asistente; nadie le miró ni le preguntó nada, ni respetó sus intervenciones a destiempo, porque le pisaban la palabra, era muy difícil verle. El moderador del coloquio dijo en cierto momento: «Al parecer falta un contertulio, pero no sabemos quién pueda ser».

Después de un esfuerzo titánico, con las venas a punto de estallar, consiguió aparentar una silueta evanescente y vaporosa, y duró poco.

En vano él pataleó y gritó que estaba allí, en vano pidió la palabra con grandes aspavientos y expresó opiniones que no merecieron la atención de sus colegas ni del auditorio, y así fue perdiendo energías y fuelle, hasta que, presa del desánimo, se entregó resignado a un silencio elocuente, sereno y gentil, y rindió la cabeza sobre el pecho. Entonces sufrió la segunda desaparición completa, fulgurante.

Volvió a reaparecer al llegar a casa, mientras se servía un whisky con agua, pero sabía que se había iniciado la fatídica cuenta atrás. Su última consulta fue con un psiquiatra y en un estado casi cataléptico. No quiso tumbarse en el diván por miedo a no levantarse.

—Sufre usted una fuerte depresión figurativa —dijo el psiquiatra—, una dolencia que aqueja sobre todo a los pintores. Tàpies la padece, o mejor dicho, la cultiva muy satisfactoriamente con esa Fundación que nos ha costado un huevo a los contribuyentes. Pero ésa es otra historia. Bien. Voy a recetarle algo que le va a sorprender: hágase fotos, muchas fotos. Pero sin sombrero. Y escuche la radio, atienda a los líderes de audiencia, a los creadores de opinión. ¡Mucha radio!

Se hizo retratar por fotógrafos ambulantes y afamados profesionales, por sus propias hijas y por ocasionales viandantes, y no quedó un solo fotomatón en la ciudad en el que no se hubiera sentado muy quieto mirando aterrado el insomne ojo del destino. En cada una de esas instantáneas creía retener unos segundos de vida. Luego, buscándose en ellas, apenas podía reconocer aquel derrotado espectro de sí mismo. Se buscó también en el álbum de fotos de la familia, en las de juventud y de niñez, en algunas muy antiguas y amarillentas donde vio a sus padres y abuelos paseando por el parque Güell y dándole la mano a... nada, a una sombra. Le entristeció sobre todo una vieja foto muy querida donde se veía a su padre gateando en la playa, mirando a cámara y riéndose, con una pala y un cubo de juguete milagrosamente suspendidos en el aire. El niño que fue R. L. S. ya no estaba allí, cabalgando feliz a lomos de su progenitor, espoleando la imaginación hacia la gran aventura del futuro, hacia un destino que prometía la gloria y la fortuna. Desaparecer de las fotos, sin embargo, no le importaba demasiado.

Pasada la medianoche, poco después de que sus hijas apagaran la televisión y se acostaran, sintió la imperiosa necesidad de ir a su dormitorio a darles las buenas noches y un beso, como cuando eran muy niñas, y al cruzar el salón vio en el espejo un torpe esqueleto andante con osamenta de cristal y envuelto en una tela de araña que lo emborronaba. Si eso era todo lo que quedaba de él, mejor no moverse del espejo, pensó. Pero el espejo era también la guarida del tiempo, y ese tiempo lo devoraba lo mismo allí que en las covachas luminosas de la TV. Entonces recordó que, al entrar en los platós televisivos, siempre le asaltó la sucia idea de que allí, bajo la luz de los focos, celebrado y bobo, podía en cualquier momento caer en la banalidad más absoluta, en alguna ignominia. Renunció pues a que ese fantasma entrara en el dormitorio de las niñas y se convirtiera en una pesadilla para el resto de sus vidas, y volvió sobre sus pasos para encerrarse en su estudio. Esta misma noche anotaba lo ocurrido en su diario con la estilográfica, y según iba escribiendo, escuchando el rasgueo familiar y armonioso de la plumilla sobre el papel, observó que las palabras se borraban una tras otra apenas surgían y no dejaban ni rastro. La tinta azul desaparecía casi en el instante de haber trazado la palabra, devorada por un virus, chupada por la misma nebulosa blanca de la hoja como si ésta fuera un secante. Un sudor frío recorrió lo que quedaba de su espalda. Se precipitó sobre sus fichas y sus libretas de notas y blocs de apuntes y descubrió que todo cuanto trazó su mano se había borrado, y también el manuscrito de su última novela y tres capítulos de la misma que ya había pasado a máquina y daba por buenos. Desenterró del fondo de un armario los demás borradores y manuscritos encuadernados: lo mismo, folios en blanco, la nada más blanca, inmaculada, inocente. Sencillamente, todo se había esfumado: ni los títulos quedaban, ni una línea, ni una palabra, ni una anotación al margen, ni una tilde. Entonces le asaltó a R. L. S. una sospecha pavorosa y corrió hacia los estantes de libros, cogió su última novela recién publicada, la abrió procurando mantenerse impávido y con los ojos cerrados todavía unos segundos, por cobardía, por un reflejo automático de rechazo de la evidencia inútil, por otra parte, pues sus párpados de humo ya no podían protegerle de ninguna imagen traicionera de este mundo y ahogó en su garganta un grito de horror: el texto impreso se estaba borrando, de la primera a la última página. Como roídas por un ácido, algunas palabras se arrugaban ante sus ojos antes de desaparecer, otras parecían fundirse, parpadeaban débilmente un instante y se apagaban. Audaces adjetivos, fulgurantes metáforas, ajustados y limpios diálogos cuya emoción contenida le había costado años de trabajo y correcciones sin fin, largas oraciones trenzadas con ritmo y furor y ternura, noches en vela olfateando el aroma desconocido de un vocablo, garras y alas de una prosa que él había creído más válida y duradera que su propia vida, no dejarían ni rastro. El título y la dedicatoria a su mujer habían desaparecido también; sólo quedaban en las páginas primeras y en las últimas algunas referencias que no tenían que ver con él, como el nombre de la Editorial, su razón social y comercial y el de la industria gráfica que imprimió el libro, pero ni siquiera el número de registro del Depósito Legal y tampoco la numeración de las páginas.

Con el alma a los pies, R. L. S. afrontó la terrible evidencia: todo lo que había escrito a lo largo de treinta años se estaba desleyendo no sólo en la vasta biblioteca de su estudio, sino también y seguramente al mismo tiempo en miles de hogares y en las manos —ahora mismo, quizá— de cientos y cientos de lectores, y en bibliotecas públicas, librerías y grandes almacenes y aeropuertos y estaciones ferroviarias, en las pomposas Ferias de Libros y en los humildes tenderetes de saldos, y hasta en alguna improvisada fogata debajo de un puente, mientras calienta los huesos de algún vagabundo. Y lo mismo debía ocurrir en sus libros traducidos a otras lenguas, en otros tantos países.

Pero aun en medio de tanto expolio, R. L. S. no se dio por vencido. En su juventud, cuando era pobre y desconocido, había escrito con seudónimo algunas novelas del Oeste, literatura alimenticia, de quiosco. Buscó alguna de estas novelitas en los tenderetes de los

Encantes y en las librerías de viejo y dio finalmente con un ejemplar en buen estado, casi nuevo, de *El pistolero de Arizona y su sombra,* por Ray L. Stevens. Recordó el título al ver el dibujo de brillantes colores en la portada. Todas las páginas interiores estaban en blanco.

—¡Ésa sí que es buena! —exclamó el viejo librero—. ¡Jamás vi una cosa igual, señor!

—Algunos libros estarían mejor así —dijo con aire apesadumbrado R. L. S.—. ¿Tiene usted algún otro título del mismo autor?

—¿Qué autor? ¿Qué título? Aquí no se lee nada... —el librero achicó los ojos para ver mejor, luego miró a su cliente esforzándose igual—. Se debe a la mala impresión, seguro. Una chapuza. Además, es una edición muy antigua; algo le ha pasado a la tinta, después de tanto tiempo.

—Es una reedición, y bastante reciente.

—Pues es verdad. Qué raro. A ver si tengo por ahí otro ejemplar...

—No se moleste —dijo R. L. S.—. Da lo mismo.

Bueno, no hay por qué lamentarse, se dijo al salir de la librería, piénsalo un poco: a fin de cuentas, a tu personita y a tu querida obra completa encuadernada en piel, acompañada de tu foto favorita de perfil y fumando en pipa, no os aguardaba otra cosa que el olvido, dentro de unos años o unos siglos, qué más da. Qué importa realmente que ese olvido se anticipe un poco. Esta extraña dolencia que te aqueja, esta imparable disolución física y anímica, este virus maligno o maldición audiovisual o lo que diablos sea lo que está deshaciendo tu imagen y convirtiendo en polvo tus huesos y la memoria futura de ti, no hace en verdad otra cosa que acelerar el trabajo de las termitas del tiempo y anticipar el destino final que el gran depredador, el olvido, nos reserva a todos.

En la calle, fugitivo de sí mismo, R. L. S. sintió de pronto en el cogote el zarpazo de otra sospecha y apresuradamente sacó la cartera y examinó sus muchos carnets que le acreditaban: el de conducir, el de la Sociedad General de Autores, el de la A.C.E.C., el de identificación fiscal, el de Asistencia Sanitaria, etcétera. En todos ellos había desaparecido su nombre y apellidos y su número de registro. Y en el D.N.I. no sólo se había evaporado su nombre y su número, sino también sus huellas digitales, su fotografía, su sexo, su grupo sanguíneo, su fecha de nacimiento y su firma.

Al atardecer de aquel mismo día, después de dar una conferencia en el Instituto Francés, que tuvo que suspenderse por su inexplicable incomparecencia aunque él estuvo allí sentado en su mesa de conferenciante, disertando magistralmente durante dos horas sobre los probables ingredientes que contenía la famosa pócima que transfiguró al gentil doctor Jekyll en el peludo Mr. Hyde, al llegar a casa vio a su mujer y a sus hijas comiendo pizzas frente al televisor. Nunca le habían gustado las pizzas. Pidió a Olvido su plato de acelgas y sus dos rodajas de merluza de cada noche, pero ella no le atendió ni dejó de mirar la televisión. R. L. S. se acercó más, se paró delante de su mujer, tapando la pantalla, y de nuevo reclamó su frugal cena. Ni caso, y además ahora tanto Olvido como las niñas seguían sorbiendo ávidamente con los ojos el mejunje multicolor de la pantalla a través de su cuerpo etéreo, ya totalmente translúcido: en medio de sus pulmones había una lavadora centrifugando, un paquete de detergente y dos parlanchinas amas de casa.

—Olvido, por favor... La cena.

Su voz era apenas un susurro, no podía competir con la cháchara del anuncio. Después de varios intentos, comprendió que no le veían ni le oían y se sentó abatido en el sofá junto a sus hijas. Percibía el olor de sus cabellos y se conformó con eso. En realidad no tenía hambre, sólo ganas de dormir, y no podía: se le cerraban los párpados de ceniza, pero a través de ellos todo a su alrededor giraba como un tiovivo. Suavemente, con una mano que ya no era de este mundo, acarició el pelo y la nuca de su hija pequeña, y ella ni se enteró.

—¿Quieres que te lea un par de capítulos de *La isla del tesoro* antes de dormirte, como cuando eras chiquitina...? —le dijo, los ojos rebosando de lágrimas que no tenían sal, según comprobó con la punta de la lengua al pillar una que resbalaba por su mejilla.

No obtuvo respuesta.

—Nadie como Jim y Long John Silver, si quieres meterte en la cama con alguien, hija mía —insistió inútilmente.

Poco después Olvido se levantó y dijo «Ya está bien por hoy», apagó el receptor y ella y las niñas se fueron a dormir, dejándole solo. Obedeciendo a no sabía qué último resorte de la memoria muscular o de la buena crianza, aún tuvo tiempo y energías para incorporarse a medias y decir «buenas noches», cuando ya las tres mujeres desaparecían de su vista. Luego volvió a sentarse, y allí muy quieto en un extremo del sofá, en medio del silencio de la casa, escuchó sus acuíferos, el silbidito de los oídos por el que se le iba la vida, y el rumor de sus células y de sus huesos deshaciéndose poco a poco; era un leve crujido casi armonioso, como el de la brisa meciendo un cañaveral verde en un atardecer de verano, eso pensó R.L.S., y, escritor al fin y a pesar de todas las calamidades, decidió probar una vez más a anotar el símil en su pequeño bloc de notas.

Apenas podía empuñar el bolígrafo. Escribió compulsivamente con una caligrafía ágil y armoniosa, intachable, pero invisible.

«Bueno —se dijo con una sonrisa que se sostuvo fugazmente en el aire como un plumón—, no hay mal que por bien no venga: finalmente parece que he conseguido lo que he estado anhelando durante toda mi vida, la escritura transparente, el estilo invisible. Que se jodan los críticos.» Frente a él, en un hueco de la gran librería que llegaba hasta el techo, el receptor apagado de la televisión se agazapaba insomne rumiando su pócima venenosa de mañana, y su pantalla ahora sin luz, cenicienta, miraba a R. L. S. de reojo con un reflejo mortecino, regurgitando todavía resabios de imágenes, babosidades de última hora. Lo que no reflejaba era su propia imagen; al sofá sí, sombríamente, pero él ya no estaba sentado allí. Entonces sintió diluirse en sus venas la certeza de la sangre y el polvo audiovisual de la memoria, sintió como un vertiginoso desagüe interior por el que se le estaba escurriendo la vida desde la raíz de los cabellos hasta la planta de los pies. Anidaba en su pecho y en su cabeza un aire enrarecido, ancestral y ensimismado como el polvo que flota después del hundimiento de una casona vieja y desahuciada. Evanescente y remoto, ya sin miedo, resignado a su suerte, el cuerpo se le antojaba traspasado por la niebla y la luz de otro planeta, invadido por el polvo de mármol que sueñan las galaxias, por el aire espeso de las tumbas. Y con estas emociones, nunca antes sentidas, se durmió.

Desapareció definitivamente en el transcurso de la recepción anual ofrecida por el Rey a los intelectuales en el palacio de la Zarzuela. No se sabe si la fecha fue premeditada. Unos días antes, su estado evanescente en fase terminal había experimentado una ligera mejoría —una cierta consistencia nebulosa, si bien aumentaba la transparencia cristalina de la osamenta— y aunque eran muy precarios su estado mental y sus reflejos, nada hacía prever de inmediato un desenlace tan fulminante.

Él mismo intuyó que su disolución era inminente cuando entraba en el amplio salón, abarrotado de invitados que bebían y conversaban formando corros. Notó súbitamente que sus pies perdían contacto con el suelo. El segundo síntoma lo percibió al intentar coger el elegante bastón de un colega muy envarado para darle con la empuñadura de marfil en la cabeza —bromeando, naturalmente, digamos a modo de saludo— y su mano no cogió más que vanagloria y posturita galana. Entonces, perdido el tacto, palideció hasta confundirse con el aire. Ingrávido, silencioso, se fue diluyendo y al poco rato lo que quedó de él era poco menos que un recuerdo vago, una idea remota y adulterada, tres letras sepultadas en el polvo. Y fue en ese estado físico y mental de evaporación irreversible que R. L. S. se acercó tímidamente a los corros de amigos y colegas para quedarse pegado a ellos escuchando sus opiniones muy quieto y un poco al margen, cabizbajo, atento, las manos a la espalda. En eso estaba, admirando el floripondio del idioma o la galanura gestual de unos y de otros, un rato aquí y otro rato allá, cuando, creyendo que alguien detrás suyo le requería para ser presentado y saludar al Rey, se giró diligente ofreciendo su mano abierta para descubrir en el acto que no era el monarca el que le tendía la suya, sino un avispado mallorquín con flequillo y mirada atravesada, por lo que encogió bruscamente el brazo y se retorció el lóbulo de la oreja sonriendo burlonamente. Y en ese preciso instante, visto y no visto, R. L. S. dejó escapar un silbido prolongado, como si se desinflara, y se diluyó por completo dejando boquiabiertos a los que habían podido distinguir en algún momento su borrosa figura. La última fase de su desleimiento se produjo de manera rotativa y vertiginosa, girando sobre sí mismo como si un remolino de viento lo chupara después de desvivirlo y deshacerlo, allí en medio del salón, rodeado de invitados sosteniendo vasos de whisky y charla convencional.

No se le oyó despedirse, disculparse ni lamentarse de nada, y no dejó el menor rastro. El dinámico mallorquín, cuyas dotes de percepción de la realidad poética nunca fueron notables, ni dentro ni fuera de la Zarzuela, y que se había quedado con la mano tendida a nadie y con un palmo de narices, balbuceó la evidencia: «¡Se ha ido! ¡Y de qué modo! ¡Qué maleducado!».

Alguien entre los presentes creyó oír todavía, en medio de la efímera estela de polvillo que permaneció flotando unos segundos, un hilo de voz lanzando un agravio que al cabo del tiempo el mismo agraviado chorizo balear también olvidaría. Porque ocurrió que nunca jamás, después de la recepción real, volvió a hablarse de R. L. S., y al poco tiempo no quedó memoria de él ni de su obra.

El día que se fue, totalmente desleído, era el 23 de abril, Festividad del Libro. En mi modesta opinión, no pudo elegir día más apropiado ni ocasión mejor.

[*Cuentos de la isla del tesoro,* Alfaguara, Madrid, págs. 109-159.]

APÉNDICE DIDÁCTICO

por Enrique Turpin

BIOGRAFÍA Y NOVELA

> De mi pequeño reino afortunado
> me quedó esta costumbre de calor
> y una imposible propensión al mito.
>
> JAIME GIL DE BIEDMA

A principios de los años treinta, Walter Benjamin no era todavía aquel ser malogrado que hubo de ocultarse en una lóbrega pensión fronteriza a la espera acosadora de una salvación que no llegaría sino con la propia muerte. Por aquel entonces tampoco podía saber que en aquella incursión autobiográfica que el pensador alemán titulara *Infancia en Berlín hacia 1900* se encontraba, además de una ambiciosa respuesta a sus intentos narrativos, la clave vital y literaria de uno de los mejores prosistas que ha dado la literatura española en la última mitad del siglo XX. Se trata de una glosa a un famoso verso de William Wordsworth («El niño es el padre del hombre»), en la que Benjamin llega a afirmar que «su mundo dio a luz a nuestro mundo. Explicándolo nos explicamos. Quizá porque la ternura por la infancia recordada sea la única forma legítima de expresar nuestro amor por nosotros mismos» [1]. Si es cierto que, como dice Leonardo Sciascia, todo sucede en los primeros diez años de nuestra vida, los diez años transcurridos desde aquel feliz 8 de enero de 1933 en que Juan Marsé llegó al mundo, hasta que cumplió la decena, fueron lo suficientemente sustanciales como para iluminar el resto de sus días. Uno se resiste a hablar de carrera literaria y prefiere el término *existencia,* porque en pocas ocasiones un escritor de la dimensión de Juan Marsé logra acomodar con empeño tan exitoso lo escrito con lo vivido, lo imaginado con lo acontecido. En alguna ocasión ha declarado, ante la inquisitiva curiosidad de los entrevistadores, que sus

---

[1] Walter Benjamin, *Infancia en Berlín hacia 1900,* Alfaguara, Madrid, 1982.

memorias están en sus novelas y cuentos, también en sus artículos y reseñas, y que no le hace falta escribirlas. Es algo más sencillo que el temor a las falsificaciones de la mirada del Yo; es que lo que tenía que decir de sí mismo ya lo cuentan sus ficciones.

Ante la contundencia de tales palabras, uno sólo puede imaginar que Marsé es el epítome que resulta de la confluencia de las dos actitudes básicas que, para Ernesto Sábato, dan origen probable a los dos tipos fundamentales de ficción: «o se escribe por juego, por entretenimiento propio y de los lectores, para pasar y hacer pasar el rato, para distraer o procurar unos momentos de agradable evasión; o se escribe para buscar la condición del hombre, empresa que ni sirve de pasatiempo, ni de juego, ni es agradable»[2]. Literatura como juego o literatura como conocimiento. En el fondo, la escritura de Juan Marsé logra adueñarse del clásico lema horaciano de la enseñanza provechosa sin más esfuerzo que el que supone traspasar a la realidad del papel la virtualidad de la vida, lo que no es tarea sencilla, pero sí placentera. Todo gracias al juego. Su escritura es la de un *homo ludens,* en la medida en que considera la cultura *sub specie ludi,* esto es, una actividad voluntaria por la cual el hombre se convierte en un ilusionista que trasciende la realidad hacia una esfera imaginaria que se rige por reglas propias ajenas al mundo real[3]. Su paraíso es la infancia. En Marsé, la búsqueda del niño que fue espejea en el hombre que es, aunque eso no resulte suficiente para ocultar el vértigo de Ser, de ahí que su escritura enmascare, como bien dice, la necesidad de convertirse en «el canturreo que un niño emite para ocultar el miedo. Y no conozco otro medio para enfrentarse a la vida y a la muerte»[4]. ¿Será semejante canturreo el motivo de que Marsé padezca esa latosísima enfermedad que los especialistas llaman acúfenos, y que consiste en oír de forma inesperada, si no voces —como David Bartra en *Rabos de lagartija*—, sí ruidos y abe-

---

[2] Ernesto Sábato, *El escritor y sus fantasmas,* Seix Barral, Barcelona, 1979[5] (1963), pág. 25. Recuérdese cómo para Unamuno también existían dos tipos de escritores: los ovíparos y los vivíparos; es decir, los que parten de una idea y luego trabajan sobre ella en el exterior incubando ese huevo, y los que la gestan en el interior del cuento hasta que la expulsan en un parto que la hace nacer a la vida literaria. En cambio, Borges establece una jerarquía entre hombres cuya central ansiedad son los procedimientos verbales; o bien, hombres cuya central ansiedad son las pasiones y trabajos del hombre.

[3] El término *homo ludens* fue propuesto por el historiador Johan Huizinga. Véase el análisis de Carmela Hernández García, «El juego en "Historia de detectives" de Juan Marsé», *Hispanófila,* 101 (enero de 1991), págs. 49-58.

[4] Elena Hevia, «Juan Marsé: "Escribo para escapar del mundo"», *ABC Literario* (2 de junio de 1990).

jeos sin sentido?[5]. Tal es la fuerza con que se impone el efervescente canturreo, que hasta un antípoda colega de profesión como Enrique Vila-Matas, que se vanagloriaba hasta hace poco de no encontrar nada en su aburrida infancia que pudiera apropiarse como material narrativo para sus ficciones, ha tenido que contener el llanto debido al *embrujado* canturreo de Marsé.

Como tantas otras cosas en la vida, Sábato entra en la nómina de autores que organizan los resultados del ejercicio narrativo en dualidades. Asimismo Vila-Matas es de los que lleva media vida dividiendo a los escritores en dos bandos muy definidos: los que inspeccionan neuróticamente su pasado (encuentran en él un pozo inagotable de inspiración) y los que lo ven como un aburrimiento olvidado y no encuentran ninguna cicatriz psicológica ni estímulo alguno para la fiereza de la vida imaginativa. «Siempre me he visto como perteneciente al segundo bando —escribe el escrutador de *bartlebys* barcelonés— y muchas veces me he muerto de risa recordando, por ejemplo, cómo para Flaubert los recuerdos hacen ruido. Se lo decía en carta a Louise Colet en los años cincuenta del siglo XIX: "Todos los recuerdos de mi juventud gritan bajo mis pasos como las conchas de la playa"»[6]. Desde luego, no se trataba de acúfenos, pero conseguían el mismo efecto obsesivo que en Marsé. En ambos el mundo es su ostra, y el murmullo del camino, esas conchas resquebrajadas al caminar por la arena.

Si bien es cierto que a partir de los quince años se sobrevive de lo ocurrido hasta esa cúspide de plenitud adolescente, no es menos cierto que tras la lectura de la obra narrativa de Juan Marsé pueda vislumbrarse la morada donde habita el olvido y el lugar donde vive el recuerdo. Es el mismo Marsé el primero que insiste en repetir, con la inminencia que acompaña a toda revelación, que uno ha de preservar su infancia, para vivir y no únicamente para sobrevivir, porque «si no conservas al chaval ese que fuiste, estás muerto»[7]. Sentirse un superviviente, un fantasma que carga ya para siempre con ese fardo de ilusiones cumplidas a medias, o torcidas, o muertas. Es Canetti quien concluye —y Marsé quien lo recuerda— lo poco que queda de lo que se ha soñado de joven, pero ¡cómo pesa ese poco!

---

[5] Marcos Ordóñez, «Marsé y sus fantasmas», *Qué Leer,* 45 (junio de 2000), págs. 31-34. Porque el fenómeno puede llegar a ser bastante obsesivo, de un tiempo a esta parte escribe con música de fondo para no oírlos.

[6] Enrique Vila-Matas, «El interruptor exacto de la máquina del tiempo», *Letras Libres* (mayo de 2002), págs. 90-91.

[7] Juan Ramón Iborra, «Entrevista a Juan Marsé», *El Dominical* (30 de julio de 2000).

Por fortuna, hace muchos años que Marsé frecuenta las sentencias de los sabios Canetti y Sciascia. Parece ser que sí, que a este francotirador de las letras todo le sucedió en los primeros diez años de su vida; al menos, todo lo que tiene que ver con esa dualidad formada por el tiempo (el pasado y la infancia) y la felicidad (el presente y la infancia). En cuanto al futuro, sin infancia no es futuro, no hay *canturreo* ni murmullo de conchas. Se pierde «la nostalgia del futuro», como recuerda el hallazgo poético de Luis García Montero que toma Marsé para abrir *El embrujo de Shanghai,* esa trémula esperanza del mañana que habrá de convertirse en memoria. «Tanto recuerdas, tanto vales», sentencia por su parte un personaje en *La oscura historia de la prima Montse.* Es la invocación de la memoria y sus ritos, porque eso es al fin el escritor de ficciones.

La nostalgia de la infancia perdida está siempre en la literatura con mayúsculas, bien sea de forma explícita, bien de forma subterránea. La evidencia comporta, a su vez, un planteamiento reivindicativo, pues al tiempo que se recupera la infancia se intenta recuperar la memoria y se ponen las cosas en su sitio, aunque ello signifique meterse en camisa de once varas. Bien lo sabe Marsé, que hubo de lidiar con la censura en múltiples ocasiones. Se trata de una actitud que comporta parejo un posicionamiento moral que tiene implicaciones políticas directas y evidentes —según manifestaciones del escritor—, ya que en este país el buceo en la infancia se ve lastrado de significaciones adicionales, al haber sido falseado, y robado incluso, y adulterado el pasado menos remoto. Pero acaso más importante que esas significaciones implícitas sea el hecho de que la infancia y la adolescencia sean determinantes para el oficio de escritor en general, y para Marsé en particular, quien sostiene que ambas (infancia y adolescencia) lo son doblemente: «por ser una fase de formación de la personalidad y por un ansia no confesada de reconstrucción (y preservación) de ese pasado» [8].

Si el presente es una entelequia y el futuro una trémula incógnita, sólo queda el pasado. Si además ese pasado arroja hacia el escritor una transparente imagen de felicidad, lo único que debe hacerse es perseguir el pasado como si fuera el deseado tesoro anhelado de John Silver, oculto en la indómita isla de la memoria. Juan Marsé, que se nutre del pasado porque el presente le plantea problemas de credibilidad, sabe que el camino puede resultar arduo y fatigoso, pero es el precio que se ha de pagar por perseguir la felicidad. Él ha indagado como pocos el paradero de ese único tesoro, cuenta que hay un poe-

---

8 Ramón Freixas, «Hipnotizar por la imagen», *Quimera,* 41, págs. 51-55.

ma de Borges en el que el autor de *El Aleph* testimonia haber fracasado precisamente en lo más importante, en su misma razón de existir, aquello por lo cual sus padres le engendraron: para ser feliz. «Nos parieron para ser felices. Eso es lo que importa, y en eso cuántos fracasan», concluye con pesar el narrador barcelonés [9]. Entender el modo en el que el autor de estos cuentos afronta la vida hace que toda su obra cobre la dimensión humana y artística que le pertenece a su doble faceta de maestro lúdico, incluso en las piezas que apenas esbozan el escritor que ha llegado a ser. Pocas veces se ha mostrado tan descarnado y rotundo Juan Marsé en sus afirmaciones como cuando apareció *Rabos de lagartija,* tal vez para dejar claro cómo le apetecía cerrar el último siglo de ignominia del milenio. «Yo creo —declaraba entonces y sigue manteniendo hoy— que si se ha nacido para algo es para ser feliz, para saber vivir en armonía. Todo el secreto reside en eso: en conseguir una cierta estabilidad emocional con respecto a las relaciones que mantienes contigo mismo y con los demás. Las de uno consigo mismo son importantísimas, porque sin ellas no conseguirás esa relación con los demás. En definitiva, eso es la cultura. No es otra cosa. No son los libros. La cultura es saber salir de casa, sentarte en un banco, en una plaza, fumarte un pitillo o beberte una cerveza, en armonía contigo mismo y con los demás. Eso es cultura. Lo demás son puñetas. No hemos venido a escribir versos, ni novelas, ni zarandajas. Todo eso está muy bien, pero hemos venido, sobre todo, a ser felices (...). Cuando pienso en una imagen de la felicidad auténtica, pienso siempre en aquel grupo de chavales, que debíamos tener de nueve a doce años, en el Penedès, en verano, entre los viñedos y los trigales, yendo o viniendo de bañarnos en las albercas, todos en pelota viva, yendo por esos campos, parándote en un sembrado de melones y sandías, coger una, partirla y comérsela ahí, bajo el sol, en pelotas, y luego nadando... Bueno, esa es para mí la imagen de la felicidad. Y ahí, en ese verano luminoso, el tiempo está parado. Después se pone en marcha y ya se acabó» [10].

---

[9] Se trata de «El remordimiento», *La moneda de hierro,* Emecé, Buenos Aires, 1976. Declaraciones realizadas a Sol Alameda, «La mirada leal», *El País* (4 de agosto de 1994).

[10] Juan Ramón Iborra, «Entrevista a Juan Marsé», *El Dominical* (30 de julio de 2000). Más tarde serían recogidas por el propio Iborra en *Confesionario,* Ediciones B, Barcelona, 2002. Los versos de Eloy Sánchez Rosillo en su poema «Infancia» persisten en la imagen que arrastra consigo la tan ansiada felicidad perseguida por Marsé: «Vas por el campo. Tienes nueve años./Te detienes debajo de un almendro./Oyes cantar. Descubres en las ramas/un nido de jilgueros». De *Elegías,* Trieste, Madrid, 1984, pág. 47.

La felicidad de Juan Marsé comienza, como ya se ha adelantado, el día en que mataron al *Seisdedos* en Casas Viejas [11]. Los primeros impactos con la vida son indelebles, y el de aquel frío 8 de enero de 1933 que presagiaba tiempos enrarecidos para el destino de la Segunda República tampoco podía ser menos para quien, nacido Juan Faneca Roca [12], habría de ser conocido como Juan Marsé Carbó. La historia de su enigmático nombre no ha trascendido en exceso porque todavía hay quien cree que se trata de una patraña de un escritor en ciernes que ya empezaba a potenciar su natural inclinación a los hallazgos de la *imaginativa*. Juan Marsé nace en la calle Mañé i Flaquer del barrio barcelonés de Sarriá. A los quince días, su madre muere de una complicación posparto [13], pero el padre debe seguir trabajando como taxista para mantenerles a él y a su hermana Carmen de cinco años. Una tarde, una pareja para al taxi en una clínica y sube desconsolada: habían perdido a su primer hijo y los médicos les habían dicho que ya no podrían tener más. Al conocer la trágica historia que también les contó el taxista, la mujer quiso ver al recién nacido Juan, y aquella misma tarde le adoptaron. «El taxista —cuenta Marsé— colocó también a mi hermana, a los pocos días, en casa de un pariente de mi madre muerta, y desapareció. Sólo le vi un par de veces en mi vida: el día de mi primera comunión y cuando se casó mi hermana. Comprendo que es un tema muy literario (o que a algunos les pueda parecer muy literario) pero nunca lo he abordado como tal, directamente, aunque mis libros están llenos de chavales que se inventan a sus padres, o que, como el Pijoaparte, deciden ser hijos de sí mismos» [14]. Los padres adoptivos provenían los dos del campo de Tarragona: Berta Carbó de L'Arboç y Josep Marsé de Sant Jaume dels Domenys. En 1931, una vez proclamada la Segunda República, se instalaron en Barcelona, en el bajo izquierda

---

[11] La información procede de la contraportada de la primera edición de *Señoras y señores,* Punch Ediciones, Barcelona, 1975, aunque existe un error en el día, pues en vez de figurar el 8 de enero de 1933, aparece como fecha de nacimiento la de 11 de enero de 1933. En realidad, la matanza de anarquistas en Casas Viejas está documentada el 12 de enero de 1933, pero acaso Marsé quiso mitificar irónicamente el inicio de su biografía. Es también el año en el que José Antonio Primo de Rivera funda Falange Española, cuyo emblema (el yugo atravesado por flechas) será una «tela de araña» en las ficciones de Marsé.

[12] Nombre que sólo llevó durante el servicio militar, pues era el que figuraba todavía en su partida de nacimiento.

[13] Algunas informaciones apuntan, erróneamente, que fue adoptado por el matrimonio Marsé al quedar huérfano de madre en el momento mismo del parto.

[14] Marcos Ordóñez, «Un paseo con Juan Marsé», *Co&Co,* 10 (1993), págs. 6-7. El Pijoaparte es el protagonista masculino de *Últimas tardes con Teresa.*

del número 104 de la calle Martí, el domicilio familiar donde Marsé vivirá hasta que se case en 1966 con Joaquina Hoyas [15]. De aquellas estancias infantiles en la residencia de sus abuelos, el campo donde todavía persiste la imagen de la felicidad, a Marsé le queda el deje de lo que su amigo y editor Carlos Barral llamó «un lenguaje de sensualidad jugosa y de grano grueso y veraz». Así lo cuenta el poeta en el último volumen de sus memorias: «Con Juan Marsé habíamos ido estableciendo ya un código de intercambio singular, esta vez lingüístico. Comunicábamos —y lo seguimos haciendo con frecuencia— en un dialecto comarcano, el del litoral del Penedès, que los dos aprendimos en la infancia y que hemos ido poco a poco organizando como un sistema retórico de frases hechas y metáforas tradicionales cuya combinatoria ofrece infinitas posibilidades y nos permite casi dialogar a solas en medio de una conversación general» [16].

Como escribiera su admirado Robert Louis Stevenson un 23 de agosto de 1893, los padres adoptivos de Marsé —«mis padres a secas»— creían también en *la decencia última de las cosas*. Ambos eran de izquierdas. Él, un agente de la Generalitat, rabiosamente separatista, que militaba en un grupo inspirado en los independentistas irlandeses llamado Nosaltres Sols [17]. Ella, telefonista en la sede central del PSUC, amiga a su vez de Comorera, de Vidiella... El final del episodio fratricida y vergonzante de la guerra civil, aunque no de sus secuelas, supuso un malvivir familiar, pero también el inicio del mundo mítico que Marsé ha forjado en su escritura. Los juegos más o menos clandestinos por el barrio de la Salut, las correrías

---

[15] En la casa familiar vivían los tres hermanastros, Juan, Regina y el pequeño Jordi. El diagnóstico médico por el cual la pareja no podía tener más hijos fue erróneo, como puede apreciarse. Del matrimonio con Joaquina nacerán dos hijos, Alejandro (1968) y Berta (1970).

[16] Carlos Barral, *Cuando las horas veloces,* Tusquets, Barcelona, 1988, págs. 213-214.

[17] El héroe del padre era Eamon De Valera, líder del Sinn Féin, al que conoció en una de sus visitas a Cataluña, antes de la guerra. Después fue de Estat Català y en 1936 ingresó en el PSUC. Cuenta el mismo Marsé que cuando cayó Barcelona su padre se negó a exiliarse. «Su hermano vivía en el sur de Francia y le llamó varias veces, en vano. Naturalmente, fue a parar a la cárcel. Estuvo entrando y saliendo de la cárcel hasta finales de los años cincuenta porque siempre que se preparaba algún acto importante, una visita de Franco o de sus mandamases, metían en la cárcel a los que tenían fichados por levantiscos. A través de mi tío, el francés, comencé a conocer a los resistentes: llegaban de noche a casa, con misteriosas maletas que contenían propaganda clandestina pero que yo imaginaba repletas de bombas y pistolas...», según declara a Marcos Ordóñez, «Un paseo con Juan Marsé», *Co&Co,* 10 (1993), pág. 8.

aventureras por los de Horta, Guinardó, Gràcia, o las incursiones más o menos vedadas por el Carmelo y el Parque Güell [18] (disparando pistolas de madera, cabalgando a lomos de la salamandra que preside la escalinata del sueño gaudiniano), todo ello confeccionó un mundo donde los sueños de los héroes no estriban en convertirse en adultos prósperos, sino en preservar a aquel niño que comía sandía tras un chapuzón en una alberca, un caluroso día de verano, o a aquel otro que, cuando miraba una maleta abultada, la imaginaba cargada de explosivos. Un universo acotado por la Barcelona de postguerra, del que Marsé se ha adueñado —enseñoreándose en sus calles empinadas—, acaso con el convencimiento de que los niños saben algo que ya han olvidado la mayoría de adultos, cifrado en esa regla mágica de la imaginación que afirma que la realidad es todo aquello que nos parezca real. Esto es, disponer la realidad para que signifique lo que elijamos, para que ilumine con arrojo infantil la vileza moral que le tocó vivir al niño que todavía es Juan Marsé [19]. A eso mismo se refiere el hilarante Chesterton en su *Autobiografía* cuando escribe que «lo maravilloso de la infancia es que en ella cualquier cosa es un prodigio, no era meramente un mundo de milagros; era un mundo milagroso. Lo que me impresiona es casi todo lo que recuerdo realmente; no las cosas que debería creer más dignas de ser recordadas».

Con la primaria inacabada (¿quién podría haberla concluido en una academia, dirigida por un desquiciado profesor, conocida con el pomposo nombre de Colegio del Divino Maestro?) [20], Marsé dedica todos sus esfuerzos a descubrir los escenarios de su memoria, a reseguir las andanzas de *El Coyote,* el *Tarzán* de Edgar Rice Burroughs, las novelas de Salgari y la magia del cine de barrio, en particular los *westerns* y las aventuras exóticas, desde *Los tambores de Fu-Manchú* a *El ladrón de Bagdad* [21], convirtiéndose de ese modo

---

[18] Pequeñas pedanías asimiladas por el crecimiento de la Barcelona contemporánea y convertidas de esa forma en barrios, en su camino de ampliación hacia la montaña de Collserola, entre la Diagonal y la Vall d'Hebró, al noroeste de la ciudad.

[19] Una suerte de lema adelantado al famoso *graffiti* de mayo del 68: *L'Imagination au pouvoir* («La imaginación al poder»).

[20] Ubicado en la calle Llorer, una suerte de pasaje que enlaza Escorial y Sors, muy cerca de la casa paterna del escritor. Hoy alberga un restaurante chino, El Caballo de Oro. A cuatro pasos de allí se encuentra el escenario de su primera novela, la casa de *Encerrados con un solo juguete,* y el de buena parte de *El embrujo de Shanghai,* en esa última ocasión trasplantada a la calle Camèlies.

[21] Según Marsé, en ninguna película cree haber hallado de forma tan entretenida, tan elegante y depurada la expresión de ese viejo anhelo del hombre de alcanzar la felicidad viviendo sueños de amor y aventuras como en *El ladrón de Bagdad,* dirigida por Michael Powell en 1940.

en los arraigados sedimentos que habrán de configurar el particular tramado estético y literario de aquel colegial. «Llamarle colegio es mucho —ha contado Marsé—. Era una torre, una torre convertida en escuela por un personaje casi dickensiano (a la española, por supuesto: un Fagin ultrafranquista y ultracatólico), un hombre soltero, que murió completamente loco. Se llamaba Ricardo Espinosa de los Monteros y era el director y único profesor del centro. Ahí estuve, cautivo, de 1942 a 1946. Fue un cambio enorme para mí. Recién acabada la guerra mis padres me enviaron al campo, a casa de los abuelos: eran campesinos y siempre había algo del huerto para comer. Y sobre todo, un ambiente de libertad totalmente distinto al que se respiraba en Barcelona. Éramos pocos alumnos, y no creo que ninguno de nosotros aprendiera nada útil ni interesante. Pasábamos el rosario cada día; le escuchábamos leer en voz alta las lecciones y procurábamos esquivar sus golpes, que era lo más difícil». En cambio, continúa explicando el escritor, «desde los trece hasta los quince fue una época maravillosa, porque mi trabajo de aprendiz me permitía estar todo el día en la calle, patearme toda Barcelona. Descubrí entonces la parte sur de la ciudad, donde casi todos los engastadores y *gravadors,* los que graban iniciales, tenían sus talleres entre el Gótico y el Chino. Luego acabó la etapa de aprendizaje y comenzó el trabajo artesanal, mucho más aburrido —ocho horas sin levantar cabeza— pero no demasiado complicado si uno se fija y pone interés, como casi todo» [22].

Puede llegar a suponerse que fue en aquel tiempo de lecturas y películas cuando Marsé debió de sentir la llamada de su otro yo, esa reconocible intuición de que somos lo que leemos (también lo que no leemos) y lo que vemos. Un tiempo en el que su forma de pensarse e imaginarse en el mundo empezaba a distanciarse de aquella otra en la que se convertía cuando, a solas, abría las tapas de un libro o asistía a una sesión cinematográfica de sobremesa en la fila siete del Roxy, con sus inseparables altramuces como única compañía.

En tales circunstancias, Marsé inicia el camino de su *supervivencia.* Con trece años y hasta los veintiséis (1946-1959), seguirá de operario en el taller de joyería que más tarde pasará a formar parte de sus ficciones, en el número 90 de la calle San Salvador, hoy convertido en almacén. El trabajo le supondrá una ampliación de su territorio geográfico hacia otras zonas de la ciudad, al tener que lidiar con tranvías y peatones para hacer los repartos, desde el Ensanche

---

22 Marcos Ordóñez, «Un paseo con Juan Marsé», *Co&Co,* 10 (1993), pág. 8.

al mar, pasando por el Gótico y el Barrio Chino[23]. Al mismo tiempo, durante una época también suplió a su padre, de dos a seis de la madrugada, en un tostadero clandestino de café. Como él mismo ha confesado, en esa época el joven Marsé era un golfo, engreído y probablemente bastante insoportable, que hacía vida de barrio, lo que implicaba liturgias diarias como la de tomar vinos a la salida del trabajo, con los amigos, o la de asistir a improvisados salones de baile, como el que organizaba la Cooperativa de la Lealtad —ahora sede del Teatre Lliure— en Gràcia, o al Salón Venus, al Metro, al Cibeles, siempre con el objetivo último de regalarse los sentidos al *danzar.* A bailar y a intentar ligar, a probar la destreza manual que iba adquiriendo en el taller, entre apretón y apretón, porque no se solía pasar de ahí[24]. Muchos bares de entonces se mantienen aún en pie: el Viader, en Torrent de les Flors; el Bar Juventud, en la calle Tres Senyores; el Comulada de la plaza Rovira. Bares-bodega donde se tomaba vino o cerveza o picón de barrica.

A partir de las tres de la tarde, el trabajo de ocho horas que Marsé realizaba en la joyería pasaba a convertirse en colaboración con una revista cinematográfica de vida efímera llamada *Arcinema,* en la que se encargaba de reseñar algunas de las películas que más tarde contaría en la publicación artesanal del campamento militar de Ceuta, escenario de su cuento «Teniente Bravo», donde Marsé hubo de hacer el servicio militar. En *Arcinema* hacía de todo, desde redactar pies de foto, notas de cine y teatro, o llevar el material a Censura, hasta la sección de Cartas al Director. Guarda todavía un grato re-

---

[23] La cuadrícula orgullo del plan urbanístico de Alfons Cerdà, el recinto de la Barcelona medieval y el Barrio Chino —hoy reconvertido en el desnaturalizado Raval—, que recibió su nombre en 1925 debido a los artículos que el periodista Francisco Madrid publicó en el semanario *El Escándalo* bajo el título «Los bajos fondos de Barcelona». Años más tarde, los escritores franceses Jean Genet y Pierre de Mandiargues apuntalaron el mito suburbial de esa zona comprendida entre las Ramblas y el Paralelo, a partir de la calle Hospital.

[24] Hablando de apretar, uno de los mayores problemas era «que no se les notase». Según rememora Marsé, se trataba de un serio problema, «porque con los calzoncillos y los pantalones de entonces, tan holgados, "se notaba". Se notaba muchísimo, y la proa siempre quedaba a la altura de los ojos de las madres y abuelas y tías que se sentaban alrededor de la pista para controlar a sus niñas. Un amigo muy ocurrente me ofreció una solución: consistía en enlazar los extremos de la camiseta por la entrepierna con ayuda de un imperdible. ¡Mi amigo se anticipó al *body* pero el invento tenía sus riesgos: un domingo, la excesiva tirantez desbarató aquella especie de pañal gigante y el imperdible se clavó en la cara interna del muslo en el momento más apasionado. Peor podía haber sido: cuestión de centímetros». Así lo recoge Marcos Ordóñez en «Un paseo con Juan Marsé», *Co&Co,* 10 (1993), pág. 10.

cuerdo de algunas entrevistas (dos, exactamente: una a Lola Flores y otra a Mario Cabré cuando su *affaire* con Ava Gardner). Sin embargo, desde los trece a los veintiséis años, el joven Marsé fue aprendiz de joyería[25], una pequeña tortura diaria que luego cambiaría por otra peor. Ya se sabe, un clavo quita otro clavo, y Marsé debió cambiar, obligatoriamente, las artes de la joyería por las de la guerra. Fueron dieciocho meses, entre 1954 y 1955, en los que el paisaje urbano pasó a convertirse en un inhóspito paraje de candente desolación, junto al desierto marroquí.

Encerrados con un solo juguete

Al escritor le gusta recordar la ocasión en la que Napoleón dijo aquello de que hasta los treinta años se tienen ideas, y después lo único que hacemos es pasarlas a limpio, acaso porque él se adelantaba a la sentencia del estratega galo en una década. Con veinte años, el aplicado aprendiz de joyería empezaba a ser también autodidacta en letras, escritas con mucha más profundidad y pasión, pero todavía con menos precisión que las grabadas en el taller de joyería de Jaume Munté. De aquella época previa a su obligatorio viaje africano queda el testimonio de un par de cuentos: «La mayor parte del día» y «Plataforma posterior»[26]. La enfermedad literaria comenzó, sin embargo, en la Agrupación de Transmisiones de la Comandancia General de Ceuta donde, como se adelantaba, Marsé había sido destinado en 1954. Contaba a la sazón con veintidós años de edad y un viaje a Ibiza a las espaldas. La fortuna acompaña a los audaces, reza el dicho, y el joven aprendiz lo había sido hasta la fecha, de modo que «no pegó golpe», como él mismo ha contado.

---

[25] A punto de abandonar el trabajo de su juventud, Marsé ejerce de camarero en Rosas, en la Costa Brava catalana, excusa que le pone en contacto con el comienzo de la eclosión turística que sacudirá costumbres y usos sociales durante los quince años siguientes de franquismo.

[26] En declaraciones personales al editor (20 de junio de 2002), Marsé ha recordado que «había una historia de gitanos que acampan en un bosque al lado del pueblo de Tarragona de mis abuelos. Siempre había problemas con los payeses, que decían que les habían robado una gallina... Gitanos con oficio, sobre todo los paragüeros o estañadores, o bien los que llegaban con la típica cabra. Recuerdo uno que vendía cancioneros y llevaba un altavoz y cantaba canciones y boleros de la época en medio de la plaza del pueblo. Escribí también otras cosas sobre el barrio que no prosperaron por considerarlas muy malas, escenas sin ningún tipo de equilibrio y que al fin acabé desechando. Aproveché, en cambio, los que me parecieron menos bochornosos».

«Tuve la suerte de conseguir lo que se llamaba "un plantón" —explica Marsé—, un puesto de vigilancia, que resultó ser la finca de un teniente coronel. Una maravilla: rebajado de guardias y de todo; no tenía ni mosquetón. Me instalaba en el jardín a primera hora de la mañana y me pasaba el día leyendo. Y escribiendo. Al principio eran tonterías para el periódico del cuartel, como reseñas de películas que había visto *(Muerte de un ciclista,* por ejemplo); le cogí el gusto y me encontré escribiéndole a María unas cartas larguísimas, páginas y páginas, en las que evocaba nuestra infancia en el barrio. Aquellas cartas se convertirían en la base de *Encerrados con un solo juguete»* [27]. El correlato literario de María no será otro que la Tina, protagonista de la novela con la que Juan Marsé inauguró su desmarcada carrera literaria. Al igual que Marsé, ella también tenía dos hermanos, que compartían desdichas en el Colegio del Maldito Espinosa [28], pero María era tres años mayor que él, lo que supone una distancia considerable en la adolescencia. Ello no fue impedimento para que mantuvieran una vaga relación sentimental, que se estrecharía aún más con el intercambio epistolar que mantuvieron los jóvenes en el transcurso del inacabable servicio militar. La relación entre Juan y María, sin poder catalogarse de noviazgo, era un tanto especial debido a las circunstancias que rodeaban a la familia de la chica. Cuenta Marsé al respecto que todos ellos «vivían holgadamente, cosa bastante atípica en aquella época, porque su padre, un ingeniero textil de Sabadell, les enviaba dinero desde Japón. Trabajaba para una firma de Manchester y durante años vivió en Hong Kong. Hasta 1949: cuando llegó la revolución desmantelaron las industrias extranjeras y los ingleses le trasladaron a Shanghai. Para todos era un personaje mítico, por supuesto. Enviaba unas fotos deslumbrantes, en las que le veíamos en unas casas enormes, con piscina. María y los suyos se pasaron aquella época esperando que les llamara algún día a su lado, pero nunca llamó. Todo lo contrario. De repente dejó de enviar dinero, y cuando se presentó en Barce-

---

[27] Marcos Ordóñez, «Un paseo con Juan Marsé», *Co&Co,* 10 (1993), pág. 10. *Encerrados con un solo juguete,* Seix Barral, Barcelona, 1960. La novela fue nuevamente redactada para la edición de 1970 (contiene nota a la segunda edición). F. Santos Fontenla reseñó la novela y destacó algo que luego se convertiría en un trazo fundamental: «la técnica de Marsé se resiente de un estilo que parece casi traducción del catalán al castellano, con giros forzados en la narración, como consecuencia inevitable del bilingüismo», *Ínsula,* XVI, 172 (marzo de 1961), pág. 8.

[28] El mayor de ellos estaba tísico, y tomaba el sol en la galería acristalada de la casa, envuelto en mantas y vahos de eucalipto, como hace Susana en *El embrujo de Shanghai.*

lona estaba arruinado, alcoholizado, hecho un desastre. Sus últimos años fueron patéticos. Pasaba los días en las tabernas del barrio, envuelto en uno de aquellos espléndidos kimonos, bebiendo vino barato y contándoles a todos sus hazañas en Oriente, entre trago y trago» [29]. Pero no sólo la tisis del hermano mayor de María sedimentó en la imaginación de Marsé. Algo de aquella pátina mítica del padre de María acabó por trasladarse al huidizo personaje de Forcat en *El embrujo de Shanghai.*

Antes del regreso del padre, la puerta de la casa de María siempre estaba abierta para Marsé. En aquella casa pasó muchas horas: salía del taller y se iba allí porque en su casa no había nadie. Su padre enlazaba un trabajo con otro o estaba en la cárcel debido a su ideología extremista, y su madre se pasaba el día trabajando de enfermera, en casas particulares. Una de las visitas que frecuentaba Berta Carbó era la de la madre de una escritora que por entonces tenía su residencia en Sevilla, la providencial Paulina Crusat. Ella fue la mayor influencia de Marsé en sus años de aprendizaje literario. Paulina Crusat, que ejercía la crítica en la revista *Ínsula,* era muy amiga de Carles Riba y de Josep-Vicenç Foix [30]. Tras la insistencia de la madre de Crusat, Marsé acabó enviándole sus primeros cuentos, que más tarde aparecieron en la revista madrileña que dirigía José Luis Cano. El primero de ellos, «Plataforma posterior» [31], en 1957, y el segundo, «La calle del dragón dormido» [32], en 1959. Pese a no cobrar un céntimo por su publicación, aquella muestra de confianza supuso un importante estímulo para el escritor en ciernes. De esa forma tan insospechada dio comienzo una correspondencia llena de orientaciones —descubrió a Tolstoi y a los novelistas rusos, por ejemplo—, de sugerencias muy útiles para un joven escritor, y de ánimos. A instancias de Crusat envió otro cuento, «Nada

---

[29] Marcos Ordóñez, «Un paseo con Juan Marsé», *Co&Co,* 10 (1993), pág. 9.

[30] También era amiga de Salvador Espriu, cuando recomendó a Marsé que se acercase de visita a su casa. El poeta de *Cementiri a Sinera* provocó el desconcierto de Marsé cuando le aconsejó que todo aquello de escribir estaba muy bien, pero que lo que en verdad debía hacer era casarse. La segunda —y última— visita no fue mejor: Espriu se dedicó a leerle sin reposo un paquete de tarjetillas ininteligible para el joven Marsé. Se trataba del manuscrito de *La pell de brau.*

[31] *Ínsula,* 127 (junio de 1957). Luego en *Rumbos,* 136 (junio de 1959), págs. 79-83, firmada con las fantasmales iniciales S. F., e ilustración de Grau Santos. La sede de *Rumbos* estaba en el número 23 de las Ramblas. En ella escribieron, entre otros, Francisco Candel, Arturo Benet, Carmen Conde, Ricardo de Val, Jorge Cela Trulock, Tomás Salvador, Jorge Ferrer-Vidal, Ignacio Aldecoa, Mario Lacruz...

[32] *Ínsula,* 155 (octubre de 1959), pág. 12. Posteriormente recogido en *El Ciervo,* 89 (noviembre de 1960), pág. 16.

para morir», al premio Sésamo, y lo ganó [33]. Esta vez sí recibió compensación económica, mil pesetas, al tiempo que era publicado en el semanario *Destino*. Puede parecer una nimiedad, pero fue el acicate definitivo para que Marsé pusiera el punto y final a la revisión de *Encerrados con un solo juguete,* a la que todavía le faltaban las alas y las garras para ser una novela, como diría Nabokov. Pero pronto le iban a crecer [34]. De momento, se mostraba como el Java de *Si te dicen que caí:* «Había notado que Java empezaba a aislarse, a rondar los billares con los ganapias, a tumbarse en la hierba y a mirar el cielo, solo. Había visto su misteriosa sortija nueva, una calavera con llamas azules en los ojos, y conocían sus pretensiones de colocarse de dependiente en una tienda, al parecer de joyería. Entrecerrados los ojos con exagerada malignidad, apurando los últimos vestigios de una percepción que se resistía a dejar de ser infantil» [35].

Marsé escribe su primera novela entre 1954 y 1958 con afán de objetividad, altas dosis de descripción de raigambre decimonónica [36], ya presentes desde el párrafo de arranque de la novela, gran-

---

[33] *Destino,* 1.134 (2 de mayo de 1959), págs. 34-35.

[34] «La mili —confiesa Marsé— fue un paréntesis vacío de sentido que me abocó al aburrimiento y a la vagancia más estériles, y para salir de eso me puse a escribir. Empecé *Encerrados* realmente para matar el tiempo, tumbado en la colchoneta del cuartel, pero no tardé en darme cuenta que también lo hacía para preservar del olvido ciertos hechos de la adolescencia que me habían afectado.» A principios de 1958, Marsé revisó el manuscrito de la mili y descubrió que era no solamente un intento de transcripción de una etapa importante de su adolescencia, sino también el reflejo, tal vez inconsciente, del callejón sin salida a que estuvo abocada cierta juventud de la postguerra. Salvando las distancias, podría pensarse en una suerte de Generación X *avant la lettre* —«generación gap» la llamó Sobejano (1975, pág. 449)—, personajes que rechazan el mundo anterior y no poseen criterios de orientación para el suyo. Así lo explica en *El Pijoaparte y otras historias,* Bruguera, Barcelona, 1981, págs. 48-49. «Pertenecía a esa generación a la cual se le ha dado ya, al parecer, todo hecho —símbolos, victorias, héroes que venerar, mármoles que besar— y sin posibilidad de una nueva senda, siquiera sin derecho a buscarla», escribe Marsé en *Encerrados con un solo juguete, op. cit.,* pág. 12.

[35] *Si te dicen que caí,* Seix Barral, Barcelona, 1976, págs. 282-283.

[36] La descripción nunca es gratuita en la prosa de Marsé, ni en sus inicios. Siempre ha procurado que el lector vea moverse a los personajes y huela los aromas que impregnan sus historias. Por eso no es partidario del retrato psicológico, sino que prefiere que el lector vaya deduciendo desde la expresión física el comportamiento moral. Eso lleva a que también su barrio mental pueda considerarse un espacio moral. Y que sea el lector quien deduzca. Según declaró repetidas veces el propio Marsé en el Juzgado Municipal n.º 7 de Barcelona —y consta en la contraportada de la primera edición de *Señoras y señores—,* sus retratos literarios «no implican valoración moral ninguna. El que avisa no es traidor».

des apoyaturas faulknerianas, tanto en lo concerniente a la temática sexual como al manejo de la estructura temporal de la obra, y planteamientos temáticos apuntalados por la tradición existencialista. A su regreso de Ceuta pide a la destinataria de su incontrolable flujo epistolar el conjunto de cartas que María conservaba, al intuir que podrían convertirse en una novela. El primer borrador, muy deficiente según el parecer del escritor, durmió casi tres años en un cajón, a la espera de vientos más propicios e inspirados, como acabó ocurriendo. Entre tanto, «trabajaba todo el día —así lo refiere— y, sin embargo, lo que más recuerdo de esa época, entre 1957 y 1959, son sus noches, lo que entonces me parecía la *vida bohemia:* acostarse tarde porque te has tirado hasta la madrugada en un café, de tertulia, bebiendo ginebra en vez de vino o cerveza, con la cabeza llena de grandes conversaciones, grandes descubrimientos. El teatro de Arthur Miller y Tennessee Williams, que entonces acababa de llegar a Barcelona, tan distinto a lo que ofrecían las carteleras: *Panorama desde el puente, La rosa tatuada, La gata sobre el tejado de cinc caliente,* en el Comedia. El primer Valle de la postguerra, *Luces de bohemia,* montado por Tamayo. Juliette Gréco y Trenet en el Emporium... ¿Los miembros de aquellas tertulias? Gente muy diversa, y muy apasionada por la literatura. Mi compañero de muchas de aquellas noches era Joaquim Roca, que tenía un estanco en la calle Pelayo y era un entusiasta furioso de Oscar Wilde. O el crítico de teatro Celestí Martí Farreras, al que había conocido en *Destino*. O el escultor Xavier Corberó» [37].

Aunque durante la década de los sesenta vería publicados nuevos cuentos, lo cierto es que, tras el definitivo depósito del manuscrito en las oficinas de la editorial Seix Barral, Marsé daba inicio a su carrera de escritor édito, y señalo lo de *édito* porque en la mirada resabiada del aprendiz de joyero hacía ya tiempo que se había empezado a imprimir la materia de sus sueños de infancia. Fue una tarde de otoño de 1959 cuando el joven escritor se presentaba en las oficinas de «La Casa Oscura» —ése era el nombre que se le daba entonces a la sede de Seix Barral— con el manuscrito bajo el brazo, para inscribirlo al premio Biblioteca Breve. Con la publicación de *Encerrados con un solo juguete* en 1960, el invierno de su descontento iniciaba el camino al glorioso verano en que Juan Marsé ha conseguido convertir su vida. Y en eso anda, salvando, claro está, las vilezas del personaje shakespeariano. Marsé lo cuenta de este modo: «No conocía a nadie, estaba totalmente desvinculado del

---

[37] Marcos Ordóñez, «Un paseo con Juan Marsé», *Co&Co,* 10 (1993), pág. 11.

mundo literario barcelonés, pero aquél me parecía un premio distinto, una editorial distinta. Luis Goytisolo había ganado la primera edición del premio, con *Las afueras,* y la segunda, la de 1959, había revelado a Juan García Hortelano con *Nuevas amistades.* Entregué el manuscrito a una recepcionista, firmé el acuse de recibo y me fui. Al cabo de poco mi madre me dijo: "Ha llamado un tal Carlos Barral, que quiere verte". Me recibió Joan Petit y me llevó al despacho de Barral, que estaba con Josep Maria Castellet. Les había llamado mucho la atención la novela porque, dijeron, no tenía nada que ver con lo que les enviaban. Era la época del realismo social a todo trapo, y *Encerrados* les pareció una novela extraña: introspectiva, decadente... Cuando Castellet se enteró de que trabajaba en un taller casi babeaba de gusto: ¡Al fin el espécimen más buscado en el panorama literario español! ¡Un escritor obrero, uno de verdad! La verdad es que su alegría duró poco porque descubrieron muy pronto que yo no tenía las menores ganas de ser un "escritor obrero" sino cobrar el máximo posible por los libros para escapar de las ocho horas diarias en el taller de joyería [38]. La verdad también es que se portaron muy bien conmigo, y con Carlos Barral comenzó entonces una amistad que duró hasta su muerte. Ese mismo día vinimos a tomar unas copas aquí, al Bar Apeadero [39], que pronto se convertiría en el centro de reunión» [40].

Hasta el día de la entrega, Marsé había seguido llevando esa vida de barriada que en parte ya reflejaba el manuscrito, una vida naturalmente alejada del mundillo literario y de los intelectuales. Leía mucho, pero sin orden ni concierto —la mejor manera de leer, por

---

[38] Poco se fiaba Marsé de las tesis de la literatura social. Con la distancia que otorga el paso del tiempo, el irónico Andrés Rábago, desdoblándose en ese iluminador heterónimo de El Roto que usa con voluntad justiciera, ha compuesto un verdadero ensayo literario sobre el tema en forma de viñeta. El dibujo muestra un risueño empresario de trazo grueso que declara con cinismo: «Lo que más me gusta de la literatura social es que te permite conocer obreros».

[39] En la calle Balmes esquina Provenza (o Provenza esquina Balmes, según se mire y según se entre, pues tiene dos puertas), frente a la estación de Ferrocarriles Catalanes.

[40] Contra todo pronóstico, Marsé no ganó el premio. *Encerrados con un solo juguete* fue la novela que más votos alcanzó —dos de un total de cinco—. En las votaciones preliminares no hubo el *quorum* suficiente que exigían las bases del premio y éste se declaró desierto. *La criba,* de Daniel Sueiro, y *Los extraordinarios,* de Ana Mairena, conseguían un voto cada una. No obstante, *Encerrados* se publicó con un raro membrete, «con honores de premio». Se hizo una fiesta de presentación y en ella conoció a García Hortelano, a Ana María Matute y a otros escritores del momento.

otra parte—, novelas de todas clases. Y sobre todo escribía, y cuando no, se perdía por las callejuelas de la Salut o iba a la taberna de la esquina a ver pasar la gente por la calle y pensar en las musarañas, que también es una forma de escribir. Luego cambió las tabernas del barrio por el Bar Apeadero, hoy una cafetería impersonal que no guarda la exclusividad de otros tiempos. En los primeros sesenta era uno de los pocos bares de esa zona, y en él se reunía Marsé con Carlos Barral, Jaime Gil de Biedma, Gabriel Ferrater y Jaime Salinas para tomar el aperitivo. La editorial Seix Barral estaba a cuatro pasos [41]. Entonces los *pernods* costaban seis pesetas y las entrevistas se cobraban a cincuenta pesetas el folio, como la que Manuel Vázquez Montalbán —en su búsqueda de valores culturales heterodoxos— hizo en un breve sótano de Gràcia a Juan Marsé, a raíz de la salida de *Encerrados con un solo juguete*. No era la primera entrevista que concedía Marsé, aunque quizás sí la segunda [42].

Mientras tanto, José María Castellet mantenía su dominio teórico y continuaba *à la page* del discurso teórico del momento, fomentándolo e interviniendo con nuevas propuestas especulativas que había avanzado con la publicación de *La hora del lector* [43]. Era a su vez asesor de Seix Barral y fue el crítico quien, en calidad de miembro del organismo internacional Congreso para la Libertad y la Cultura, que presidía el poeta católico Pierre Emmanuel y dirigía el antiguo miembro del POUM Julián Gorkín, consiguió los escasos fondos de una «bolsa de viaje» (1.000 francos nuevos) para que Marsé pudiera viajar a París, una vez publicada la novela. Aquello era más una escapada que un viaje —serían en total dos viajes, el primero entonces y el segundo meses más tarde, también en 1961—, cuyo destino fue un hotelucho en los alrededores de la plaza de Saint-Sulpice, cerca de la calle de las Canettes, donde tenían su domicilio los gerundenses Alejo y

---

41 En el número 219 de la calle Provenza.

42 La primera con Marsé como entrevistado apareció en el semanario *Destino*, a raíz de la consecución del premio Sésamo (*Destino*, 1.133, 25 de abril de 1959, pág. 39). Fue realizada por Josep M.ª Espiñas, aunque no consta su firma. En las fechas de la entrevista de Vázquez Montalbán a Marsé, el joven periodista realizaba prácticas en la revista *Solidaridad Nacional*. Véase Manuel Vázquez Montalbán, «La memoria de Juan Marsé», *El País Semanal* (25 de noviembre de 2001). Manuel del Arco también le hizo una entrevista para la *Vanguardia*. En la visita al taller, el periodista se mostró escéptico y mordaz ante las ilusiones de Marsé, y al final de la entrevista escribió: «Por si acaso, no dejes las medallitas, chaval».

43 Seix Barral, Barcelona, 1957. Existe edición definitiva, fijada por Laureano Bonet y revisada por el propio Castellet en Ediciones Península, Barcelona, 2001.

María Lluansí. Sin más perspectiva que las visitas a la tertulia de la Librería Española de Antonio Soriano o a la editorial Ruedo Ibérico, que dirigía José Martínez, Juan Marsé se dedicó a frecuentar con una cadencia diaria los innumerables cines de la zona, dejándose fascinar por los clásicos que no había podido ver en Barcelona.

En su segundo viaje a la capital francesa, Marsé llegó «con una mano delante y otra detrás» —como bien recuerda—, aunque pronto encontró un trabajo de *garçon de laboratoire* en el Institut Pasteur, aconsejado por Alejo Lluansí y Antonio Pérez. Al Instituto pertenecía el Departamento de Bioquímica Celular que dirigía Jacques Monod, un personaje absolutamente fascinante al que más tarde se le concedería el Premio Nobel [44]. El poco sueldo que recibía le llegaba escasamente para tabaco, libros y algunas entradas de cine. En aquella época hizo los trabajos más dispares, entre otros dar clases de español a extranjeros. Vivía junto al Pont Neuf y frente a Les Halles, en un hotel cuyo noble nombre, Grand Duc de Bourgogne [45], poco tenía que ver con su interior [46]. Frecuentó, como tantos otros, a la gente del Partido Comunista. Jorge Semprún, entonces el mítico Federico Sánchez que más tarde arrebataría el prestigioso Prix Formentor a Mario Vargas Llosa, impartía allí clases de teoría marxista. Como es sabido, aquellos encuentros no pudieron acabar peor —o mejor, según se mire— para el joven escritor barcelonés. Según testimonio directo del propio Marsé, todos aquellos comunistas eran muy puritanos y casi hicieron un juicio político al autor de *Encerrados* porque se enteraron de que Marsé había tenido un asunto con Arlette, una chica del Partido: resultó que estaba casada y su marido destinado en Argelia [47].

---

[44] En Seix Barral, por cierto, apareció uno de sus libros fundamentales, *El azar y la necesidad. Ensayo sobre la filosofía natural de la biología moderna.* Ahora es libro de fondo de Tusquets Editores, que lo rescató en 1981 para su colección Metatemas. La editorial barcelonesa cuenta también en su catálogo con el libro del colaborador de Monod, y a la postre premio Nobel junto a él, François Jacob, *La estatua interior,* Tusquets, Barcelona, 1989.

[45] El hotel se halla situado en el número 19 de la rue du Pont-Neuf, junto al edificio de la Samaritaine. Marsé lo habitó desde septiembre de 1961 hasta finales de 1962.

[46] El viaje ha sido reconstruido recientemente por Joan de Sagarra, «El París de Juan Marsé», *EPS* (27 de agosto de 2000).

[47] Carmen Labra, una asturiana amiga de Ángel González y Gabriel Celaya, fue abofeteada por un miembro del Partido Comunista por defender *Últimas tardes con Teresa,* lo que propició que sus amigos dejaran el partido.

Esta cara de la luna

Entre las pertenencias del escritor aguardaba el manuscrito de su segunda novela, *Esta cara de la luna*[48], por la que la editorial barcelonesa le había hecho un anticipo. «No tenía las cosas nada claras en esa época —ha revelado el escritor—. Había publicado una novela, sí, pero no me sentía un escritor; no sabía si podría seguir siéndolo. Me obsesionaba con la idea de tener que volver al taller de joyería y quería ganar dinero cuanto antes, así que se me ocurrieron varias ideas absurdas. La primera fue escribir otro libro durante el verano. La segunda, todavía más disparatada, ganarme la vida como traductor en Seix Barral[49]. De ese modo, en el insuficiente, desvergonzado y a todas luces insensato tiempo de tres meses cometí *Esta cara de la luna,* de la que prefiero no hablar: es el único de mis libros que no he dejado reeditar[50]. Teniendo en cuenta mi ritmo habitual de algo más de dos años para cada novela, un auténtico suicidio. Descubrí una verdad elemental: en literatura no hay nada peor que la prisa[51]. El libro se publicó, pero no hizo sino aumentar mis dudas y mi depresión. De hecho, no fui consciente de mi vocación hasta 1964, cuando comencé a escribir *Últimas tardes con Teresa.* El libro me hizo regresar a Barcelona porque necesitaba volver a ver el barrio. Antes hubo un curioso paréntesis andaluz. El editor de Ruedo Ibérico me encargó un libro sobre Andalucía, que tenía que hacer a medias con un amigo de París, Antonio Pérez, del grupo El Paso, y un fotógrafo, Albert Vidal. Estaba

---

48 *Esta cara de la luna,* Seix Barral, Barcelona, 1962. Carlos Barral sugirió a Marsé el cambio del título original, *La otra cara de la luna,* por el definitivo.

49 Gracias a Joan Petit, que dirigía el departamento en Seix Barral, Marsé recibió el encargo de traducir del francés la primera novela de Yukio Mishima que apareció en España, *El pabellón de oro.* Lo cierto es que era un pésimo negocio, ya pagaban poquísimo (sesenta pesetas el folio) y Marsé llevaba a cabo la labor con una lentitud terrible. A los dos meses tuvo que ponerse a buscar trabajos complementarios que aliviaran una situación que poco a poco se iba haciendo insostenible. Entró así en una agencia de publicidad y redactó innumerables solapas para editoriales.

50 A través de Miguel Dot y sus alcohólicas andanzas, Marsé pretendía reflejar la impotencia y la falsa rebeldía de los hijos de una casta que desprecia, la casta de la Victoria. Tramposos hablando en el vacío de proyectos ilusorios, sexo, egoísmo, señoritismo..., comenta en *El Pijoaparte y otras historias,* Bruguera, Barcelona, 1981, págs. 11 y 12.

51 Antonio Machado aconsejaba en una de las parábolas de *Campos de Castilla* (1907-1917), la titulada precisamente «Consejos»: «Sabe esperar, aguarda que la marea fluya/—así en la costa un barco— sin que el partir te inquiete./Todo el que aguarda sabe que la victoria es suya;/porque la vida es larga y el arte es un juguete./Y si la vida es corta/y no llega la mar a tu galera,/aguarda sin partir y siempre espera,/que el arte es largo y, además, no importa.»

en Granada cuando vi los primeros ejemplares de *Esta cara de la luna* en el escaparate de una librería, el mismo día en que estalló en Cuba la crisis de los misiles: agosto de 1962. En Barcelona terminé el encargo e hice un último viaje a París para entregar el material. No llegó a publicarse, nunca supe por qué. Hará unos años intenté recuperar el manuscrito para contrastarlo con un nuevo viaje a Andalucía, por los mismos lugares, pero fue imposible; no logré dar con él» [52].

Últimas tardes con Teresa

De la segunda estancia en París, Marsé recuerda con precisión obrera los 460,17 francos nuevos al mes que ganaba por manipular a los cobayas en sus jaulas y por adecentar un interminable pasillo. Asimismo, las dotes adquiridas como camarero esporádico en Blanes le fueron de gran ayuda en la preparación del *pastis* que siempre acompañaba el trabajo de los operarios del taller de reparaciones del material experimental. También recuerda los disturbios de la *ratonnade* del 17 de octubre de 1961, así como un insistente desvelo que se acrecentaría con el paso de los días [53]. A tanto llegó la obsesión, que hubo de regresar a Barcelona. El motivo: la mirada de romántica nostalgia que una veinteañera en silla de ruedas, guapa, rubia y paralítica, arrojaba al paisaje arrabalesco con el que Marsé decoraba las historias que les contaba a ella y a su grupo de remilgadas señoritas sobre la vida en Barcelona. Con la expresión de aquella joven, a la que Marsé conoció en su primer viaje parisino, se estaba anunciando el destello insistente de lo que luego acabaría por convertirse en *Últimas tardes con Teresa* [54]. La chica, hija a más señas del pianista Robert Casadesus, se llamaba Thérèse. Lo cierto es que el inquieto Marsé había asumido

---

[52] Marcos Ordóñez, «Un paseo con Juan Marsé», *Co&Co,* 10 (1993), pág. 12. Hoy, el manuscrito que recoge aquella experiencia se encuentra depositado en el archivo de la editorial Ruedo Ibérico en Amsterdam, donde permanece olvidado a la espera del rescate de la doble visión literario-fotográfica. Véase *La Vanguardia* (3 de junio de 2000). Erróneamente se dice en la noticia del hallazgo que ésa es la primera obra escrita por Juan Marsé. Manuel Ríos se hace eco de aquel viaje andaluz en «Las "aventis" de Juan Marsé, el novelista de nuestro tiempo», *Nueva Estafeta,* 27 (febrero de 1981), págs. 71-75.

[53] De 'ratón', término despectivo para nombrar a los argelinos. Miles de ellos se desplazaron aquel día desde la periferia para manifestarse en el centro de París. La brutalidad policial, dirigida por el prefecto Papon, ocasionó varios cientos de muertos. El resultado de la redada trajo consigo un cambio de color en las aguas del Sena, que bajaban cárdenas arrastrando numerosos cadáveres, y un cambio en el propio Marsé, que conoció así la cruz de la *civilizada* urbanidad francesa.

[54] Seix Barral, Barcelona, 1966.

con rapidez la lección aprendida en *Esta cara de la luna* al intuir que no hay buenas ideas en el oficio de escribir ficciones —ideas de esas que brillan con luz propia—, sino sólo maneras de contar. Lo había descubierto y necesitaba volver a Barcelona, porque desde París no era capaz de ver «la colina desnuda y árida» del Monte Carmelo.

El Bar Apeadero no quedaba lejos del número 518 de la calle Muntaner, donde Jaime Gil de Biedma tenía su estudio, cerca del Bocaccio. Lo que el poeta profeta llamaba el «sótano más negro/que mi reputación —y ya es decir—» [55], era apenas un dormitorio, un baño, una cocina minúscula y una salita de estar, pero siempre estaba llena de gente: Carlos Barral y su mujer Yvonne, Gabriel Ferrater, Jaime Salinas, Salvador Clotas, Helena Valentí, Luis Marquesán, Miguelito Barceló y, con menor asiduidad, José Agustín Goytisolo o el más *responsable* José María Castellet. Juan Marsé acababa de regresar de París y Gil de Biedma de Manila, de donde ya llegó calvo («la pérdida me fastidia pero no me obsesiona», dejó escrito en la solapa de *Las personas del verbo)* [56]. Fue en la época de los guiones con Juan García Hortelano [57], entre 1962 y 1965, cuando la relación se estrechó, en el *sótano negro* [58]. La vida de entonces empezaba a partir de las ocho de la tarde, hora en la que Gil de Biedma abandonaba su despacho de la Compañía de Tabacos de Filipinas en las Ramblas y abría la primera botella de ginebra [59]. El

---

55 Versos iniciales de «Contra Jaime Gil de Biedma», *Las personas del verbo,* Seix Barral, Barcelona, 1982, pág. 145. Carlos Barral hace una intensa descripción de aquella «poza inundada de palabras y de gestos» en el segundo de sus volúmenes memorialísticos *Los años sin excusa,* Barral Editores, Barcelona, 1978, págs. 298 y sigs.

56 Experiencia que Gil de Biedma dejó escrita en el póstumo *Diario del artista en 1956,* Lumen, Barcelona, 1991.

57 Recuérdese aquella frase que Hortelano y él escribían siempre en los guiones de cine: «Mientras el Chico Lionel tocaba el piano se hacía más evidente la nostalgia de Scott Fitzgerald».

58 Sobre los avatares de la pareja de guionistas y los frutos de la colaboración puede consultarse el artículo de Marcos Ordóñez, «Un paseo con Juan Marsé», *Co&Co,* 10 (1993), págs. 4-16. O bien, Samuel Amell, «Cine y novela en la España del siglo XX: El caso de Juan Marsé», en George Cabello Castellet *et alli* (eds.), *Essays on Peninsular Film and Fiction,* Portland State University-Oregon State University-Ree College, 1992, págs. 49-54. Del mismo autor, «Juan Marsé y el cine», *Cuadernos para la Investigación de la Literatura Hispánica,* 22 (1997), págs. 55-65. Véase, como complemento, el estudio de Juan Rodríguez, «La fábrica de sueños en la narrativa de Juan Marsé», *Hispanística,* XX, 15 (1997), págs. 297-310.

59 Los encuentros tenían continuidad en tugurios como el Copacabana, el Pastis o el Jamboree, y terminaban en la Bodega Bohemia. En «Revista de bares (o apuntes para una prehistoria de la difunta *gauche divine)»,* se hace un repaso exhaustivo de todos aquellos locales. *El pie de la letra,* Crítica, Barcelona, 1994^2, págs. 204-216.

prolegómeno de aquella amistad indisoluble propició un cambio perpetuo en la vida de Marsé, quien ha reconocido que «para un escritor, tan importante es lo que escribe como lo que lee o lo que habla con sus amigos, y en ambos sentidos Jaime Gil era una fuente inagotable. Nos veíamos casi a diario. Tomábamos copas juntos, quedábamos en el sótano, pasábamos los fines de semana en Sitges o en la casa de Carlos e Yvonne, en Calafell, y las vacaciones en su casa de Segovia, en La Nava de la Asunción... Un trasvase continuo, muy intenso y muy fecundo» [60], que sirvió para que Marsé no confundiera la literatura con la vida literaria.

Si el editor y amigo Carlos Barral tuvo mucho que ver con el lugar que ocupó Juan Marsé en el ambiente literario de postguerra —el nuevo mesías, el escritor-proletario—, pasando a convertirse en uno de los autores insignia de la aperturista editorial barcelonesa, no cabe duda de que la influencia de Jaime Gil fue determinante en la evolución artística del autor de *Encerrados con un solo juguete*. De ahí que también lo fuera en la escritura de *Últimas tardes con Teresa,* novela que fue redactada entre París, Barcelona y La Nava y puede decirse que su amigo Gil de Biedma leyó el último capítulo del manuscrito, realizando una serie de sugerencias (sugerencias de gran lector, de gran escritor) que fueron inestimables para el escritor [61].

En Marsé, el primer aliento de una novela siempre surge en forma de imagen. Al hilo de su experiencia parisina, el escritor ha declarado que «la imagen primera de *Últimas tardes* surgió de una verbena [62]. Una verbena de San Juan en una gran torre de La Bonanova, y un muchacho mirando desde la cancela, un muchacho al que quise ver como una mezcla de Julien Sorel y Jay Gatsby. Esas fueron las influencias mayores: *El rojo y el negro* y *El gran Gatsby.* Y una novela de Henry James, *La princesa Casamassima,* que sólo conocía por un ensayo de Lionel Trilling [63]. Aunque en 1965 gané el premio Biblioteca Breve con ella, nunca pensé que tantos años después fueran a reeditarla. No te creas que se impuso tan fácilmente:

---

60 Marcos Ordóñez, «Un paseo con Juan Marsé», *Co&Co,* 10 (1993), pág. 14.

61 Veranos en La Nava de la Asunción (Segovia), donde la familia del poeta tenía una casa solariega. El correspondiente a 1964 fue «... *El último verano/de nuestra juventud,* dijiste a Juan/en Barcelona al regresar/nostálgicos», tal y como lo clausuraba el poeta en el irónico «Después de la muerte de Jaime Gil de Biedma», de *Poemas póstumos* (1968).

62 Marcos Ordóñez, «Un paseo con Juan Marsé», *Co&Co,* 10 (1993), pág. 14.

63 Incluido en *La imaginación liberal,* de donde procede la cita que abre la tercera parte de *Últimas tardes con Teresa.*

unos cuantos críticos *engagés* de entonces se llevaron las manos a la cabeza y me acusaron de reaccionario, de hacer el juego al Régimen» [64].

Además del merecido premio Biblioteca Breve, la salida de *Últimas tardes con Teresa* trajo consigo ciertas habladurías en torno a la autoría de la novela, «ese amargo y pequeño *Quijote* de la narrativa actual», según sentencia de Gonzalo Sobejano [65]. Sin embargo, lo único que hubo fue el fruto de una amistad envidiada por muchos, las sugerencias del poeta en parte de las citas que encabezan los capítulos de la novela y otros comentarios que pudieron surgir mientras Marsé daba a leer ocasionalmente en el sótano fragmentos sueltos de su obra a los contertulios y, desde luego, la pertenencia a lo que Carme Riera llamó en cierta ocasión «el río común de Juan Marsé y Jaime Gil de Biedma» [66]. No en vano, en las dedicatorias de Jaime a Juan, éste pasaba a ser *hermano* y no sólo amigo. En 1983, el poeta moral refería con plena transparencia las claves de la valiosísima amistad surgida entre ambos: «A Juan yo le conocí el día en que se falló el Biblioteca Breve, en el año 60, que le dieron el accésit por *Encerrados con un solo juguete,* y desde entonces somos muy amigos, porque tenemos en común el que los dos pertenecemos a dos culturas muy distintas, pero las dos a extinguir, y eso

---

[64] José Corrales Egea, por ejemplo, escribió una crítica delirante en los *Cuadernos del Ruedo Ibérico,* 9 (octubre-noviembre de 1966), páginas 108-113, donde se decía que «era muy significativo que la novela hubiera pasado censura», insinuando una especie de contubernio con el Ministerio. Su teoría consistía, según rememora el escritor, en que la novela era mala porque al final el Pijoaparte no tomaba conciencia. Lo que él no sabía es que, para pasar la censura, Marsé tuvo que ir a Madrid y discutir con Carlos Robles Piquer, por aquel entonces director general de Cultura Popular y Espectáculos («cambia algún *pecho* por *seno,* o algún *muslo* por *entrepierna»,* le pedían en la capital), que al final decidió dar luz verde al libro sin cambios. Asimismo advertía de «la notable influencia ejercida de un autor [Luis Martín Santos] sobre el otro [Juan Marsé]», errando el juicio a todas luces, ya que Marsé no había leído *Tiempo de silencio* (1962), la novela de Martín Santos a la que alude el crítico hasta después de la salida de *Últimas tardes con Teresa* (1966).

[65] Juicio extraído de *Novela española de nuestro tiempo,* Prensa Española, Madrid, 1975, pág. 455.

[66] Carme Riera, «El río común de Juan Marsé y Jaime Gil de Biedma», *Quimera,* 41, págs. 56-61. La escritora señala, entre sus muchos juicios, que «tanto en Marsé como en Gil de Biedma se evidencia un notable interés por la adjetivación insólita», algo que también ha sabido observar Manuel Vázquez Montalbán («estrategia sintáctica merodeadora, influida, creo, por la poesía de Jaime Gil de Biedma», en «Los años épicos de una izquierda señorita», *El País*, 17 de febrero de 1985). Para otros datos acerca de la conexión artística entre ambos amigos puede verse la obra de Carme Riera, *La escuela de Barcelona,* Anagrama, Barcelona, 1988, págs. 107-108 y 256 y sigs.

hace que nuestra relación con el mundo sea muy parecida. Él, con esa relación sentimental que tiene con la cultura de ateneo obrero de barrio..., y yo, ligado como estoy a la cultura de la burguesía liberal de principios de siglo, a la Institución Libre de Enseñanza y la Residencia de Estudiantes, otra tradición cultural extinguida o más bien desvanecida. Juan y yo tenemos nuestras raíces en dos mundos culturales y dos sistemas de actitudes éticas y de relación con la vida que ya no tienen nada que ver con la vida misma. Por eso siempre nos hemos entendido muy bien» [67]. Acaso por eso también les gustara a ambos la desesperanzada complejidad con que Llorenç Villalonga retrató el desmoronamiento de la burguesía rural en *Bearn,* frente a la no menos elegíaca *El Gatopardo,* de Giusseppe di Lampedusa.

Para muchos lectores y escritores de generaciones inmediatas, *Últimas tardes con Teresa* —concebida como un sarcástico apólogo moderno, casi una *moralité* dieciochesca— [68] significó un soplo de aire fresco ante un realismo social que, bajo su membrete, enmascaraba a menudo romas propuestas estéticas. Puede suponerse lo solo que debió de sentirse Marsé al escribir la novela, y también desamparado ante la novedad que ella suponía en el horizonte de la novelística española de postguerra. Mirado de otro modo, qué bien lo hubo de pasar acompañado por la plena satisfacción de una idea acertada y el flanqueo cómplice de Stendhal y Nabokov y Gil de Biedma. En Marsé se veía una orfandad de tradición, como en la poesía de Luis Cernuda o como en la prosa de Javier Marías. Pero no hay nada mejor para un artista que reconocer su disposición a generar una tradición propia: por eso Chillida dejó París y regresó a su tierra natal; por eso Marsé volvió a la suya. El primero descubrió que el vacío es algo más que espacio, y el segundo encontró en el barrio de la infancia el espacio que llenaba su vacío.

Toda gran historia guarda en su seno una historia de amor, y la historia de Manolo Reyes el Pijoaparte y Teresa no iba a ser menos. La novela —con la inestimable ayuda de la fotografía de Oriol Maspons de la portada— [69] acabó por enamorar a dos futuros escritores, en aquel tiempo adolescentes, como Antonio Muñoz Molina y An-

---

[67] Maruja Torres, «Jaime Gil de Biedma. Un sentimental incontrolado», *Conversaciones,* ed. Javier Pérez Escohotado, El Aleph Editores, Barcelona, 2002, pág. 184. Entrevista aparecida en *El País Dominical* (22 de mayo de 1983).

[68] Así lo entiende José-Carlos Mainer en *De postguerra,* Crítica, Barcelona, 1994, pág. 105.

[69] La modelo que encarna a Teresa en la portada es Susan Holmsqvist.

tonio Soler, que sucumbieron como tantos otros a las andanzas arribistas de aquella especie de concreción barcelonesa de Julien Sorel y Eugène Rastignac que es el Pijoaparte. Como se dice en el arranque de la novela, «hay apodos que ilustran no solamente una manera de vivir, sino también la naturaleza social del mundo en que uno vive». El autor de *El jinete polaco* confiesa que «el primer héroe contemporáneo al que conocí fue el gran Manolo Reyes», para recordar acto seguido que «escribir una novela es inventar y recordar y erigir la palabra contra el silencio del olvido y convertir en mitología la propia historia y el pasado inmediato, los paraísos amargos de la infancia, las narraciones de heroísmo y desgracia que nuestros mayores nos legaron». Por su parte, el firmante de *Las bailarinas muertas* ha escrito que *Últimas tardes con Teresa* «significó la libertad, el soplo de brisa, la mano que empuja y abre el ventanal contra el que hasta entonces uno ha venido forcejeando. Capítulo a capítulo, aquel libro trazó en mi interior el código secreto de lo que es una novela y dejó fijados en mi mente todos los razonamientos y postulados que ninguna teoría ni tratado sobre literatura nunca podrían haberme mostrado» [70]. Curiosamente, ambos escritores han generado de forma paralela sus propios territorios personales de ficción tomando en consideración el imaginado por Juan Marsé desde sus primeros relatos.

Últimas tardes con Teresa lograba, además, un doble proceso. Por un lado, se erige corolario del realismo social, y por el otro lo destruye. El fenómeno ha sido estudiado con detenimiento, pero debe advertirse que comportó el dinamitado de los principios del realismo social mientras rechazaba de paso las capciosas experimentaciones de la novela objetivista que propugnaban en Francia Alain Robbe-Grillet y en España José María Castellet. Aquello de que la novela tradicional era una presunta mimesis de lo real pero verdaderamente su antropomorfización, o bien aquello otro de que el proceso de lectura significara un acto activo y cuestionado permanentemente por el sujeto, no acababa de convencer a alguien que desde siempre había participado en los relatos, ya fueran estos literarios o cinematográficos, como un testigo convertido en personaje, y que intuía que las aventuras del *Coyote* podían hacerse tan reales como las vividas en los rincones del barrio. Sabía con plena certeza que la ficción necesita tanto la verosimilitud de la historia que nos

---

[70] Antonio Muñoz Molina, «Un día volverá», *El Urogallo,* 43 (diciembre de 1989), págs. 68-69; Antonio Soler, «Aquellas tardes con Teresa», *El País-Babelia* (1 de febrero de 1997).

cuenta como de la candidez que nos ha de envolver al leerla, escucharla o verla. Notaba sin esfuerzos ni redobles teóricos que, en un sentido muy esencial, todo texto entabla un diálogo con su lector, como publicitaron los *recepcionistas* [71]. Marsé sólo hacía caso a un precepto: contar una historia es revivir lo vivido y, a la vez, mostrar el mundo con otros ojos. De modo que no acababa de entender cómo algo tan obvio era objeto de controversia y de discursos teóricos que poco a poco acababan por darle la razón. Sin apenas proponérselo, el escritor llevó a cabo en su novela aquella doble operación con una firmeza incontestable [72]. El personaje que creó, paradigma del *charnego* díscolo [73], un atractivo trepa de barriada, acabó inventando el hermano mayor que nunca tuvimos. Con sus ensoñaciones, Marsé «también nos regalaba sus pasiones y recuerdos, para que pudiéramos salir juntos a cazar chicas y llevarlas a bailar un danzón que derribaron a poco de nuestro nacimiento (...). Convirtió algo tan cercano en un mito y a la vez nos enseñó que ese mito estaba habitado por pasiones humanas» [74].

La relación de Juan Marsé con el Pijoaparte (apodo que vino ofrecido por su amigo Antonio Pérez) también venía de lejos [75]. Existe un extenso texto a propósito de ello que no me resisto a rescatar: «Podría decir —cuenta Marsé— que conozco a este mucha-

---

[71] Cfr. Hans Robert Jauss, *Towards an Aesthetic of Reception,* University of Minnessota, Minneapolis, 1982.

[72] Véase al respecto los artículos de Shirley Mangini, «*Últimas tardes con Teresa:* culminación y destrucción del realismo social en la novela española», *Anales de la Narrativa Española Contemporánea,* 5 (1980), y la reflexión de Fernando Castanedo, «El sueño de Venus: *Últimas tardes con Teresa», ABC Cultural* (11 de noviembre de 2000).

[73] Ramón Buckley, «Juan Marsé: catalán en castellano», *El País* (29 de octubre de 1978): «Candel, en su ya famoso libro, nos aclara el origen francés de esta palabra y su sentido general de mezcla o mestizaje». Cfr. El poema de Gil de Biedma, «Joven charnego», *Fin de Siglo,* 5 (septiembre de 1983), pág. 71: «Camisa rosa. Tejanos./Actitud provocadora./Y una sonrisa, que es/demasiado encantadora./Murciano./Olor a gato montés». No olvidemos que los murcianos aparecen en uno de los poemas más «sociales» y famosos de *Moralidades,* «Barcelona ja no és bona o mi paseo solitario en primavera». Véase Oriol Pi de Cabanyes, «Charnego», *La Vanguardia* (29 de abril de 1999).

[74] Tal y como lo refiere Marcos Ordóñez en «*Últimas tardes con Teresa», Ajoblanco,* 16 (mayo de 1989), pág. 78.

[75] En declaraciones a María Luisa Blanco en *La Vanguardia* (27 de julio de 1998), cuenta Antonio Pérez que, estando una tarde en Ginebra frente al lago Léman, coincidió con tres obreros murcianos que jugaban a gastarse bromas mutuamente. Uno de ellos se presentó: «Aquí Manolo Pijoaparte». «Llamé a Juan Marsé y le dije: Juanito, tengo el personaje de tu novela. Y Juan lo adoptó para *Últimas tardes con Teresa.*»

cho desde mi niñez por razones de vecindad; lo veía en la escuela, en la parroquia, en nuestras aventuras callejeras, en los cines del barrio. Vino del Sur en alguna de aquellas oleadas migratorias de la postguerra, un chaval de cabeza rapada y ojos furiosos que creció en las laderas del Carmelo pobladas de chabolas, y cuya independencia y libertad nosotros envidiábamos secretamente... Pero ése es el tipo, no el personaje.

»Como personaje de una ficción concreta, el Pijoaparte tiene una doble paternidad; de un lado es hijo de la experiencia personal del autor y de cierto anhelo íntimo y tal vez inconfesado: el de haberme parecido un poco a él, haber sido como él y que me hubiesen ocurrido las mismas aventuras que a él: este charnego, este rufián simpático e imaginativo luchando por ser admitido en una sociedad cuya lengua, costumbres y cultura le son extrañas, y a la que sólo podrá acceder —y él lo intuye— por la puerta de servicio. Y, de otro lado, es hijo de una tradición literaria que constituye la espina dorsal de la gran novela del siglo XIX, una tradición que va de Stendhal y de Balzac a Henry James y cuyo ímpetu alcanza en el XX a Dreiser y a Scott Fitzgerald, entre otros. Me refiero a las andanzas y desventuras del llamado "joven de provincias" en los folletines decimonónicos. Nunca he ocultado las resonancias temáticas de *Últimas tardes...*, novela que creció a la sombra protectora de dos obras que admiro y suelo frecuentar: *El rojo y el negro* de Stendhal y *El gran Gatsby* de Scott Fitzgerald (por no hablar de la suave, remota, extraña influencia de una tercera novela que paradójicamente aún no había leído cuando escribí *Últimas tardes con Teresa* y de la cual sólo tenía referencias: *La princesa Casamassima,* de Henry James).

»En efecto, el Pijoaparte es hijo natural de Julien Sorel y de Gay Gatsby. Y al igual que ellos, es también hijo de sí mismo, porque niega su origen y lo reinventa. Marginado, sin medios de fortuna y debatiéndose en un medio hostil, fascinado por el prestigio del dinero y el brillo social, es víctima de un espejismo que hoy todavía, como en la época de Balzac —pero naturalmente con otros condicionantes y mejunjes sociales, menos rígidos que antaño— es moneda corriente, y que podría resumirse en este reclamo falsamente moral: "Si eres un joven educado, honesto y emprendedor, te haremos un lugar al sol entre nosotros, los ricos".

»Aquel joven de provincias, de la firme mano de Balzac, conseguía introducirse en los rutilantes salones de su época impulsado por sus sueños. Hoy ya no existen estos salones, o mejor dicho, ya no constituyen un campo de operaciones; pero persisten los sueños, las ilusiones, la ambición... (Por cierto que, pensando en aquellos fastuosos salones de la novela del XIX en los que intrigaba Rastignac, en el primer capítulo de *Últimas tardes...,* y a modo de parodia-homenaje, introduzco al Pijoaparte en el jardín privado de una villa donde se celebra una verbena de señoritos. El escenario es distinto; el impulso que anima al intruso es el mismo.)

»Se trata de un muchacho que, a pesar de trapicheos para sobrevivir en espera de una oportunidad y de su irremediable propensión al mito, no debe ser juzgado severamente. Por supuesto, desarmado como está en su insensato asalto en pos de la dignidad, el amor y el dinero, hay que dotarle cuando menos de ciertos atributos: es listo, imaginativo —ya que no inteligente ni culto—, simpático, guapo y atrevido. Y, en buena medida, inocente. Cualidades que naturalmente no le proporcionan el éxito final, pero que han de facilitar su acción» [76].

Por mucho que nadie quisiera verlo, la figura particular del Pijoaparte —la fascinación por ese tipo primario y atractivo convertido en concepto estético— y por extensión toda la novela no tenían pretensiones reivindicativas de orden político, aunque sí pudiera existir en ella la denuncia implícita a un país y a una ciudad sometidos al franquismo. Por tanto, como se adelantaba, los parámetros con los que jugaba *Últimas tardes con Teresa* siempre fueron opuestos a los del realismo social en boga. Justo al rebasar la treintena de edad, Juan Marsé se convirtió en testimonio y verdugo de los últimos estertores de la novela realista [77].

La defunción finiquitaba a su vez la primera etapa de su carrera literaria, incluidos los cuentos, que ya no necesito seguir publicando como había ocurrido hasta entonces en revistas como *Destino, Ínsula, El Ciervo, Rumbos,* o *Triunfo*. También dijo adiós al taller de joyería y a la redacción de *Arcinema.*

---

[76] En *El Pijoaparte y otras historias,* Bruguera, Barcelona, 1981, págs. 80-82.

[77] No deja de ser curiosa la opinión de Francisco Umbral, «Juan Marsé, realismo con fe», *El Mundo-La Esfera* (7 de octubre de 1990): «cuando el escritor, mediante el estilo, se acerca mucho más a la cosa (estética de la miopía) y le va descubriendo matices, correspondencias con otras cosas, relaciones, colores no vistos o movimientos del alma no percibibles a distancia "normal", el exceso de realismo da la alucinación: Flaubert, Proust, Marsé». Para Marsé, Umbral es paradigma de la «prosa sonajero», esa escritura autocomplaciente y a menudo hueca de sentido. A este respecto, Jordi Gracia opina en *Hijos de la razón,* Edhasa, Barcelona, 2001, pág. 218: «Umbral ha seguido derramando la prosa que inventa cada día. Y desde luego, y por mucho que sea feliz acuñación de Juan Marsé, tiene de *prosa sonajero* sólo lo que tenga de vacío de intención de lectura el propio lector».

La oscura historia de la prima Montse

En 1965, Jaime Gil de Biedma imprimía un nuevo giro a su vida, cambiando su oscuro sótano por un elegante apartamento diseñado por Bofill en la selecta zona del Turó Park [78]. Con treinta y tres años, Juan Marsé hacía lo propio y dejaba el domicilio familiar para casarse con Joaquina Hoyas, una extremeña de Trujillo. En aquel tiempo ya sabía que para escribir una novela sólo eran necesarias tres cosas: tener una historia que contar, saber contarla y, lo más importante, tener ganas de hacerlo [79]. Con dos niños que alimentar, el escritor siguió su propio precepto al pie de la letra y en 1970 entregaba de nuevo en Seix Barral la cuarta de sus novelas, *La oscura historia de la prima Montse,* de notable excelencia pero sin la fortuna de su predecesora [80]. En ella, además de recuperar la figura proteica del Pijoaparte, Marsé dibuja la insustancia vital de la protagonista que da título a la novela. A pesar de la implacable vivisección —alguien ha hablado de monótona denuncia— de un determinado sector de la sociedad tradicional catalana, lo que persiste en las entrañas de la ficción es la evidencia de la espantosa tragedia de Montse y el modo en que su «martirizada sinceridad operó todavía en el cinismo de los que la trataron de cerca y la sobrevivieron», como se alude en la contraportada de presentación. La prima es el centro de la memoria de dos amantes (los primos Paco Bodegas [81] y Nuria Claramunt) que refieren la historia entre las paredes de un chalé condenado al derribo; una memoria que toma cuerpo de mu-

---

[78] En *El amante bilingüe* (Planeta, Barcelona, 1990, pág. 36) se dice de otro proyecto de Bofill, el *Walden 7,* que «fue erigido, según su creador, para propiciar otras formas de vida y de relación (...), para exaltar la libertad del individuo y la convivencia en comunidad». Allí tiene su residencia el personaje Juan Marés.

[79] Así lo recogía Federico Campbell, «Juan Marsé o el escepticismo», en *Infame turba. Entrevistas a pensadores, poetas y novelistas en la España de 1970,* Lumen, Barcelona, 1971, págs. 218-227.

[80] Fue Carlos Barral quien puso título a la novela *La oscura historia de la prima Montse,* Seix Barral, 1970. Es, junto a *Un día volveré,* la única novela de la que Marsé no ha recibido galardón alguno. Tampoco tuvo fortuna su adaptación cinematográfica, la primera que se basaba en una novela de Marsé. El director Jordi Cadena la tituló *La obscura historia de la cosina Montse* (1977). El lector curioso puede consultar las declaraciones del escritor en Marcos Ordóñez, «Un paseo con Juan Marsé», *Co&Co,* 10 (1993), pág. 14.

[81] Nombre de notables resonancias cinematográficas, que recuerda al del director Roberto Bodegas, enlazado por la amistad con Juan Marsé desde sus años en Francia. Marsé firmará años más tarde el guión de *Libertad provisional* de Roberto Bodegas, entonces ayudante de dirección de George Lampin en *Mathias Sandorf* (1963).

jer pero que es referida por un hombre, guionista de cine que acaba de regresar de París, un referente biográfico que es compartido con el escritor. Paco Bodegas supo ver que Montse estaba hecha con la misma materia con la que están hechos los sueños, aunque en la novela esa cita shakespeariana se convierta en «esa materia tierna y vehemente que envuelve nuestras heroicas quimeras de mocedad». Sin embargo, es Montse y su desgracia —el pueril desfalco de la colecta piadosa, los amores con el ex presidiario y sus embarazosas consecuencias, la traición de la prima Nuria y el suicidio final en el viaducto de Vallcarca— quienes cobran verdadera importancia en el relato [82]. Vuelve Marsé a ajustar las cuentas a ese tipo de moralidad hipócrita y al falso fervor cristiano de quienes responden con simulada educación disfrazada de caridad al socorro de los demás, siempre y cuando no se vean amenazados los privilegios de la clase protectora. El tono imprecatorio de algunos pasajes revela sin tapujos la denuncia.

A propósito de la presencia de la figura femenina en las novelas de Marsé, éste ha aventurado que «tal vez lo que las Tina, Teresa y Montse tengan en común sea cierta romántica capacidad o voluntad de ensoñación, de adecuar su ideal de la personalidad —reprimida por el entorno familiar y social, la educación recibida y la estrategia moral de una clase— a una realidad social anhelada por ellas, más justa y más libre, pero que todavía no existe. Creo que son muchachas que en cierto modo se anticipan a su tiempo y que, por ello, la familia o la sociedad les pasa factura. Juego peligroso el suyo, por cuanto su dinámica sentimental y moral no encaja en el esquema rígido y esclerótico de una sociedad en la que sólo cuentan las apariencias. Esa entrega a un ideal de la personalidad conforma su carácter. Desde su dormitorio-búnker, con la radio siempre encendida y la cama cubierta de revistas gráficas, Tina intuye que la vida transcurre "en otra parte", que la juventud se realiza en otros ámbitos, y se inventa su propia libertad esgrimiendo la única arma que posee: el sexo. Teresa, por su parte, sabe que ella "no camina con la Historia" debido a su origen social burgués y a los hábitos autorrepresivos que le inculcó su clase, y en su brusco despertar ideológico se

---

[82] José-Carlos Mainer ha querido ver ecos del arranque de *La oscura historia de la prima Montse* en la admirable novela de Antonio Muñoz Molina *El jinete polaco,* a pesar de que algo las distingue: «lo que en el relato de Muñoz Molina es vía de integración, de recuperación armonizadora del pasado, aquélla es en cambio de lucidez amarga, de distancia culpable», en *De postguerra,* Crítica, Barcelona, 1994, pág. 103.

desvía hacia la izquierda, fascinada por un mito, extraviándose, tanteando a ciegas entre lo real y lo aparente, confundiendo los imperativos de su progresismo romántico con los imperativos del sexo y de la edad... Y Montse, la más desvalida de las tres, lucha hasta el final por mantener aquel espejismo de bondad cristiana que le inculcaron de niña y que, de pronto, sus mismos padres y educadores pretenden destruir en defensa de unos intereses materiales. Creo que éste podría ser el sentimiento que las une, ese ideal de la personalidad; y creo que es un sentimiento digno, valiente y generoso» [83]. En cuanto a los personajes masculinos de la oscura historia, cabe advertir que Manuel Reyes, el Pijoaparte, hace aquí la segunda y última de sus apariciones en la novelística de Marsé, no así en su narrativa, pues recurrirá a él en alguna que otra ocasión, resucitándolo a su conveniencia [84].

Si te dicen que caí

El ejercicio de renovación memorística ligado a *La oscura historia de la prima Montse* había sofisticado su proceder frente a las novelas precedentes, pero todavía faltaba una vuelta de tuerca, esta vez definitiva, que apuntalase la carrera literaria de Juan Marsé y le convirtiera en el referente decisivo que es hoy para la historiografía literaria, más allá de la castellana. *Si te dicen que caí* iba a ser ese puntal incólume que sostiene toda la producción del escritor barcelonés, tanto la anterior como la venidera, aunque el abordaje de la historia no iba a estar exento de temores bien fundados. La parodia dejaba paso a la novela.

Juan Marsé empezó la redacción de *Si te dicen que caí* convencido de que la maquinaria infernal de la censura no dejaría jamás que apareciera publicada. La inquietante buena salud del régimen franquista tampoco ayudaba a albergar esperanzas en el futuro inmediato. La sensación generalizada era que aquella situación podía perpetuarse hasta el infinito y más allá. Así pues, «sumergido en esa desesperanza oceánica, me lié la manta a la cabeza y por vez primera en mi vida empecé a escribir una novela sin pensar en la reacción de la censura ni en los editores ni en los lectores, ni mucho menos en conseguir anticipos, premios o halagos. Implicadísimo y desembara-

---

83 En *El Pijoaparte y otras historias,* Bruguera, Barcelona, 1981, págs. 114-115.

84 Concretamente en el artículo «Últimas barracas del Carmelo», *El País* (11 de noviembre de 1990).

zado por fin del pálido fantasma de la autocensura, pensaba solamente en los anónimos vecinos de un barrio pobre que ya no existe en Barcelona, en los furiosos muchachos de la postguerra que compartieron conmigo las calles leprosas y los juegos atroces, el miedo, el hambre y el frío; pensaba en cierto compromiso contraído conmigo mismo, con mi propia niñez y mi adolescencia, y en nada más. Jamás he escrito un libro tan ensimismado, tan personal, con esa fiebre interior y ese desdén por lo que el destino pudiera depararle» [85].

La época arremolinaba ejemplos de experimentalismo verbal que pretendían justificarse en sí mismos, o sucedáneos a la greña de la moda del realismo mágico. La ambición con la que Marsé afrontó el juego de niños que es *Si te dicen que caí* ha marcado un hito proporcional a la destreza con que fue narrada. La pueril invención recibió el nombre de *aventi*, y supuso el pasaporte hacia la eternidad del término y de quien lo fijó en letras de molde. En esas cinco letras se encuentra destilado todo su universo. Según cuenta en la novela Antonio Faneca (¿les suena el apellido?), la aventi era «un juego muy bonito y barato, que sin duda propició en el barrio la escasez de juguetes pero que era un reflejo de la memoria del desastre, un eco apagado del fragor de la batalla (...). La aventi ya era solamente una verdad como cualquier otra, oída demasiadas veces. Historia reconstruida también con desechos, aventurada por los intrépidos hijos de la memoria» [86]. Más tarde Marsé precisaría algo más el término y su liturgia: es esa pequeña célula narrativa o forma imaginativa de recrear manipulando la realidad, historietas nutridas tanto de elementos reales como de los tebeos y las películas, formando una amalgama muy novelesca. Es incluso más sencillo, es el diminutivo de la palabra «aventura» [87]. El juego consistía en sen-

---

[85] Nota a la nueva edición, esta vez definitiva, firmada en 1988. *Si te dicen que caí,* Lumen, Barcelona, 2000, pág. 7.

[86] *Si te dicen que caí,* Seix Barral, Barcelona, 1976, págs. 39 y 346. En 1989, el director barcelonés Vicente Aranda llevaría a la pantalla la novela con ese mismo título, aunque sin los logros artísticos de su anterior adaptación, *La muchacha de las bragas de oro* (1980). El mismo resultado tendrá cuando decida incurrir de nuevo en el universo de Marsé y rodar *El amante bilingüe* (1993).

[87] De un modo un tanto rebuscado, la estudiosa Nivia Montenegro ha propuesto en «El juego intertextual de *Si te dicen que caí», Revista Canadiense de Estudios Hispánicos,* V, 2 (invierno de 1981), páginas 145-155: «La propia palabra aventis, relacionada con el verbo aventar —cuyo significado primero es hacer o echar aire a alguna cosa— indica la característica esencial de las historias: inflamación o deformación de la realidad», cuando simplemente es una apócope de aventura muy usual en la época *(peli,* por película; *bici,* por bicicleta); es decir, su etimología está relacionada con el *venire* latino y no con el verbo aventar, como se pretende en dicho artículo.

tarse en corro, donde siempre había alguien más listo que los demás, que era el que contaba las aventis, y las novelaba. Lo más interesante de todo, era que los personajes de la historia imaginaria que contaba eran los mismos que escuchaban en el corro. Aquello llegaba a ser apasionante, porque siempre se estaba esperando el momento en que alguno de ellos apareciese en la aventi, para ver el papel que les había sido otorgado.

La aventi de la que parte Juan Marsé en *Si te dicen que caí* guarda relación directa con uno de los episodios más escabrosos y toscos de la postguerra barcelonesa. Lo que más le atrajo de aquella misteriosa muerte fue la leyenda popular que se tejió en torno suyo. Cuentan que en un terreno baldío al que llamaban Can Compte, pegado a la calle Legalitat [88], la noche del 11 de enero de 1949 mataron y enterraron a la prostituta Carmen Broto, la rubia platino que serpentea entre las páginas de la novela. Hoy el solar lo ocupa un bloque de edificios de la Caja de Ahorros, pero durante muchos años, los años de la infancia de Marsé, el solar estuvo abierto. «Ahí la llevaron sus asesinos», cuenta Marsé. «Eran tres; un padre y un hijo y un amigo de ambos. Fue un crimen horroroso, torpísimo, muy español. Los tres la conocían del bar Alaska, en el paseo San Juan, y decidieron emborracharla para robarle las joyas. Lo típico: ella comenzó a gritar y acabaron matándola a golpes. La enterraron como pudieron y al poner de nuevo el coche en marcha, un Ford Balilla, el petardeo del tubo de escape alertó al vigilante de la zona. Nerviosos, no se les ocurrió otra cosa que abandonar el coche y salir por pies. Estaban sentenciados y lo sabían, así que optaron por quitarse de en medio. Dos suicidios y los dos con cianuro, curiosamente: El padre se mató a la puerta de su taller de cerrajero, y el amigo, Viñas, en una pensión del Raval, dejando una nota que decía *No se culpe a nadie de mi muerte. La vida es sueño»* [89]. Poco importa si era verdadera la historia que fue relatada al escritor. Hoy sabemos que no hace falta que las novelas estén o no basadas en hechos reales, sino que lo que nos cuenten tenga entereza artís-

[88] La misma calle en la que apareció el ahorcado que Marsé trasladará a la ficción en su relato «Historia de detectives» y en la novela *Rabos de lagartija.*

[89] Marcos Ordóñez, «Un paseo con Juan Marsé», *Co&Co,* 10 (1993), pág. 15. Cfr. Emma Rodríguez, «El escritor y su ciudad», *El Mundo-La Esfera* (17 de julio de 1993); Joaquín Roglán, «El oscuro crimen de Marsé», *La Vanguardia* (8 de noviembre de 1996); Enrique Vila-Matas, «El interruptor exacto de la máquina del tiempo», *Letras Libres* (mayo de 2002), págs. 90-91.

tica y se nos haga verosímil, como promulgaba Aristóteles en su *Poética*[90].

El recuerdo visual del famoso crimen de la calle Legalitat —Marsé llegó a ver la sangrienta escena a la mañana siguiente, al ir a trabajar— impuso su ley con tal fuerza que no tuvo más remedio que ficcionalizarlo y convertirlo en una aventi de cerca de cuatrocientas páginas, cuyo único objetivo se cifraba en la reconstrucción de la historia que los padres de aquel grupo de niños, que jugaban a detectives al anochecer, no habían querido contarles y que rondaba, desmenuzada en mil habladurías, por otros tantos rincones del barrio. El recuerdo imperativo propició la entrada de Marsé en la década de los setenta con paso firme. Había publicado sin excesivo éxito su cuarta novela, *La oscura historia de la prima Montse*. Seguía escribiendo, por las mañanas, y por las tardes se ganaba la vida como redactor jefe de la revista *Bocaccio*[91]. «Era una mala época —rememora el escritor—. La euforia de la *gauche divine* se había ido al diantre con los procesos de Burgos; decretaban estado de excepción cada dos días y Franco parecía que iba a ser eterno. Yo estaba convencido, además, de que la censura nos iba a sobrevivir a todos, como un estigma. Quizás muriera Franco, pensaba, pero su régimen y la censura iban a continuar. Comencé la novela mirando hacia ese hueco [Can Compte], intentando recuperar unas calles, una infancia. *Si te dicen que caí* es mi infancia. La conforma y la sintetiza y la funde definitivamente en ese mapa que la realidad había desfigurado. Llevaba unos pocos capítulos cuando me di cuenta de que aquello no se publicaría nunca, pero me lié la manta a la cabeza y decidí escribirla de todos modos. Fue como comenzar a tirar de un hilo. Vi el solar de la calle Legalidad, y el jardín y los cimientos de la iglesia, entonces aún sin construir, junto a la Capilla Expiatoria de las Ánimas del Purgatorio, en la calle Escorial, y los primeros escarceos eróticos con las huerfanitas de la Casa de Familia

---

[90] Así lo reconoce Juan Marsé en un particular homenaje al *Buffalo Bill* (1936) de Cecil B. DeMille, cuando escribía que «me gusta pensar que ya entonces [con diez años, desde el cine Rovira] intuí algo de suma importancia relacionado con el cine o con cualquier otra forma del arte de narrar: si la infidelidad histórica no le había quitado el sueño al señor DeMille ni a Gary Cooper, ¿por qué tenía que importarme a mí?)», «Wild Bill Hickok que estás en los cielos», *Nickel Odeon*, 4 (otoño de 1996), págs. 112-113.

[91] El escritor fue su redactor jefe desde 1970. La revista recogía el nombre del local que frecuentaban los miembros de la *gauche divine;* muchos de ellos colaboraron en ella. Entre los que no formaban parte del selecto grupo estaba Enrique Vila-Matas, que en aquel tiempo se dedicaba a labores de crítica cinematográfica, a caballo entre *Bocaccio, Destino* y *Fotogramas.*

de la calle Verdi, y la fiesta mayor, y las calles adornadas con techos de papelitos y guirnaldas de colores, y el "Taylor" y sus pistoleros, y la trapería... El mapa salió solo; no había más que seguir a aquellos niños, escuchar sus voces cantando una canción que, como en el verso de Machado, llevaba "confusa la historia y clara la pena". Jamás he escrito un libro tan ensimismado, tan personal, con esa fiebre interior y ese desdén por lo que el destino pudiera depararle. Me daba igual si se publicaba o no; lo importante era escribirlo» [92].

La frontera entre la ensoñación y la realidad puede tener consecuencias literarias. Con dos años, Adolfo Bioy Casares recibió como regalo un perro. Cuando, a los pocos días, el animal desapareció, sus padres le dijeron que lo había soñado. Al igual que ocurre en *La invención de Morel,* también en *Si te dicen que caí* la relación entre la ficción y la realidad es muy compleja, y así ocurre con el resto de la obra de Marsé. Parece como si él también hubiera soñado los perros que jalonan su vida (Boris, Simón...). En la novela, la escenografía urbana es absolutamente real, pero se trata de un cóctel de barriadas que, en cierto modo, constituyen un *barrio mental,* el mismo que está en casi todo lo que Marsé ha escrito: un compuesto flexible de La Salut, el Carmelo, el Guinardó y Gràcia; una zona amplia de la parte alta de la ciudad y que podríamos situar, por un lado, entre la plaza Lesseps y Horta, y por otro entre Gràcia y el Parque Güell, como ya se ha apuntado [93]. Si Woody Allen necesita Nueva York para azuzar la memoria en sus películas, Marsé hace lo propio con los barrios de Barcelona en sus novelas: simplemente son el mejor escenario que conocen ambos creadores.

Mediada la novela, y con el barrio plegándose en su mente como harían los anillos de un ciempiés malherido, alguien comentó a Marsé la existencia de la convocatoria de un premio que se fallaba en México. Allí, un jurado constituido por Ángel María de Lera («el barrido después de una juerga sucia», fue su juicio sobre la novela), el venezolano Miguel Otero Silva, el mexicano José Revueltas y el peruano Mario Vargas Llosa, concedió en agosto de 1973 el I Premio Internacional México, dotado con 10.000 dólares. La editorial Novaro, patrocinadora del certamen, se encargó de publicar la no-

---

[92] Marcos Ordóñez, «Un paseo con Juan Marsé», *Co&Co,* 10 (1993), pág. 15. La novela llamaba la atención desde su mismo título, un hallazgo de Jaime Gil de Biedma regalado a Marsé, extraído de una de las frases del himno falangista. Un escritor tan afín al barcelonés como Antonio Muñoz Molina tomará nota del recurso en *Ardor guerrero* (1995).

[93] Véase Juan Marsé, «Muchacha en una bicicleta de hombre», *El País* (30 de agosto de 2002).

vela, que no pudo editarse en España por problemas de censura, al igual que ocurriera con *Recuento* de Luis Goytisolo (Joaquín Mortiz, México D. F., 1973) o con *Juan sin tierra* de su hermano Juan Goytisolo (Seix Barral, Barcelona, 1975), todas ellas indagadoras de la memoria reciente de las consecuencias de la guerra [94]. Las prisas de edición ocasionaron numerosas erratas en las galeradas que el autor no pudo corregir, pero Marsé las subsanaría en la revisión de la obra cuando ésta aparezca en septiembre de 1976, ya bajo el sello editorial de Seix Barral [95]. Amparada en los aires de clandestinidad en la que estuvo envuelta por espacio de casi tres años, la novela se convirtió de pronto en un éxito de ventas que no defraudó a nadie. El arranque de su primer párrafo es memorable: «Cuenta que al levantar el borde de la sábana que cubría el rostro del ahogado, en la cenagosa profundidad de pantano de sus ojos abiertos, revivió un barrio de solares ruinosos y tronchados geranios cruzados de punta a punta por silbidos de afilador; un aullido azul. Y que a pesar de las elegantes sienes plateadas, la piel bronceada y los dientes de oro que lucía el cadáver, le reconoció; que todo habían sido espejismos, dijo, en aquel tiempo y en aquellas calles, incluido este trapero que al cabo de treinta años alcanzaba su corrupción final enmascarado de dignidad y dinero». Pronto averigua el lector que el automovilista muerto es Marcos Javaloyes, y que ese celador borracho que ahora contempla el cadáver junto a Sor Paulina es Ñito Marés *Sarnita,* amigo de correrías del fallecido cuando el industrial no era más que un trapero huérfano apodado *Java,* harto de rondar las desvencijadas lomas de la Barcelona de postguerra, contándose entre todos aventis que mitigaran la dolorosa y la amarga realidad de los vencidos, invenciones convertidas a menudo en refinadas vengan-

---

[94] Esquivando la censura, los estantes secretos de las librerías y editoriales albergaban algunos de estos títulos.

[95] En 1988 aparece la edición definitiva de la obra, llevada a cabo quince años después de su primera salida —clandestina en España—. Marsé corrigió, cortó y reestructuró la novela con completa fascinación: eliminó frases que chirriaban, guillotinó elementos que creaban confusión y estableció simetrías —de ritmo, de lenguaje— entre situaciones que eran narrativamente equivalentes. La primera reimpresión de la original es de marzo de 1977, y rivalizó con *Las ninfas* de Francisco Umbral (premio Nadal 1975), *En el día de hoy* de Jesús Torbado (premio Planeta 1976), *De camisa vieja a chaqueta nueva* de los superventas transitorios de Vizcaíno Casas, y *Señor ex ministro* de Torcuato Luca de Tena, que acabarían desplazando a los anteriores en la lista de ventas. Véase el comentario que dedica al fenómeno José María Martínez Cachero en *La novela española entre 1936 y el fin de siglo. Historia de una aventura,* Castalia, Madrid, 1997, págs. 365, n. 37, y 470-471.

zas y brutales ajustes de cuentas. Así solían ser las de Java, en las que «la realidad era una oscura y pesada materia que había de permanecer aún mucho tiempo en el fondo, sin poder aflorar a la superficie»[96]. La fuerza del párrafo inaugural reside en su autonomía, en un poder evocativo de gran fuerza visual, que pronto se trasladará al conjunto de los personajes, cuyas aventis habrán de ajustar la memoria a la realidad y a buena parte de los sueños en pos de aquel «aullido azul de la verdad» que aparecía en la primera versión de la novela[97].

El escritor ha declarado que en las entrañas de su novela reside un único sentimiento: la secreta y nostálgica despedida de la infancia. El deseo de recorrer el barrio que le vio crecer, la fiesta mayor, las batallas de piedras, la sensación de que el tiempo estaba parado, de rechazo al mundo de los mayores. Algo de eso podía vislumbrarse ya en la frase que ponía fin a la novela: «Hombres de hierro, forjados en tantas batallas, soñando como niños». Decididamente, Marsé conocía la piedad, pese a ser el moralista satírico del que hablaba Pere Gimferrer al reseñar prematuramente la novela en las páginas de *Destino.* La infancia, a la que ya se ha hecho alusión, quedaba vinculada al nuevo libro de forma sustancial y definitiva. El peso del pasado empezaba a ser incuestionable. «La novela surgió de un deseo de recuperar esa infancia y esas calles —cuenta Marsé—, y tal vez por eso se pobló enseguida de personajes y hechos reales: Carmen Broto, la famosa prostituta rubia-platino asesinada en un solar de la calle Legalidad-Escorial, cerca de mi casa, en enero de 1949; el jardín, los sótanos y los cimientos de la iglesia aún sin construir junto a la Capilla Expiatoria de Las Ánimas del Purgatorio en la calle Escorial (hoy Parroquia de San Miguel de los Santos); la función de *Els Pastorets* y los primeros escarceos eróticos con las huerfanitas de la Casa de Familia de la calle Verdi, la fiesta mayor y las calles adornadas con techos de papelitos y guirnaldas de colores, el "Taylor" y sus pistoleros, la trapería y las "aventis"...

»La novela expresa una posible memoria del ambiente de un barrio y de una ciudad que salía de la sacudida de la guerra civil. Esta posible memoria pertenece a la nebulosa de unos personajes de ficción que, al evocar unos hechos, todos ellos coinciden siempre en determinados repliegues de una historia que, sin embargo, se ve

---

[96] *Si te dicen que caí, op. cit.,* pág. 41.

[97] El párrafo seleccionado corresponde a la edición definitiva de la obra (1988). En ediciones previas se observan marcadas diferencias estructurales.

constantemente en entredicho, y a veces desmentida, como si todos fuesen unos redomados embusteros. Sin embargo, la "verdad verdadera" —por decirlo en el lenguaje de los niños— se va imponiendo por encima de la mentira. Es la memoria incierta de unos adolescentes que ordenan unos hechos que han oído contar a otros o que han entrevisto según su estatura personal y social. Es decir: tantean la verdad mediante espejismos e incluso mentiras, "aventis" (diminutivo de aventuras) que es el nombre que ellos le dan a ese juego. Al revés de lo que ocurre con la Historia, la Sociología o la Crónica periodística, la novela no pretende ser un arte de lo que fue, sino de lo que pudo haber sido»[98].

La muchacha de las bragas de oro

La literatura entendida como el arte de la posibilidad, cuya expresión permite experimentar las vidas que no nos ha sido otorgado conocer. En una de aquellas experiencias, Marsé vislumbró el material que cimentaría la siguiente de sus novelas. El revulsivo fue *Descargo de conciencia,* las memorias de Pedro Laín Entralgo, aparecidas en el sello editorial que Carlos Barral había fundado al dejar Seix Barral[99]. Fue la época de la revista *Por Favor* —sufragada por Planeta—, una época de desahogos personales y profesionales que culminaría con la concesión del premio Planeta en su edición de 1978 por aquella historia que venía fraguando su cabeza desde la lectura del azote memorístico de Laín Entralgo. En la editorial que dirigía Fernando Lara habían aparecido dos de sus libros menos conocidos, amparados bajo el asombroso éxito alcanzado con *Si te dicen que caí.* Ambos fueron fruto de las colaboraciones en *Por Favor,* revista de la que Marsé era jefe de redacción: los retratos incisivos de *Señoras y señores* —«una de las cimas antológicas del último periodismo español», a juicio de Arcadi Espada— y las *Confidencias de un chorizo*[100]. Eran la respuesta de un escritor que, frente al inmovilismo mental al uso, ofrecía un ejemplo constante

---

[98] En *El Pijoaparte y otras historias,* Bruguera, Barcelona, 1981, págs. 143-145.

[99] Barral Editores, Barcelona, 1976.

[100] *Confidencias de un chorizo,* Planeta, Barcelona, 1977. Los setenta y cuatro retratos de la primera edición de *Señoras y señores* (Punch, Barcelona, 1975) pasaron a ser ciento siete en la edición de Planeta, de 1977. Con el mismo título apareció años más tarde un nuevo *Señoras y señores* (Tusquets Editores, Barcelona, 1988), fruto de su tarea en *El País*. En esta ocasión fueron ochenta y cuatro los retratados, algunos de ellos revisitados con una década de diferencia.

de imaginación creadora y anticonvencional, como rezaban las directrices de la colección. El finalista del premio había sido Alfonso Grosso con *Los invitados,* pero Marsé se alzó con el galardón por una novela que, bajo el título provisional de *La memoria maldita* y el seudónimo de J. Faneca, acabó tomando el irónico y balzaquiano título de *La muchacha de las bragas de oro* [101].

A la estela de la novela y de sus colaboraciones periodísticas, Marsé iniciaba también la segunda de sus etapas como cuentista, salvando así un bache productivo que duraba quince años, los que van desde el relato «La mayor parte del día» [102] publicado en *Triunfo* en 1963, hasta «Parabellum», aparecido en 1977 en *Bazaar.* La mecha creativa la había encendido de nuevo el falseado ejercicio memorístico de Laín Entralgo, desdoblado y reconvertido junto a otros en el protagonista de la novela Luys Forest. Con ello no quiso decir el autor que Laín mintiese en las memorias. Más bien focalizó la atención en aspectos en los que Entralgo se detenía con una parsimonia que resultaba excesiva, innecesaria y a la postre delatora. En particular, con ese intento desesperado por justificar su posición moral ante todo lo acontecido. Sostiene Marsé que uno ha de asimilar su pasado, porque el pasado llega sin remisión, como llegan las cosas que en verdad importan en la vida. Al cobijo de una frase del *De Profundis* de Oscar Wilde en la que se dice que «Arrepentirse de algo es modificar el pasado», el escritor ha revelado que «Luys Forest, como personaje de ficción, es un artilugio literario compuesto de varias piezas extraídas de la realidad, al igual que un rompecabezas. Cada una de estas piezas, empezando por la que está en el nombre del personaje (la i griega de Luys) [103]

---

[101] Véase la reseña firmada por Leopoldo Azancot, «Marsé, novelista», *Nueva Estafeta,* 2 (enero de 1979), págs. 85-87. De la exitosa novela, lanzada al mercado en noviembre de 1978, existe una versión cinematográfica filmada por Vicente Aranda en 1980. En declaraciones a propósito de la adaptación de sus novelas, Marsé ha dicho que «Aranda sabe narrar una historia. A veces. *La muchacha de las bragas de oro,* por ejemplo, está muy bien traicionada. *Si te dicen que caí,* en cambio, es un galimatías, con una obsesión, también incomprensible para mí, por acentuar los contenidos eróticos, las escenas con una cierta carga sexual, en detrimento de la atmósfera y la poesía del libro; en *El amante bilingüe* sucede tres cuartos de lo mismo». Marcos Ordóñez, «Un paseo con Juan Marsé», *Co&Co,* 10 (1993), pág. 14.

[102] *Triunfo,* 58 (13 de julio de 1963). Ilustración de Enrique Navarro.

[103] Cfr. *Si te dicen que caí, op. cit.,* pág. 318. Además de a Laín Entralgo, el personaje le debe cosas a muy diversos personajes, entre ellos «a Carlos Barral, a su casa, su manera de pasear por la playa, con su bastón y su perro», tal y como recoge Eugenio Madueño en «Juan Marsé: Un francotirador de la literatura», *La Vanguardia-Revista* (26 de agosto de 1990), pág. 3.

corresponden a falangistas que por motivos diversos fueron notables en el régimen anterior —algunos todavía lo son en éste, cuidado— y cuyas pistas un lector ocioso y paciente podría rastrear en las propias memorias que escribe Forest y en su convulsa y atrafagada bibliografía... Es decir, se trata del arquetipo de aquellos que un día fueron los llamados intelectuales del régimen, y sobre esta base puede uno barajar, como el autor hizo en su momento, nombres que van desde Dionisio Ridruejo hasta Laín Entralgo pasando por Rafael García Serrano, Agustín de Foxá, Giménez Caballero, Pemán, etcétera.

»Pero no se trataba de retratar a ninguno de ellos, porque ninguno —a excepción de Ridruejo [104], al que llegué a tratar y estimar— ha interesado nunca al autor ni como intelectual ni como político. Se trataba, simplemente, de colorear irónicamente al personaje central de la historia con tintes reales a fin de prestarle una mayor credibilidad digamos histórica.

»Luys Forest, en su ficción literaria, es novelista, y en consecuencia era casi obligado que encarnara al autor en algunos aspectos relacionados con la profesión: hábitos de trabajo, ciertas manías o tics nerviosos que florecen en la soledad del estudio, esa intimidad peculiar con los libros, el alcohol y el tabaco, con el paso del tiempo, los objetos del entorno o el párrafo obsesivo, sin terminar, que nos ronda durante el sueño. En la medida en que el personaje se droga con la literatura, soy yo [105].

»Pero intentar establecer los límites estrictos entre ficción y realidad —entre invención y testimonio, si se quiere— es meterse en un terreno muy resbaladizo. Como ya hemos dicho antes, la novela, cualquier novela, no se propone exactamente decirnos cómo son las cosas, sino cómo deberían haber sido o podrían ser. El propio Forest, a propósito del libro de memorias que está escribiendo, le dice a su sobrina Mariana en el capítulo 20 de *La muchacha...:* "Recuerdo con más precisión al hombre que hubiese querido ser que al hombre que he sido. Yo no intento reflejar la vida, sino rectifi-

---

104 Dionisio Ridruejo reseñó elogiosamente la novela en el semanario *Destino* (26 de enero de 1974). Luego sus palabras se convirtieron en el prólogo que presentaría a la novela en su primera salida en España. Hoy ese prólogo ha desaparecido de la edición definitiva de la obra. Había conocido a Marsé («el hombre menos afectado del mundo») cuando éste fue a visitar al profesor en su retiro costero de Alella, el verano de 1973. En el encuentro, el «claro, cordial y directo» Marsé estuvo flanqueado por «el silencio intenso de Ana María Moix y por la elocuencia brillante y un poco erizada de Jaime Gil de Biedma».

105 Cfr. *La muchacha de las bragas de oro, op. cit.*, pág. 139.

carla" [106]. La cita termina recordando que todo consiste en contar mentiras que parezcan verdades, en claro parafraseo al machadiano juicio sobre la falta de fantasía: "también la verdad se inventa"»; lo mismo que el pasado, según acierta a apuntar Marsé con la cita de Henry James que sirve de epígrafe a la novela («Sus viejos padres no podían hacer gran cosa por el porvenir y han hecho lo que han podido con el pasado»).

Despojada de cualquier atisbo experimentalista, o dejándose de «virguerías estructurales y formales» [107], como declaró tras la publicación del libro, *La muchacha de las bragas de oro* acoge en su interior toda una poética sobre el arte de la ficción —ya se advertía que a Marsé hay que buscarle en sus novelas—. «¿Te extrañan estas combinaciones?», pregunta en la ficción el intelectual falangista a su sobrina, refiriéndose a las que él mismo efectúa a partir de su vida en la autobiografía que intenta componer. «Son correctivos a la realidad. A fin de cuentas», añade, «ése es el trabajo del novelista». A punto de caer en la degradación incestuosa, Forest no se resiste a despachar la entrevista de su sobrina con un «salgamos de la cocina del escritor, un lugar lleno de humo y que suele oler mal». Afamados críticos acusaron a la novela de comercial, oportunista y endeble [108]. Otros la catalogaron de novela histórica, pues en ella se trata de recrear la historia para corregirla desde el mirador del arte sin la candidez ni el positivismo del siglo XIX. Sus parientes más próximos deben buscarse más en Valle-Inclán o Leopoldo Alas que en Balzac o Galdós.

Tengo para mí que no yerra José-Carlos Mainer al aventurar que nadie sino Juan Marsé es quien habla por boca de Forest cuando dice que «mi estilo proviene de faenar de niño en la barca de mi padre: me enseñaron simplemente que hay un lugar para cada cosa». Efectivamente, es Marsé quien afirma, con las reflexiones del viejo

---

106 En *El Pijoaparte y otras historias,* Bruguera, Barcelona, 1981, págs. 176-178. La sentencia de Machado la recordó Marsé en el comentario a la novela ganadora del premio Planeta 1977 al preguntarse por las razones que hacían de la novela de Jorge Semprún *Autobiografía de Federico Sánchez* «un bisbiseo de beata de confesionario», respondiendo con una cita del poeta castellano que la realidad también se inventa. Juan Marsé, «La ficción y la realidad», *Por Favor,* 5, 185 (17 de enero de 1978), pág. 9.

107 Palabras recogidas por Víctor Claudín en *Informaciones de las Artes y las Letras,* 540 (30 de noviembre de 1978).

108 Comparten este parecer Santos Sanz Villanueva, *Historia de la novela social española, 1942-1975*, II, Alhambra, Madrid, 1980, página 612, y Darío Villanueva, «La novela en 1979», *El año literario español, 1975-1979*, Castalia, Madrid, 180, págs. 713-739.

escritor falangista en el capítulo más enjundioso de la novela, que «no hay buena literatura sin resonancias. En cuanto a la dichosa destrucción del lenguaje, su función crítica y otras basuras teorizantes y panfletarias de vanguardistas y doctrinarios, permíteme, sobrina, que me sonría por debajo de la próstata. Detesto las virguerías ortográficas, estilísticas y sintácticas. Qué quieres, yo todavía me tomo la cavernícola molestia de reemplazar una coma por un punto y coma...» (en el capítulo más enjundioso de *La muchacha).* Con una estupefacción que ahora nos asombra, Mainer todavía se preguntaba en 1989 si iba a seguir siendo Marsé un escritor que tuviera más lectores fieles que críticos atentos, a la vista del escaso eco que producía su literatura en los entornos académicos del país [109]. Con parecer semejante se expresaba por las mismas fechas Ignacio Soldevila, aunque matizaba que el amplio interés que despertaba al otro lado del Atlántico la obra de Marsé no tenía parangón respecto al que suscitaba en el viejo continente [110].

La evidencia traía sin cuidado al escritor, que ya había dado muestras suficientes de su valía narrativa y no necesitaba los parabienes del mundo intelectual, aunque sí el de sus lectores, que desde la concesión del Planeta iban a ser legión. Señalar lo contrario sería una falacia que no guardaría relación alguna con la realidad. Efectivamente, como diría el tío Luys, «las cosas no son como son, sino como se recuerdan» [111]. Y hoy lo que hay que recordar es que, por primera y última vez hasta la fecha, el barrio barcelonés fraguado por Marsé en sus novelas no se constituye escenario de la historia que se narra, al quedar encuadrada en el pueblo costero de Calafell. Tal digresión incumbe a su vez a la raigambre imaginativa de la ficción, pues se parte aquí —como se hará también en *El amante bilingüe*—, no de una imagen generadora de la historia, sino de una idea urdidora de la trama. Sabido es que los resultados de esta última opción no han satisfecho por completo a lectores, ni tampoco al propio escritor, que siempre ha defendido los hallazgos visuales de sus historias como la impronta que trae consigo la validez del flujo na-

---

[109] José-Carlos Mainer, «Juan Marsé o la memoria en carne viva», *El Urogallo,* 43 (diciembre de 1989), págs. 66-71. Las citas provienen del capítulo 20, págs. 221-222.

[110] Ignacio Soldevila Durante, «La obra narrativa de Juan Marsé como objeto de estudio y de polémica: a propósito del libro de Samuel Amell, *La narrativa de Juan Marsé», Revista Canadiense de Estudios Hispánicos,* XIII, 2 (invierno de 1989), págs. 285-292.

[111] *La muchacha..., op. cit.,* pág. 119.

rrativo. Así lo atestigua el resto de su producción literaria, desde los retratos a los cuentos [112].

Un día volveré

La receta que iba a dar como fruto la siguiente propuesta imaginativa de Marsé era sencilla. Pero ya se sabe, como diría Manuel Vázquez Montalbán por boca de Pepe Carvalho, que no hay receta sencilla que no guarde en su proceso algún secreto oculto, aunque sólo sea el de contar con unos ingredientes de calidad manipulados con mimo. La de *Un día volveré* compartía ese secreto en forma de exergo de evocación paterna: «A Pep Marsé, mi padre, que me enseñó a combinar la concienciación con la escalivada» [113]. La premisa inicial da lugar a la confección del perfil trabado de heroísmo y miseria de Jan Julivert Mon, un militante de la guerrilla urbana en la postguerra, ex boxeador y atracador de bancos, que vuelve a su casa después de cumplir una larga condena en las cárceles franquistas, al lado de una cuñada y un sobrino sedientos de revancha contra la maledicencia e insolidaridad del vecindario. Desde entonces, Jan Julivert Mon descenderá al cadalso desde su nuevo trabajo como guardaespaldas del enemigo que selló su destino de perseguido. La novela se convierte de ese modo en la crónica negra de unos seres que se enfrentaron a una circunstancia dramática y desesperada (el deseo de invertir el resultado de una guerra perdida), y en la crónica resultante conviven las fechorías y los ideales: el forajido y el justiciero se confunden en la figura del ex presidiario, de quien se espera desencadene el ajuste de cuentas anhelado.

El nostálgico *New York* de William Klein guarda una socorrida fotografía que ilustra a la perfección uno de los temas que se reman-

---

[112] La soltura con el retrato a raíz de su dedicación en la sección de *Por Favor* fue suficiente para confeccionar el de Luys Forest en *La muchacha..., op. cit.,* pág. 89. Marsé también ha sido objeto de excelentes retratos. Quizá el mejor de ellos sea el que recuerda Ramón de España en «El novelista», *El País* (5 de julio de 1997): «La mejor descripción de Marsé que he oído me la dio un amigo. Mantiene que cada vez que se cruza con el escritor en una fiesta le da la impresión de que se trata de un lampista que ha ido a arreglar un grifo y que se ha apuntado al sarao aprovechando la confusión. Es en esos momentos cuando Marsé, más pijoapartesco que nunca, bebe whisky, pica canapés y comprueba una vez más lo bien que huelen las mujeres». Cfr. Montserrat Roig, «Juan Marsé o la memoria enterrada», *Los hechiceros de la palabra,* Martínez Roca, Barcelona, 1975, págs. 84-91.

[113] *Un día volveré,* Plaza & Janés, Barcelona, 1982.

san en la novela, aquella en la que se ha querido ver la fascinación juvenil por la violencia: un niño empuña un arma al objetivo de la cámara, en un tiempo de juegos en el que no se tiraba a matar de verdad. Con un encuadre más próximo a nosotros, surgen otros temas en forma de escenarios jalonados por la fantasmagoría cinematográfica, la desmemoria como terapia nacional y como falacia, la afirmación de la individualidad frente a la chapuza patriótica a la que aludía la presentación de la novela en febrero de 1982. «Hoy ya no creemos en nada, nos están cocinando a todos en la olla podrida del olvido, porque el olvido es una estrategia del vivir —si bien algunos, por si acaso, aún mantenemos el dedo en el gatillo de la memoria...», objetivo que no lograron conquistar aquellos hombres de hierro que cerraban la memoria en *Si te dicen que caí,* aquí convertidos ya en herrumbre: «Hombres de hierro, le oímos decir alguna vez al viejo Suau, forjados en tantas batallas, hoy llorando por los rincones de las tabernas» [114]. La imagen guarda la misma fuerza evocadora que tuviera diez años atrás, y la retendrá décadas y décadas más tarde, porque Juan Marsé es de los pocos escritores a los que les ha sido concedido el don que hace de sus frases citas memorables. Sólo ellos conocen la secreta morada donde yacen esas frases preclaras, acaso arrebujadas en los pliegues de un sueño o tal vez ocultas en la pantalla del cine Roxy o del Rovira en la sesión de tarde de un sábado.

Ronda del Guinardó

Algunos acercamientos críticos ya destacados han concluido que *Últimas tardes con Teresa* es una fábula explicada en medio millar de páginas. En cambio, «*Ronda del Guinardó* es una parábola» [115]. Con esa contundencia se presentaba en 1984 la única novela corta de Marsé. La *parábola* parte de un día decisivo en la historia universal del siglo XX. La misma tarde del 8 de mayo de 1945 en que Alemania capitulaba ante los aliados, un inspector de policía y una adolescente emprenden un recorrido por las calles del barrio que da nombre a la *nouvelle,* con el objetivo último de identificar el cadáver del presunto violador de la joven Rosita, vecina del barrio de La

---

[114] Ambas citas provienen de *Un día volveré, op. cit.,* 1982, página 287. Se trata de uno de los juegos intertextuales a los que tan acostumbrados nos tiene el autor. La frase conclusiva de *Si te dicen que caí* dice: «Hombres de hierro, forjados en tantas batallas, soñando como niños», *op. cit.,* pág. 360.

[115] Seix Barral, Barcelona, 1984.

Salud. Podría decirse que el periplo conecta las dos Españas machadianas, la de los vencedores de la contienda civil en la figura del inspector a punto de jubilarse, y la de los vencidos en la misma guerra encarnados en la muchacha: arrogancia frente a humillación, despotismo frente a ultraje. O, desde la perspectiva de *La muchacha de las bragas de oro,* la chatarra retórica de Luys Forest frente a la corrosiva franqueza de Mariana: truco o trato, puro o porro. La noticia de la capitulación de Alemania había encendido un breve resplandor de esperanza entre los vencidos de la reciente guerra civil, pero el derribo de las ilusiones albergadas en esos primeros días de euforia pronto se desvanecería en las calles de una Barcelona desposeída y polvorienta. Personajes de fábula que transitan por el Guinardó, convertido en urgente microcosmos de la realidad moral del país en los años de la ilusión y el desencanto. Fruto del esfuerzo narrativo, el libro le supuso al escritor la concesión del Premio Ciudad de Barcelona en 1985; y fruto de los *Ideales* de su juventud y los Ducados... de su madurez, un infarto acompañado de una operación de doble *by pass.* La magistral *nouvelle* se ha convertido con el paso del tiempo en una prueba palmaria de cómo el arte narrativo de Juan Marsé no conoce fronteras genéricas.

La fuga del río Lobo y *Teniente Bravo*

Con *Teniente Bravo* se demostraba sobradamente la veracidad de la sentencia [116], al tiempo que su aparición significaba una muestra clara del renacimiento que vivía el cuento en España. Cumpliendo los deseos entusiásticos de algunos amigos del escritor, hartos de no poder degustar por escrito las historias que él no se cansaba de explicar cada vez que era requerido a ello en las filantrópicas noches de los sábados—y eran muchas—, Marsé ofrece a Seix Barral los cuatro relatos que componían el cuerpo de su único volumen de cuentos publicado hasta la fecha («Historia de detectives», «El fantasma del Cine Roxy», «Noches de Bocaccio» y «Teniente Bravo»), aparecidos bajo el título de este último, una tragicómica obra maestra de un escritor que es consciente de no haber frecuentado el género con la asiduidad con que lo han hecho otros escritores de su generación. El libro agotó la edición enseguida y no fue reeditado hasta algunos años después, por Plaza & Janés y luego por Lumen,

---

[116] Seix Barral, Barcelona, 1987.

ya sin el divertido guiño a la *gauche divine* que es «Noches de Bocaccio». El volumen se unía a *La fuga del río Lobo* [117], un relato para niños en el que se cuenta cómo Amador se harta un día de sus juguetes electrónicos, se va al Valle y descubre el río Lobo y a una rana cascarrabias. Juntos construyen una balsa pirata y navegan inventando aventuras y palabras. De repente, el río desaparece y los dos amigos inician su búsqueda. Estos libros permiten descubrir esa poco conocida faceta de Marsé que ahora pretende recuperar esta edición completa de sus cuentos.

El amante bilingüe

Habría que cuestionarse qué oculta razón lleva al escritor a frecuentar un género que había olvidado como tal en los años 60. En 1988, un año después de la aparición de *Teniente Bravo,* el autor confesaba: «Me ha llegado a interesar muchísimo el cuento y tengo un proyecto de relatos que voy a hacer. Me afectó muchísimo el percance de salud que tuve, concretamente el infarto, me afectó mucho síquicamente, más que físicamente, porque estoy bien. Eso me rompió el ritmo de escribir de tal manera que dije bueno, voy de momento a dejar la novela (...). Estuve sometido a un tipo de tratamientos que me afectaron físicamente, pero en realidad estoy convencido de que es una cuestión estrictamente mental, de disposición, una especie como de tiempo muerto, de bache. Me dedico preferentemente a los relatos porque me resulta más fácil, y a los trabajos de cine de los cuales te hablaba antes que también me divierten y de todos modos es un tipo de trabajo que yo procuro que sea creativo» [118]. El susto cardiaco y cierta desidia humoral sumieron al escritor en un parón productivo —hablar de parón tratándose de Marsé siempre es exagerado— que terminó con la salida de su siguiente novela, un particular sainete lastrado por el necesario relajo en los quehaceres narrativos del barcelonés. De nuevo el barrio, otra vez la presencia de personajes transportados de novela en novela, siempre grandes títulos. *El amante bilingüe* sería el suyo [119].

---

[117] Debate, Madrid, 1985. Reedición en Alfaguara, Madrid, 1996. Ilustraciones de Berta Marsé.

[118] Samuel Amell, «Conversación con Juan Marsé», *España Contemporánea,* I, 2 (primavera de 1988), págs. 81-101.

[119] Planeta, Barcelona, 1990. En principio debía titularse *El asesino de los dos corazones.* Existe una versión cinematográfica de la novela, dirigida por Vicente Aranda en 1993.

Con él consiguió el premio Ateneo de Sevilla en su vigésima segunda convocatoria [120]. Si Juan Marsé había dedicado la novela *Un día volveré* a su padre, esta vez hacía lo propio con su madre Berta, y con sus otros padres y su otra hermana, «al otro lado del espejo». La dedicatoria ya ofrece algunas claves interpretativas del relato, la historia de una singular esquizofrenia y, sobre todo, la historia de una nostalgia: la nostalgia de ser otro. Marsé utiliza de nuevo el motivo del espejo; pero no se trata del espejo stendhaliano del que se sirviera en *Últimas tardes con Teresa,* más bien de ese otro al que se refería el amigo poeta en «Contra Jaime Gil de Biedma».

El escritor entraba en la década de los noventa con su segunda novela *de ideas,* después de *La muchacha de las bragas de oro* [121]. La historia, convertida en divertimento —«satirizas lo que amas», dice Marsé—, narra los avatares sufridos por Juan Marés, un soñador que se ha forjado a sí mismo y que obtiene por fatal recompensa a su esfuerzo medroso el verse engañado y abandonado por su mujer Norma Valentí. A ella, perteneciente a la alta burguesía catalana, sigue amándola Marés con delirio. El arrojo con el que el personaje de Marés afronta el rechazo al que se ve sometido, hace que éste pretenda recuperar el amor de su mujer fingiéndose, extrañamente, un charnego llamado Faneca; semejante patraña cobra tal envergadura que, en una sorprendente maniobra de vampirismo, el fulero Faneca termina por imponerse al burguesito Marés, un arribista que había fraguado un matrimonio de conveniencia. El disparate concluye con la trágica esquizofrenia del personaje. La esperpéntica situación tiene como eje geográfico el barrio del Raval —antiguo Chino—, y los años en que transcurre, la época de la emigración masiva a Barcelona. Los espejos valleinclanianos del Callejón del Gato se encuentran ahora en los alrededores de las Ramblas, pero siguen mostrando aquella mirada atravesada de irónico escepticismo que hizo famoso al autor de las *Sonatas,* esta vez bajo la prosa lúdica de Juan Marsé, o hay que decir Juan Marés, o Juan Faneca. No sólo la Barcelona baja está presente en la novela, también lo está la Barcelona alta, hasta el punto de convertirse en la geografía moral de este arribista bipolar. La intención que persigue el autor a través de la combinatoria geográfica es que esos dos mundos

---

[120] En 1969, Manuel Pombo Angulo fue destacado con la primera edición del premio, que cuenta con posteriores afortunados de la talla de Carmen Conde, José Manuel Caballero Bonald o Jesús Fernández Santos.

[121] Curiosamente, sus dos únicas novelas aparecidas bajo el sello de la editorial Planeta.

urbanos configuren la estructura espacial de la novela. Según esto, «podríamos decir que las zonas altas resumen el campo semántico del fracaso del hombre Juan Marés: un pelanas, un don nadie, el hijo de un pobre artista de varietés y una ex cantante lírica alcohólica, el hombre iluso que a sus treinta y siete años dio un braguetazo y luego no supo comportarse, mientras que las zonas bajas son el escenario que el actor Juan Marés, héroe de folletín, elige para representar la parodia de sí mismo, las ficciones de su derrota convertida en melodrama enloquecido, la farsa esquizofrénica de la vida como teatro» [122].

A estas alturas del siglo, con Barcelona en plena ebullición preolímpica, el escritor se vio necesitado de un cambio de tono y la distancia que le ofrecía una historia basada más que nunca en hechos reales. Según ha confesado Marsé, una amiga psicóloga le contó la historia de uno de sus pacientes. Se trataba de un catalán acrisolado que comenzó a presentarse en círculos ultranacionalistas hablando en charnego, con patillas, pantalón estrecho y zapatos de tacón cubano, y su familia corrió a pedirle tratamiento. Pese a la guasa superficial del relato, el caso ocultaba para el escritor algo más importante y de mayor entereza literaria: el tema eterno de la necesidad de ser otro. La cita de Antonio Machado extraída del *Juan de Mairena* («Lo esencial carnavalesco no es ponerse careta, sino quitarse la cara») y el arranque novelesco, casualmente el mes de la muerte de Franco, con ese inquietante bucle especular en el que el protagonista revive la escena de su desgracia, imponen la trascendencia que requiere el asunto.

El embrujo de Shanghai

Sin la cadencia habitual de Marsé en la entrega de sus originales, tres años más tarde retoma la relación con Plaza & Janés e inaugura una nueva colección en la editorial con la penúltima de sus obras maestras, *El embrujo de Shanghai* [123], en una revisión de enorme in-

---

[122] Declaraciones a Ana Rodríguez-Fischer, «Entrevista a Juan Marsé», *Ínsula,* 534 (junio 1991), págs. 23-25.

[123] Plaza & Janés, Barcelona, 1993. En 1997 el escritor revisa el texto y ofrece la edición definitiva, en el catálogo de Lumen desde 2002. El volumen incluye parte del trabajo fotográfico de David Airob a raíz del rodaje que llevó a cabo Fernando Trueba sobre la adaptación de la novela homónima de Marsé. El guión de Fernando Trueba ha sido publicado por Plot Ediciones, Madrid, 2002. Del frustrado proyecto de llevar la novela a la pantalla con Víctor Erice como director, sólo queda la alegría de leer el inspirado guión que él mismo preparó con el título *La promesa de Shanghai,* Plaza & Janés, Barcelona, 2001.

candescencia de los mitos que le han alimentado en la vida y en la escritura.

La verdad se inventa, en efecto, pero la invención se fomenta, aunque sea en los urinarios de una sala de cine. Como no podía ser menos, también la fragua de *El embrujo de Shanghai* tiene una historia particular. En su origen, la novela iba a ser un cuento titulado «El pistolero y la zanja». De nuevo era una imagen —recurrente desde que Marsé era un niño— la que convocaba la anécdota germinal de la que habría de partir la escritura hacia no se sabe dónde, sólo con la seguridad de que quien la evoca tiene, como el personaje que encarna Forcat en *El embrujo de Shanghai,* el don de hacernos ver lo que cuenta: «Entré cierta vez en los lavabos de un cine de barriada y me encontré con un hombre vestido de gabardina y sombrero, que metía un cargador en la culata de una pistola con un golpe seco de la palma de la mano. Mi imaginación trasladó luego a este personaje real hasta la guerrilla urbana que operaba en aquella época. Partiendo de esa imagen, se me impuso otra, en la que ese individuo, convertido en mi fantasía en un pistolero perseguido por la policía, salía del portal de su casa encendiendo un cigarrillo. Delante del portal había una zanja de esas que suelen abrirse para arreglar averías de gas, pero, ante la tardanza en la reparación, el vecindario empieza a comentar que se trata de una celada para capturar al activista. Todo esto conforma el primer capítulo de la novela, casi como iba a aparecer en el cuento inicial. Pero entonces se me ocurrió que el motivo del gas era un símbolo de algo más, un olor a podrido que se respiraba en el ambiente. Me pareció un símbolo de la corrupción de aquellos años de postguerra. Entonces aparqué el cuento y comencé a trabajar con esa idea. Nunca me había sucedido que un cuento se me transformara en una novela» [124].

A pesar de la sorpresa que supuso el cambio de género, lo que se mantuvo fue el lema que preside la historia, convertido en fundamento de *El embrujo de Shanghai:* «La vida no es como la esperábamos porque traiciona mucho». La sentencia oculta el relato de un desengaño, tanto personal como de las gentes de su generación, esforzados individuos que en sus años de juventud lucharon con el entusiasmo, la fuerza y la generosidad que lleva implícita esa etapa de la vida, para luego acabar traicionados con el paso de los años, encargados de atenuar, incluso de aplastar aquellos ideales. Reco-

---

[124] Agustín Gutiérrez Pérez, «Conversación con Juan Marsé», *Ajoblanco,* extra 2 (invierno de 1995), pág. 37.

rren la historia verdaderas sombras autobiográficas —nada nuevo en el horizonte—, pero el poder que la palabra adquiere en Marsé convierte la novela en ficción pura. «A los críticos —ha señalado el escritor— les encantan las certidumbres y poder decir que esta novela cierra un ciclo o supone un retorno a los orígenes, cuando la verdad es que todo es mucho más sencillo. Casi hasta el final no me di cuenta de que había vuelto a la vieja casa de la calle Laurel [un corto pasaje con cuatro casas y cuatro acacias, cerca de la casa materna de Marsé, en la calle Martí], aunque ahora estuviera situada en mitad de la calle Camelias; a aquella galería acristalada en la que flotaban vahos de eucalipto; al recuerdo del hombre que enviaba postales desde Japón mintiendo el paraíso. Casi hasta el final no me di cuenta de lo que ya sabía, de lo que siempre he sabido: se escribe una y otra vez el mismo libro» [125].

En esta ocasión, el hilo argumental gira en torno a las fábulas con las que fantasean unos jóvenes cuyas vidas empiezan a ser un viaje a ninguna parte. El *embrujo* de la novela no se encuentra tanto en la presentación de la vida real como en la de la imaginada, tal vez la única vida verdadera a juzgar por el cúmulo de promesas perdidas. Lo único inalterable en tales circunstancias es el mundo de la fantasía —más rico cuanto más embrutecido resulta el real—, amparado en las sucesivas idas y venidas de los maquis que llegan desde el otro lado de la frontera para animar la vida gris del barrio barcelonés en la época de las ofensas. El personaje del capitán Blay, ya conocido por el lector en entregas precedentes [126], con su cabeza vendada y sus suspicacias sobre los escapes de gas que están a punto de hacer volar toda la ciudad, se pasea por el barrio sacudido aún por los estertores de la guerra perdida y acompañado por los espectros gimientes de sus hijos muertos.

El pequeño Daniel, huérfano de padre y aprendiz de joyero como lo fue el propio escritor, se convierte en su sombra y le escolta a través de aquellas calles póstumas, en las que conocerá a los hermanos Chacón, que son quienes custodian la verja de entrada de la casa en la que convalece Susana, una niña enferma de los pulmones, hija de Anita, bella y ajada taquillera de cine. Pronto llegará a la casa un amigo y compañero de viaje de Kim llamado Forcat, un revolucionario, huido del país y nimbado por

---

[125] Marcos Ordóñez, «Un paseo con Juan Marsé», *Co&Co,* 10 (1993), pág. 16.

[126] En *Si te dicen que caí, Ronda del Guinardó* y *Colección particular.* Será él quien sentencie al inicio de *El embrujo de Shanghai:* «Los sueños juveniles se corrompen en boca de los adultos», *op. cit.,* pág. 9.

el fulgor mítico de los furtivos, que narrará a los niños la arriesgada aventura que emprendió en Shanghai. Con ella, se intercala, convertido en una ráfaga de aire fresco en el aire viciado de la postguerra, el relato de la aventura de un Kim traspasado por el aura mítica de los héroes lejanos, cuando embarcó rumbo a Shanghai —la China convertida en un cuento chino dentro de una caja china— para cumplir una arriesgada misión entre pistoleros, ex nazis, bellas mujeres y antros de nocturnidad siniestra. Una aventi que sigue muy de cerca algunos de los títulos del cine clásico que continúa fascinando a Juan Marsé: *El expreso de Shanghai* (1932) y *El embrujo de Shanghai* [127] (1941), ambas de Josef von Sternberg, y *La dama de Shanghai* (1948), del también genial Orson Welles, en cuyo final sigue encontrando Marsé su frase predilecta dentro del séptimo arte: el momento en el que el marinero irlandés Michel O'Hara (Orson Welles) se dice a sí mismo después de salir mal parado de su aventura con Elsa Bannister (Rita Hayworth), «creo que lo más sensato que los hombres hacemos en este mundo es envejecer. Así que mejor será que me dedique a ello desde ahora mismo».

El cine como pretexto y la palabra como paratexto. Tan importantes llegan a ser los paratextos para Marsé que éstos son piezas cotidianas de juego y se instalan de forma indistinguible, e incluso fundamental, en la ficción. Aquí también el recurso acaba convertido en arte. Así ocurre con el exergo de Luis García Montero que encabeza *El embrujo de Shanghai* —desprendido de las prosas de *Lunas del Sur*—, pues establece una genealogía moral y afectiva entre la «generación del medio siglo» y la poesía de «la otra sentimentalidad» que resulta muy significativa en la historia de las letras españolas recientes, al tiempo que confiere a la novela lo que ya se adelantaba al inicio de este estudio: una trémula esperanza del mañana que habrá de convertirse en memoria. Así lo quisieron ver quienes le otorgaron el premio de la Crítica en 1994 y meses más tarde el Aristeion [128].

---

[127] Aquella película que Rosita, la protagonista de *Ronda del Guinardó,* no acababa de entender, después de haberla visto dos veces, debido a los cortes de censura, pág. 30.

[128] Galardón que concede la Unión Europea a los dos mejores libros de creación y traducción de entre todos los publicados en sus países miembros y lenguas respectivas. Sobre la retórica del exergo y el botón de muestra de Marsé, véase José-Carlos Mainer, *La escritura desatada. El mundo de las novelas,* Temas de Hoy, Madrid, 2000, pág. 246.

Rabos de lagartija

La transparencia que impregna la prosa de Juan Marsé no fue suficiente para evitar una segunda operación de doble *by pass,* en enero de 1999. Tras la recuperación, el escritor empieza a acotar una historia que ya venía de lejos, de aquel tiempo en el que «lo que movía a los hombres que se habían propuesto transformar el mundo, lo que les impulsaba a vivir peligrosamente, eran unas cuantas cosas que hoy día ya empiezan a no importar a nadie y pronto serán olvidadas. Individuos enfermos de un mal incorregible, ese que consiste en llevar demasiados años mirando a sus espaldas y estar convencidos de que no es bueno» [129]. Lo que iba a ser un volumen de casi mil páginas, con diferentes calas cronológicas, se convierte al fin en la novela con la que el escritor se despedía del siglo y del milenio, saludando los tiempos venideros con un guiño desmitificador y un deslumbrante poderío verbal. Algo de lo referido hubieron de ver quienes le concedieron en 1997 el premio Juan Rulfo de Literatura Latinoamericana y del Caribe, el más prestigioso de Latinoamérica, dotado con 15 millones de pesetas.

Rabos de lagartija [130], que así se titula el último esfuerzo narrativo de su autor, cuenta la historia del joven Víctor, quien, postrado en la cama con problemas de motricidad ocasionados por un parto tortuoso, recrea la vida familiar durante sus primeros años de vida, en la que cobra especial relieve el enfrentamiento entre su hermano David y un inspector de policía que pretende a su madre, *la Pelirroja,* mientras el padre anda en paradero desconocido, huido de la justicia. La rememoración es al tiempo un homenaje a los pioneros del arte novelístico. «Las desventuras de mi Tristam comenzaron nueve meses antes de que viniera al mundo», se dice al inicio de la famosa obra de Laurence Sterne, punto de inflexión para la novela moderna después del *Quijote*. De aquel libro del escritor irlandés parte la peripecia argumental de la nueva novela de Juan Marsé. Parece, además, que no es ésta la única coincidencia que existe entre el *Tristam Shandy* y *Rabos de lagartija*. Tal vez se trate de una simple casualidad, pero sorprende averiguar que ambos autores tardaron siete años en dar la forma definitiva a sus obras. En el caso de Marsé, la espera venía precedida por el recuerdo indeleble

---

[129] Gregorio Morán, «El embrujo de los perdedores», *La Vanguardia* (25 de septiembre de 1993).

[130] *Rabos de lagartija,* de Juan Marsé, Lumen, Barcelona, 2000. En un principio, la novela se iba a titular *Voces en el barranco.*

de la magistral *El embrujo de Shanghai,* donde el reto se amparaba en la responsabilidad adquirida por sus logros anteriores como también por saberse perteneciente a una estirpe de creadores que han permanecido fieles a unas formas estilísticas a caballo entre la tradición y la experimentación. Fiel a las enseñanzas stendhalianas, Marsé vuelve sobre aquellos pasos desde la voz de un narrador fetal, nonato, un *nasciturus* que pone a prueba su pericia para lidiar con registros exigentes y arriesgados, con la consigna previa de que no hay experiencia satisfactoria que no parta de la incertidumbre. La motivación da como resultado la historia contada en *Rabos de lagartija.*

El protagonista de la narración, David Bartra, ya encontraba su espacio en el *El amante bilingüe* y en el relato «Historia de detectives», donde también aparecía el gordo Charles Lagartón, otro saurio de postguerra que propiciaba las aventis de aquel grupo de adolescentes que encontraban refugio en un desvencijado Lincoln Continental. Ahora, David tiene sólo un amigo, Paulino Bardolet, con quien comparte el aire viciado del cine Delicias, un lugar que funcionaba como caleidoscopio en el que mostrar las infinitas posibilidades de la vida imaginativa y al mismo tiempo como defensa ante la hostilidad de la vida real, al modo en que reza el lema que preside la novela, *fortis imaginatio generat casum.* En el anverso real, David se encuentra al borde de la indigencia junto a su madre y un hermano en camino —el narrador— que se llama como el padre, Víctor. El padre es un prófugo que ha debido huir dejando tras de sí una estela ridícula, y su seguridad se ve amenazada por la sombra insistente de un inspector de la Brigada Político Social. Entre tanto desaliento, Marsé insiste en construir un espacio moral que tiene como referente geográfico el habitual barrio del Guinardó y como eje temporal los años de la inmediata postguerra hasta 1951. Lo hace de nuevo con una historia dolorosa y claramente metaforizada que apunta a *Si te dicen que caí,* sin llegar al grado de excelencia de aquélla. Su escritura, sin embargo, sí parece haber logrado su propósito: el de ser, como la sustancia vertida por esos rabos de lagartija, transparente, invisible [131]. Con ella concluye, de momento, el último episodio de indagación en un mundo propio y reconocible, quizá el más reconocible de todos los orbes que ha logrado crear la novela castellana contemporánea.

---

[131] Enrique Turpin, «Saurios de postguerra», *El Periódico-Libros,* 19 de mayo de 2000), pág. 7. La novela fue premio Nacional de Narrativa 2001 y nuevamente premio de la Crítica de ese mismo año.

CUENTOS

> El que cruza esa calle entra en un mundo
> más antiguo y más firme.
>
> JORGE LUIS BORGES

Llegado este punto, la pregunta que debiera uno hacerse atañe al misterio y no al tiempo; no cuestionarse el momento en que empieza un escritor a dar forma a su imaginación, sino los motivos que le inducen a ello, por más sencillos que éstos puedan parecer. El misterio guarda relación directa con la última de las tres premisas acuñadas por Juan Marsé para que un relato rompa el blanco de la página con su historia: tener algo interesante que contar, saber contarlo y querer hacerlo. Como mandamientos que son, también éstos pueden ser resumidos en uno: «sólo se precisa una cosa, a mi modo de ver: tener una historia interesante, revulsiva, divertida para contar, y contarla de una manera interesante, revulsiva y divertida» [132]. El resto de interrogantes ya no pueden ser desvelados, pues incumben a la genialidad de cada escritor para tomar decisiones ante lo que cada uno de ellos pueda entender por una historia atrayente y el particular modo de abordarla. Teorizar sobre ese tipo de sensaciones puede resultar peligroso, cuando no estéril, porque lo que se maneja en estos casos son sensaciones tanto o más misteriosas cuanto más fascinante sea el resultado final. Por fortuna, Marsé se ha dedicado por entero a maravillarnos con su escritura y no a componer teorías sobre el escabroso asunto. ¿Cómo intentar explicar, por ejemplo, el aleteo de genialidad que recorre un cuento tan magistral como «Los muertos» de James Joyce? Aun así, hay quien consigue rozar el brillo que envuelve al enigma. Tal vez sea esa la labor del crítico, convertirse en alguien que sea capaz, como los doradores de antaño, de pulir la superficie del objeto artístico para que reluzca en todo su esplendor y atraiga a todos aquellos que se interesen por el fulgor que guarda la materia que otros han forjado. «Contar una historia es así revivir lo vivido y, a la vez, mostrar el mundo con otros ojos» [133], ha dicho el escritor.

Juan Marsé parece haber retomado desde otra perspectiva la labor que define al crítico, conviertiéndose a sí mismo en alguien que ha sabido apreciar lo que otros desecharon como materia narrativa.

---

[132] Federico Campbell, *op. cit.*, pág. 225.

[133] Declaraciones a Luis Suñén, «Juan Marsé: un maestro de la memoria», *Leer*, 67 (agosto-septiembre de 1993), págs. 20-21.

Sorprende averiguar que Marsé no fue partícipe directo de las fechorías de aquellos golfos de su infancia, los chavales de la postguerra que recorren las páginas de *Si te dicen que caí,* sino espectador privilegiado en sus guerras de piedras, en sus marciales despliegues desde lo alto del monte Carmelo, convertidos en una especie de ejército apocalíptico. Marsé fue siempre más formal, dentro de lo que cabe. Él no renunció al colegio sino hasta muy tarde, cuando las clases —o la locura de su profesor— ya se hicieron insoportables. Estuvo muy próximo a todos aquellos «trinxas y kabileños», pero los frecuentó de un modo más bien oblicuo, el suficiente para retener la sustancia que luego disolvería en sus cuentos y novelas. Otros antes que él intuyeron que también las historias demasiado tristes podían ser contadas. Así lo hizo Cole Porter en su canción «I Get a Kick Out of You» —una de las favoritas del escritor—, y así lo haría Marsé con sus primeros relatos de ficción. Hay ciertas miradas que no cambian, a pesar del paso de los años. Las que desprenden el brillo narrativo que el reflejo del mundo produce en su irisado contorno acaban convertidas en la herramienta indispensable de todo afán de escritura. Juan Marsé había calibrado con enorme precisión su mirada desde que viera aquellas crueles batallas campales y aquellas fantásticas películas que jalonan su infancia.

Los deseos de ser escritor vendrían más adelante. La culpa la tuvo un norteamericano que luego llegaría a premio Nobel. «Creo que decidí ser novelista el día en el que, siendo adolescente, leí "Las nieves del Kilimanjaro" y quedé fascinado por el primer párrafo, en el que Ernest Hemingway describe magistralmente un paisaje exótico e introduce un elemento misterioso: "El Kilimanjaro es una montaña cubierta de nieve, de 5.913 metros de altura, y dicen que es la más alta de África. Su nombre en *masai* es *Ngàje Ngài*, 'la Casa de Dios'. Cerca de la cima se encuentra el esqueleto seco y helado de un leopardo, y nadie ha podido explicarse nunca qué estaba buscando el leopardo por aquellas alturas"» [134]. Como Joyce, Hemingway aporta ese hálito misterioso que necesita toda aspiración artística, ese *no-sé-qué* que la convierte en algo único e inmarcesible. ¿Qué hacía aquel leopardo allí arriba? He ahí el germen que conduce a la escritura. Debe concluirse, por tanto, que la escritura

[134] José Martí Gómez, «Juanito Marés en la memoria de Juan Marsé», *La Vanguardia Magazine* (22 de febrero de 1987). La anécdota será recogida por el escritor en uno de los párrafos de su cuento «El fantasma del cine Roxy». Con doce años, Marsé leyó *La isla del Tesoro* de Stevenson y también soñó con ser escritor.

es para Marsé el intento de dar respuesta a ese misterio. Un intento que sólo habrá de resolverse por mediación de la palabra. El que ésta acabe dando forma a un cuento o a una novela ya sólo concierne a la propia disposición del escritor al afrontar el reto.

Como en tantos otros aspirantes, Marsé optó en sus inicios por el cuento como medio de expresión. «Empecé escribiendo relatos —ha contado— probablemente por lo que empieza casi todo el mundo: porque no te atreves a enfrentarte con la complejidad y el volumen de una novela. Pero eso fue de muy jovencito, pues luego ya no volví a escribir cuentos hasta *Teniente Bravo*. Pero no porque ahora ya no me atreva. Me parece un género muy difícil. A veces he tenido ideas para cuentos y no me he decidido» [135]. Encontrar ese algo que acabe convirtiendo a un cuento genial en lo que es no debe de resultar tarea fácil. Algunos de los escritos por Marsé han logrado la anhelada categoría de magistrales, pero pocos de sus hallazgos se han visto reconocidos como corresponde a su estatura literaria, más allá de la conquistada por su autor.

Ya sea porque la dedicación de Marsé al cuento ha sido intermitente —pero constante—, ya porque su carrera pronto se decantó con éxito hacia la novela, ya porque no se le pudo encasillar junto a los narradores *socialrealistas* que cultivaron con tesón magisterial el género (Ignacio Aldecoa, Jesús Fernández Santos, Carmen Martín Gaite, Medardo Fraile, Daniel Sueiro...); o simplemente por la desidia de algunos estudiosos que no contemplaron la obra breve de Marsé en su conjunto —única forma de apreciar el alcance del escritor en el género—, sepultada por los logros de su tarea novelística, lo cierto es que la narrativa breve de Juan Marsé no ha recibido la atención que merece. Las antologías que se han dedicado en los últimos años al cuento de postguerra no han hecho sino ahondar en la brecha abierta por las que se entienden pioneras en la labor antológica, como es el caso de la de Francisco García Pavón, en sus dos volúmenes (el segundo venía a completar y actualizar el primero). El olvido se hace patente de nuevo cuando se impone el criterio de actualidad a otra selección que recoge una promoción de escritores contemporáneos tan ecléctica como la editada por Ángeles Encinar y Anthony Percival, *Cuento español contemporáneo,* en la que conviven autores que publicaron en los cincuenta, como Juan Eduardo Zúñiga o Medardo Fraile, con otros de reciente aparición, caso de Agustín Cerezales. La de Óscar Barrero *El cuento español 1940-*

---

[135] Ana Rodríguez-Fischer, «Entrevista a Juan Marsé», *Ínsula,* 534 (junio 1991), págs. 23-25.

1980 pasa asimismo por alto la labor del barcelonés. Y otro tanto ocurre con la selección de Medardo Fraile *Cuento español de postguerra.* En última instancia, el criterio de extensión o el rigor cronológico de otras antologías, como la de Fernando Valls *Son cuentos* y su continuación *Los cuentos que cuentan,* provocaba la automática caída de la lista de una producción cuentística como la de Marsé, que se resistía a ser catalogada y se mecía entre las aguas de varias promociones literarias. Los ejemplos que caen en flagrante omisión son numerosos y, a menudo, de difícil justificación. Obsérvese, sin embargo, cómo, desde hace ya algunos años, la precaria situación en la que se encontraba el cuento en España parece haberse normalizado, tanto en lo que respecta al que conocían otras literaturas como en lo tocante a la atención que merece por parte del mundo editorial en general, y de los lectores en particular. En eso andamos todavía. Paradójicamente, esta revaloración genérica no alcanzó al autor de *Si te dicen que caí* cuando debiera, y ha sido en fechas muy recientes cuando se ha podido observar que el mundo académico se hacía sensible a la producción narrativa del escritor. Añádase a todos estos factores la humildad con la que Marsé continúa percibiendo su propia obra, y tendremos el colofón personal de esta historia, convertida desde hace tiempo en la crónica de un desencuentro permanente [136].

El análisis de la producción cuentística de Juan Marsé reviste una importancia capital para la completa comprensión de su obra, entendida ésta como un todo unitario, desde el momento en que cualquiera de sus manifestaciones narrativas verbalizan el mundo que tanto tiempo lleva construyendo y perfilan los contornos de su universo personal, uno de los más poderosos —por vastos y complejos— que han dado las letras castellanas, alineado a las Santa María, Comala, Macondo, Región o Celama. A su vez, la trascendencia de este tránsito por la brevedad guarda relación directa con la génesis de sus novelas, convertidas en un entramado de vasos comunicantes que amplía sus dominios y consolida sus enlaces esenciales con cada nueva entrega. De ahí que la lectura de un cuento de Marsé siempre revele algo más que la mera ficción que lo habita.

---

[136] Sólo por señalar algunas, en el orden citado: Francisco García Pavón, *Antología de cuentistas españoles contemporáneos (1939-1966),* Gredos, Madrid, 1966 y *Antología de cuentistas españoles contemporáneos (1966-1980)*, Gredos, Madrid, 1984; Ángeles Encinar y Anthony Percival, *Cuento español contemporáneo,* Cátedra, Madrid, 1994; Óscar Barrero, *El cuento español 1940-1980,* Castalia, Madrid, 1989; Medardo Fraile, *Cuento español de postguerra,* Cátedra, Madrid, 1994; Fernando Valls, *Son cuentos,* Espasa Calpe, Madrid, 1993; J. A. Masoliver Ródenas y Fernando Valls, *Los cuentos que cuentan,* Anagrama, Barcelona, 1998.

Ya se ha adelantado el escaso interés del escritor por el discurso teórico en cualquiera de los campos en los que éste pudiera plantearse. En el caso de los cuentos, Marsé conviene con Gabriel García Márquez en que un cuento sólo se convierte en tal cuando la historia fuerza a ser contada bajo los supuestos de ese género: o fragua, o no fragua. Si lo hace, tenemos cuento; si no lo hace, pueden ocurrir varias cosas: que se destruya, que caiga en el olvido de las carpetas emborronadas, o que se convierta en otra cosa, bien en una escena de novela —aunque Marsé no construye escenas, sino planos narrativos— o bien en la novela misma. Por eso puede decirse que él es de esos escritores que comparten la naturaleza ovípara y vivípara que se manifiesta en todo narrador, según la dicotomía unamuniana [137].

El carácter oral de una historia tiene mucho que ver en este asunto. Si la historia funciona explicada al auditorio adquiere visos de ser narrada por escrito, siempre y cuando traspase la barrera de la pereza que asiste con grato empeño al escritor. «Como todos sus amigos saben de sobra —ha explicado Caballero Bonald—, Juan Marsé es un magnífico cultivador de la tradición oral. Es uno de los más conspicuos y amenos cultivadores de la tradición oral que conozco. Tiene algo de ese testigo perverso que presencia todo lo ocurrido y parece mirar astutamente para otra parte, sin duda que con más imaginativa. Es lo que también practican no pocos de sus personajes (suponiendo que no sean el propio autor valiéndose de ese airoso, dinámico invento retórico de las "aventis"). No deja de resultar llamativo, en todo caso, que una persona tan previamente lacónica, tan poco aficionada a explicar su propia obra narrativa, sea un excepcional contador de "aventis", es decir, de historias más o menos fidedignas oportunamente recompuestas por la imaginación» [138]. Una de esas historias es la que da título a su único libro de relatos publicado hasta la fecha, *Teniente Bravo*. Durante muchos años, Marsé tuvo en mente el cuento, ya que se trataba de una historia prácticamente tal cual a la que le ocurrió en Ceuta durante el servicio militar. Allí fue testigo del descalabro continuo del pertinaz teniente y durante años y años tuvo la intención de escribir la anécdota. Las hazañas del terco personaje eran conocidas por muchos de los asiduos a las tertulias informales que contaban con la presencia del escritor. La historia tenía tanto éxito y era ya tan famosa que,

---

[137] Véase nota 2, pág. 10.

[138] José Manuel Caballero Bonald, «Las *aventis* de Juan Marsé», *El Urogallo*, 43 (diciembre de 1989), pág. 70.

cuando volvía a contarla seguía manteniendo la misma frescura y gracia de las primeras veces. Era requerido, casi obligado por sus amigos —Manuel Vázquez Montalbán [139], Eduardo Mendoza...— para que volviera a contarla. Efectivamente, Marsé lograba el propósito esperado por su audiencia, pero todo se torcía cuando deseaba traspasar al papel la historia. Le faltaba ese *algo* que siempre ha de aparecer en una historia para que acabe convertida en cuento, o sea, catalogada como tal. Un algo que nada tiene que ver con la sorpresa ni el final, sino con otra cuestión mucho más profunda, la esencia literaria [140]. No fraguaba, hasta que fraguó, a pesar de la sentencia borgiana según la cual si uno cuenta demasiado las cosas no las escribe. El resultado es uno de los cuentos más perfectos que ha dado la literatura española del último cuarto del siglo XX, un puesto que se disputa con los otros dos que acabarían formando parte de aquel único volumen de cuentos, «Historia de detectives» y «El fantasma del cine Roxy».

No siempre fue Marsé tan exigente, afortunadamente. De ser así desde un principio, jamás se hubiera atrevido a garabatear los folios que significaron el primer aliento de su producción narrativa, las probaturas que le convertirían en un maestro indiscutible de la prosa. Pero el interés del joven aprendiz de escritor iba en aumento. Poco a poco aprendía, ya en los libros ya en la sala de cine, las enseñanzas de los grandes sobre secuencias narrativas y sobre estrategias metonímicas. Entendía que dar una fluidez a las partes singulares podía convertirse en un todo con sentido. En 1886 ya lo anticipaba Chéjov en carta a su hermano Alejandro: «Obtendrás un efecto de claro de luna si escribes que, sobre el dique del molino, un fragmento de botella centellea como una brillante estrella, y cruza rápida, como una bala, la sombra negra de un perro o de un lobo» [141]. Aprovechar las corrientes subterráneas de la historia, convocar las tretas de la elipsis, apuntalar el dominio descriptivo, eso

---

[139] Manuel Vázquez Montalbán, «La memoria de Juan Marsé», *El País Semanal* (25 de noviembre de 2001): «Algunas de las historias que este amante bilingüe ha puesto por escrito se las habíamos escuchado en noches memorables, cuando a Juan le daba por contar la historia del teniente Bravo, un chulesco e infravalorado oficial que se arruinó los testículos a base de demostrar que saltaba el potro como nadie». Véase la Documentación complementaria de la edición, donde se recoge el artículo de Marsé, «"Teniente Bravo" y yo», págs. 467-469.

[140] Cfr. Ana Rodríguez-Fischer, «Entrevista a Juan Marsé», *Ínsula,* 534 (junio de 1991), págs. 23-25.

[141] José-Carlos Mainer, *La escritura desatada. El mundo de las novelas,* Temas de Hoy, Madrid, 2000, págs. 168-170.

mismo estaba aprendiendo Marsé en aquellos años sin excusa. Contaba para ello con la instrucción de algunos autores que aún siguen en su canon particular. «Leía muchísimo —ha reconocido el escritor—, todo lo que pillaba. Mis vías de escape eran el cine y los libros. Podía alquilar una novela por la tarde, a la salida del taller, y cambiarla a la mañana siguiente. De todo y en total desorden, si es que hay que tener un orden en las lectura, que yo creo que no: Balmes y *El Coyote,* Stendhal y Salgari, Stevenson y Edgar Wallace, en horribles traducciones, impresas en un papel que se deshacía entre los dedos. Y las novelas policíacas de la Biblioteca Oro y la "literatura seria" que publicaba José Janés, lo poco que dejaban: sus máximos exponentes eran Somerset Maugham y Lajos Zilahy, que no estaban nada mal (los cuentos de Maugham siguen siendo espléndidos), mezclados con Cecil Roberts y Maxence van der Meersch. Y los descubrimientos: *Santuario,* de Faulkner, en la edición de Austral, por ejemplo. Me entusiasmó. Me gustó tanto que en la mili, como un idiota, se la pasé a un capitán que me pidió algo para leer y de poco no me arresta. "¡Le he pedido una novela! ¿No sabe usted lo que es una novela? ¡Una del Oeste, coño!"». Leía mucho, pero ni se me había pasado por la cabeza ponerme a escribir» [142].

El trabajo de Berta Carbó, la madre de Marsé, fue providencial para que se acabara fraguando la idea de la escritura en el joven operario de joyería, que entonces todavía estaba al margen no sólo del mundo literario sino de la propia literatura, o así lo apunta en la nota explicativa de 1970 a la segunda edición de *Encerrados con un solo juguete* (1960). Ejercía a horas libres de asistenta y enfermera en casas particulares y en residencias de monjas. En una de ellas, como ya se ha recordado, vivía la madre de la escritora Paulina Crusat, que por entonces residía en Sevilla y colaboraba en *Ínsula.* En la correspondencia con la escritora, Juan Marsé descubrió los maestros rusos y un mundo que corría paralelo a las calles de su barrio: la literatura de alta graduación. Si se recurre a la cronología, Marsé

[142] Marcos Ordóñez, «Un paseo con Juan Marsé», *Co&Co,* 10 (1993), pág. 10. La presencia soslayada de estos autores se observa ya en su primera novela, como es el caso de Faulkner en la escena de la violación de *Encerrados con un solo juguete.* La primera edición española —censurada, por cierto— de *Santuario* es la publicada por Espasa-Calpe en 1934, con traducción del escritor exiliado Lino Novás Calvo, el autor de *El negrero* (1933). Marsé, sin embargo, considera que *Las palmeras salvajes* es, junto a *¡Absalón, Absalón!,* lo mejor que escribió el norteamericano. Otros autores que frecuentó en ese momento fueron Bill Barnes, Doc Savage, Ellery Queen y, junto a ellos, a Dashiell Hammett, Balzac, Dostoievski.

escribió algunos cuentos antes del servicio militar, en el que estuvo dieciocho meses (1954-1955). De aquéllos conservó los menos bochornosos, y fueron los que acabaron publicándose en revistas importantes de la época: «La mayor parte del día» [143] en *Triunfo* y «Plataforma posterior» [144] en *Ínsula*. Se ha perdido «Snack-chiringuito», que lo presentó al premio *Triunfo*, aunque sin el éxito esperado [145]. Todos ellos quedan adscritos a la tendencia mayoritaria del momento: el realismo social, aunque en el caso de Marsé, los suyos perderán progresivamente la pátina de denuncia explícita en favor de un tratamiento mucho más personal, alejado del compromiso generacional. El único compromiso que empezaba a aceptar concernía a la literatura y a lo que ella podía significar en su vida.

«La mayor parte del día»

La primera época corresponde así al periodo de aprendizaje del escritor, anterior a su obligado viaje a Ceuta. Una etapa de tanteos con la escritura, casi un primer enfrentamiento autodidacta con la página en blanco. El primero de los cuentos escritos por Marsé lleva por título «La mayor parte del día», y en él se cuenta la relación cotidiana entre una pareja de novios a lo largo de las horas que pasan en un taller de joyería. Los protagonistas de la narración, Juan y Conchi, comparten sus anhelos mientras en el piso de arriba se oye el trajín de una familia burguesa. La rebeldía de Juan es visceral y

---

[143] «La mayor parte del día», *Triunfo,* 58 (13 de julio de 1963). Ilustración de Enrique Navarro.

[144] «Plataforma posterior», *Ínsula,* 127 (junio de 1957). Tras la concesión del Premio Sésamo por «Nada para morir», volvió a publicarlo, esta vez en *Rumbos,* 136 (junio de 1959), págs. 79-83, aunque firmado con las fantasmales iniciales S. F. Fue ilustrado por Grau Santos.

[145] Pueden consultarse las fechas de publicación de los cuentos citados en el apartado bibliográfico de la edición. Noticia en *Triunfo* (19 de enero de 1963), pág. 75. El semanario *Triunfo,* dirigido a la sazón por José Ángel Escurra, premiaba en su certamen al mejor cuento de los setenta y tres presentados a concurso, cuya dotación era de 50.000 pesetas para el ganador. El certamen contaba con figuras como Gonzalo Torrente Ballester, Juan Eduardo Zúñiga o Eduardo Haro Tecglen. El premio lo ganó un desconocido Manuel Suárez Caso, que en su momento había recibido el premio mensual de periodismo de la Delegación Nacional de Prensa a principios de la década de los cuarenta. En el certamen participó la nómina al completo del *socialrealismo,* desde Daniel Sueiro, a Fernando Quiñones, Antonio Ferres, Félix Grande, Isaac Montero, Alfonso Grosso, Luis Martín Santos, y otros de nuevo cuño como Francisco Umbral, Luis Mateo Díez o José María Merino. Los cuentos publicados eran recompensados con 1.500 pesetas.

también lo son críticas a los modos de caridad social que ostentan los vecinos para con los trabajadores. La escena anticipa alguno de los párrafos que luego aparecerán en la primera de sus novelas, *Encerrados con un solo juguete*[146], al tiempo que su paisaje entronca con la rememoración que Marsé llevó a cabo en «Corazón de trencadís» a partir de una fotografía de la Casa Batlló tomada por los hermanos Canosa[147]. El final abierto del relato sugiere la esperanza de un futuro mejor para la pareja, ya que escapan de la rutina laboral —y el entorno clasista— hacia una realidad más tolerable, amparados por los hados del amor.

«Plataforma posterior»

«Plataforma posterior», en cambio, es un intento por simbolizar las estrecheces sufridas durante la postguerra. Con una composición que recuerda indirectamente al *Manhattan Transfer* de John Dos Passos —y al Cela de *La colmena*, por supuesto—, la historia gira en torno al trayecto a un tranvía repleto de pasajeros, y es cada uno de ellos quien toma la palabra para expresar los pensamientos que les asaltan, ya sean ilusiones, envidias o represiones. El trasunto de lo narrado se encuentra en los constantes viajes que el joven Marsé había de hacer por Barcelona para cumplir los encargos del taller de joyería en el que trabajaba. Aunque no tiene excesiva relevancia para la inteligencia del cuento, «El joven estudiante de francés» que aparece al principio bien pudiera ser el mismo escritor, que por aquellas fechas siempre llevaba en los bolsillos un librito con el método Berlioz para aprender francés y poder así leer a Balzac en su lengua original (también le acompañó durante el servicio militar y en sus posteriores viajes a París).

La segunda época en la cuentística de Marsé abarcaría su estancia en el puesto militar de Ceuta —donde escribía a su vecina María una carta diaria—, el periodo epistolar con Paulina Crusat

---

[146] Véase el capítulo 6 de la novela, y la escena del capítulo 10 en la que los operarios del taller paran para comer.

[147] «Corazón de trencadís», *El Mundo* (1 de junio de 2002). A partir de una fotografía tomada en 1927, el escritor rememora sus trece años y el trabajo de aprendiz en un taller de joyería, hacia 1946. Allí, el joven Marsé fue testigo del «singular encargo» que hizo el señor Dot i Singlot, «un hombre realmente helicoidal», quien pidió que se le hiciera un sortija con forma de dragón. Recuerda que en el taller descubrieron rápidamente cuál iba a ser el destino de aquella joya: la querida del señor Dot i Singlot, «una ex doncella que estuvo al servicio de la señora en Casa Batlló».

tras su regreso a Barcelona, hasta la aparición de *Encerrados con un solo juguete,* cuando tomó la decisión de dedicarse a la novela, ya que el cuento no daba excesivas alegrías monetarias. Con la claridad que le caracteriza, Marsé ha declarado: «No escribí cuentos, entre otras cosas, porque no los pagaban o los pagaban mal. Pensar, por otra parte, en publicar un volumen de cuentos tampoco se me pasaba por la cabeza, porque los editores no se mostraban entusiastas —el mismo Carlos Barral se mostraba reticente—, con lo cual me decidí por la novela. Según los editores, el cuento no vendía, y el público también era reacio a ellos, al contrario de lo que ocurría en Argentina, por ejemplo, tan activa con su clima editorial de publicaciones y revistas. A uno todavía le cuesta creer que Hemingway (también Scott Fitzgerald) se ganaba la vida escribiendo cuentos, y se los pagaban estupendamente bien, lo que le permitió vivir en Europa y convertirse en el maestro que acabó siendo. Aquí ocurre que los cuentistas más famosos no tienen la firmeza de aquéllos, como el Aldecoa maduro, que me aburre profundamente. Sus cuentos son tristes, pero no con la tristeza que hay en Onetti, son tristes porque son deprimentes. Los de Onetti, en cambio, están habitados por iluminaciones y relámpagos: siempre dan algo que Aldecoa no tiene. Algunos de Juan García Hortelano tienen gracia e ironía, pero tampoco acaban de despegar. Quizás el mejor de aquella generación podría ser Medardo Fraile, a quien conocí en Londres hará como diez años. Sus cuentos tenían una gracia especial, ese fogonazo necesario para el cuento» [148].

«Nada para morir»

Después de veinticinco años en el mundo, Juan Marsé reconocía su amor al arte, pero se trataba de un arte que necesitaba distancia, espacio y acicates materiales para ser narrado. De nuevo con la intercesión de Paulina Crusat, Marsé decidió participar en el concurso que inaugura la lista de sus galardones. En la contraportada de su primera novela ya figura el premio Sésamo de Cuentos del año 1959, conseguido con su relato «Nada para morir» [149].

---

[148] Declaraciones al editor (20 de junio de 2002).

[149] *Destino,* 1.134 (2 de mayo de 1959), págs. 34-35. Ilustraciones de Pablo Cots. Recogido posteriormente en la antología *Premios Sésamo. Cuentos 1956-1959,* Ediciones Puerta del Sol, Madrid, 1960, págs. 251-266.

La historia que cuenta llegó a estremecer a Dámaso Santos, quien por entonces era jurado del premio, sobreponiéndosele a otros relatos, entre los que figuraba uno del enigmático Fernando Sánchez Dragó [150]. «Nada para morir» fue publicado por la revista *Destino* [151], y en él se cuenta la historia de un desencuentro entre Sigfrido Vilar e Isabel. Él acaba de ser herido de un navajazo durante una reyerta. Mientras observa cómo sus compañeros de borrachera le abandonan, telefonea a Isabel para que le socorra, pero cuando ésta llega ya se lo encuentra cadáver. El deseo de Sigfrido de que sea ella la encargada de cerrarle los ojos se cumple. Durante el trayecto hacia la muerte, el moribundo va dejando a cada uno de los personajes de la historia un sobre que deberán abrir al día siguiente.

«*La calle del dragón dormido*»

Corría el año de *Cabeza rapada* de Jesús Fernández Santos, de *Los jefes* de Mario Vargas Llosa, de *Nuevas amistades* de Juan García Hortelano, y el premio Fastenrath de la Real Academia confirmaba el buen hacer de Miguel Delibes por *Siestas con viento sur*. El sonido estereofónico llegaba a España, y con él una nueva banda sonora, que tan pronto coqueteaba con las orquestaciones de Xavier Cugat como lo hacía con Elvis Presley o Miles Davis, quien entregaba en 1959 su pieza maestra, *Kind of blue*. Las mil pesetas que ganó Juan Marsé con el premio hubieran servido para costear la mitad de un tocadiscos con todos sus accesorios, pero el joven escritor tenía urgencias que ponían freno a cierto tipo de frivolidades. El taller de joyería se le caía encima y necesitaba un soplo de aire fresco. Entonces París era todavía una fiesta. A finales de ese mismo año,

---

[150] Así lo refiere el crítico en *De la turba gentil...y de los nombres,* Planeta, Barcelona, 1987: «Fueron los 18 primeros premios ilustrados por ganadores del certamen de pintura que se fallaba a la vez. La idea primera de Tomás Cruz al convocar sendos concursos semestrales [en su cafetería Sésamo de la calle Príncipe de Madrid, allá por 1951] radicaba en hacer un libro de dicha manera. Se otorgó el primer Sésamo en 1955 a Jesús López Pacheco», pág. 189. La historia del galardón ha sido contada por Carlos de Arce Robledo en *Premio Sésamo: Cuentos,* Sagitario, Barcelona, 1975. Epílogo de Dámaso Santos.

[151] En la noticia sobre el premio aparece la primera entrevista hecha al escritor (*Destino,* 1.133, 25 de abril de 1959, pág. 39). Un Marsé extrañamente encorbatado señalaba a Josep M.ª Espinàs que había escrito varios cuentos, una novela corta y otra larga titulada *Las cenizas,* que presentó al premio Nadal de 1959 y obtuvo votos. Confesaba estar trabajando en una novela larga, cuyo título provisional es *Cae un ángel incendiado,* y alinearse en el campo del testimonio social.

Ínsula volvía a publicar un relato de Juan Marsé, esta vez era el turno de «La calle del dragón dormido» [152]. En la presentación adjunta a la reedición del cuento en la revista barcelonesa *El Ciervo,* el narrador obrero señalaba lo siguiente: «escribo con la pretensión de llegar a reflejar al hombre español de hoy con *todos* sus problemas. Creo que es urgente no mutilar ciertos aspectos de nuestra sociedad y de los personajes (ideas sociales, políticas, religiosas) que se respiran en la calle, pero que, por el contrario, no se hallan en la actual novelística española». Ya empezaba a vislumbrarse al escritor que tanto deseaba ser Juan Marsé.

«Noches de Bocaccio»

Si París había sido una fiesta, también Barcelona empezaba a serlo, al menos para los miembros de la incipiente *gauche divine*. Fue el cronista Joan de Sagarra quien acuñó el término que definió a las gentes de una época, dueñas de un espacio de libertad en el desierto cultural de la España franquista, la ruptura de anclajes con los atavismos que persistieron tras una guerra fratricida [153]. El gorila albino *Copito de Nieve* iba a convertirse en musa del grupo. En 1971, prácticamente clausurada esa etapa en la que la cultura era *sexy,* como concluye Rosa Regás [154], la editora de Lumen, Esther Tusquets, encargó un proyecto de antropología cultural que acabó inédito y que involucraba a Manuel Vázquez Montalbán, José María Carandell, Ana María Moix y Juan Marsé, con fotos de Colita. Ana María Moix así lo ha recordado con el rescate de su texto en el 2002, *24 horas con la gauche divine* [155]. Su amigo Marsé hizo lo propio años antes y decidió publicar el cuento destinado a aquella miscelánea, para luego incluirlo en la primera edición de *Teniente Bravo* con el título «Noches de Bocaccio» [156]. En 1990, al vertirse el volumen al francés, decide no volverlo a incluir en las siguientes reimpresiones de *Teniente Bravo*, por entender que no estaba en sintonía ni respondía a la atmósfera de la que sí gozaban el resto de cuentos allí recogidos.

---

[152] *Ínsula,* 155 (octubre de 1959), pág. 12. Posteriormente apareció en *El Ciervo,* 89 (noviembre 1960), pág. 16.

[153] En la revista *Tele-Exprés,* semanario que aglutinó al colectivo, con motivo de la presentación en sociedad de la editorial Tusquets, en 1969.

[154] Prólogo al catálogo de la exposición *Gauche divine,* Lunwerg, Barcelona, 2000.

[155] Texto y encuesta a los artífices y testigos predilectos del grupo, Lumen, Barcelona, 2002.

[156] Aparecido en *El Urogallo,* 7 (noviembre de 1986), págs. 35-51.

«Noches de Bocaccio» narra la historia de una traición, de una tomadura de pelo a la *inteligentzia* de la *gauche divine*. En el local al que se refiere el título, sede oficial del selecto grupo barcelonés, un dibujante propone a Marsé la realización del guión de un cómic, para lo que cuenta con material ya acumulado. Entre los documentos de la carpetilla se encuentra un diario (septiembre-octubre de 1968) que trastocará los frágiles cimientos del grupo. El narrador es testigo de la conmoción que acarrea la aparición de un supuesto genio literario, que parece haber confeccionado una novela de gran categoría cuando en realidad ha sido un arribista copión y vulgar que acaba siendo descubierto, para vergüenza de todos aquellos que alzaron la voz en su favor. El relato se convierte de este modo en una suerte de farsa con personajes reales, una fábula con moraleja que parodia con trazo grueso ciertas actitudes afectadas y recuerda las vacías maneras de todo un grupo de intelectuales vistos desde la atalaya desmitificadora de Marsé. El divertimento es la crónica apresurada de lo que fue el fenómeno de la *gauche divine:* una entelequia, una forma de pasar el tiempo y también de mitificar ciertas cosas, como la resistencia antifranquista.

Su génesis está a caballo entre la primera y la segunda etapas de las tres etapas en las que puede estructurarse la labor cuentística de Juan Marsé. Parece ser el reverso ficcional del ensayo-guía que confeccionó Jaime Gil de Biedma sobre la vida nocturna de Barcelona en 1966 bajo el elocuente título «Revista de bares» [157]. El relato le sirve a Marsé para saldar sus cuentas pendientes con esa época de vanidades y compromiso, aunque ya ha señalado que «fue más un chiste que un ataque con mala intención. Sólo en otro texto mío, concretamente en *El amante bilingüe,* hay otra referencia a ese momento, pero, en líneas generales, creo que como escritor esas experiencias no se filtraron en mi literatura, sino que se consolidaron como departamentos estancos independientes. Nosotros tomábamos copas, hablábamos de la vida y de la literatura y nos unía un cierto sentimiento antifranquista. Nada más; era divertido porque éramos jóvenes» [158]. Algunos de ellos ya habían descubierto algo; otros no tardarían en hacerlo: la vida empezaba a ir en serio.

---

[157] Publicado en la revista barcelonesa *Don,* 6-7 (1966). En los ensayos de *El pie de la letra* aparece con el título definitivo de «Revista de bares (o apuntes para una prehistoria de la difunta *gauche divine)»,* Crítica, Barcelona, 1994, págs. 204-216. Para recorrer de forma virtual la Barcelona de la época, nada mejor que la *Guía secreta de Barcelona,* de José M.ª Carandell, Sedmay, Madrid, 1978[6].

[158] Elena Hevia, «Juan Marsé: "Escribo para escapar del mundo"», *ABC Literario* (2 de junio de 1990).

Señoras y señores y *Confidencias de un chorizo*

Los relatos de la segunda etapa cuentística de Marsé guardan relación directa con su trabajo al frente de la redacción de la revista *Por Favor*. Fruto de una labor que le permitía ausentarse del esfuerzo narrativo que suponía la creación del mundo novelesco que iba apuntalando, Marsé salía al encuentro de sus amigos y de la vida en la calle necesaria para su equilibrio anímico. De aquella colaboración surgieron los antológicos retratos de *Señoras y señores* y *Confidencias de un chorizo*. Los retratos de *Señoras y señores* no son ni más ni menos que la trasposición al papel de la máxima aprendida de niño en el pase de *Raíces profundas,* cuando el mítico Shane/Alan Ladd le dice a Joey/Brandon de Wilde que «el hombre que se acostumbra a ser buen observador llegará siempre a donde se proponga» [159]. La observación se convierte así en premisa obligada para apresar la realidad y malearla al antojo del escritor. No en vano ha afirmado que «lo apasionante de escribir es, para mí, encontrar esos detalles que hacen vívido y verosímil un personaje» [160]. Es fácil deducir que en los retratos también se escondía, aparte del eco nabokoviano, una suerte de mirada autobiográfica. La elección del personaje define al mismo Marsé, al tiempo que sus propias ideas sobre el mundo afloran en ese centenar de ejemplos de energía contenida, cuando no pasan a ser los tubos de ensayo para ulteriores narraciones. Un ejemplo: Marsé ve en el retrato que dedica a Francisco Rabal el rostro del personaje de *Un día volveré,* Jan Julivert Mon. Esa cara que «parece haber sobrevivido a un incendio, o a una vejación histórica interminable» es la imagen generadora de la ficción, y así lo señala el escritor, al avanzar en el retrato las diez primeras líneas de la novela que habría de aparecer un lustro más tarde. Asimismo, es palpable la evidencia de que él mismo se reconoce en algunos de sus retratados, muchos de ellos unidos al escritor por una antigua vocación: la felicidad aquí y ahora. Marsé podría trocar el dicho flaubertiano y proclamar «Rabal soy yo» [161]. Lo que Richard Avedon consigue con la cámara, Juan Marsé lo logra a través de la escritura, una forma de fotografiar el mundo con pala-

---

[159] Dirigida con palpitante emoción por George Stevens en 1953. A la sombra de su grandeza, Clint Eastwood se apropió de aquellos valores para su propia estética *western,* al utilizar la película como fuente directa de la no menos magistral *El jinete pálido* (1985).

[160] Marcos Ordóñez, «Marsé y sus fantasmas», *Qué Leer,* 45 (junio de 2000), págs. 31-34.

[161] «Francisco Rabal», *Señoras y señores,* Planeta, Barcelona, 1977, pág. 229.

bras. En ambos, la fijación de la imagen traspasa los límites de la simple exposición para convertirse en una opinión personal, una reflexión individual sobre el mundo.

«Parabellum» y «El pacto»

Tanto «El pacto» [162] como «Parabellum» [163] nacen también bajo el auspicio de la misma revista —ejemplo del nuevo periodismo que acuñaba la transición—, esta vez desde la sección que daría nombre a una nueva recopilación de artículos en clave de humor mordaz, los editados en *Confidencias de un chorizo*. Las reflexiones del chorizo-confidente al «comi(sario)» le sirven de nuevo a Marsé para ajustar las cuentas a la época, amparándose en un proceder de ilimitada causticidad, semejante a la sección «Polvo de estrellas» que escribía junto a Manuel Vázquez Montalbán [164]. Bajo esa atmósfera enrarecida apareció en *Por Favor* el artículo que daría lugar a «Parabellum», con el título de «El pecado histórico de H. R.». Tanto el texto primitivo como su reelaboración fueron un esfuerzo narrativo que enlazará con *La muchacha de las bragas de oro*. El mismo proceso de génesis se aprecia en «El pacto». En ambos casos se trató de una crispación al ver cómo Pedro Laín Entralgo intentaba presentar una cara limpia y nueva con su *Descargo de conciencia,* cuando era conocida su adscripción en las filas falangistas. Se propuso entonces llevar más lejos el tema, hasta que el invento memorístico le estalla al personaje en las narices. A tal fin, lo primero que hizo fue —esta vez por dinero— comprimir el tema a modo de sopa instantánea titulada «Parabellum». Lo mismo se propuso al escribir

---

[162] «El pacto», *Por Favor,* 139 (28 de febrero de 1977), págs. 22-25.

[163] «Parabellum», *Bazaar* (1 de enero de 1977), págs. 80-85. La revista estaba dirigida por José Hilario.

[164] En 1975, los firmantes de la sección fueron procesados por infringir el artículo 566, párrafo quinto del Código Penal, que habla de las faltas contra el orden público. El juez les condenó a pagar una multa de 3.500 pesetas. Ambos escritores tomaron al pie de la letra la instigación del título que presidía su sección semanal y contaron un tórrido encuentro sexual entre Caperucita y el Lobo en la casita del bosque. Explicaron al juez que la adaptación del cuento era una interpretación antropológica de cómo al no poder, ni querer, hacer el amor al estilo de los seres humanos, los animales prehistóricos desaparecieron de la faz de la tierra. «¿Qué intención tenía al escribir que Caperucita engañó al lobo y se lo llevó a la cama?», preguntó el fiscal. «Quería que el lobo se lo pasara bien», dijo Marsé. Véase José Martí Gómez, «Juanito Marés en la memoria de Juan Marsé», *La Vanguardia Magazine* (22 de febrero de 1987).

«El pacto», que viene a ser algo semejante, en la esperanza de que tal vez ambos le darían para una novela, pero no fue así, entre otras cosas, porque la novela de ideas no es lo que mejor se le da al autor de *Rabos de lagartija*. Ahí están *La muchacha de las bragas de oro* y *El amante bilingüe* para atestiguarlo. Sólo en esas dos ocasiones ha trabajado Marsé con ideas explícitas, pues ya es sabido que suele confeccionar sus novelas a partir de imágenes, de imágenes y recuerdos visuales que se imponen hasta el punto de terminar fijados en papel. Sigue prefiriendo el deslumbramiento literario que se sirve de la capacidad de fascinar y atrapar al lector desde la propia historia que se le cuenta. «Parabellum» es una de ellas. Los simbolismos de los que está repleta la historia atienden al doble juego realidad-ficción: los «tal vez» pasan a ser «seguro». Así, Luys Ros, un fascista arrepentido, inventa sus memorias mientras las escribe, alterando los acontecimientos para ocultar un pasado vinculado al régimen franquista. La asimilación de tantos engaños provoca un sentimiento de rechazo tal que le avoca con frustración al suicidio con una parabellum, arma simbólica de tiempos pasados [165]. La ficción política de «El pacto» atiende al tema de un modo más sarcástico y primitivo, aunque el mensaje persiste: los protagonistas del relato «habían hecho con el pasado lo que buenamente habían podido, puesto que poco o nada habían sabido hacer con el porvenir».

«El fantasma del cine Roxy»

Durante su trienio francés, Juan Marsé había conocido a Antonio Pérez, el amigo que encontró el apodo Pijoaparte para el personaje de Manolo Reyes en *Últimas tardes con Teresa*. Fue precisamente este último quien le encargó desde Madrid que confeccionara un cuento para su recién estrenada colección «Antojos», un proyecto llevado adelante por el propio Antonio Pérez, junto a Julio Ollero y Antonio Saura. Se trataba de una edición de tiraje reducido y cuidada presentación. En octubre de 1985, el escritor barcelonés ya tenía listo el cuento, y lo entregó para que apareciese a finales de ese mismo año, acompañado por las expresivas ilustraciones del pintor Bonifacio Alfonso. Por fin, la sala del Roxy tenía su propio fan-

---

[165] En *La muchacha de las bragas de oro,* se dice: «la bala camino de su cerebro...», *op. cit.,* págs. 249-262. También en *Si te dicen que caí* aparece una «parabellum enterrada al pie del limonero del jardín de los Climent», *op. cit.,* pág. 64.

tasma, habitante justiciero que daba título al cuento, «El fantasma del cine Roxy» [166].

Ya no existe el cine Rovira, ni el gimnasio donde se entrenaban los jóvenes púgiles del barrio, ni la librería de compra-venta donde el joven Marsé alquilaba las novelas, ni tampoco el cine Roxy, pero aún pervive todo ello en la memoria de unos pocos en un afán por convertirlo en historia de muchos. Juan Marsé recuerda el Roxy de este modo: «Estaba ahí enfrente, presidiendo la plaza Lesseps, donde ahora está ese banco. De alguna manera era el cine de lujo del barrio. Un cine de reestreno, de "selectos programas dobles" como decían entonces, pero mucho más grande que el Mahón y el Rovira, con una platea enorme y escalinatas a la entrada; la cima de la Calle de los Cines. La Calle de los Cines era la calle Salmerón, luego rebautizada como Gran de Gracia. La gente del barrio todavía la llama Salmerón. Desde Diagonal hasta la plaza Lesseps, en menos de un kilómetro, contaba con cuatro cines: El Miramar, el Mundial, el Proyecciones y el Selecto. Y siempre estaban llenos. En aquella época la gente iba muchísimo al cine, varias veces por semana. Yo me convertí en un adicto desde principios de los años cuarenta. Por esas fechas, mi padre consiguió una plaza en el Ayuntamiento, en la sección de higiene, como desratizador. Desratizaba cines y gracias a eso yo entraba gratis [167]. Conocía a los porteros, a los acomodadores. Decía "Sóc el fill d'en Marsé" [soy el hijo de Marsé] y me dejaban pasar [a las sesiones de los cines Roxy, Rovira, Delicias, Iberia, Íntimo y Maryland].

»Mi cine es el cine de aquella época. "El cine de los sábados", como lo llama Terenci [Moix]. El cine como generador de mitos, como estimulante de mi imaginación o mi capacidad de soñar. Cuando el cine se puso a explicar la vida, cuando se convirtió en una ventana abierta a la realidad, poco a poco dejó de interesarme. Al principio el neorrealismo me pareció estupendo, pero al poco tiempo me di cuenta de que aquel cine tan sincero, tan real, estaba asestando un golpe fatídico al mito, y yo nunca había ido al Roxy o al Rovira para que me contaran cómo era la vida, sino cómo po-

---

[166] Ediciones Almarabú, Madrid, 1985. En febrero de 1986 se tiró una segunda edición, pero pronto acabó formando parte del resto de cuentos recogidos en *Teniente Bravo.*

[167] Lo ha contado en «Tarareando a Miklos Rozsa», *Academia,* 12 (octubre de 1995), págs. 51-53. Recuérdese que en *Si te dicen que caí,* la madre de Antoñito Faneca *Sarnita* limpia dos veces por semana los suelos del cine Rovira y con frecuencia consigue entradas gratis.

día ser» [168]. La suerte que tuvieron todos aquellos ateridos espectadores de la época fue la de gozar de las películas que no pudieron verse en España por culpa de la guerra civil. Tenían a un joven Gary Cooper frente a ellos en la pantalla del Roxy cuando en Hollywood ya estaba envejecido. El cine pasaba a ser de ese modo una huída fantástica sólo equiparable a los sueños de infancia, que son los que cuentan cuando se llega a adulto. Vivencias acontecidas «en un sueño o tal vez en la pantalla del Roxy o del Rovira en la sesión de tarde de un sábado», se dice al inicio de *Un día volveré* [169]. Pronto el público no tendría nada que ver con el que se arremolinaba con fascinación en las salas de barriada, cuya representación suprema es el cine Roxy, convertido luego en sede bancaria, más tarde en cuento y, nuevamente en arte, en la nostálgica canción de Joan Manuel Serrat [170]. Tampoco Juan Marsé escondió nunca el motivo que le indujo a escribir el relato: «Quería ajustar cuentas con los fantasmas del cine, con los peliculeros, con esa fábrica de sueños infantiles. No queda ninguno de los cines de mi infancia» [171].

«El fantasma del cine Roxy» narra de forma poliédrica las peripecias de un grupo de espectrales personajes que han de convivir con la realidad que ha impuesto el avance de los años —no el progreso—, formalizada en un banco construido sobre las ruinas de un antiguo cine de barrio, cuyos héroes de materia celuloide se resisten a desaparecer. Las permutaciones entre sueño y vigilia, esto es, entre la nostalgia del futuro y la sórdida realidad diaria, sedada por el cine clásico, se acomodan en el cuento, perpetuándose como uno de los principales motivos literarios de Juan Marsé. Los artífices de llevar a cabo la ficción son un guionista desencantado y un obnubilado director de cine que asiste incrédulo a las andanzas de los míticos héroes de la pantalla (Clark Gable o George Raft, Tyrone Power o Gene Tierney), generadas por la imaginación enfebrecida y tierna de su colaborador.

---

[168] Marcos Ordóñez, «Un paseo con Juan Marsé», *Co&Co,* 10 (1993), págs. 12-13. Las veladas de programas dobles las ha evocado en «Tarareando a Miklos Rozsa», *Academia,* 12 (octubre de 1995), págs. 51-53. Cfr. Juan Marsé, «El cine de hoy», *Por Favor* (25 de noviembre de 1978). Marsé es el traductor de *Diario de cine y vida,* de Cesare Zavattini (1968), Ediciones de la Filmoteca, Valencia, 2002.

[169] *Op. cit.,* pág. 10.

[170] «Los fantasmas del Roxy», del álbum *Bienaventurados* (1987). Aparece transcrita en el apéndice documental.

[171] Joaquim Roglán, «Marsé habla de su ciudad», *El Periódico de Cataluña* (23 de abril de 1988).

La mirada irónica que despide el cuento expresa de algún modo las tensas relaciones que se establecen entre dos tipos de narración, la literaria y la fílmica, o lo que es igual, dos niveles de percepción distintos. El infierno que ha supuesto en más de una ocasión para Marsé el trasvase de la historia de un idioma a otro o la mera construcción de un relato cinematográfico desde la perspectiva literaria tomó forma en «El fantasma del cine Roxy». «En la mayoría de los casos te encuentras con un patán, con un tipo que no sabe lo que quiere hacer, y en realidad ha aceptado hacer esta película porque le gusta hacer cine, pero no sabe muy bien por qué» [172]. Efectivamente, pocas veces ha visto el escritor tan amenazado su trabajo como cuando ha colaborado con la maquinaria fagocitadora del cine. Menos veces aún ha lidiado con directores conscientes de su propia labor, de aquellos que como el pionero David W. Griffith hubieran aprendido de Charles Dickens las técnicas de la elipsis narrativa y del contrapunto de relatos, de quien Robert Altman es discípulo aventajado. Y casi ninguna, por supuesto, en la que esa forma mental de organizar la realidad que son literatura y cine se hayan puesto de acuerdo al unísono. Marsé lo consigue con su cuento.

Para José-Carlos Mainer, lo que «El fantasma del cine Roxy» cuenta es la historia de una fidelidad: «en los años más duros de la postguerra —escribe el estudioso—, la mujer de un anarquista exiliado que tiene una modesta papelería-librería viene a ser protegida por un joven *xarnego,* un inmigrante andaluz, analfabeto, que, sin embargo, aprende catalán y se identifica con los valores de su amada para defenderla del acoso de los fascistillas que pululan por el barrio. Para el guionista, la historia se mezcla con la historia de un filme, *Raíces profundas (Shane),* de George Stevens, que desarrollaba una historia parecida: una mujer, un pistolero, un niño que le admira rendidamente... Y, a la vez, todo ello arrastra la evocación de la veterana sala de proyección donde el escritor vio ésta y otras películas. Casi todo el texto está narrado en forma de guión cinematográfico, como si fuera una anticipación de lo que ha de organizar el filme futuro. Y casi todas las escenas rodeadas de debates entre narrador y director, donde el primero demuestra mucha mayor sensibilidad visual que el segundo.

»Vale la pena recordar algunos de los más reveladores rifirrafes de uno y otro "Maldito literato —gruñó el director—. Maldito mi-

---

[172] Samuel Amell, «Conversación con Juan Marsé», *España Contemporánea,* I, 2 (primavera de 1988), págs. 81-101.

rón de cine malo", leemos tras la primera secuencia. Y después de la trascripción de la segunda, cuando el guión pide que un niño mire por un catalejo, hecho con su cuaderno escolar enrollado, la primera aparición de Vargas, el protagonista: "—No hace falta que planifiques, riguroso prosista, no se te paga por eso —dijo—. Plano medio o primer plano, es asunto mío. El novelista puso cara de nazi canallesco pero refinado y gentil con la policía y las mujeres, tipo Alex Sebastian en *Notorious*. —Termina de leer la secuencia y luego lo discutimos, peliculero".

»Pero quizá lo más revelador viene cuando el director reprocha a su compañero no ser "más que un redactor". "—No lo considero un insulto —responde el escritor—. Recuerdo que de niño, en la escuela del pueblo, un día el maestro me mandó hacer una redacción sobre el almendro en flor [173]. No podía haberme pedido nada que me resultara más grato y fácil: ese árbol nevado alumbraba mi infancia como una antorcha mágica. Lo que me salió en la redacción, sin embargo, fue una especie de cuento sobre las nieves perennes en la cumbre de no sé qué montaña azul... [174]. Nada que ver aparentemente. —Reflexionó unos segundos y concluyó, bajando el tono—: Pero en el fondo estaba hablando del almendro. —Naturalmente el maestro te puso un cero. El llamado redactor se encogió de hombros: —Tú no lo entenderías. No eres más que un fotógrafo." Y es que el cine y la literatura se encuentran en lo que ambos tienen de mirada oblicua sobre la realidad» [175]. Una mirada difícil de observar, por cierto, en estos tiempos de infantilización desmedida del discurso cinematográfico en las latitudes opuestas a las que apadrinaron el invento y fomentaron su crecimiento. Quienes conocieron la desorbitada grandeza del fenómeno artístico que fue el cine hasta el relajo actual de sus formas deben tenerse por supervivientes. Superviviente como Marsé, que no duda él mismo en equipararse a los fantasmas de su ficción. En ella conjuga con divertida destreza la relación entre dos mundos artísticos muy afines, al tiempo que rinde homenaje a los héroes fílmicos y modos narrativos que alumbraron con aquella luz inextinguible la época que habría de alimentar sus años venideros. El cine Roxy se desploma como si hubiera sido

---

[173] Se trata del famoso almendro que cobijó la infancia de Sarnita en *Si te dicen que caí, op. cit.*, pág. 346.

[174] Cfr. Ernest Hemingway, «Las nieves del Kilimanjaro», cuyo descubrimiento fue crucial para el futuro artístico de Juan Marsé.

[175] José-Carlos Mainer, *La escritura desatada. El mundo de las novelas,* Temas de Hoy, Madrid, 2000, págs. 168-170.

azotado por el terremoto de San Francisco, y con él cae también un mundo mítico. Al otro lado del Atlántico, Robert Coover parecía intuir la sensación que hubo de envolver a Marsé en el momento de la demolición de la sala de sus sueños, cuando en su cuento «El fantasma del palacio del cinema», el narrador imaginado por el norteamericano dice que «también él se siente como si estuviera atrapado en la tierra de nadie colgando de un elevado trapecio y con un tartazo en la cara, pero no puede escapar» [176]. El símil no es ocioso en un autor que, como Juan Marsé, ha compuesto excelentes relatos desde la absoluta certeza de que el cine es reflejo de la vida, el destello incuestionable de su arte imperfecto. Curiosamente, fue otro amante del cine y de la literatura, el perpetuo cubano Guillermo Cabrera Infante, quien plasmó en «El fantasma del cine Essoldo» el lema que sigue iluminando la carrera de estos tres maestros de la ficción breve: «Escribir bien es la mejor venganza» [177].

«Historias de detectives»

Hay historias que se imponen con la predación de un buen vendedor a domicilio. De esos que llaman a la puerta y, sin saber bien cómo ha ocurrido, ya se han colado en casa y en tu cuenta corriente. «Historia de detectives» es una de ellas. Si «Teniente Bravo» se forjó en el transcurso de los años y de los cientos de exposiciones orales a las que Marsé sometió el primitivo relato autobiográfico de sus hazañas castrenses, éste simplemente se puso a hacerlo con la inconsciencia que prevalece en ciertas llamadas misteriosas que perduran pese al paso de los años. Al escritor barcelonés, la inspiración casi siempre le ha sorprendido trabajando, pero éste no es el caso del cuento que nos ocupa, quizá porque ya estaba trabajado de antemano, en los años en que vertebró la extraordinaria *Si te dicen que caí.* Efectivamente, «Historia de detectives» parece extraída de aquella novela, desgajada a modo de aventi minúscula; pero ésa es sólo la primera impresión, puesto que pronto se hace evidente la to-

---

[176] Recogido en *Sesión de cine* (1987), Anagrama, Barcelona, 1993, pág. 27.

[177] «El fantasma del cine Essoldo», *Cuentos de cine,* ed. José Luis Borau, Alfaguara, Madrid, 1996, pág. 165. Previamente aparecido en *London Tales. New Short Stories,* Hamish Hamilton, Londres, 1983. Un año antes, José María Merino publicaba «El niño lobo del cine Mari», la historia de un niño de nueve años que había desaparecido treinta años atrás y reaparece justo en el momento en que el cine es derribado por los operarios de demolición. Recogido en *Cuentos del reino secreto,* Alfaguara, Madrid, 1982, págs. 133-137.

tal dependencia de cada uno de los detalles que conforman el relato de una estructura superior, que acaba siendo el cuento mismo. No se trata, por tanto, de escenas desgajadas de un conjunto mayor, o simplemente de fragmentos olvidados para una utilización posterior. Nada de eso se observa aquí, si no es la obediencia de las leyes del relato a su propia expresión, que logran hacer de él una muestra viva y a la vez conclusa de tan difícil género literario. Al menos, así lo entiende Juan Marsé, un escritor para quien la elaboración de un cuento supone mayores dificultades que la de una novela. Ahí precisamente debe buscarse parte de la explicación sobre la escasa producción breve en el conjunto de su obra.

El argumento del relato no es más que el recuerdo de un juego de chavales de la época que consistía en plantear el seguimiento de una persona para informar con posterioridad de sus movimientos durante el espionaje. A falta de otras distracciones lúdicas, el joven Marsé y sus amigos debieron recurrir con frecuencia al juego: «No son más que niños que juegan a las películas», afirma la señora Yordi. Ya convertido en ficción, el escritor narra la aventura detectivesca de cuatro niños, entre ellos la del narrador Mingo Roca y Juanito Marés, jefe de la banda. El grupo decide espiar a una mujer que fortuitamente cruza por el barrio y a un hombre que parece seguirla. Tras el seguimiento se refiere lo acontecido a la banda, que tiene su cuartel general en el interior de un desvencijado Lincoln Continental. Cada uno expone sus elucubraciones, pero es el líder de la banda quien tiene la última palabra. Marés, una transparente metátesis de Marsé, es muy dado a la especulación deductiva y en función de sus privilegios explica una interesante teoría sobre los hechos acontecidos durante el espionaje. Al día siguiente, un hombre aparece ahorcado en la calle Legalidad, donde también apareció el cuerpo violentado de Carmen Broto, tal y como se cuenta en *Si te dicen que caí*[178].

Roca y Marés andan jugueteando en el espejo de la ficción, y en ellos se aglutinan dos de los cuatro patronímicos del escritor. Es recurso frecuente en Marsé que éste acabe desdoblado en sus personajes, a través de los cuales expone las inquietudes o preocupaciones que le aquejan o simplemente los hace funcionar como vehículos que dotan de vida cualquiera de sus fantasías. Respecto a Marés, él es hijo de una cantante lírica venida a menos y del ilusionista Fu-Ching, que aun en plena pobreza mantiene las veladas nostálgicas de los sábados con sus antiguos compañeros de profesión. Aunque apenas ha sido destacado —nueva prueba del escaso conocimiento del relato—, al-

---

[178] *Op. cit.*, págs 341-342.

gunos de los elementos sustanciales de la historia pasarán luego a las novelas. Así ocurre con *El amante bilingüe:* desde algún personaje secundario —el mago Fu-Ching, ya sin dientes, tísico y dipsómano— o bien un motivo ambiental —el deslumbrante Lincoln abandonado en lo alto del descampado— hasta el mencionado Juanito Marés niño, convertido en «la Araña Que Fuma» y rentabilizando sus habilidades de contorsionista y ventrílocuo o sus facultades lingüísticas —era catalán— para erigirse en jefe de la pandilla infantil. Son retazos que forman parte del todo que anda por ahí: la capacidad de sugestión del capitán Blay con su voz mineral en *El embrujo de Shanghai,* los misterios de la voz pausada, gutural y persuasiva de Sarnita en *Si te dicen que caí,* el ahorcado de la calle Legalidad en *Rabos de lagartija.* Germen de ese todo fragmentado que es la obra de Marsé.

«Teniente Bravo»

Más de uno testimonia que «Teniente Bravo» era un cuento oral que se convocaba cada vez que la divina *troupe* necesitaba unas dosis extras de alegría. Marsé estuvo contándolo con éxito y perfeccionándolo a fuerza de repeticiones a lo largo de veinte años, hasta que, acuciado por la insistencia de los amigos, acabó por traspasarlo a letra impresa. «Todo dependía del lenguaje y si ese lenguaje me fallaba, la historia iba a quedar como queda el buen chiste mal explicado» [179]. El teniente es un Hércules desventurado al que sus dioses interiores (el orgullo, la cabezonería, la insensatez) esquivan el manto de la diosa Fortuna, mostrándole una y otra vez los rigores del suelo ceutí. El superior había hecho traer a la base un viejo potro de gimnasia para la instrucción de los reclutas. Durante el periodo de instrucción matutina, el teniente Bravo (así se llamaba en realidad el protagonista real de la historia vivida por Marsé) se dispone a realizar un único salto de demostración, pero tropieza en el potro y cae al suelo con gran estruendo. La tropa se mantiene impertérrita ante tanto descalabro, pues el teniente insiste una y otra vez en el salto y una y otra vez fracasa en el empeño. Sus huesos acaban en la enfermería, sin haber podido conseguir el objetivo marcado [180].

---

[179] Así lo apunta a José Martí Gómez, «Juanito Marés en la memoria de Juan Marsé», *La Vanguardia Magazine* (22 de febrero de 1987).

[180] La historia recuerda en su linealidad y procedimientos a «La vida feliz de Francis Macomber», uno de los cuentos más logrados del maestro Hemingway, aunque Marsé reemplaza en su teniente el miedo por la terquedad.

«La liga roja en el muslo moreno»

En 1990 da inicio la época en que con mayor claridad se observa cómo el trabajo creativo de Marsé se torna circunstancial, esto es, obedece al encargo o a las circunstancias que le llevan a construir ficciones heterogéneas en los temas y dispares en los resultados. «La liga roja en el muslo moreno» [181] fue uno de esos encargos, esta vez de Rafael Borrás, para un volumen de cuentos eróticos en el que, curiosamente, ninguno lo es excepto el suyo. La elección de Marsé para el proyecto respondía a una evidencia clara: desde sus inicios como escritor, siempre se había expresado de forma desenvuelta y efectiva en cuestiones de índole sexual. La carga erótica en su obra obedece únicamente a necesidades narrativas, nunca recurre a gratuidades ni a oportunismos. Con el paso de los años, cuesta entender cómo la censura dejó publicar ciertos pasajes que harían que cualquiera de los interventores de la época llegara a sofocarse con la carga erótica de alguno de aquellos pasajes de sus inicios como escritor. Acabada la penuria franquista, todavía algún crítico cargaba las tintas en lo que hoy parece de escasa relevancia, pero que por aquel entonces significaba el inicio de la normalización sexual en España, puerilmente expuesta desde el fenómeno del *destape*. Para Joaquín Marco, por ejemplo, «la gran aportación de Marsé —y en ello creo que radica la auténtica ruptura con el pasado— es el marcado sentido erótico (ya perceptible en sus anteriores novelas), pero convertido aquí en cruda y eficaz narración» [182]. La ansiada muerte de Franco trajo consigo la aparición de innumerables publicaciones y colecciones editoriales que explotaban el filón de aquella carencia [183]. La trama del cuento es sencilla: narra las peripecias de un joven que se propone ser un violador sentimental degustador de café. En una de sus torpes incursiones ataca a Nieves y pasa con ella la tarde. A la conseguida carga erótica del relato, equiparable al episodio de arranque de *Si te dicen que caí* o a algunos de los párrafos más lo-

[181] Dentro de la antología *El fin del milenio,* Planeta, Barcelona, 1990, págs. 49-72. Contiene relatos de Juan Eslava Galán, Álvaro Pombo, Soledad Puértolas y Javier Tomeo.

[182] Joaquín Marco, «Fin de una prohibición: *Si te dicen que caí*, de Juan Marsé», *La Vanguardia* (3 de marzo de 1977).

[183] Una de las más longevas sigue siendo la de Tusquets Editores, iniciada en 1977 con la publicación de *La insólita y gloriosa hazaña del Cipote de Archidona,* de Camilo José Cela. La editorial instauró el premio que da nombre a la colección, de cuyo jurado es miembro Juan Marsé.

grados de *Encerrados con un solo juguete,* debe añadirse la facilidad de Marsé a la hora de construir diálogos, que hace que el encuentro entre los protagonistas se convierta en un trozo de vida gracias a su maestría. Decía Nabokov en el *post scriptum* de *Lolita* que la literatura erótica es subversiva; la pornografía no. Al hilo de la afirmación debe sumarse el hecho de que, de todos los géneros literarios, la narrativa es el que se ve en mayores apuros para describir lo erótico. La subversión llevada a cabo por Juan Marsé logra salvar el obstáculo genérico con la solvencia acostumbrada y la liga del cuento deviene reclamo sexual al tiempo que fija la época en la que sucede la historia —época sin pantis, sin medias de autosujeción—, como cuando en *Ronda del Guinardó* alguna chica hacía chasquear la liga contra el muslo [184]. El objetivo de la antología estaba cumplido.

«El jorobado de la Sagrada Familia»

Nadie puede negar que algunas narraciones de circunstancias forjadas por Marsé constituyen una historia por sí solas, pero cuesta mucho verlas como cuentos al compararlas con el resto. La opinión es compartida por el autor, en el sentido de que su escritura obedece a leyes que poco tienen que ver con la gestación de un cuento, tal y como Marsé entiende el género. «El jorobado de la Sagrada Familia» es una de esas narraciones de menor enjundia [185]. Su génesis es casi una llamada de atención sobre ciertos abusos o líneas de actuación de extrema torpeza que sigue sufriendo el templo gaudiniano de la Sagrada Familia. «Tengo curiosidad y todos los temores y prevenciones por lo que haga Subirachs», ha declarado Marsé. «Me conformo con que no la estropee más. Esta ciudad aguantó bastante bien las barbaridades del franquismo, hubo suerte. Que no la hundan ahora» [186]. La mirada irónica persiste, como también lo hacen ciertas fijaciones del escritor —personas, actitudes— fácilmente reconocibles por su tratamiento mordaz.

---

[184] *Op. cit.*, pág. 48.

[185] *La Vanguardia* (24 de mayo de 1992). Corregido para esta edición con el título «El jorobado de la Sagrada Familia o cómo acabar con la obra de Subirachs sin ofender la dignidad de la piedra».

[186] Joaquim Roglán, «Marsé habla de su ciudad», *El Periódico de Cataluña* (23 de abril de 1988).

«El caso del escritor desleído»

«El caso del escritor desleído»[187] también se concibió como cuento de encargo a partir de un homenaje colectivo a *La isla del Tesoro* de Stevenson. La fábula de Marsé plantea una sátira de las relaciones entre la literatura y la televisión. R. L. S. (siglas que se corresponden con las de Robert Louis Stevenson), un escritor poco amigo de la televisión y muy parecido a Marsé, comprueba que ha empezado a desaparecer después de su primera aparición en la pantalla. «Pienso a veces que ese relato podía constituir una novela corta. Lo veo perfectamente ahora, con más elementos, más complejidad... Pero me di cuenta de eso cuando lo estaba acabando y prácticamente entregando. Por eso no me gusta trabajar bajo esa presión del compromiso, lo que me gusta es que repose, ver en qué se convierte», ha explicado el escritor[188]. El «desleimiento» puede leerse además como una denuncia incisiva a las estrategias de la desmemoria que se vienen practicando con extraña connivencia de los medios informativos del país. Entre apuntes envenenados, desplantes concienzudos y bromas personales a sus fieras literarias, el cuento es en última instancia un rendido homenaje a su amigo y maestro Juan Carlos Onetti, un escritor ciertamente desleído, por más que encarne a ese tipo especial de escritores en los que «la verdadera emoción aparece y se manifiesta allí donde no se la describe ni se la nombra». Woody Allen también se sirve del feliz argumento del relato en la película *Desmontando a Harry* (1997). Son muchos los puntos de contacto entre ambos creadores —la nostalgia del pasado, el amor por el cine clásico, el paso del tiempo y su relación con la corrupción de los sueños, la música, el humor lacerante...—, pero acaso sea la célebre frase acuñada por Woody Allen la que les emparente con más precisión: «la realidad puede ser una falacia, pero es el único sitio donde puedo conseguir un bistec». Para Juan Marsé ésa es una posible definición de realismo literario. No hay que darle más vueltas al asunto.

---

[187] *Cuentos de la isla del Tesoro,* Alfaguara, Madrid, 1994, páginas 109-159. En el volumen se recogen cuentos de Julio Llamazares, Juan Marsé, Juan José Millás, Antonio Muñoz Molina, Arturo Pérez Reverte. El cuento de Marsé había aparecido en *El País* (agosto de 1994).

[188] En declaraciones al editor (20 de junio de 2002): «Hoy, por ejemplo, eliminaría a Porcel, que no se lo merece ni tiene que estar ahí». Las disputas entre Marsé y Porcel han generado numerosa bibliografía. Pueden consultarse, por curiosidad, los artículos de Xavier Bru de Sala, «Porcel, Marsé», *El País* (4 de diciembre de 1997); Baltasar Porcel, «Capri y un difunto», *La Vanguardia* (26 de noviembre de 1997); Baltasar Porcel, «Catalán y castellano», *La Vanguardia* (12 de abril de 1991).

Ahora bien, ¿qué hace que estos cuentos se cataloguen como tales y entren a formar parte del género? Marsé nunca tuvo las ideas claras respecto a la definición de los géneros, posibilidades, interferencias o contagios. «Si no me atrapa —explica—no es un cuento, algún tipo de iluminación o de perfume que me fascine, con eso basta. Me pasa igual que cuando escucho algo que me interesa. Más allá de la historia en sí y más allá de si está bien o mal contada, si hay algo que queda flotando ya me es suficiente. Tengo cuentos que me entusiasman, desde "Los muertos" de Joyce, a los de Poe, los de Chéjov, Hemingway..., sí hay una imagen que vale la pena. Respecto a mi propio quehacer, me queda la impresión de no haber trabajado lo suficiente los cuentos, de haber pasado por encima. Un poco por una especie de descreimiento, en una época en la que no había leído apenas y que no tenía las ideas muy claras. Luego aprendí que las cosas hay que trabajarlas, tanto si es un cuento de cinco páginas como de treinta, hay que trabajar...»

DOCUMENTACIÓN COMPLEMENTARIA

I. Apuntes biográficos

I.1. *Juan Marsé*

El rostro magullado y recalentado acusa diversas y sucesivas estupefacciones sufridas a lo largo del día y algo en él se está desplomando con estrépito de himnos y banderas. Este sujeto, sospechoso de inapetencias y como desriñonado, podría ilustrar no sólo una manera de vivir, sino también la naturaleza social del mundo en que uno vive: mientras el país no sepa qué hacer con su pasado, jamás sabrá qué hacer con su futuro. De ahí la pupila descreída y la estatura escasa, escépticos los hombros, incierta la sonrisa y oscuros sus designios. Avanza cabizbajo y patizambo y con una leve cojera en la pierna derecha, tan leve que tampoco ella tiene posibilidades de futuro, y ni siquiera es elegante.

Hay en los ojos harapientos, arrimados a la nariz tumultuosa, una soñolienta nostalgia del payaso de circo que siempre quiso ser. Es fláccida la encarnadura facial, quizá porque la larga invernación intelectual y muscular, el aburrimiento, el alcohol y la luctuosa telaraña de casi cuarenta años de censura han abofeteado y abotargado las mejillas. La escarcha triste de la mirada y el incongruente rizo indómito son memoria de una adolescencia que le fue escamoteada. La niñez indigente y callejera, flanqueada por las altas tapias imperiales de lo prohibido, clama todavía en esta cara aniñada y en este pelo ensortijado.

He aquí un hombre que espera cualquier autobús en cualquier parada, rumiando cualquier cosa. Visto de espaldas, mientras se aleja, es la mismísima imagen del pesimismo y del más celoso anonimato. Una solapada fatiga dorsal acucia su vieja disposición para la trola y el chisme y el vamos a contar mentiras tra-la-rá.

Es terco y perseverante tanto en sus amores como en sus odios. Es, también, el espécimen más vocacionalmente gandul que conozco. Su actividad soñada es dimitir de todo, incluso del tiempo y del espacio. De ahí quizá su actividad real: matar el tiempo y el espacio con torpes espejismos que pretende bañar, el insensato, con el rojo sol de la verdad. Manías.

(Juan Marsé, «Juan Marsé», *Señoras y Señores,* Planeta, Barcelona, 1977, págs. 82-83.)

I.2. *Autorretrato*

Siempre pertrechado para irse al infierno en cualquier momento. El rostro magullado y recalentado acusa las rápidas y sucesivas estupefacciones sufridas a lo largo del día, y algo en él se está desplomando con estrépito de himnos idiotas y banderas depravadas. Las facciones se traban, compulsivas, antes de desmoronarse. Se trata de un sujeto sospechoso de inapetencias diversas y como deslomado, desriñonado y despaldado. Ceñudo, maldiciente, tiene la pupila desarmada y descreída, escépticos los hombros, la nariz garbancera y un relámpago negro en el corazón de la memoria.

No ha tenido mucho gusto en haberse conocido, habría preferido pasar de largo de sí mismo, pero acepta resignado el saludo hipócrita del espejo y la broma pesada de la vida: al nacer se equivocó de país, de continente, de época, de oficio y probablemente de sexo. Hay en los ojos harapientos, arrimados a la nariz tumultuosa, una incurable nostalgia del payaso de circo que siempre quiso ser. Enmascararse, disfrazarse, camuflarse, ser otro. El Coyote de Las Ánimas. El jorobado del cine Delicias. El vampiro del cine Rovira. El monstruo del cine Verdi. El fantasma del cine Roxy. Nostalgia de no haber sido alguno de ellos. Es fláccida la encarnadura facial, quizá porque la larga ensoñación detrás de las máscaras imposibles, el aburrimiento y el alcohol y la luctuosa telaraña franquista de casi cuarenta años abofetearon y abotargaron las mejillas y las ilusiones.

El tipo es bajo, desmañado, poco hablador, taciturno y burlón. No se considera un intelectual, y soporta mal que le traten como si lo fuera. Ama las tabernas y las papelerías de barrio y los flancos luminosos de los quioscos que exhiben tebeos y novelas baratas de aventuras. Las banderas le producen auténtico terror. Come ensaladas y escribe a mano. Y en un país en el que nadie dimite jamás, ni aun después de haber probado algunos políticos su ineptitud o su cinismo ante el pueblo, él sólo piensa en dimitir de todo, incluso de esta página.

Pero no hay nada que le aburra tanto como hablar de sí mismo, así que basta. Vestido de diablo y ligero de equipaje —algunos discos, algunos libros (ninguno de Baltasar Porcel, por supuesto), algunas fotos— se va por fin al infierno. Abur.

(Juan Marsé, «Autorretrato», *Señoras y Señores,* Tusquets Editores, Barcelona, 1988, págs. 173-174.)·

I.3. *Retrato*

Está en pie, con media mano izquierda en el bolsillo de su pantalón vaquero y una impaciencia de pájaro en la derecha, como de no saber dónde posarse. Aunque el pelo blanco se empeña en ofrecerte ya un aire de seriedad pacífica, en los ojos sigue manteniendo el mismo centelleo de juventud que a los veinte años y es muy normal que le aparezca la picardía tenue, astuta, de una sonrisa en los labios. Hay algunas sonrisas que brotan como travesuras en medio de las conversaciones, sobre todo cuando su dueño es de pocas palabras y utiliza el silencio para dar en el clavo. El silencio de Juan Marsé suele ir hacia su blanco con la seguridad de una flecha bien lanzada, cruza el aire y busca la fruta sin poner en peligro la cabeza de sus amigos.

Le gusta escuchar, está escuchando, siempre está escuchando. Su silencio esconde también un cuaderno de notas y una ausencia natural de pedantería, Sin falsas modestias, que le permite estar abierto a todas horas, en cualquier sitio, ante cualquier tipo de gente. Él cuenta que aprendió a escuchar en el sótano que Jaime Gil de Biedma tenía en el número 518 de la calle Muntaner, allá por 1960, antes de marcharse a París, cuando Seix-Barral preparaba la edición de su primera novela. Se recuerda en muchas madrugadas de aquel sótano, envuelto en las conversaciones espectaculares de Gabriel Ferrater, de Carlos Barral, de Jaime Gil de Biedma, escuchando, siempre escuchando, mientras todos empuñaban el vaso de ginebra, a la altura del corazón y se inventaban sobre la marcha la poca sabiduría que les faltaba por poseer. Pero basta con verlo caminar y saludar a alguien, un amigo de verdad o un recién llegado, para que nos demos cuenta de que Juan Marsé aprendió a escuchar antes, de un modo más real y nutritivo, tal vez en la mesa del taller de relojería donde trabajó, tal vez en las calles de su barrio. Juan Marsé se pone a escuchar de la misma manera que lo hacen las ciudades, con un oído baqueteado y múltiple, a ras de tierra, oído de muchacho pudoroso y de gamberro, de pistolero y de comisario de policía, de vencedor y de superviviente. Y, como las ciudades, ve venir a una multitud de posibles protagonistas que bajan todas las mañanas de sus casas, gente dispuesta a guardar sus secretos y a convivir con la historia de sus propios sentimientos, gente arrastrada por el torbellino de los sueños y la necesidad. El novelista pone entonces el dedo en el gatillo, hace funcionar su arma con la tranquilidad minuciosa de un artesano y deja que los disparos retumben por las galerías de la memoria.

«Los sueños juveniles se corrompen en boca de los adultos», escribe en su última novela *El embrujo de Shanghai*. Existen mil razones humanas y literarias para admirar a Juan Marsé, pero yo me quedo en esta ocasión con dos: aunque conoce el vacío de los sueños, sabe mostrarse considerado con los soñadores; aunque conoce los límites del realismo, en ningún momento quiere negar la realidad. Marsé tiene conciencia de que la vida se mueve con sus propias leyes, de que en cualquier momento el destino suele descubrir la frágil silueta de los sueños. Inventamos nuestro pasado, nos asomamos a nuestro futuro con la fascinación intranquila y codiciosa de una noche de fuegos artificiales, pero sólo estamos entreteniendo ese capítulo del argumento en el que un personaje rencoroso nos humilla con la realidad, nos hace descubrir la herida pegajosa de nuestras mentiras. Cuando los sueños han sido excesivamente cómplices de la vida, cuando han acompañado los paseos infantiles por la ciudad, las horas de insomnio, el miedo, la soledad de los abandonados; cuando los sueños forman parte de una época en la que fuimos capaces de imaginarnos el consuelo lejano de la felicidad, el desencanto no puede ser cruel, no tiene efectos retroactivos.

Marsé sigue mostrándose considerado con los soñadores, sobre todo cuando sus protagonistas están en edad de merecerse un primer deslumbramiento. Los niños aprenden a imaginar sin alejarse, pegados a la historia de sus familias y de su ciudad, aventurándose en el juego de una mitología cercana. Un reaparecido, alguien que vuelve después de algunos años de silencio, basta para poner en marcha el mecanismo de la fascinación. No importa que más tarde los héroes se degraden, que se muestren vulnerables a la luz del día; por un momento sirvieron para animar ese rescoldo de sentimientos y esperanzas que cualquier ser humano necesita en la humilde rutina de su supervivencia. La sonrisa de Juan Marsé, que aparece como una travesura en medio de las conversaciones, tiene un doble significado: conoce el castillo de naipes, la fragilidad de lo que lo están contando, pero comprende el deseo legítimo de contar y de soñar. De ahí que se ponga a escribir, como quien regresa a una ciudad después de mucho tiempo, con ganas de reconocerse, con voluntad de recuperar ese momento en el que los sueños tuvieron sentido, más allá de los hechos posteriores, más allá de la boca de los adultos.

A propósito de *El embrujo de Shanghai,* Juan Marsé ha declarado que es un realista sin posible remedio. Dejando a un lado la calidad incuestionable de sus obras, la novela española, contemporánea, tiene mucho que agradecerle por la coherencia de su evolución y la silenciosa dificultad de sus elecciones. En un momento donde las recetas del realismo social no podían esconder ya las cicatrices de un esquematismo poco creativo, era fácil abandonarse en los experimentos estéticos, en la retórica culturalista, en la novela de moda y actualidad literaria. Marsé cogió el toro por los cuernos y buscó las soluciones acunado sólo por el impulso de contar. Nunca procuró inventar palabras, retorcer el lenguaje, pelearse con los signos de puntuación, confundir la calidad con la pedantería o el aburrimiento. Supo, a fuerza de escuchar, que la apuesta de la literatura está precisamente en la oportunidad de convencer a quien escucha, a quien lee, a quien necesita creerse que Shanghai es más que una palabra, más que una ciudad, porque ha llegado un extranjero, para cumplir una misión, el futuro depende del acierto de sus decisiones.

Juan Marsé es dueño de una ciudad y de una literatura, encuentra en el tejido social de su memoria, en las tabernas y las pensiones, por detrás de las ventanas y por debajo de las sábanas, lo que difícilmente suele encontrarse en los discursos oficiales de los políticos: la manera de ser de unas gentes, las razones de un pueblo, la verdad, sumergida de unas costumbres y unas esperanzas, abandonadas: casi siempre a su propio proceso de destrucción, como una flor cortada en un vaso de agua. Juan Marsé, con su chaqueta de pana y la mitad de su mano izquierda metida en el bolsillo del pantalón vaquero, pertenece a esa estirpe de novelistas que son capaces de devolvernos un olvidado amor por la vida. Respeto cívico para la gente que sueña, para la gente que ha dejado de soñar.

(Luis García Montero, «Si te dicen que Marsé», *El Mundo-La Esfera,* 17 de julio de 1993.)

I.4. *Ayudante de laboratorio*

Cierro los ojos. Intento rescatar, entre la vorágine de 66 veranos vividos, el peor verano de mi vida. Casi no conservo recuerdos de los cuatro o cinco primeros, lamentablemente. Pero estoy totalmente seguro de que mi peor verano no se cuenta entre ellos. Cierro los ojos para ver si entre ese cegador laberinto de veranos distingo el más penoso, el que se torció, y para mi sorpresa, la primera pulsión de aquel negrísimo estío me llega a través de los sentidos. De repente, me invade una ola de calor sofocante y pegajoso, un calor más próximo y real que cualquiera de los recuerdos que arrastra el sofoco reconocido. Sin ninguna duda estoy en París, en julio de 1961. Vivo en un hotelucho de pomposo nombre, en el 19 de la Rue du Pont-Neuf, Hotel Duc de Bourgogne, enfrente de Les Halles, el vientre de París hoy convertido en delirante galimatías comercial.

Todos los días cruzo el legendario puente y almuerzo en algún restaurante barato del barrio latino o en el self-service del Foyer des Etudiants, o simplemente me compro un cucurucho de patatas fritas. El verano en París está resultando una pesadilla a ambos lados del Sena, pero estoy dispuesto a aguantar como sea en espera de un golpe de suerte. Malvivo con algunos francos que me gano dando clases de español a la bellísima Teresa Casadesus, hija del pianista Robert Casadesus (ella me inspirará el título de la novela que ya tengo en mente, *Últimas tardes con Teresa)* y también al poeta Pierre

Emmanuel, que gentilmente se deja enseñar para echarme una mano: Emmanuel habla español casi a la perfección. El poeta preside el llamado Congrès pour la Liberté de la Culture en el 104 del Boulevard Hausmann, organismo que, por recomendación de Josep M.ª Castellet y Carlos Barral, me otorgó una bolsa de viaje de 1.000 nuevos francos para visitar París. Pero la bolsa se vació enseguida. Ahora busco un trabajo con horario regular que me deje tiempo libre para escribir. Busco y busco, pero no encuentro. Frecuento la Librería Española de Soriano, en Rue de la Seine, donde a menudo contertulian Tuñón de Lara, Juan Goytisolo, los pintores Díaz y Ortega, Corrales Egea, Manolo Ballesteros, mi amigo Antonio Pérez, etc.

Algunas noches ceno en casa de Monique Lange y Juan Goytisolo, pero más frecuentemente me dejo caer por casa de María y Alejo Lluhansí, un joven y animoso matrimonio de Girona, casi siempre en compañía de Antonio Pérez y Enric Marqués, el pintor, también de Girona. Rue des Canettes 16, entre Saint Germain des Près y la Place Saint Sulpice. Formidable su ayuda, y su compañía, pero el tiempo pasa y sigo sin encontrar trabajo. Me angustia la idea de verme obligado a rendirme y tener que regresar a Barcelona. Alejo o Antonio, no recuerdo cuál de los dos, me aconseja acercarme al Institut Pasteur, 25 Rue du Docteur Roux. Al parecer, allí siempre hay trabajo para desesperados como yo. En efecto, necesitan un garçon de laboratoire. Me recibe el jefe de personal y seguidamente me envía al mismísimo Jacques Monod, el eminente biólogo, para que me examine y apruebe mi ingreso, o no lo apruebe... Entro en su despacho de la planta baja del Institut con el alma en vilo. Monod, que dirige el departamento de Biochimie Celulaire, es futuro premio Nobel y autor de un libro, *El azar y la necesidad,* que años después la casualidad querrá que en España lo publique mi propio editor, Carlos Barral.

Secretamente esperanzado, confiando en que Jacques Monod —un hombre con un gran encanto personal, muy culto y de mirada inteligente, muy atractivo y seductor— me acepte sin exigir demasiados requisitos como garçon de laboratoire, una especie de chico de los recados en los laboratorios, me presto encantado a contestar a sus preguntas: ¿De dónde vengo? De Barcelona. ¿A qué me dedicaba en Barcelona? Fui operario de joyería, ahora soy, o mejor, quiero ser, escritor...

He publicado mi primera novela en España hace muy poco (aquí, el ilustre biólogo empieza a mirarme con verdadera curiosidad, y yo diría que también con cierta admiración, o eso me parece) y Maurice Edgar Coindreau, el famoso introductor de William Faulkner y de John Dos Passos en Francia me la está traduciendo al francés y se publicará en chez Gallimard y bla bla bla. Tan asombrado e interesante se muestra Monod, que me digo: «Ya es mío. Soy el nuevo garçon de laboratoire». Sigue una larga entrevista que no hace más que aumentar mi confianza y mi euforia: el puesto es mío. Monod, por su parte, no acaba de entender que un joven novelista que acaba de publicar su primer libro esté tan firmemente dispuesto a trabajar de garçon. Le explico que, bueno, yo no vivo precisamente de rentas, monsieur, aquí en París no tengo trabajo, ni dinero, y mi intención es quedarme a vivir un par de años en la ciudad y aprender bien el idioma, etc. Le hablo del famoso pianista Robert Casadesus y del poeta Pierre Emmanuel, del hispanista Jean Cassou y de su hija Isabel, todos ellos buenos amigos (su asombro va en aumento, también mi convicción de que el puesto ya es mío) que me han ayudado amablemente hasta hoy, le digo, pero ahora quiero ganarme la vida por mi cuenta. Monsieur Monod lo comprende, es más, le parece muy bien. Finalmente decide dar por terminada la entrevista y me anuncia que va a presentarme al personal de su departamento. En el pasillo nos cruzamos con el biólogo François Jacob, que andando el tiempo será también premio Nobel y director del Pasteur. Monod me introduce en lo que parece una cocina muy amplia y llena de vapor, donde unas 30 muchachas vestidas con uniforme blanco impoluto esterilizan toda clase de cachivaches de cristal, sobre todo probetas y tubos de ensayo y jeringuillas metidas en grandes cazuelas donde hierve el agua. Nada más entrar el gran jefe Monod, las mujeres suspenden en el acto sus labores y se alinean hombro con hombro al lado de las calderas. Monod, muy ceremonioso y circunspecto, con ese ritual tan exquisitamente francés, las saluda con una elegante inclinación de cabeza. «Va a presentarme, ya está hecho», me digo. Pero lo que sale de los labios de Monod no es exactamente lo que yo espero. Dice con su bella y parsimoniosa dicción: «Madame, je vous presente le candidat a garçon de laboratoire». ¡¿He oído bien?! ¡¿Ha dicho le candidat?! ¡El candidato! ¡De modo que después de todo, no soy más que un candidato! ¿O no es más que otra cortesía verbal típicamente francesa, una, digamos, licencia poética? Me hundo en una depresión que me dura hasta el día que me llaman para informarme que, finalmente, el candidato catalán ha sido aceptado. Han sido siete días de pesadilla, pero al octavo ya estoy trabajando en el Pasteur con Jacques Monod y François Jacob; me levanto temprano y trabajo duro, pero antes de las cinco de la tarde ya estoy libre y de vuelta al barrio latino. Me pagan 640 nuevos francos con 17 céntimos al mes, y tengo tiempo libre para leer y escribir el primer esbozo de lo que será *Últimas tardes con Teresa*. Es septiembre y ya no siento calor. Creo que ha terminado el peor verano de mi vida.

(Juan Marsé, «El peor verano de mi vida: Ayudante de laboratorio», *El Mundo,* 13 de agosto de 2000.)

II. Poética

II.1. *Primera imagen, primer latido*

Con frecuencia, entrevistado por periodistas o estudiantes, se me han hecho las siguientes preguntas: ¿Cómo se le ocurrió a usted la idea de escribir esta novela? ¿Cuál fue la primera imagen, el primer latido secreto del libro?

Casi nunca he sabido explicarlo con claridad. Todo proceso creativo obedece a leyes misteriosas, pero ciertamente en el origen o en la base de toda novela debe de haber una primera imagen o una primera idea. Yo he partido casi siempre de imágenes y no de ideas, es como si en mí la memoria visual pudiera más que el intelecto. En *Últimas tardes con Teresa,* por ejemplo, la imagen que ya contenía en sí misma la novela entera me fue revelada en París en 1961 mientras barría los suelos del Institut Pasteur, imagen que pervive intacta en el capítulo cuarto de la primera parte, una noche de invierno en el jardín de los Serrat en San Gervasio: es Teresa yendo al encuentro del murciano con el pañuelo rojo asomando por el bolsillo de su gabardina echada con descuido sobre los hombros, sobre un precioso vestido de fiesta y arrastrando la hebilla del cinturón por el suelo, Teresa nimbada por la luz que le llega desde atrás, desde las ventanas iluminadas de la planta baja de la torre: «Toda su persona desprendía un cálido efluvio adquirido sin duda en algún salón iluminado y lleno de gente, había una temblorosa, estremecida disposición musical en sus piernas, la excitación juvenil que anuncia una fiesta o una feliz sorpresa...». De algún modo que no sabría explicar, toda la novela se organizó alrededor de esta imagen, que entronca con otra igualmente fundamental que está en el prólogo: la estudiante progre y romántica y el rufián del barrio obrero tanteándose a ciegas en medio de un remolino de confeti, extraviados en su isla estival y mítica.

El primer cromo que iba a encabezar mi colección particular de *Si te dicen que caí* se me extravió en el tremendo caos de imágenes reales e inventadas que durante mucho tiempo fue la novela/aventi en gestación. Pero recuerdo confusamente que el primer latido del libro surgió después de una conversación con el poeta Jaime Gil de Biedma en su casa, a finales de los sesenta debía ser; Jaime contó una historia divertida que le había contado un chulito de las Ramblas según la cual el muchacho había sido en cierta ocasión contratado para hacer cuadros en compañía de una prostituta y dedicados a un «señor oculto tras una cortina, sentado en una silla y con las manos y la barbilla apoyadas en un bastón, un señor que era nada menos que Dalí...». Lo demás, el crimen de Carmen Broto, vino después.

Mucho menos novelesca es la imagen que engendra *Un día volveré:* mi padre saliendo de la cárcel Modelo de Barcelona en 1949, su regreso al barrio y al hogar y a la rabia, y también a cierto olvido, que es una estrategia del vivir. *Ronda del Guinardó* le debe mucho a una estampa que se grabó en mi memoria en la primavera de 1945: una adolescente, huérfana y recogida en la Casa de Familia de la calle Verdi, recorre las calles del barrio con una capillita portátil de la Virgen de Montserrat apoyada en su cadera y mordisqueando una zanahoria. *Teniente Bravo* es la crónica verídica de un disparate militar, un empacho de machismo y de orgullo castrense y de cojones españoles en las «colonias» de África, salvo la cabra *Carmencita* y las gallinas, que son inventadas. *Historia de detectives* surge del chasis calcinado de un automóvil y de un juego infantil de la posguerra, y *El fantasma del cine Roxy* de una desdichada imagen doméstica: cierto director cinematográfico y yo sentados en la terraza de mi casa de la calle Balcells, escribiendo un guión de cine, torturándonos, peleándonos...

Respecto a mi última novela, *El amante bilingüe,* capté su primer latido hará cosa de siete años, en el transcurso de una conversación con Ana María Moix y la psicóloga Rosa Sender, sobrina del novelista. Rosa me contó la historia de un paciente suyo que sufría una especie de esquizofrenia: era catalán y de familia muy catalana, pero vestía y hablaba y se comportaba como un charnego de ley, es decir, gastaba patillas y sombrero de ala ancha y chaquetillas y pantalones ceñidos y zapatos de tacón alto, y amaba todo lo andaluz. Y se me quedó la imagen de este hombre anhelando ser otro, cambiar de lengua y de aspecto y tal vez de identidad. La imagen se hizo obsesiva, hasta adquirir en secreto las garras y las alas de una novela.

(Juan Marsé, «Primera imagen, primer latido», *El Sol*, 5 de octubre de 1990.)

II.2. *«Teniente Bravo» y yo*

Aquello que va del chiste a la novela.

Antes de correr su aventura en letras de molde, *Teniente Bravo* vivió durante algunos años una compulsiva y aplaudida carrera como relato oral, casi como chiste, contado por mí a los amigos y conocidos, generalmente en tertulias de sobremesa y tomando unas copas. Resultaba una anécdota medio escenificada, aparentemente antimilitar, de una comicidad infalible y contundente por poco que uno se esforzase en contarla bien, y yo solía esforzarme.

La desgraciada historia de los repetidos descalabros del joven teniente Bravo fascinaba, en primer lugar, al propio narrador. Algunos de mis amigos más frecuentados, y pienso sobre todo en el poeta Jaime Gil de Biedma, me han escuchado contarla tantas veces —en ocasiones a petición de ellos mismos— que conocen las diversas variantes que ha impuesto el paso del tiempo, el olvido y la propia dinámica interna del relato. Como los buenos vinos, la historia mejoraba con los años.

Al repetirla tantas veces, parece que fui aprendiendo a controlar el ritmo y a dosificar el disparate argumental, que fue aflorando poco a poco como la sangre y los moratones en el rostro del valiente y obstinado teniente. Así, sin esfuerzo aparente, por pasar el rato, el chiste fue adquiriendo en silencio las garras y las alas de un cuento literario.

Es, por tanto, una historia viciada; quiero decir que de alguna manera, ya estaba *escrita* antes de ponerme yo a redactar y describir el primer gesto desafiante y altivo del teniente delante de su potro de gimnasia, ese gesto que lo llevará a enfrentarse estúpidamente a su propio honor y a su destino. Los efectos de la historia oral eran inmediatos y sumamente hilarantes: el auditorio estallaba a reír cada vez que el pobre teniente estrellaba sus huesos contra el polvo; en el texto, en cambio, el *in crescendo* de la pequeña tragedia es mayor y determinante, un efecto de gesticulación ritual repetido hasta el infinito, una acumulación de gestos casi idénticos y desesperados que culminan en la pura insensatez y en la dislocación y el ridículo.

De manera que el texto gana en intencionalidad, en matices, en mordacidad y en ternura y patetismo. Figuras muy secundarias o incluso inexistentes en las primeras versiones orales —el recluta Folch, la cabra Carmencita, la quilla del acorazado hundido bajo las aguas del Estrecho, la multitud de hormigas rojas haciendo girar la estrella de mar, las gallinas y el mismo Peñón— en el texto adquieren un relieve importante. En la historieta contada de viva voz no había tiempo para los dulces y pasmados gallegos, ni para los cerdos, ni para la puta Aixa del barrio moro de Hadú; sólo explicaba acerca del teniente Bravo, el potro de saltos, el abrumado sargento y el grupo de reclutas en posición de firmes. Sobre todo, el infeliz e intrépido teniente y su potro de saltos —que entonces todavía no lucían, por cierto, la pata torcida de rama de cerezo, la inscripción de los legionarios maricas ni el ratón en el vientre de paja.

Aquello que va del chiste a la novela.

(Juan Marsé, «El *Teniente Bravo* y yo», *Diari de Barcelona,* 23 de abril de 1987.)

II.3. *A propósito de «La muchacha de las bragas de oro»*

Luys Forest, como personaje de ficción [protagonista de *La muchacha de las bragas de oro],* es un artilugio literario compuesto de varias piezas extraídas de la realidad, al igual que un rompecabezas. Cada una de estas piezas, empezando por la que está en el nombre del personaje (la *y* griega de Luys) corresponden a falangistas que por motivos diversos fueron notables en el régimen anterior —algunos todavía lo son en éste, cuidado— y cuyas pistas un lector ocioso y paciente podría rastrear en las propias memorias que escribe Forest y en su convulsa y atrafagada bibliografía... Es decir, se trata del arquetipo de aquellos que un día fueron llamados intelectuales del régimen, y sobre esta base puede uno barajar, como el autor hizo en su momento, nombres que van desde Dionisio Ridruejo hasta Laín Entralgo pasando por Rafael García Serrano, Agustín de Foxá, Jiménez Caballero, Pemán, etcétera.

Pero no se trataba de *retratar* a ninguno de ellos, porque ninguno —a excepción de Ridruejo, al que llegué a tratar y estimar— ha interesado nunca al autor ni como intelectual ni como político. Se trataba, simplemente, de *colorear* irónicamente al personaje central de la historia con tintes reales a fin de prestarle una mayor credibilidad digamos histórica.

Luys Forest, en su ficción literaria, es novelista, y en consecuencia era casi obligado que encarnara al autor en algunos aspectos relacionados con la profesión: hábitos de trabajo, ciertas manías o tics nerviosos que florecen en la soledad del estudio, esa intimidad peculiar con los libros, el alcohol y el tabaco, con el paso del tiempo, los objetos del entorno o el párrafo obsesivo, sin terminar, que nos ronda durante el sueño. En la medida en que el personaje se droga con la literatura, soy yo.

Pero intentar establecer los límites estrictos entre ficción y realidad —entre invención y testimonio, si se quiere— es meterse en un terreno muy resbaladizo. Como ya hemos dicho antes, la novela, cualquier novela, no se propone exactamente decirnos cómo son las cosas, sino cómo deberían haber sido o podrían ser. El propio Forest, a propósito del libro de memorias que está escribiendo, le dice a su sobrina Mariana en el capítulo 20 de *La muchacha...*: «Recuerdo con más precisión al hombre que hubiese querido ser que al hombre que he sido. Yo no intento reflejar la vida, sino rectificarla».

Y para terminar, antes de que esto se convierta en un rollo erudito acerca de qué es o en qué consiste una novela —peliagudo asunto que es mejor dejar en manos de los expertos—, quisiera recordar que todo consiste en contar mentiras que parezcan verdades. Ya lo dijo Antonio Machado: «Se miente más de la cuenta por falta de fantasía; también la verdad se inventa».

Pero salgamos de la cocina del escritor, un lugar lleno de humo y que suele oler mal —advierte Forest a su sobrina en otro momento— e invitemos al lector a pasar directamente al libro, si aún le quedan ánimos para ello. Ya es hora que me retire. En realidad, yo soy de los que creen que los libros están ahí para ser leídos, no para ser comentados.

(Juan Marsé, *El Pijoaparte y otras historias,* Bruguera, Barcelona, 1981, págs., 176-178.)

II.4. *La «aventi» secuestrada (Carta de Sarnita al chorizo)*

Querido chorizo: Ya habrás descubierto, después de tanto tiempo de miserable supervivencia verbal debajo del poder, entre bocadillo y bocadillo, que tu prepotente auditorio legislativo es sordo y carece de imaginación. Sabrás, querido colega en verdades verdaderas, tierno embustero, porque lo habrás oído comentar en los negros pasillos de la represión, que acaban de secuestrar una *aventi*. El título poco importa, y tampoco su contenido: han secuestrado tantas que una más no debe singularizar mi caso. Estamos rodeados, compañero. Al parecer, antes de conceder luz verde a estas *aventis* tienen que morirse los últimos de Filipinas. Como ves, persiste la represión cultural, la intolerancia y la estupidez. Se trata de una de esas *aventis* con las que intento ganarme el pan desde que tenía trece años, cuando ya se las contaba a los chicos del barrio oculto tras un antifaz del «Coyote», historias inventadas que se nutren de la memoria colectiva y mezclan la verdad verdadera con la mentira mentidera pim pam fuera, como haces tú para hipnotizar verbalmente al comi. Pero esa gente no entiende. Un servidor solía pensar en esa *aventi,* antes de que existiera, como en un tatuaje imborrable o unas cicatrices misteriosas en la maltrecha piel de la memoria (yo sé que tú me entiendes, compañero: nuestra tarea no es la de desmitificar, sino mitificar: ahí les duele) una memoria que hay que recuperar y restaurar (es nuestro deber y nuestro derecho, chaval, tú no te acojones) porque está deteriorada no tanto por el paso del tiempo como por la acción de los hombres desde el poder: lo mismo ocurre con el cuerpo de una meuca, fíjate. La caza y captura de una meuca roja en la posguerra era precisamente el tema inicial de mi *aventi*. Pero en seguida, una célula que dormía en algún rincón de la memoria, anestesiada por la represión franquista, empezó a despertar lentamente y me entregó el contexto histórico, la crónica de una década atroz. Así de sencillo, colega. Con todo, por encima de ese contexto, predominó siempre, mientras urdía la trama, la voluntad de algo que una vez más llamaré simple y llanamente placer estético, y perdona la finura de la expresión: el gusto de contar por contar. O séase: todo cuanto la *aventi* rescata y restaura, después que fue triturado por las muelas de la historia, lo tomé como simples bocados destinados a excitar el paladar de la imaginación de un niño, es decir: nosotros jugábamos con eso, no teníamos otros juguetes. Y otra cosa quiero que sepas, compañero de musarañas y de patrañas secuestrables: no renuncio en mis *aventis,* siempre que haga el caso, no renuncio a vengarme de un sistema que saqueó y falseó mi niñez y mi adolescencia, el sol de mis esquinas. Yo no olvido ni perdono, díselo a tu comi y a quien le rasque. Díselo. Y diles a esos timoratos otra cosa que no saben: que detrás del supuesto huracán de intenciones de una novela suele silbar el viento perdido de la infancia común y corriente, sólo eso. Pero que si ellos se empeñan en politizar la cosa, que apechuguen mañana con las consecuencias. Porque, si antes no me muero de aburrimiento o de asco, pienso seguir contando no una *aventi,* sino diez, veinte, treinta, las que hagan falta, según mi real criterio y mi repajolera gana de hacerlo, y al que le pique que se rasque. Aunque pueda parecer una manifestación de arrogancia, lo diré: tarde o temprano, el poder político tendrá que rendir cuentas a esta memoria colectiva que, quiérase o no, acabará por imponerse. Y que tú y yo lo veamos, chico, y con la barriga llena a ser posible. (Por cierto, ¿por qué no me invitas un día a desayunar cortaditos con tu comi?, estoy en las últimas.) El que avisa no es traidor.

En medio de tanta burricie e intolerancia, me tomo un carajillo. Por lo demás, camarada, que les den muy por el saco a todos. Y en tanto el poder sigue usufructuando en exclusiva la memoria de unos hechos quc nos pertenecen, arrebatándonos las señas de identidad y prohibiéndonos hacer el recuento de lo ocurrido, brindaré por nosotros, por nuestras humildes *aventis* y por nuestra insobornable voluntad de contárselas a quien quiera oírlas.

Recibe un abrazo de tu colega en patrañas y aventuras

SARNITA

(Juan Marsé, «La "aventi" secuestrada (Carta de Sarnita al chorizo)», *Confidencias de un chorizo,* Planeta, Barcelona, 1977, págs. 171-174. Ilustraciones de Kim.)

II.5. *La isla del libro y el día del tesoro*

Veo sentada ante mí, en casa, a la joven estudiante de robustas rodillas y nervioso bolígrafo que me visita para anotar en su cuaderno gravísimos datos sobre mis novelas con destino a su tesina; la veo parpadear, confusa, ante mis delgadas respuestas (que no encajan en su vasto y complicado plan de estudios: le digo, por ejemplo, que el Pijoaparte jamás se propuso desenmascarar a la burguesía catalana, sino simplemente enamorar a Teresa), la veo cotejar notas, alterar esquemas, rectificar planteamientos, desorientada, y yo, algo entristecido, me pregunto quién la ha desorientado, cuándo y cómo ha perdido esa muchacha el placer de leer. Afirma que la novela le gustó, pero se nota que no lo pasó bien leyéndola, y lo que es peor, ya no considera importante el pasárselo bien leyendo novelas. Entonces, ¿quién o quiénes le quitaron a esa chica el deseo de disfrutar con un libro, dejándole sólo la obligación de aprender? ¿Aprender qué, además? ¿Sociología, semiótica y semiología, estructuralismo, sentido y forma, relaciones metalingüísticas, perspectiva exógena y estructura interna?

Por un breve instante, horribles fantasmas de posibles tesinas pasadas y futuras desfilan por mi mente con extravagantes títulos: El significado de los toros y de la humilde patata en la poesía de Miguel Hernández - *Estructura, calor y sabor de las magdalenas en la obra de Proust - El Pijoaparte hijo natural semiótico de Henry James, con permiso de Félix de Azúa - Los silencios de Moby Dick y su relación metalingüística con la pata de palo de John Silver y con el mezcal y los barrancos de la prosa de Malcolm Lowry* - Madame Flaubert *soy yo, dijo Federico García Lorca.*

¡Maldición, estamos rodeados! Así es imposible leer, hay que saber demasiadas cosas, hay que amueblar la mente de bidets teóricos, hay que ser experto en demasiadas chorradas —le digo a la desilusionada estudiante de graves rodillas y afanoso bolígrafo. Se han empeñado ellos, los malditos tambores de las cátedras y de los institutos, los avinagrados columnistas de diarios de provincias, los rastreadores de estilos y figuras de la alfombra, los rebuznos de la crítica trascendente y los cuarenta años de incultura franquista, en convertir la lectura de un libro en cualquier cosa menos en un placer, un acto libre y espontáneo, una aventura personal con la imaginación. ¿Quieres un consejo? Tira por la borda ese cuaderno y ese bolígrafo y ponte a leer, sobre estas rodillas sojuzgadas de estudiante aplicada, y con ojos infantiles a ser posible, renovada la capacidad de asombro, el sentido de la vida y la imaginación penetrante, otra vez, «La isla del tesoro». Callarán los bobos tambores eruditos y recobrarás el tesoro de leer.

(Juan Marsé, «La isla del libro y el día del tesoro», *El Periódico de Cataluña,* 22 de abril de 1979.)

III. Narraciones germinales

III.1. *El caso del ojo de cristal*

... se le saluda, comisario. (No te comas las uñas.) Ofrézcame otra cosa. (Bueno, a ver, ¿has pescado algo nuevo por ahí?) Estoy en la pista. Ya sé quién se oculta detrás del lema «Dolor compartido es medio dolor». (El caso de esta mujer me interesa. ¿Qué has averiguado?) Todo. He estado una semana hojeando viejas revistas en la hemeroteca y he reconstruido su pasado juntando anuncios. Curiosa historia. Aquí está. Lea.

Joven catequista de la parroquia de San José Oriol, rubia, devota de la Pilarica, partidaria de hablar castellano incluso en familia, muy amante de los niños, 1,57 de talla, 18 años y con gracias espirituales más perdurables que la belleza física, solicita correspondencia con muchachos para alterar la monotonía en que vive. Pref. falangistas elegantes o ex combatientes que encarnen virtudes raza. Escribir a: Rosita Suñer, Avda. Virgen de Montserrat, 4, Barcelona, o a las Oficinas de esta revista.

Rev. *Hogar y Combate,* abril 1940.

Joven moreno, imagen del español portador de valores eternos, 30 años, 1,70 de talla, 69 kilos, ojos claros y frente despejada, busca muchacha que sacrificara su tiempo a los hijos y al hogar, asegurando sólida formación religiosa y política en los principios joseantonianos. Poseo piso. Dote cuestión secundaria. Respuestas a: Justiniano Díaz Serrano, Delegación FET y JONS, Distrito XVIII, Barcelona.

Rev. *Hogar y Combate,* abril 1940.

Tengo el gusto de comunicar a la distinguida clientela que a partir de la fecha 15 de noviembre próximo pasará a ser de nuestra propiedad la conocida Expendeduría de Tabacos N.º 120 «Pedro Roig e hijos», que las hordas rojas habían incautado a sus legítimos dueños durante nuestra gloriosa Cruzada, y que se halla en el vestíbulo de los «Almacenes Alemanes» (antes «Almacenes Capitolio»). Es un establecimiento netamente nacional. Se prohíbe la entrada a perros y a simpatizantes de los aliados.

Roberto Suñer Roig y su hija Rosita, propietarios.

Rev. *Hogar y Combate,* agosto 1940.

Nuevo matrimonio. —Comunico a mis amigos y compañeros de Partido que en el día de hoy he contraído matrimonio canónico con la señorita Rosita Suñer, estanquera. Instalación hogar postergada ante inminente marcha voluntario a Rusia para combatir bolcheviques y contribuir fundación Nuevo Orden europeo. ¡Hasta la vista, aquí o en los luceros!

Justiniano Díaz Serrano.

Rev. *Hogar y Combate,* septiembre 1940.

Dios que bendice las tierras y es símbolo de la gloria de la fecundidad, ha bendecido el hogar de nuestro camarada Justiniano Díaz, jefe militar de asalto de la Centuria «Hispano» y actualmente luchando en las filas de la División Azul, concediéndole la gloria de un hermoso varón, a quien se ha impuesto los nombres de Rodrigo, Hans, José, Antonio y Ramiro bajo la protección especialísima del Sagrado Corazón de Jesús que reina en España.

Enviamos desde aquí nuestra felicitación al entrañable camarada y a su distinguida esposa junto con un padrenuestro por la conversión de Rusia.

Rev. *Hogar y Combate,* junio 1942.

En el curso de las cruentas luchas entabladas en pro del porvenir de la gran nación alemana contra el bárbaro enemigo asiático y la torva masonería internacional judeoplutócrata y anglosajona, Justiniano Díaz Serrano, ex subjefe Delegación FET y JONS Distrito XVIII, mientras se hallaba cosechando lauros en las duras estepas de Rusia con el grado de sargento y titular de la Cruz de Hierro de segunda clase, ha sido gravemente herido perdiendo un ojo por el Führer, por Alemania y por España, en Stalingrado. En testimonio de nuestro doloroso orgullo.

Esposa, Rosita Suñer, propietaria del estanco sito en «Almacenes Alemanes» y su hijo Rodrigo Hans. En Barcelona, junio de 1943.

Rev. *Hogar y Combate,* 28-6-43.

Se cierra indefinidamente la Expendeduría de Tabacos N.º 120 sita en la entrada de los «Almacenes Capitolio» (antes «Almacenes Alemanes») a causa de los destrozos causados por elementos subversivos. Se traspasaría el local en condiciones óptimas para el interesado. Informes, dirigirse a doña Rosa Suñer, nacida Sunyer, Plaza Lesseps, 7, Gracia.

Rev. *Hogar y Combate,* mayo 1945.

Flecha desaparecido. *—Rodrigo-Hans Díaz Sunyer, de ocho años, desapareció a finales de julio del Campamento de verano del Frente de Juventudes «Lucero Maeztu», instalado en el Valle de Arán, sin que hasta el presente se tengan noticias de su paradero. Se teme que en compañía de algunos camaradas, henchidos todos de amor patrio, pudiera haberse alejado del Campamento en busca de «maquis» y se extra-*

viara al llegar la noche, pereciendo de frío y de hambre. Es de estatura mediana, rubio, de ojos claros, y vestía el uniforme de Flecha. Llevaba en el momento de su desaparición un machete especialmente hermoso, regalo de su padre, en el que se lee grabado: «Por el Imperio hacia Dios». Sírvanse dirigir informes a la Jefatura Superior de Policía o a la comisaría de su distrito.

Rev. *Hogar y Combate,* agosto 1949.

Ex combatiente mutilado, miembro dirigente de F.E., en la que militó como jefe de Centuria para pasar luego a la Guardia de Franco, estanquero jubilado, solicita un puesto de trabajo en calidad de portero, guardián de obras o vigilante de aparcamiento de coches. Desea hacer constar que no es cojo ni manco, y, aunque sólo goce de vista en un ojo, la visión de éste es perfecta.

Rev. *Hogar y Labores,* enero 1955.

¿Quién estaría dispuesto a acoger a una pobre madre de familia numerosa que, después de perder a un hijo inocente, ha perdido todos sus bienes, incluida la vivienda, al serle retirada a su marido (Camisa Vieja condecorado con la Cruz de Hierro, mutilado de guerra por defender la Civilización contra el Comunismo) la exigua paga que venía percibiendo como consecuencia del proceso a que se le sometió por protestar en una iglesia y zurrar a un cura de izquierdas que hizo un elogio del marxismo en un sermón ofendiendo el azul de una camisa (la de mi marido) que ahora muchos visten sin título ni legitimidad? Nos bastaría una única habitación vacía, pues tengo algunos muebles. En justo intercambio guisaría, lavaría ropa, plancharía, cosería, etcétera. Escribir a: R. Sunyer, Bar «Cal Pere», Torrent de l'Olla, 27.

Rev. *Hogar y Labores,* agosto 1967.

Con ruego de publicación recibimos de la agencia Europa Press la siguiente nota, que reproducen los demás órganos informativos del país:

DEL AZUL AL BLANCO.— Madrid, 26 (Europa Press). «Es inminente el cambio de camisas en el personal subalterno de la Secretaría General del Movimiento», según se informa en círculos políticos. A la mayoría de dicho personal se les ha entregado ya el cupo correspondiente de camisas blancas y se espera para breve plazo que sustituyan a las tradicionales camisas azules.

Rev. *Hogar y Labores,* enero 1970.

El pasado lunes día 5, en la explanada ante la iglesia parroquial de San José Oriol, un hombre vistiendo camisa azul se ha disparado un tiro en la sien pereciendo en el acto. El hecho ocurrió a la salida de la misa de doce y fue presenciado por multitud de feligreses. Se trata de J. D. S., de 60 años.

Al parecer, el fallecido tenía perturbadas sus facultades mentales. Según fuentes allegadas a la familia sufría desde años atrás la pérdida del ojo izquierdo y había solicitado un nuevo órgano de cristal a raíz de extraviársele el que usaba desde 1943. La demora en ser atendida su petición, o la negativa que recibió, no está muy claro este punto, le sumió en un estado depresivo del que no pudo reponerse, y decidió poner fin a su vida.

El cadáver fue conducido al Instituto Anatómico Forense para ser sometido a la autopsia.

Rev. *Hogar y Labores,* marzo 1970.

Viuda gravemente sufrida a través de la guerra, bien conservada, rubia, muy trabajadora, con cuatro preciosas niñas, busca marido. Debe ser bondadoso, hogareño y sencillo (miembros o ex miembros de Falange, abstenerse) y poder ayudarla a superar las dificultades e ingratitudes de la vida. Una sola condición requerida: buen corazón y carácter pacífico y tolerante. Escribir (bajo el lema «Dolor compartido es medio dolor») a la Administración de esta revista.

Rev. *Hogar y Labores,* mayo 1976.

Gran Mujer. ¿Por qué no la escribe usted, comisario? (Ya lo he hecho.) En el fondo es usted un buen hombre. (Muy en el fondo... ¿Has terminado de comerte las uñas?) Sí. ¿Pedimos el segundo plato? (Te invito a comer de verdad.) Vale.

(Juan Marsé, «El caso del ojo de cristal», *Confidencias de un chorizo,* Planeta, Barcelona, 1977, págs. 83-90. Ilustraciones de Kim.)

III.2. *El pecado histórico de H. R.*

Le conocí en la barra de «La Puñalada» bebiendo coñac. Siempre estaba allí, emborrachándose a conciencia, explicando a todo el que quisiera oírle cómo mató a su mujer, a Rosita. Por supuesto, nadie le cree, pero a mí su historia me impresionó. Horacio Romano es su nombre. Se trata de uno de esos franquistas arrepentidos que ahora proliferan. (Yo no conozco ninguno.) Ejerció un cierto poder cultural, obtuvo prestigio y fortuna, profesó en el partido único. Ahora ha publicado un libro de memorias para descargar la conciencia. (¿Otro?) Otro. Y los que vendrán. El drama de este hombre consiste en que mientras escribía el libro descubrió que había matado a su mujer. Al menos eso dice él. Me explicaré, comisario. Imagínese usted a un hombre que durante años ha exhibido, de obra y de palabra, su adhesión al Régimen y al partido único, y que hoy, amargado, despreciado por sus propios hijos, en bancarrota total su ideología y su prestigio intelectual, desearía justificar de algún modo su pasado. Casualmente cae en sus manos el libro *De Profundis* de Oscar Wilde, donde lee una frase que acaba por obsesionarle: «Arrepentirse de algo es modificar el pasado». Y tentado por el loco deseo de alterar el ignominioso ayer, concibe la idea de urdir una trama en las memorias que está redactando: en ellas confiesa, y al parecer sin faltar a la verdad, que ya en 1937, a raíz del famoso Decreto de Unificación que empalmó FET y JONS con los Grandes Expresos Europeos, según dijo Agustín de Foxá, él quiso sinceramente abdicar del partido único porque ya no creía que en España fuese posible la síntesis asuntiva y superadora. (¿Y eso qué diablos significa?) Calma, comisario. Cuenta el hombre, a todo el que quiera oírle, que postergó en aquel entonces su decisión, la de renegar de sus principios totalitarios, para ahorrarle un inmenso dolor a Rosita, su amante esposa y en esos años gestora entusiasta en la sección femenina de Prensa y Propaganda; la cual Rosita sufría una misteriosa enfermedad cuyo rápido proceso, según los médicos, había de culminar muy pronto en un fatal desenlace. (Muy novelesco me parece todo eso, chaval.) Curioso que diga eso, comi, usted que en cuarenta años sólo ha leído *Las zanahorias creen en Dios* y *La fiel infantería*. (¡Yo leo lo que me da la gana!) Vale. Pero efectivamente, esa enfermedad de Rosita era novelesca, inventada. El pobre hombre cuenta que apenas fue consciente, mientras escribía, de esa intromisión de lo ficticio en lo real: dedicó varias páginas, del modo más realista, con pelos y señales, a describir esa falsa enfermedad de su mujer. Y ocurrió entonces que poco a poco, por decirlo con palabras suyas, una especie de virus canceroso empezó a devorar el texto de sus memorias. Postergada año tras año, puesto que su mujer sobrevivió incomprensiblemente al infausto dictamen de los médicos, aquella personal decisión que habría de justificarle ante la historia, en el libro quiso reforzarla con nuevos hechos imaginarios: en una densa prosa nasal, con tufillo de confesionario y resonancias imperiales, introduce en sus memorias un amante secretísimo de Rosita, un personaje inexistente, José Luis, de engomados cabellos y verbo apasionado, y una furtiva escapada de los dos, durante una semana, a San Sebastián; inventa su condescendencia y su silencio en bien de la enferma desahuciada; trama un simbólico y ritual afeitado de su propio bigotito fascista en 1940; incluso inventa la secreta aportación de José Luis en la paternidad de dos de sus hijos, etc. (Vaya melodrama.) Déjeme terminar, comi. Porque no es melodrama, sino tragedia, y la tragedia de este fascista arrepentido consiste en que cuando escribía el penúltimo capítulo de su libro, descubrió casualmente una vieja foto de su mujer con un desconocido en San Sebastián, con una dedicatoria firmada por un tal José Luis y una fecha, 1941. Fue el primer aviso. Cuando andaba por el último capítulo, y ya tenía escrito el episodio del afeitado del bigote, registrando un cajón de una vieja cómoda en busca de cartas y recuerdos, halló la navaja, la brocha y los pelos de su ridículo bigotito jamás afeitado en 1940; y luego, con un terror creciente, descubrió también que dos de sus hijos no fueron engendrados por él; y, ya sin asombro, fue descubriendo lo demás a través de algunos amigos, entre otras cosas que Rosita fue siempre un poco putilla y que todo el mundo lo sabía menos él. (¡Ahí va!) Y, encima, hace exactamente dos meses, Rosita por fin se le muere a causa de aquella misteriosa enfermedad que él mismo se inventó y le diagnosticó ya en 1937. (¡Puñeta! ¡Vaya tipo con mala suerte!) Bueno, ¿no quería modificar el pasado mediante el arrepentimiento? (Insisto en que esto más bien parece una novela.) Con un poco de suerte, si el tiempo y la autoridad no lo impiden, lo será.

(Juan Marsé, «El pecado histórico de H. R.», *Confidencias de un chorizo,* Planeta, Barcelona, 1977, págs. 111-114. Ilustraciones de Kim.)

III.3. *El Vampiro de la Sagrada Familia*

El enigma tiene aterrado a todo el vecindario. El caso parece insoluble. (No empecemos con las palabrotas.) No he conseguido ni una sola pista, comisario, y sepa usted que no me muevo de los alrededores del templo expionario. (Expiatorio. Mantén los ojos bien abiertos. El Vampiro cometerá algún error, y le echaremos el guante.) ¿Por qué le llaman el Vampiro de la Sagrada Familia, comi? Se tira al cuello de las turistas que visitan las obras, las asusta, las espera en lo alto de las torres, con su largo abrigo negro y su sombrero calado hasta los ojos, y exhibe sus vergüenzas. Aterradas, ellas huyen. Tiene preferencia por las suecas sonrosadas. Está sembrando el terror entre la gente que acude a admirar la obra de Gaudí, no sólo ahuyenta a las confiadas parejas, sino a autocares enteros de turistas. Es la ruina para la Junta de Obras. Anteayer por poco se mata una gorda profesora de Upsala, que saltó despavorida escaleras abajo desde lo alto de la torre, el Vampiro tras ella pellizcándole el trasero mientras gritaba. ¡Las obras de la Sagrada Familia son un error artístico! ¡Fuera! (Tipo raro. ¿Qué pretende con eso?) En mi opinión, paralizar las obras. No creo que se trate de un maniático ni de un vulgar exhibicionista, sino de algún arquitecto progre de esos que no aprueban las obras actuales del templo y ha ideado ese sistema terrorista para sabotearlas. (De izquierdas, seguro, y sé lo que me digo: tengo varios nombres, esos que te di: el Oriol Bohigas, el Ricardo Bofill o el Óscar Tusquets, que vaya elementos. Terroristas de hormigón. Republicanotes. ¿Les has seguido de cerca?) Sí. Y nada. Sus coartadas son perfectas: se pasan el día trabajando como cabrones, comi, dando conferencias por ahí, o de viaje, o estudiando o relajándose con chavalas, intelectuales de la oposición y tragos con mucho hielo. (¿Lo ves? Son unos desalmados subversivos. Vigílamelos de cerca.) Ya lo hago, comi, pero esta misión me cuesta un huevo... Y volviendo al Vampiro de la Sagrada Familia, ¿qué le hace pensar a usted, con su proverbial perspicacia serlocolmesca, que no se trata de un pobre degenerado? (Todas sus fechorías las acompaña de gran despliegue de hojas impresas, que arroja desde lo alto de las torres, y en las que se lee el comunicado que dio a la prensa el Colegio de Arquitectos, y que dice cosas así: Las actuales obras de la fachada de la Pasión no se realizan según los planes de Gaudí, que se perdieron durante la guerra civil. Responsabilizar a Gaudí de las actuales obras, carentes de la mínima calidad formal y arquitectónica, constituye una afrenta a la universalmente reconocida figura de Antonio Gaudí. Contribuir económicamente a las actuales obras no constituye un homenaje a Antonio Gaudí, sino todo lo contrario, colaborar a perpetuar una afrenta a su figura universal, etcétera. Y cosas por el estilo.) Pues ya me dirá usted qué hacemos. El Vampiro es muy escurridizo. (Actúa en pleno día. Así que tú, al tanto. Arrímate a las suecas que suben a lo alto de las torres...) Ya lo hago, comi. (Pero no para ligar.) Es que su interés por Gaudí tiene un límite... (Basta. A trabajar. Antes de una semana quiero al Vampiro en la trena. Te sugiero que le tiendas una trampa: hazte pasar por turista nórdico.) Imposible, comisario, estoy mal alimentado y mi carita de mala leche ibérica no proclama precisamente ninguna tradición democrática, sino palos laborales, represión cultural y totalitarismo aún franquista... (¡Silencio! ¡No volvamos al tema político, que ya me tienes harto!) No volvamos, eso digo yo. (¡Vale! Pues a trabajar, a la caza del Vampiro. O la semana que viene me proporcionas una pista, o tú y yo tendremos que hablar muy en serio.) Resolveré el misterioso caso, comi, pero necesito una docena de bragas de fabricación sueca. (¿Para qué?) Lo sabrá la semana que viene.

II

El plan para cazarle era bueno, comisario, pero el Vampiro es muy listo. (¿Para qué querías doce bragas suecas?) Para ganarme su confianza. Afinidades eroticonacionalistas. Trofeos vampiricolatinos (...). Verá usted. Me presenté en la plaza de la Sagrada Familia vestido de hombre-anuncio para manifestarle mi apoyo; en el cartelón del pecho exhibía el mismo eslogan que el Vampiro lanzó en miles de octavillas: *Entre tots la cagarem*, y en la espalda proclamaba: *Vampiros unidos jamás serán vencidos* (...). Me paseé largo rato, esperando alguna señal, alguna adhesión, aunque fuera quebrantable, pero nada. Yo estaba seguro que el Vampiro vigilaba mis movimientos. Entonces puse en práctica la segunda parte del plan: las doce bragas suecas. Me acerqué al hombre de los globos, en medio de la plaza, le compré doce globos, vestí cada uno de ellos con una braga y los solté al aire, uno tras otro (¡...!) El viento los empujó hacia las altas torres de la nueva fachada de La Pasión, y era bonito de ver, comisario, tantas bragas subiendo y enroscándose alrededor de aquellas erectas y audaces estructuras, una braga de cada color, bien orondas, culonas, relumbrando al sol... (¡...!) Calma, comisario, déjeme que le explique, que ahora viene lo bueno. Dondequiera que estuviese el Vampiro, acudiría a mí para felicitarme. Varias personas se me acercaron para increparme, otras para ver si estaba loco. Un anuncio de El Molino, dijo alguien. Propaganda de De Colores, dijo un alma cándida, un señor elegante que se deslizaba sobre ruedas por la pista de patinaje y del brazo de su señora tocada con mantilla, recién salidos de misa de doce. Me dispuse a esperar sentado en un banco y saqué la fiambrera con la fabada y la tortilla. Al poco rato se me sentó al lado el vendedor de globos y también empezó a comer. Las palomas se posaban en su hombro y picoteaban comida en su boca. Apenas me fijé en él, era un viejecito de venerable barba blanca, pulcro y guapo. Me miraba sonriendo y me ofreció su bota de vino. Al primer tiento, comisario, supe que él era el Vampiro: la bota contenía sangre. Al devolvérsela le dije, sin darle importancia: Muy buena. ¿Sueca? No, dijo, francesa, de la cosecha del 69. La sueca, para mi gusto, y en contra de lo que dicen, tiene poco cuerpo, no es peleona, está como aguada... (¿Adónde quieres ir a parar? ¡Qué diablos me estás contando!) La verdad, comisario. Me confesó que era el Vampiro y que había jurado dedicar su vida a impedir que prosperaran las obras del Templo porque le parecían un bodrio que ofendía la memoria de Gaudí, que había sido su amigo. Es inofensivo, comi, un vejete bondadoso y digno. Tenía usted que verle dando de comer a las palomas y rodeado de niños, tan simpático... (¿Y qué pasó? ¿Por qué no llamaste para detenerle?) Fui a un teléfono para hablar con usted, y, al volver al banco, ya no estaba. (Seguro que iba disfrazado. ¿Viste si se parecía a alguno de esos tres malditos arquitectos que te dije?) Se parecía a los tres juntos, comi. Por la estatura podría ser el Bofill, por el mentón popeyesco, el Bohigas, y por la nariz y la ronquera culé, el Tusquets. Juraría que era los tres a la vez, si no fuera porque decidí que era... José Agustín Goytisolo. (¡Basta!) Pero me equivoqué. Tampoco era él. (¡Fuera de mi vista!) Déjeme que le diga quién era. (¡Largo! ¡Caso archivado!) Pues tenga usted, archive también esa nota que el Vampiro me dejó en el banco, y que dice así: «En el cincuentenario de mi muerte, me dedico a mí mismo y dedico a mis fieles admiradores este homenaje-coña. ¡Adéu, chaval! Antonio Gaudí».

(Juan Marsé, «El Vampiro de la Sagrada Familia», *Confidencias de un chorizo,* Planeta, Barcelona, 1977, págs. 99-106. Ilustraciones de Kim.)

IV. OTROS TEXTOS

IV.1. *Los fantasmas del Roxy*

Sepan aquellos que no estén al corriente,
que el Roxy, del que estoy hablando, fue
un cine de reestreno preferente
que iluminaba la Plaza de Lesseps.

Echaban NO-DO y dos películas de esas
que tú detestas y me chiflan a mí,
llenas de amores imposibles y
pasiones desatadas y violentas.

Villanos en cinemascope.
Hermosas damas y altivos
caballeros del Sur
tomaban el té en el Roxy
cuando apagaban la luz.

Era un típico local de medio pelo
como el Excelsior, como el Maryland
al que a mi gusto le faltaba un gallinero,
con bancos de madera, oliendo a zotal.

No tuvo nunca el sabor del Selecto
ni la categoría del Kursaal,
pero allí fue donde a Lauren Bacall
Humphrey Bogar le juró amor eterno

mirándose en sus ojos claros.
Y el patio de butacas
aplaudió con frenesí
en la penumbra del Roxy,
cuando ella dijo que sí.

Yo fui uno de los que lloraron
cuando anunciaron su demolición,
con un cartel de: «Núñez y Navarro,
próximamente en este salón».

En medio de una roja polvareda
el Roxy dio su última función
y malherido como King-Kong
se desplomó la fachada en la acera.

Y en su lugar han instalado
la agencia número 33
del Banco Central.
Sobre las ruinas del Roxy
juega al palé el capital.

Pero de un tiempo acá, en el banco, ocurren cosas
a las que nadie encuentra explicación.
Un vigilante nocturno asegura
que un transatlántico atravesó el hall

y en cubierta Fred Astaire y Ginger Rogers
se marcaban «el continental».
Atravesó la puerta de cristal
y se perdió en dirección a Fontana.

Y como pólvora encendida
por Gracia y por La Salud
está corriendo la voz
que los fantasmas del Roxy
son algo más que un rumor.

Cuentan que al ver a Clark Gable en persona
en la cola de la ventanilla dos
con su sonrisa ladeada y socarrona,
una cajera se desparramó.

Y que un oficial de primera, interino,
sorprendió al mismísimo Glenn Ford,
en el despacho del interventor,
abofeteando a una rubia platino.

Así que no se espante, amigo,
si esperando el autobús
le pide fuego George Raft.
Son los fantasmas del Roxy
que no descansan en paz.

Letra: Juan Marsé y Joan Manuel Serrat
Música: Joan Manuel Serrat

(Joan Manuel Serrat, *Bienaventurados,* BMG Music Spain, 1987.)

IV.2. *La lectura ofrece cobijo*

No sé qué suerte de inclemencia está cayendo a plomo sobre el paisaje. La carretera, con trazas y mañas de río, simula apacibles aguas cristalinas y se aleja bajo la llovizna. El esplendor de la hierba todavía no es más que una promesa bajo el cielo de mármol uniforme, sin mácula, sin una grieta de luz. Más allá de semejante atmósfera atribulada se esconden auroras radiantes y rosadas nubes de algodón. La lluvia impalpable pudo haber caído hace muchos días, o tal vez meses, y hasta podría ser que aún no hubiese caído: podría estar parada en el aire, en suspenso, acechando la mansedumbre de la llanura, abrumando la senda que reluce y serpentea alejándose. En los pentagramas casi invisibles que sostienen los postes del telégrafo no se posan pájaros, ni corcheas ni palabras, y el asfalto espejea con tal porfía y pulcritud que no me extrañaría que no llevara a parte alguna. Solamente la escritura abierta como una casita al borde del camino, y el velomotor parado ante ella, expectante y dócil, sugieren un vínculo afectivo, al compartir respectivamente una presencia y una ausencia: el fantasma de una voluntad ilustrada, doméstica e itinerante. Consustanciados libro y vehículo, refugio y sendero. Bajo este cielo desleído, en medio de tanto esplendor aplazado, la lectura ofrece cobijo.

(Juan Marsé, «La lectura ofrece cobijo», *El libro de los libros. Historias sobre imágenes,* Quint Buchholz y VV. AA., Lumen, Barcelona, 1998, pág. 55.)

IV.3. *El momio*

Érase una vez un hombre que sólo quería ser momio (entiéndase por momio todo aquel sujeto, no importa el sexo ni la edad, pero a ser posible de procedencia dudosa, del que todo el mundo conoce sus más íntimas miserias, pero nadie sabe a qué diablos se dedica). Este hombre soñaba con vivir del cuento haciéndose famoso a base de una bien ganada fama de famoso entre los más famosos. No quería morirse sin gozar de los flases de los fotógrafos, sin sentir la pulsión de los micrófonos en la boca. Se presentó a varios concursos televisivos y tertulias radiofónicas, pero no fue seleccionado en ninguno. Tampoco le admitieron de público en ningún magazine nocturno, donde tenía intención de atacar verbalmente al famoso presentador o a los momios invitados. Intentó colarse por la fuerza en un programa de petardeo matinal, pero los gorilas de seguridad le echaron a patadas. Lejos de desanimarse, nuestro hombre decidió probar suerte con una táctica más sutil: ligarse a un auténtico momio, a un momio consolidado. Pero jamás pudo franquear la barrera de guardaespaldas, secretarios, abogados, ex amantes, zánganos y admiradores aspirantes que rodeaban al momio elegido (por orden cronológico de fracasos: la ex de un torero, la hija de una tonadillera, la hermana del torero, la viuda del otro torero, la amiga íntima de la tonadillera, etcétera). En todas las ocasiones fue derribado a codazos, vapuleado y pisoteado. Jamás logró salir en la foto. Finalmente, maltrecho y deprimido, la frustración envenenó su espíritu y sus intenciones. Abandonó su casa y su ciudad, con sus macabros planes detallados en una maleta (de cuyo contenido no me está permitido hablar, así que deberán juzgar ustedes mismos) y tomó un avión rumbo a la costa, donde la momiada más dorada solía veranear. Pero nunca llegó a su destino. La misteriosa maleta, embalada y sellada, fue devuelta a su remitente. Durante todo el verano estuvo abandonada a la puerta del frustrado momio, desaparecido en combate.

En el otoño de ese mismo año, los gatos ocuparon la casa.

(Juan Marsé, «El momio», *El País Semanal,* 6 de agosto de 2000.)

TALLER DE LECTURA

I. El diálogo intertextual

Al igual que suele hacer en las novelas, Juan Marsé traza o ilustra las líneas maestras de su invención a partir de citas de sus lecturas preferidas, que incluye habitualmente como epígrafes al inicio de los cuentos. En otras ocasiones son las imágenes las que originan el proceso creador, convirtiéndose en una obsesión que ha de ser conjurada con la palabra escrita para que se mitigue o acabe por desaparecer.

— Revisa las citas que aparecen al inicio de los cuentos e intenta configurar una lista de los posibles autores de cabecera (aquellos a los que el escritor frecuenta con más insistencia) de Juan Marsé.
— Una vez leídas las citas de forma independiente, procura recordarlas con suficiente perspectiva para que puedas desprender de la panorámica de conjunto la línea de pensamiento que reitera el escritor con sus ficciones. Recuerda que las narraciones de Juan Marsé no suelen partir de ideas sino de imágenes, y que muchas de esas imágenes iluminan esas selecciones.

II. La mirada cinematográfica

Si de imágenes se trata, el séptimo arte irrumpe en nuestras retinas a veinticuatro fotogramas por segundo. La impronta que ha dejado el cine en el Marsé niño y en el adulto es significativa del interés que sigue despertando la narración cinematográfica en la composición de su obra literaria.

— Rastrea los textos en busca de las películas y géneros que más parecen interesar al autor de *Teniente Bravo* y confecciona un canon fílmico a partir de ellos, tanto de películas como de actores y actrices.
— A partir de la relación que se establece entre el discurso literario y el cinematográfico, ¿serías capaz de decidir desde tu perspectiva de lector qué escenas podrían ser más susceptibles de ser llevadas a la gran pantalla?
— Si la ocasión lo requiriera o entrara en los planes de trabajo de la asignatura, confeccionad un guión que represente los escenarios y acontecimientos que se dan lugar en el cuento de «Teniente Bravo» y dramatizadlo con el resto de alumnos de clase.

III. Los procesos de reescritura y fijación textual

Como puede desprenderse de la lectura de la introducción, el proceso de revisión textual que Juan Marsé lleva a cabo con el conjunto de relatos que componen este volumen es sustancial, hasta el punto de convertir lo que en un principio eran piezas de circunstancias (algunas de ellas presentes en el apéndice documental) en cuentos inapelablemente antológicos.

— Según lo señalado, observa con detenimiento cuáles son los párrafos que el autor somete a reescritura e indica qué elementos retoca, amplía, recorta o modifica en cada uno de los cuentos.
— Establece los posibles paralelismos que se derivan de la lectura de los cuentos «El pecado histórico de H. R.», «El pacto», «Parabellum» y «La liga roja en el muslo moreno».
— Realiza el mismo estudio comparativo entre «El jorobado de la Sagrada Familia» y «El Vampiro de la Sagrada Familia».
— ¿Qué elementos persisten de «Los fantasmas del cine Roxy» que ayudan a convertir al cuento en la canción de Serrat «Los fantasmas del Roxy»? ¿Cuáles son los descartes y cuáles las recurrencias que se observan en ambos textos?

IV. La llamada del personaje

Una vez sabido por Marsé que son tres las cosas que se necesitan para convertir una idea en cuento o en cualquier otra expresión narrativa (algo que contar, saber escribirlo y tener ganas de hacerlo), sus historias se llenan de personajes peculiares. Casi siempre, éstos miran al pasado con nostalgia y, en ocasiones, al futuro con esperanza. De entre todos ellos destaca la figura de Juanito Marés, un *alter ego* fácilmente discernible de la figura del escritor.

— Intenta descifrar la personalidad de Marés a partir de la lectura de los tres primeros cuentos del volumen, *corpus* definitivo de la recopilación originaria de «Teniente Bravo».
— Salvando el pacto ficcional por el cual quien escribe la historia no es el mismo que quien la cuenta, ¿cuál crees que puede ser el trasvase biográfico, emocional y vivencial, de Juan Marsé a Juan Marés? ¿Qué intercambios parecen producirse entre ellos que puedan hacer pensar que se alimentan de forma mutua con ese intercambio de esperanzas y sueños, de ilusiones y deseos?
— Analiza y justifica las características que se ocultan tanto en la personalidad del Marés más juvenil como en la del Marés ya adulto.

V. Hacia un nuevo territorio imaginario

El territorio imaginario de Juan Marsé es una Barcelona determinada por la posguerra y ubicada en los escenarios donde transcurrió la infancia del escritor, los terrenos sincréticos que su imaginación y memoria han ido construyendo a lo largo de medio siglo de escritura. Acaso porque Stendhal y Nabokov sean sus autores predilectos, pero también porque William Faulkner, Juan Rulfo, Juan Carlos Onetti o Gabriel García Márquez también entrarían en su nómina de favoritos, el mundo de Juan Marsé entronca con la tradición del universo imaginario, tan real como cualquier otro. Yoknapatawpha, Comala, Santa María o Macondo son tan reales como pueda serlo la Barcelona inventada por Marsé: los barrios de Gràcia, Horta, Guinardó, el de La Salut que le viera crecer, El Monte Carmelo, el parque Güell, y a su vez las Ramblas o el Puerto, entre otros. Esa Barcelona que se despliega en sus historias no es sino la propiedad donde se aloja su paraíso particular. Cada metro cuadrado imaginario deviene espacio moral donde ubicar a los personajes de la prodigiosa imaginería que configura el elenco protagonista de todos estos cuentos.

— A partir de un mapa de la ciudad, procura reseguir los pasos de la acción que transcurre en «Historia de detectives», del mismo modo que hacen los personajes del cuento. ¿Coincide en algún punto con el plano de la Barcelona actual?

— Realiza un inventario de lugares cotidianos y recurrentes en los cuentos de Marsé, al igual que un callejero alfabético de sus calles, y ubícalas en el mapa correspondiente. Recuerda que un mundo conocido es un mundo descubierto y que sólo puede llegar a conocerse si se recorre, por más que se trate de un viaje virtual sentados frente a un mapa.

VI. La estructuración verbal

Parte de la enorme fuerza evocadora de Juan Marsé surge de su poderosa facultad para mostrarnos lo que ocurre en sus relatos al mismo tiempo que nos lo cuenta. Para ello se vale de estrategias narrativas herederas de la mejor tradición cuentística contemporánea, aquella línea que, sin tener necesariamente que pasar por Francis Scott Fitzgerald —aunque pasa, por supuesto—, recorre las ficciones de Anton Chéjov, Guy de Maupassant, Ernest Hemingway o Juan Rulfo. El excelente oído de Marsé (su capacidad para traspasar al papel el habla cotidiana) se combina con una asombrosa fuerza expresiva, en la que el adjetivo más insólito se da la mano con la expresión callejera, produciendo así una de las prosas de mayor originalidad que ha dado la literatura española del último medio siglo.

— Los juegos con el lenguaje son frecuentes. Señala los neologismos acuñados por Marsé que sepas encontrar en los relatos.

— Los *charnegos* (todo aquel que viviera en Cataluña sin ser autóctono, aunque inicialmente se llamara con ese nombre a quienes provenían de la unión entre una persona de origen catalán y otra del resto del estado, habitualmente andaluces y murcianos) tienen una forma de hablar fruto de la mezcolanza de sus orígenes, lo que daba y sigue dando lugar a un particular modo expresivo. Mira de encontrar los rasgos que definen a esa curiosa franja de la población.

— Prueba a explicar el cuento de «Teniente Bravo» tal y como hubo de hacerlo Marsé en las famosas veladas que propiciaron la posterior escritura de aquella anécdota convertida más tarde en arte.

— También el proceso de adjetivación se muestra enriquecido tras el encuentro con la prosa de Juan Marsé. Su uso determina que muchos de los párrafos se conviertan tras su impronta en algunos de los más brillantes salidos de la mano del escritor. Revisa con detenimiento la utilización de ese elemento gramatical que se lleva a cabo en estos cuentos y cuestiónate el valor que se le otorga dentro de la poética del propio Marsé.

— Según se cuenta en «La «aventi» secuestrada (Carta de Sarnita al chorizo)», ¿sabrías explicar en qué consiste el juego de las *aventis* y cómo se utiliza en el relato titulado «Historia de detectives»?

— Intenta imaginar la imagen que alumbra la narración «La escritura ofrece cobijo» y responde si crees acertada la descripción que hace el escritor. Tras esta metáfora de la lectura, ¿qué significa para ti el proceso de lectura y qué piensas que ello aporta a la vida cotidiana?

VII. La sombra del escritor

Mucho de lo relatado en estos cuentos tiene un correlato biográfico en la vida del mismo Juan Marsé. A su vez, éste también ha tomado distancia respecto de su persona y ha logrado componer una suerte de autorretratos que ofrecen una particular visión de su propia figura.

— A partir de lo que pudiera desprenderse tras la lectura del volumen, compón también tu personal retrato del escritor. Utiliza para ello la técnica y estructura seguida en el proceso de autorreflexión mostrado por Marsé en ese par de textos que han sido recogidos en apéndice.

— Los primeros cuentos escritos por Juan Marsé vienen a ser pequeñas escenas de la vida cotidiana posterior a la Guerra Civil española en la que fue creciendo Marsé. Contrasta estos relatos con los episodios de su propia biografía y muestra los resultados de la comparación.

— Entre las muchas divisiones a las que nos tiene acostumbrados el también barcelonés Enrique Vila-Matas se encuentra una que distingue a los escritores de acuerdo a si la infancia fue o no relevante para ellos al trazar su obra posterior. ¿Crees que la infancia vivida por Juan Marsé repercutió de algún modo en su creación literaria? Razona el porqué de tu afirmación.

VIII. Conclusiones

Si Óscar Tusquets, uno de los componentes de aquella animosa *Gauche Divine* barcelonesa de finales de los años sesenta que tanto frecuentara Juan Marsé, cree en la existencia última de un testigo permanente al que se le ha de imaginar juzgando cada uno de los actos singulares de nuestra vida y al que apela con la expresión «Dios lo ve», Robert Louis Stevenson creía, en cambio, en una decencia última de las cosas. Marsé suscribiría sin dudarlo esta frase del creador de John Silver, y puede que también la reflexión del arquitecto Tusquets, si no fuera porque las divinidades de Marsé están más cerca de la escalivada que del cielo. Bastante atareada está ya la conciencia humana para ir pensando en silenciosos escrutadores del proceder mundano encaramados a las alturas, podría imaginar el escritor que ha puesto en pie todos estas narraciones.

— Con la perspectiva que ofrece la lectura de toda la obra cuentística de Juan Marsé, reordena las ideas dispuestas en la introducción y repasa lo desprendido en este análisis, con vistas a esbozar la intención última que ha forzado a Juan Marsé a tomar partido por la literatura como opción estética, en la certeza de que cualquier opción estética es al mismo tiempo una opción moral y, por tanto, fe de una vida.